L'AMBASSADRICE

DU MÊME AUTEUR

Aux Éditions Gallimard

L'Enfant de Bruges, roman, 1999.
À mon fils à l'aube du troisième millénaire, essai, 2000.
Des jours et des nuits, roman, 2001.

Aux Éditions Denoël

Avicenne ou la route d'Ispahan, roman, 1989 (repris en coll. « Folio », Gallimard, 1990, nº 2212).
L'Égyptienne, roman, 1991. Prix littéraire du Quartier latin (repris en coll. « Folio », Gallimard, 1993, nº 2475).
La Pourpre et l'Olivier, roman, 1992 (repris en coll. « Folio », Gallimard, 1994, nº 2565).
La Fille du Nil, roman, 1993 (repris en coll. « Folio », Gallimard, 1995, nº 2772).
Le Livre de saphir, roman, 1996. Prix des libraires (repris en coll. « Folio », Gallimard, 1997, nº 2965).

Aux Éditions Pygmalion

Le Dernier Pharaon, biographie, 1997.

Aux Éditions 1

Le Livre des sagesses d'Orient, anthologie, 2000.

Gilbert Sinoué

L'AMBASSADRICE

CALMANN-LÉVY

ISBN 2-7021-3274-X

Remerciements

Ma gratitude va à Stéphanie Chevrier, instigatrice de ce projet.
À Florence Saint-Waker, pour ses (laborieuses) recherches en Angleterre.
Et à Corinne Molette qui a bien voulu sacrifier de longues heures à la relecture du manuscrit.

1

UNE chaumière perdue au cœur du comté de Flintshire, au sud de Liverpool.

Une chaumière qui a jeté l'ancre dans le petit village de Hawarden, au milieu d'une vaste plaine entre les montagnes du pays de Galles à l'ouest et les Pennines à l'est.

À travers les carreaux brouillés, on peut entendre battre la mer d'Irlande. La rue est bordée de masures aux toits de chaume. Un clocher domine la vieille église. C'est un coin d'Angleterre misérable, usé par des hivers qui n'en finissent pas.

Une jeune fille dessine sur la buée un soleil imaginaire.

Nous sommes en 1779. Elle est née le 26 avril 1765. Baptisée le 12 mai 1765. Elle a tout juste quatorze ans. Elle est presque femme. Elle est plus que belle, elle est magnifique. Les seins palpitent déjà sous la robe de laine. L'ovale de son visage encadré par une épaisse chevelure châtain doré est d'une parfaite régularité. Sa bouche, naturellement vermeille, forme un sourire où la séduction se mêle d'ingénuité. Ses yeux sont d'un bleu profond irisé de reflets violets. Dans le frémissement des commissures des lèvres se devine toute la sensualité du monde. Emily Lyon, c'est son nom, a l'eau du ciel dans le regard, mais du feu sur les lèvres.

Vers quoi voguent ses pensées ? Elle songe peut-être à son père, Henry, disparu deux mois et demi après sa naissance. Forgeron de son métier, connu de tous sous le nom de *Smith of Ness*, il était, paraît-il, un homme simple, brave, mais sans grande ambition. Emily aimerait bien imaginer les traits de ce père, mais elle a du mal. Malgré les descriptions des uns et des autres, le visage reste flou, éthéré. Un visage inconnu...

Songe-t-elle à Mary, sa mère ? Admire-t-elle secrètement les qualités exceptionnelles de cette femme ? Mary Lyon, née Kidd, sait manier l'aiguille, c'est une remarquable maîtresse de maison et un vrai cordon-bleu. Mais surtout, il se dégage de son être une force si grande que l'infortune ne semble jamais avoir eu de prise sur elle. Rien ne semble pouvoir l'abattre. Pourtant la vie n'est guère tendre.

Le couple Lyon s'est marié le 11 juin 1764, selon les registres de la paroisse de Neston. Tous deux, illettrés, ont signé d'une croix. Un an de mariage. Puis Henry meurt. Un deuil brutal. Injuste comme la misère, aveugle comme la mort.

Emily, prénom qui se transformera progressivement en Emma, ne pense à rien de tout cela. Elle a le cœur lourd. L'idée de quitter le décor de son enfance fait comme un étau qui enserre sa poitrine et qui est d'autant plus oppressant qu'elle vit là un second arrachement. Du premier, elle n'a conservé aucun souvenir, mais on le lui a raconté : elle n'est pas née à Hawarden, mais dans le village de Ness, à une dizaine de miles de là, au bord de la péninsule venteuse de Wirral et de la rivière Dee, dans le comté de Cheshire. Au lendemain de la mort de son époux, Mary Lyon prend la décision de tout abandonner, c'est-à-dire presque rien. Son mari disparu, elle estime qu'elle n'a plus rien à faire dans cette région morne, faite de landes et de pluie, essentiellement agricole, où seuls les hommes parviennent à subsister ; et encore... La pauvreté règne partout en maîtresse. Il faut s'en aller, essayer de survivre ailleurs. À Hawarden précisément où résident les grands-parents d'Emily : Sarah Kidd, la mère de Mary, et son père, berger à Saltney Marshes. Saltney Marshes, un coin de pâturage détrempé, accolé au village. Hawarden est situé au milieu d'un centre houiller, il y aurait peut-être du travail ; n'importe lequel. Le travail n'a jamais fait peur à Mary Kidd.

Un matin de juillet, la mère emmaillote son bébé et prend la route.

Dix miles à pied. Et à mi-chemin, la rivière Dee qu'elles doivent traverser en barque. Le passeur fait crédit.

Dix miles...

Quelques heures plus tard, la mère et l'enfant pénètrent dans l'unique rue de Hawarden. Mary Lyon cherche du regard l'auberge à l'enseigne de *Fox and Grapes*. Elle jouxte la chaumière des grands-parents. Bientôt, Emily sera au chaud.

Point de temps perdu. Dès le lendemain, Mary prête main-forte à sa mère, Sarah. Sarah Kidd, une femme étonnante. Une personnalité trempée dans l'acier. Une anecdote court toujours à son propos. Elle nous décrit avec quel courage la vieille femme, surprise sur la route de Chester, a réussi à mettre en déroute des voleurs de grand chemin qui tentaient de lui dérober son maigre pécule. Il a suffi à Sarah de brandir son fouet, l'œil noir et menaçant, pour que ses agresseurs prennent leurs jambes à leur cou.

Certes, le travail offert à Mary n'a rien de reluisant, mais faute de mieux... Embarquée sur une charrette entraînée par un canasson, elle accompagne Sarah Kidd le long des chemins boueux pour livrer aux gens riches de petits sacs de charbon. On trouve mention de ce petit commerce chez une historienne, native de Cheshire, qui, dans les années 1890, nous décrit une Emily à califourchon sur un âne, allant sur les chemins pour essayer de vendre quelques poignées de charbon. Que l'information soit authentique ou non, ce serait en tout cas la seule fois de toute sa vie où

Emily fit montre d'un quelconque intérêt pour les choses de l'argent.

La jeune fille a cessé de dessiner sur la buée. Son regard se porte maintenant sur la maison, une vraie celle-là, qui est située juste en face, de l'autre côté de la rue.

Elle est occupée par le docteur Thomas ; Honoratus Leigh Thomas. Son épouse a pour prénom Maria. C'est une famille de bonne bourgeoisie. Le docteur Thomas est un médecin renommé. Il travaille de pair avec un certain Sutton, connu dans toute la région pour ses vaccins contre la variole. Emily a et aura toujours une peau de satin ; on peut en déduire que c'est grâce à Sutton qu'elle a échappé à cette affection qui fait alors tant de ravage à l'époque.

Les Thomas ont deux garçons et quatre filles. Une *nurse-maid* serait la bienvenue. Ce sera le premier emploi de la petite Emily. Elle se revoit franchissant le seuil de la demeure ; elle entend la voix chaleureuse de Mrs. Thomas :

— C'est donc votre enfant, Mrs. Lyon ?

— Oui, madame.

— Vous avez bien de la chance d'être la mère d'une fille aussi ravissante. Sait-elle lire ? Écrire ?

Mary secoue la tête, navrée. L'école est un luxe. On a déjà tant de mal à se nourrir.

— Et bien, nous nous chargerons de son éducation.

En réalité, là est le vrai chagrin d'Emily ; tapi derrière les murs de cette maison. Elle a connu le vrai bonheur dans cette famille. Elle n'oubliera jamais leur sollicitude : pendant près de trente ans, elle continuera de correspondre avec ses bienfaiteurs.

La voix de sa mère l'arrache à ses pensées.

— Emily, il est l'heure de partir...

On a enveloppé pêle-mêle quelques vêtements dans un ballot. L'essentiel. De toute façon, ils n'ont jamais connu que cela : l'essentiel.

Londres, 1779...

Mary n'a certainement pas décidé de quitter Hawarden à la légère. Quand a-t-elle trouvé le temps d'entreprendre les démarches ? Mystère. On sait seulement que, à peine arrivées dans la capitale, la mère et la fille entrent comme servantes au service d'un chirurgien réputé, le docteur Budd, au 14 Chatham Place, près de Blackfriars Bridge et de St. James Market.

Le jour même, Emily fait la connaissance d'une jeune fille ravissante, elle aussi membre du personnel. Elle a pour prénom Jane. Elles ont sensiblement le même âge et le même caractère : enjouées, amoureuses de la vie, curieuses de tout et surtout de ce Londres du XVIIIe siècle où se côtoient grandeur et déchéance, richesse ostentatoire et aveuglante misère. Londres, fille de la Tamise, n'est pas une capitale comme les autres, c'est une ogresse qui connaît une croissance effrayante : la population approche le million d'habitants. Ici, les délices du confort et de l'extrême bienséance se mêlent à la luxure, tandis que des quartiers les plus misérables monte une puanteur qui vient rouler par intermittence au pied des somptueuses demeures.

— Un jour, confie Jane à Emily, un jour je serai comédienne de théâtre.

— Le théâtre ? Comédienne ?

C'est la première fois qu'Emily entend ces mots.

— Oui, comédienne ! C'est mieux que duchesse. On est reine, on ensorcelle, on est adulée !

Jane ne se trompe pas. Elle épousera un acteur célèbre : William Powell et deviendra plus célèbre que lui. Nous la retrouverons.

À peine ont-elles une journée de libre que les deux jeunes filles en profitent pour s'évader dans Londres. Elles marchent au hasard, font du lèche-vitrines dans les beaux quartiers, elles papillonnent. Et c'est sans doute au camp de Cocksheath, promenade en vogue à cette époque, qu'elles font la connaissance d'un jeune homme, James

Perry, appelé à devenir un jour rédacteur du *Morning Chronicle*. Lui aussi nous le retrouverons. Hélas, leurs accès d'exubérance et leur caractère déluré deviennent très vite un motif de mécontentement : au retour d'une de leurs escapades, les deux adolescentes trouvent porte fermée.

Dix-huit mois suivent pendant lesquels nous perdons toute trace d'Emily et de sa mère. Ce n'est qu'à partir du mois de juillet 1780 que l'on retrouve la jeune fille. Elle est alors au service de la famille Linley, laquelle occupe une élégante demeure, sise à Norfolk Street dans le Strand. Mais sur la mère, point d'information.

Au milieu des années 1760, Thomas Linley père dirigeait la *Bath Assembly Room Concerts* où se produisirent d'illustres musiciens. Sa fille, Elizabeth, chante merveilleusement bien. Mais elle ne fera jamais carrière. Son mari, Richard Brinsley Sheridan, fils du meilleur ami de son père, s'oppose à ce qu'elle se produise en public.

Deux ans avant l'arrivée d'Emily, Thomas Linley – en association avec son gendre – s'est rendu acquéreur du théâtre Drury Lane. Jusque-là, ce lieu prestigieux avait été la propriété de David Garrick, comédien que la postérité a retenu comme étant parmi les plus grands du théâtre anglais de son époque.

D'après certains biographes, Emily aurait éprouvé un attachement profond pour Samuel Linley, dix-huit ans, aspirant de marine et cadet de la famille. Il serait rentré un jour au foyer, malade, victime de la tuberculose, et Emily l'aurait soigné « comme une mère » jusqu'à sa mort, survenue en 1781. L'immense chagrin provoqué par cette disparition aurait poussé la jeune fille à quitter son emploi. Mais selon d'autres auteurs, cette histoire est peu crédible. Samuel Linley est mort le 21 décembre 1778, soit deux ans avant l'arrivée d'Emily. Quelle que soit la vérité, Emily ne réside plus chez les Linley à partir de 1781. Cependant, à la différence de ses emplois précédents, ce séjour aura laissé dans le cœur et l'âme de la jeune fille une empreinte indélébile. En effet, c'est dans cette famille qu'elle rencontre la musique. La musique, mais aussi le... théâtre. Ce lieu magique que Jane lui décrivait. Ne l'oublions pas, elle a tout juste quinze ans. C'est un âge où toute nouveauté frappe l'esprit. On peut l'imaginer un soir, dans les coulisses de Drury Lane...

Le rideau se lève. Emily observe la scène. La respiration suspendue. Ce décor ? Serait-ce un coin d'Italie ? Et ce couple qui s'affronte ? Pourquoi la femme gifle-t-elle son partenaire ?

> — *Je jure que je vous le rendrai, si vous recommencez !*
>
> — *Vous y perdriez vos armes. Si vous frappez une femme, vous n'êtes pas gentilhomme ; et si vous n'êtes pas gentilhomme, les armes vous manqueront. Je ne veux pas de vous, mon coq. Vous chantez comme un chapon.*
>
> — *Allons, Catharina, ne montrez pas tant d'aigreur.*
>
> — *C'est mon air habituel devant un cornichon...*

On pleure, on rit, on se déchire, on meurt. Le cerveau de la jeune fille est un livre aux pages blanches. Un buvard où les émotions s'incrustent et pour longtemps. Sa vocation de musicienne et son attrait pour la pantomime naissent certainement dans ce monde d'artistes. C'est à cette époque sans doute qu'elle conçoit la première idée de ces tableaux vivants dont elle va par la suite tirer un si merveilleux parti.

Que devient-elle après son départ de chez les Linley ? Vendeuse ici et là, dans les boutiques du Strand ? Marchande de légumes derrière quelque étal de marché ? Serveuse dans une taverne borgne ? Toutes les spéculations sont envisageables. Évoquant cette période de la vie d'Emily, le prince de Galles dira – vers 1802 – à Mme Vigée-Lebrun, l'illustre portraitiste attitrée de la cour de France :

— Je l'ai connue alors qu'elle était chaussée de sabots à la porte d'une fruitière.

Empressons-nous de préciser que cette affirmation ne tient pas. L'eût-il vraiment rencontrée qu'il eût été incapable de s'en souvenir. En effet, on imagine mal comment le visage d'une petite vendeuse, anonyme parmi les anonymes, aurait pu rester gravé dans la mémoire de cet homme pendant près de douze ans. En vérité, le prince de Galles ne fera la connaissance d'Emily qu'en 1791. Cependant, il n'est pas surprenant qu'il tienne ces propos à une époque où il était fort à la mode dans la bonne société de prétendre avoir connu lady Hamilton en sabots.

C'est en tout cas grâce sa beauté qu'elle est remarquée par une dame pour le moins curieuse : Mrs. Kelly. Sorte de demi-mondaine, connue sous le nom d'« Abbesse d'Arlington Street ». La dame engage Emily comme *lady's maid* ou « femme de chambre ». Le « couvent » qu'elle dirige est célèbre dans les milieux londoniens. L'Abbesse reçoit beaucoup et uniquement des hommes. L'un d'entre eux s'éprend d'Emily. Il a une trentaine d'années. Comme le jeune Linley, lui aussi est officier de marine. Son nom : John Willet Payne. Il est sous le charme de la jeune fille. Devient-il son premier amant ? Tout porte à le croire. Dans quelle circonstance ? Là encore les versions s'entrecroisent. La première laisse entendre que l'un de ses cousins de Hawarden serait venu trouver Emily chez Mrs. Kelly et lui aurait confié qu'il avait reçu l'ordre d'embarquer – service militaire oblige –, abandonnant sa femme malade et ses deux enfants en bas âge. Emily se serait alors proposée d'intercéder auprès de Payne. Une requête de ce personnage devant l'Amirauté pouvait peut-être lui obtenir un sursis. En échange de cette intervention, la jeune fille aurait cédé aux instances de l'officier... Une seconde version indique qu'elle n'aurait pas obéi à la sollicitation d'un cousin, mais d'une amie. Dans les deux cas, point de doute quant aux conséquences. À seize ans, Emily n'a plus sa vertu.

Serait-ce en flânant dans les rues de Londres ou dans l'appartement de l'Abbesse que la jeune fille fait un jour la connaissance du « docteur » James Graham ? Emily quitte Mrs. Kelly pour suivre cet extravagant personnage. Charlatan, filou, mythomane, il est tout à la fois. Né à Édimbourg, il affirme avoir étudié la médecine à l'université (il ne précise pas laquelle), voyagé en France et en Amérique, publié un mémoire sur les travaux de Benjamin Franklin. Lorsque Emily le rencontre, il est propriétaire d'une sorte de théâtre, assez luxueux au demeurant, situé Royal Terrace-Adelphi, à quelques pas de la Tamise. L'endroit est surnommé « Temple d'Esculape », ou encore « Temple de la Santé ».

Le vague mystère dont il a soin d'entourer son entreprise participe à son succès. La mise en scène est somptueuse. L'entrée coûte cinq shillings, somme suffisamment importante pour décourager le tout-venant. D'après le récit d'un témoin, les visiteurs étaient accueillis sur le pas de la porte par deux laquais de plus de sept pieds de haut (soit plus de deux mètres ! Chiffre fantaisiste, bien entendu), revêtus de livrées étincelantes et le crâne couvert d'un tricorne galonné. Du bout de leurs longues cannes à pommeau d'argent, ils maintenaient à distance le flot des badauds massés sur le trottoir ; puis, leur service terminé, ils se répandaient dans les rues de Londres, distribuant les prospectus les plus engageants. « Je me rappelle, continue le même témoin, les voitures accostant devant la porte du Temple ; une foule de jeunes gandins faisaient la haie s'efforçant de reconnaître les visiteurs qui pénétraient. Mais toutes les dames arrivaient là la figure recouverte d'un voile épais ; on n'y allait qu'incognito. » À l'intérieur est aménagée une salle de conférences resplendissante de lumières où Graham distille ses conseils thérapeutiques devant un public dense. Les remèdes préconisés ? Des bains de boue principalement, et le docteur, afin d'écarter toute méfiance, se soumet lui-même à ce traitement inoffensif devant la foule de ses clients. Il vante aussi les mérites d'une curieuse machine grâce à laquelle il se faisait fort de combattre victorieusement l'anémie, de conserver ou de rendre la beauté et même de pro longer l'existence.

C'est l'époque où l'occultisme triomphe sur le continent. Depuis 1778, le médecin allemand Franz Anton Mesmer, instigateur du « magnétisme animal », étonne Paris ; depuis 1780, Giuseppe Cagliostro surprend la cour et la ville par ses expériences de magnétisme. Graham, qui a dû lors de son séjour à Paris assister aux séances de ces pseudo-physiciens, comprend aussitôt le parti qu'il peut tirer de la crédulité publique en initiant ses fidèles « aux mystères de l'au-delà ». Les exhibitions se corsent de numéros inédits. « Hygie la géante, gigantesque et merveilleuse Déesse de la Santé », apparaît – au dire des prospectus – en des poses inspirées de l'Antiquité. Le sujet chante « d'une voix admirable » des mélodies « d'une douceur infinie ». Puis, c'est la trouvaille du « lit céleste » ou « lit d'Apollon » que les époux louent 50 livres sterling la séance (une petite fortune) avec, en échange, la promesse que leur lignée ne s'éteindra pas ; enfin les cabinets particuliers renferment de nombreuses autres attractions sur la nature desquelles plane le mystère.

C'est dans ce lieu surréaliste qu'Emily fait ses apparitions voilée d'une gaze vaporeuse et légère, exhibée dans un pâle demi-jour. Elle n'est pas « Hygie la géante ». Ce surnom indique que le rôle est tenu par une femme massive et enveloppée ; or, à seize ans, Emily est une grande fille souple et admirablement proportionnée. Déjà, sa beauté, la perfection de son corps fascine, éblouit. En quelques semaines, elle devient le centre d'attraction du « Temple ». C'est là qu'elle exécute pour la première fois les poses plastiques, inspirées des figures antiques, connues par la suite sous le nom d'*Attitudes* et qu'elle reproduira tout au long de sa vie avec un succès jamais démenti. L'unanimité des suffrages obtenus prouve qu'elle avait transformé cette forme d'expression physique en un art suprême. Même ses contempteurs les plus féroces ne songent jamais à s'en montrer choqués et ne tarissent pas d'éloges sur la nouveauté et l'absolue beauté du spectacle. Mme Vigée-Lebrun, qui pourtant ne fut jamais tendre pour Emily, écrira à ce sujet : « Rien n'est plus curieux que la faculté qu'avait acquise lady Hamilton de donner à tous ses traits l'expression de la douleur ou de la joie et de se poser merveilleusement pour représenter des personnages divers. L'œil animé, les cheveux épars, elle vous montrait une bacchante délicieuse et l'on voyait une Madeleine repentante, admirable. »

C'est probablement au cours de cette période qu'elle est mise en présence de l'illustre peintre George Romney. Attiré comme tant d'autres de ses camarades dans l'établissement de Graham à cause de l'étrangeté du lieu autant que dans l'espoir d'y rencontrer le modèle idéal, il a pu s'y rendre un soir. Romney a alors quarante-sept ans. Il est séparé de sa femme depuis quelques années. Celle-ci n'a pas supporté longtemps son caractère constamment dépressif et sa sensibilité maladive. On ne lui connaît pas de maîtresses. Il est un peu plus jeune que ses collègues, Reynolds et Gainsborough. Les méchantes langues le qualifient, avec quelque dédain, de « portraitiste mondain » et lui reprochent d'être moins sensible à la physionomie de ses modèles qu'à leur position sociale. En réalité, Romney, avant Thomas Lawrence (qu'il annonce par bien des traits), exprime avec ce qu'il faut de distance le formalisme d'une société en représentation, dans laquelle le masque et l'habit finissent souvent par remplacer l'homme.

De juillet 1773 à juillet 1775, l'artiste a voyagé en Italie où il a exécuté de nombreuses copies de maîtres. De retour à Londres, il entretient d'étroites relations avec des groupes d'intellectuels anglais favorables au « néoclassicisme », à l'instar de son ami le poète, essayiste et biographe, William Hayley. Il devra beaucoup de sa notoriété au lord chancelier Thurlow. Celui-ci devait déclarer en 1781 : « Reynolds et Romney divisent la capitale. J'appartiens aux partisans de Romney. »

Le peintre est littéralement obsédé par tout ce qui a trait à l'art antique. Lorsqu'il aperçoit Emily, c'est le choc. Il est bouleversé. Ce n'est pas la vision d'une jeune femme qu'il découvre dans le clair-obscur de cette salle, mais Aphrodite en personne ; une apparition dans tous les sens du terme. Emily va devenir sa passion. Platonique certes, mais obsessionnelle. Il la surnommera sa *divine lady.* L'a-t-il invitée à poser pour lui dès le lendemain de sa rencontre ? Ou quelques mois plus tard ? Bien que le premier portrait connu de la jeune femme soit daté de 1782, rien ne s'oppose à ce qu'elle ait prêté son concours au peintre avant cette période.

Mais il n'y a pas que l'amour platonique de Romney qui croise alors la route d'Emily. D'autres personnages cherchent désespérément à la séduire et ce, avec des visées qui n'ont rien « d'artistique ». L'un d'entre eux va y réussir. Il s'agit de sir Harry Fetherstonhaugh. Il courtise la jeune fille. Elle succombe sans trop de difficultés. Comment eût-il été possible qu'il en fût autrement ? Visage long, cheveux blond-roux, ni beau ni laid, sir Harry a vingt-six ans. Sportif, gai, cavalier émérite, plein d'allant, une manière d'être qui exprime ce qu'Emily d'instinct va aimer alors le plus au monde : la vie libre et sans contrainte. Son père, sir Mathew, est depuis sept ans propriétaire d'un splendide domaine, Up Park, non loin de Portsmouth, dans le Sussex. Son oncle, le révérend Ulrick Fetherstonhaugh, est le recteur de South Harting, le petit village proche du domaine. Dans un numéro du *Gentleman's Magazine* de l'époque, sir Harry est décrit comme n'étant rien de plus « qu'un vulgaire dandy de premier ordre », *a buck of the first head.* Enfant gâté, fils unique, oisif, il se complaît, parce que c'est la mode et surtout par snobisme, à ponctuer ses phrases d'expressions françaises.

Mais Emily ne sait rien de tout cela. Et lorsque le jeune coq lui propose de le suivre et de partager sa vie, elle est folle de joie et d'excitation. Quitter ce lieu où elle n'est qu'une poupée en représentation, laisser derrière elle les privations, le bouge qui lui sert d'habitation, marcher enfin vers la lumière, fréquenter le grand monde... Autant de raisons de s'abandonner entre les bras de son courtisan. Finalement, elle ne sera guère restée longtemps chez James Graham, le marchand d'illusions. Où se trouve Mary, sa mère ? on n'en sait rien. Elle semble s'être volatilisée dans Londres.

Au cours de l'été 1781, Emily prend place pour la première fois de son existence dans une berline avec cocher. Une autre voiture suit avec les bagages. Il fait gris sur Londres. Mais, en arrivant dans le Sussex, le ciel vire au bleu.

— *My country house*, annonce sir Harry, non sans fierté.

En réalité, ce que découvre le regard émerveillé d'Emily, c'est bien plus qu'une simple maison de campagne. Le bâtiment est l'œuvre de William Talman, architecte de renom, ancien collaborateur de Christopher Wren à qui l'on doit, entre autres, la construction de la cathédrale Saint-Paul de Londres.

Un impressionnant portail de fer forgé s'ouvre sur une longue allée qui dénoue son ruban jusqu'au pied de l'édifice. Quelques marches de pierre conduisent vers une terrasse allongée devant l'entrée principale. Neuf fenêtres garnissent la façade, sept sur les côtés. L'ensemble, presque centenaire, est entièrement fait de briques, planté au cœur d'un jardin admirablement dessiné. Plus loin, légèrement en retrait, se devinent des potagers et des écuries, un ruisseau. On peut imaginer ce que ressentit cette jeune femme de seize ans à la vue d'une telle demeure : Cendrillon triomphant de l'heure fatidique. Mais elle n'est pas au bout de son éblouissement. À l'intérieur l'attendent des serviteurs en livrée, des femmes de chambre disposées à répondre au moindre de ses désirs. Fines porcelaines, argenteries, bois précieux couverts de dorure, rideaux de satin ou de brocart, mobilier à la française... La petite paysanne de Ness n'a qu'à tendre la main pour toucher le rêve. Ou presque.

Car, très vite, sir Harry lui fait comprendre qu'elle ne pourra habiter régulièrement Up Park. Sa mère venant de temps à autre lui rendre visite, on se doit de sauver les apparences. La jeune fille logera essentiellement à Rosemary Cottage, situé au pied de la colline, à quelques miles de la propriété. Emily consent. Elle s'éclipsera discrètement par la porte de service chaque fois qu'on le lui ordonnera. Non seulement lorsque la mère de sir Harry fera irruption, mais aussi dès que l'on estimera sa présence déplacée auprès de certains hôtes « plus raffinés ». Elle se pliera au bon vouloir de son amant, et les règles de la bienséance seront respectées. D'ailleurs, l'existence qui va s'offrir à elle apaisera ses accès de révolte et sa frustration, car, n'en doutons pas, le caractère d'Emily commence à se forger. Sensible et émotive, généreuse autant qu'ingénue à l'excès, tendre, dotée d'une fierté proche de l'orgueil, elle peut aussi se montrer farouche, capricieuse, coléreuse et incroyablement tête brûlée.

On mène joyeuse vie à Up Park. La plupart des journées sont consacrées à la chasse et se terminent par de somptueux soupers aux chandelles. Emily apprend à monter à cheval. En quelque temps, elle devient une cavalière émérite et l'élève dépasse le maître. Sir Harry est le premier étonné de son intrépidité, de son endurance. Elle se fond tout aussi rapidement dans son nouveau rôle de « maîtresse de maison ». Par sa beauté, sa gaieté bruyante, mais aussi grâce à la diversité de ses talents de mime et de chanteuse, elle a bientôt achevé de conquérir les nombreux convives qui défilent régulièrement à Up Park. De même, au lieu de la desservir, son accent « paysan », sa propension à jurer comme un charretier lui attirent la sympathie de son entourage, et l'on applaudit à ses plus folles extravagances. Il lui arrive même de danser toute nue sur la grande table de la salle à manger. Ainsi qu'elle devait l'écrire elle-même dans une de ses lettres : *I like to surprise people* (J'aime étonner les gens). Comment aurait-elle pu comprendre alors, vu son jeune âge, sa crédulité, cette tendance à s'abandonner, à faire aveuglément confiance à l'autre, qu'elle ne représente rien de plus qu'une « originalité » aux yeux de cette société anglaise du XVIIIe siècle, figée dans des règles d'une extrême rigidité ? Mais ce sont précisément ces traits-là de sa personnalité qui feront tout le drame de la future lady Hamilton et transformeront son destin en une immense tragédie. Certains biographes, essentiellement français, l'ont décrite comme une femme égoïste, âpre au gain et sans cœur. On peut lire dans l'ouvrage de J. Turquam et J. D'Oriac, publié en 1913 sous le titre *Une aventurière de haut vol* : « L'atavisme paternel lui aurait donné les goûts de l'élégance, d'art de luxe, d'élévation mondaine – mais non morale – qu'on relève en elle, en même temps que cet égoïsme, cette sécheresse de cœur et cet amour du bien-être qui la prirent de si bonne heure. Elle tiendrait de sa mère une rudesse fruste et comme primitive, et l'âpreté pour l'argent. Du père elle aurait la grâce et les mièvreries physiques, le goût du plaisir et du gaspillage de la mère... » Les auteurs, comme nombre de leurs confrères de l'époque, ne voyaient dans le personnage qu'une « ennemie de la France ». Comment diable peut-on évoquer *la grâce et les mièvreries physiques* de Henry Lyon sur lequel nous ne possédons pas l'ombre d'une information ? Et lorsque l'on sait combien sa mère, Mary, fut parcimonieuse, scrupuleuse dès qu'il s'agissait de tenir les comptes, on voit bien que le jugement est pour le moins partial. Assurément, nous le verrons, beaucoup ne lui pardonnèrent pas d'être anglaise et, comme telle, d'avoir été amenée à défendre les intérêts de son pays. Une chose est sûre : elle fut tout, sauf une manipulatrice. *A contrario*, c'est elle qui la plupart du temps aura été, directement ou non, manipulée. Elle traversa le monde dépourvue de tout sens « politique », inconsciente des réalités, uniquement inspirée par un caractère trop impulsif et un instinct, hélas, plus qu'imparfait.

À Up Park, les semaines se déroulent dans l'insouciance.

On boit. On joue aux cartes. Emma – c'est ainsi désormais que tout le monde la surnomme – y prend goût. Elle se passionne même pour cette nouvelle forme de distraction. Elle jouera beaucoup au cours de son existence. Les dîners se succèdent. Les visages se superposent. Emma ne les voit pas. Elle n'a d'yeux que pour son *dear* Harry. Son cher Harry qui pourtant commence déjà à se lasser d'elle. Il la néglige. L'ignore. Bref, il semble déjà s'être fatigué de sa présence. Elle se rebiffe. Elle hausse le ton. Les disputes s'enchaînent. Elles sont de plus en plus violentes. Et – soulignons-le – la mère de la jeune femme n'est toujours pas revenue auprès d'elle.

C'est dans ce climat de tension que, début septembre de cette même année 1781, surgit un nouveau personnage. Il vient de prendre place à table, aux côtés de la jeune femme. Il a environ trente-deux ans. Belle apparence, distingué, grand amateur d'objets d'art, collectionneur de minéraux, Emma dira de lui : *very good looking.* Cet homme s'appelle sir Charles Greville. Depuis environ un an, il occupe une fonction dans les bureaux de l'Amirauté. Elle lui offre l'avantage de résider gracieusement dans un appartement de King's Mews, quartier dans lequel sont regroupés certains fonctionnaires de l'État. Son père, huitième baron Brooks, premier comte de Warwick, porte un des plus grands noms d'Angleterre. Du côté maternel, la parentèle n'est pas moins brillante. Greville n'est autre que le fils de lady Jane Hamilton, comtesse de Warwick, et petit-fils de lord Archibald Hamilton, gouverneur de la Jamaïque et de l'hôpital militaire de Greenwich. Enfin, la famille compte encore un membre illustre – dont le rôle imprévu va bientôt se dessiner – en la personne de sir William Hamilton, ambassadeur de Grande-Bretagne au royaume de Naples, oncle maternel de Greville, frère de lait et ami particulier du futur roi George III. Ce Greville ne cache point son admiration pour sa très jeune hôtesse. Il l'interroge :

— Qu'attendez-vous de la vie ? D'où venez-vous ?

Il esquisse inconsciemment un mouvement de la main, comme s'il cherchait à modeler une invisible statue de glaise. Il lui parle d'art, de ses amis peintres, Thomas Lawrence et... George Romney. Il repart le lendemain, mais il reviendra à plusieurs reprises à Up Park. Un jour – leur intimité grandissant – il lui remettra discrètement des enveloppes dûment affranchies à son adresse personnelle de Portman Square au cas où...

Est-il possible que, au cours de cette période, Emma, délaissée par son amant, soit devenue la maîtresse de Charles Greville ? On ne trouve aucune allusion dans leur correspondance à une liaison qu'ils auraient nouée du temps où elle vivait sous le même toit que sir Harry. Mais, en parcourant la première lettre que Greville adressa à la jeune femme, force est de constater qu'une grande complicité a existé entre eux. Sinon pour quelle raison Emma aurait-elle fugué plusieurs fois pour le retrouver à Londres ? Harry a pu avoir vent de ses escapades, peut-être même s'est-il rendu compte qu'elle le trompait et il en a pris ombrage.

L'automne s'est installé. Autour d'Up Park, la campagne se dénude. Emma vient de s'introduire dans le salon où ronfle un feu de bois. Sir Harry lève son regard vers elle. Il devine que quelque chose ne va pas. Il reste silencieux, sourcils froncés. Emma fait un pas, semble hésiter.

— Que se passe-t-il ? interroge sir Harry. Tu ne te sens pas bien ?

Emma baisse les yeux. L'aveu a du mal à passer entre ses lèvres.

— Je suis enceinte.

— Enceinte ?

Harry est devenu blême.

— Oui. Cinq mois. Je n'osais pas t'en parler.

Un rictus se dessine sur le visage du jeune baronnet. Il s'efforce d'adopter une attitude détachée ; pour lui, c'est une véritable catastrophe. La naissance d'un enfant le conduirait inévitablement au mariage. Un mariage qu'il ne souhaite pas, qu'il n'a jamais souhaité. Et certainement pas avec une roturière, une fille de rien. Il bredouille quelques mots, quitte son fauteuil avec une certaine gaucherie et prend Emma entre ses bras. Son mouvement ressemble plus à un geste consolateur qu'à une étreinte émue.

— Que va-t-on faire ? s'inquiète la jeune femme, la voix nouée.

— Je ne sais. C'est si soudain.

La pensée que l'enfant n'est peut-être pas de lui mais de Greville l'effleure. Pourtant, c'est impossible, puisqu'elle donnera naissance à l'enfant en mars. Or, Greville n'est apparu à Up Park que dans les premiers jours de septembre.

Il se détache. Son regard fuit celui d'Emma. Point besoin de discours. Elle sait qu'elle est perdue.

Dans les jours qui suivent, leurs rapports déjà tendus se raidissent plus encore. Un matin – fâcheuse coïncidence –, le baronnet annonce qu'il a des soucis d'argent. Pire même, il n'a plus le sou. Le train de vie qu'ils ont mené à Up Park l'a ruiné. Que faire ? Il ne peut plus garder Emma à ses côtés. Ils doivent se séparer ; euphémisme qui signifie en réalité que la jeune femme doit plier bagage.

— Et l'enfant qui va naître ?

Sir Harry ne répond pas. Il se contente de glisser furtivement quelques shillings dans la main de sa maîtresse.

2

Janvier 1782

Mon cher Grevell,

Hier, j'ai reçu votre aimable lettre elle m'a mise sens dessus dessous car, croyez-moi, je suis bouleversée. Je n'ai jamais reçu de nouvelles de sir H. et il n'est pas à Chester à présent, j'en suis sûre. Je lui ai écrit sept lettres. Elles sont restées sans réponse. Que vais-je faire ? Mon Dieu ! Que vais-je faire ? Je ne puis revenir à Londres, je n'ai plus d'argent. Je n'ai même pas un liard et je crois que mes amies me battent froid, du moins je le crois. Ô G. que vais-je faire ? Que ne suis-je votre possession comme je l'ai été de sir Harry ! Quelle heureuse fille j'aurais faite ! Que suis-je, en effet, sinon une fille en détresse – en vraie détresse ? Pour l'amour de Dieu, Grevell, écrivez-moi à la minute précise où vous recevrez ceci et dites-moi seulement ce qui me reste à faire... J'en suis à moitié folle. Oh ! Pour l'amour de Dieu ! Dites-moi ce que je puis devenir. Oh ! Cher Grevell, écrivez-moi. Écrivez-moi, G. Adieu et croyez-moi bien vôtre pour toujours.

Emily Hart

P.-S. Ne dites pas à ma mère dans quelle détresse je me trouve et consolez-moi un peu. Ma date de naissance a disparu du registre [de baptême], je l'envoie à mon cher Charles. Une fois encore adieu, ô mon cher ami.

On trouve l'acte de baptême d'Emma inclus dans la même enveloppe, et on y lit :

Amy (ly) fille de Henry Lyon de Nesse et de Mary son épouse. Baptisée le 12 mai 1765.

Copie avérée et extraite du registre de G. Neston.

R. Carter. Vicaire.

Neston, 19 décembre 1781.

Ce courrier atteignit Greville à son domicile de Londres, à Portman Square, et fut conservé par lui. Le feuillet porte cette annotation de sa propre main : « Reç. le 10 Janv. 82. » Notons tout de suite qu'il s'agit là de la première lettre *connue*. Il ne fait aucun doute qu'une précédente missive a existé dont nous avons perdu la trace. Emma dit bien : « Hier, j'ai reçu votre aimable lettre. » On ne voit pas comment Greville aurait pu lui écrire *le premier* si elle ne l'avait pas informé au préalable qu'elle résidait à Hawarden, chez ses grands-parents ? D'autre part, dans la réponse que nous reproduisons plus bas, Greville cite un détail qu'Emma ne mentionne pas dans cette première lettre, à savoir qu'elle attend un enfant. Cette allusion plaide elle aussi en faveur d'un échange antérieur. Et enfin, en joignant son acte de baptême, il est évident qu'elle répondait à une requête.

À présent, observons la lettre signée Emily *Hart*. Elle révèle déjà l'étrangeté d'un style épistolaire qu'elle ne réussira jamais à corriger vraiment. Bourrée de fautes d'orthographe (dans l'original anglais elle écrit, nous le reproduisons ici, Grevell au lieu de Greville), toute sa correspondance gardera ce ton de conversation à bâtons rompus. La jeune femme demeurera toujours dans l'ignorance des règles les plus élémentaires du rythme et de la syntaxe. Son écriture même est à peine lisible ; certains mots restent indéchiffrables ; il faut parfois rétablir des pans entiers de phrase pour rendre intelligible un texte qui se déroule sans ponctuation et sans alinéa, quasi télégraphique. De plus, Emma imagine que la lettre majuscule s'emploie non pas au début, mais dans le courant de la phrase, et qu'elle a pour fonction spéciale de donner à certains mots – en général d'ailleurs fort insignifiants – une plus grande majesté. Quelquefois même, elle pousse la fantaisie jusqu'à placer la majuscule au milieu même du mot, où elle semble produire à ses yeux le maximum d'effet. Malgré cela, la correspondance d'Emma, avec son allure heurtée et incorrecte, est si pittoresque, empreinte d'un tel accent de naïveté sincère, qu'une traduction littérale peut seule lui conserver toute sa saveur.

Un détail de cette lettre saute immédiatement aux yeux du lecteur : la signature. Emily ne signe pas Emily Lyon, mais Emily *Hart*. Certaines hypothèses sont proposées pour expliquer ce soudain changement de patronyme. Une seule s'impose. Ne l'oublions pas : Emma est enceinte lorsqu'elle va se réfugier à Hawarden, auprès de ses grands-parents. Désireuse de sauver son honneur, quoi de plus logique que de faire croire qu'elle s'est mariée entre-temps avec un dénommé Hart. Pourquoi a-t-elle opté pour ce nom ? Lui aurait-il été inspiré par un « Hart » croisé lors de son séjour à South Harting ou – ce qui semble plus plausible – par un musicien du même nom connu à Drury Lane ? Nous savons qu'en 1786 un musicien appelé Hart lui rendra visite à Naples. Elle le présentera à lord Hamilton comme étant une « vieille connaissance ». Quoi qu'il en soit, et sans le savoir, en changeant d'identité elle obéit à la volonté – non encore exprimée – de Greville.

La deuxième curiosité concerne cette affaire d'acte de baptême. Pour quelle raison s'est-elle crue obligée de le communiquer ? Nous l'avons dit, à quatorze ans elle avait déjà un corps de femme. À seize, elle devait en paraître trois ou quatre de plus. Greville a dû douter de son âge au point de lui réclamer le document en question.

Il répond le jour même :

10 janvier 1782

Ma chère Emily

Je n'excuse pas le comportement de sir H. à votre égard, bien que je vous eusse conseillé de conserver son estime en adoptant une conduite appropriée. J'avoue cependant que je n'attendais rien de mieux de sa part. Je pressentais cela. Vous méritiez plus de considération, mais votre imprudence n'a pas aidé[1]. *Imprudence, lorsque de la campagne vous êtes venue vers G. [Greville lui-même]* la première fois, et encore la dernière fois quand vous étiez en ville. *Je désespérais de vous voir jamais heureuse. Pour vous prouver que je ne vous accuse pas à tort, je vous rappelle les cinq guinées que j'ai dû vous donner, et la demi-guinée pour régler la diligence du retour. Mais, ma chère Emily, comme vous semblez aujourd'hui être tout à fait malheureuse, il n'est pas dans mon intention de vous faire des reproches, mais bien de vous donner quelque espoir et de vous pardonner vos errements passés. J'ose espérer que, après cette expérience, vous vous efforcerez de mieux vous conduire à l'avenir.*

Je vais maintenant répondre à votre dernière lettre. Vous me dites qu'il vous semble que vos amies vous battent froid, c'est donc qu'il est grand temps de les quitter. Mais il est important de régler quelques points avant *de revenir en ville.*

Vous devez être pleinement consciente que vous ne pourrez plus vous permettre de mener une vie d'écervelée. Vous ne devrez plus jamais chercher à renouer en quelque façon que ce soit avec des personnes du passé. Je ne crois pas qu'il y ait encore beaucoup de temps de perdu, car je n'ai encore jamais rencontré de femme assez habile pour garder un homme qui en a assez d'elle. Il est bien plus important, à mon avis, de vous conseiller de ne jamais plus le [sir Harry] revoir et de lui écrire pour l'informer de votre détermination. Il vous est facile à saisir, ma chère Emily, pourquoi il est si nécessaire d'avoir complètement réglé cette question avant que je puisse

1. Pour mieux faire ressortir certaines phrases qui nous paraissent essentielles, nous avons opté pour une transcription en romain.

faire aucune démarche. Si vous aimez sir H., retournez à lui. Mais ne comptez plus sur mon aide.

Dans le cas contraire, sachez que je ne me laisserais pas importuner pour un empire par vos relations (hormis votre mère) ni par les amis de sir H.

Mon opinion est qu'il faut s'en tenir à une ligne de conduite bien arrêtée. Si vous souhaitez ma protection, je vous le répète, vous devrez absolument rompre avec toutes vos relations quelles qu'elles soient et m'assurer que jamais vous n'entrerez en rapport avec elles sans mon consentement. Alors seulement, je serais en mesure de sécher les larmes de ma charmante Emily qui, si elle ne trahit pas ma confiance, pourra peut-être connaître le bonheur. Si elle se comportait différemment et venait à me décevoir, je lui retirerais sur-le-champ ma protection.

Avant de vous déplacer, il faut vous défaire de votre servante et prendre un autre nom. Peu à peu, je vous ferai un nouveau cercle d'amis et, en gardant jalousement votre secret, sans que quiconque puisse le trahir, je puis compter vous voir respectée et admirée. Voilà pour ce qui vous concerne. Quant à l'enfant [à venir], sa mère obtiendra pour lui ma sollicitude et il ne manquera jamais de rien.

Ci-inclus une petite somme. Ne la dépensez pas à tort et à travers. Vous pourrez envoyer quelques cadeaux lorsque vous serez arrivée en ville ; mais ne vous embarquez pas en voyage sans un peu d'argent que vous garderez pour le cas où vous souhaiteriez prendre votre temps.

Dieu vous bénisse, ma chère ravissante créature ; prenez une décision rapide et donnez-moi de vos nouvelles une fois encore.

Adieu ma chère Emily.

Charles Greville

À ce stade, se pose une question fondamentale : derrière cette lettre, en apparence avenante et généreuse, y aurait-il – comme on l'a maintes fois suggéré – une stratégie mûrement réfléchie, voire machiavélique ? Parmi la pléthore de travaux qui furent publiés sur la future lady Hamilton, on trouve soit de farouches partisans de Greville, soit d'implacables détracteurs. Disons d'emblée que ces derniers sont de loin les plus nombreux. Qu'en est-il ? Si l'on veut faire preuve d'une objectivité absolue, une évidence s'impose : Greville n'est pas – loin s'en faut – un personnage d'une grande qualité humaine, mais il ne fut pas non plus le monstre tant décrié. Il a sans doute usé d'Emma, mais il n'en a pas abusé, et a encore moins agi – c'est l'accusation qui revient le plus souvent – à la manière d'un proxénète.

Après tout, ainsi que l'écrit l'historien Hugh Tours, rassembleur infatigable de la correspondance de lady Hamilton, pourquoi diable Charles Greville se serait-il embarqué dans cette relation alors que sa situation était loin d'être confortable ! Non seulement la position qu'il occupait au sein de l'Amirauté lui rapportait un salaire de misère, mais elle était des plus incertaines, étant donné l'instabilité politique de l'époque. Par ailleurs, cette même fonction lui imposait une vie exempte de tout reproche. Comment ne pas imaginer le risque que prenait le jeune lord, membre de l'Amirauté, fils d'un comte de Warwick, porteur de l'un des plus grands noms d'Angleterre, en décidant de s'embarrasser d'une maîtresse âgée de seize ans à peine ; surtout s'agissant d'une personne comme Emma, qu'il savait extravagante et impulsive. Dans ce Londres du XVIIIe siècle, on ne pardonnait guère les écarts aux règles établies. Et cent ans plus tard, l'atmosphère n'avait pas beaucoup évolué. Songeons à Oscar Wilde et aux tourments qu'il a vécus.

N'en déplaise aux contempteurs de Greville, nous ne sommes pas en présence d'un gentleman capricieux qui cherche à accaparer un objet d'art, d'une beauté extraordinaire il est vrai, mais devant un homme amoureux.

Il ne fut pas non plus, comme on l'a dit, « un être sordide qui cherchait à acquérir au moindre prix une future maîtresse qui va tout lui devoir. Une femme docile, soumise, qui s'interdira d'exiger de son bienfaiteur autre chose que ce qu'il aura décidé de lui offrir ». Bien sûr, il n'est pas totalement innocent de la situation dramatique dans laquelle elle se trouve. C'est lui qui fit le premier pas à Up Park, lui qui a cherché à la séduire. En lui glissant ces enveloppes affranchies à son adresse personnelle, ne lui laissait-il pas entendre qu'il était tout disposé à la soutenir en cas de besoin, mieux encore, à « prendre la relève de sir Harry » ? Mais il ne s'est pas dérobé.

On lui a aussi beaucoup reproché le ton de cette fameuse lettre en réponse à celle d'Emma et cette façon d'imposer toute une série de préalables en forme d'ukases, et l'on n'a pas hésité à comparer ces directives à des « tables de la Loi », qu'il aurait brandies à la moindre incartade de la jeune femme. Tout cela manque de rationalité. Qu'exige Greville qui soit si cruel ?

1. « Vous devez être pleinement consciente que vous ne pourrez plus vous permettre de mener une vie d'écervelée. »

2. « Vous ne devrez plus jamais chercher à renouer en quelque façon que ce soit avec des personnes du passé. Sachez que je ne me laisserais pas importuner pour un empire par vos relations (hormis votre mère) ni par les amis de sir H. »

3. « Il est bien plus important, à mon avis, de vous conseiller de ne jamais plus le [sir Harry] revoir et de lui écrire pour l'informer de votre détermination. »

Quoi de plus légitime que ces demandes ?

Souvenons-nous : Emma n'a que seize ans. Écervelée, elle l'est. Impétueuse aussi. Deux traits de caractère qu'elle conservera jusqu'à la fin de sa vie. Par ailleurs, Greville est au courant de son passé pour le moins trouble. Étant donné le rang qu'il occupe, n'est-il pas tout naturel qu'il refuse de côtoyer des Graham ou des Mrs. Kelly. Et enfin, quelle est sa dernière revendication ? La rupture définitive avec sir Harry.

Aux yeux de la plupart des biographes, Greville n'est rien de plus qu'un fin calculateur, un homme ambitieux, obsédé par l'argent. Ce qu'il est certainement dans les deux derniers cas. L'ambition fut d'ailleurs le dernier alibi de son insuccès. Et il est bien là tout le drame. Cette réputation si funeste, si méprisable, c'est à son appétit pour les choses matérielles qu'il la devra. Cette tare, le mot semble ici bien pertinent, a eu pour conséquence de recouvrir d'un voile noir l'ensemble de sa personnalité. Accordons-lui toutefois qu'il n'a pas lésiné un seul instant quand il s'est agi d'investir pour parfaire l'éducation de sa maîtresse. Et Emma lui coûte cher : professeur de chant, de grammaire, couturière, portraitistes... Rien ou presque ne lui sera refusé.

Une chose est sûre : à aucun moment il n'aurait pu se douter que la jeune fille immature et en pleine désespérance qu'il s'apprête à recueillir possède en elle des forces insoupçonnées, une énergie telle qu'elle lui permettra un jour de prendre le dessus et de vivre un destin bien plus passionnant que celui qui attend son tuteur.

On relève aussi un détail dans cette lettre qui dénote bien le caractère irréfléchi d'Emma. Greville mentionne la présence d'une servante aux côtés de la jeune femme. Voilà un être sans ressources, face à un avenir bouché, qui prend tout de même le risque de s'embarrasser d'une charge financière. C'est ainsi qu'Emma se comportera jusqu'au terme de son existence : elle ignorera tout de la valeur des choses. Un shilling ou mille livres auront la même importance à ses yeux. L'obsession de Greville pour le lucre fera son malheur ; en écho inversé, l'indifférence d'Emma quant à l'argent contribuera à sa perte.

Un mois plus tard, nous sommes en février 1782.

Emma quitte Hawarden et, le cœur battant, s'installe sous le toit de son nouvel amant, dans le quartier d'Edgware Row, à Paddington Green. De nos jours, le lieu n'est plus qu'un entrelacs de ruelles modestes et d'immeubles sans intérêt. Ce n'est pas le cas deux siècles plus tôt. Le nom d'Edgware Row désigne alors une rangée de villas situées en marge de Londres, entourées de champs et d'étangs. C'est presque la campagne. Un village de banlieue, tranquille et pittoresque. La maison que découvre Emma n'a rien de commun avec les fastes d'Up Park. C'est une résidence confortable, d'abord avenant, suffisamment grande en tout cas pour permettre à Greville d'y ranger ses peintures, ses statuettes et surtout sa précieuse collection de minéraux qui grève régulièrement ses finances : en 1774, il avait été à deux doigts d'acquérir un lot dont le montant s'élevait à près de 500 livres sterling ; somme vertigineuse qui représente la presque totalité de ses revenus annuels...

Emily rédige en tête de ses lettres : Edgware *Road*. Mais c'est le nom de *tout l'ensemble* et non de l'endroit précis (Edgware Row) où est située la maison de Greville.

Non loin, se trouve la petite église de Paddington Green (aujourd'hui disparue) et son cimetière. C'est là que reposeront un jour les cendres de Mary, sa mère, rejoignant ainsi celles de personnages aussi illustres que Matthew Dubourg, célèbre violoniste à la cour, Jane Thornhill, fille de sir James Thornhill (le peintre qui peignit la coupole de la cathédrale Saint-Paul à Londres), et bien d'autres célébrités défuntes. Notons que l'on peut voir de nos jours à Paddington Green une maison baptisée « Greville House ». Construite en 1849, elle n'a aucun lien avec la villa originale ; à cette date Greville était déjà mort depuis quarante ans.

Edgware Row est suffisamment éloigné du centre pour que Greville soit protégé des indiscrétions. Le jeune lord possède, par ailleurs, une autre résidence qu'il a fait construire (et qui est toujours en cours de paiement) dans Londres même, à Portman Square, sur le site de l'actuel Trafalgar Square.

Assez rapidement, la mère d'Emma rejoint le couple. Elle est enfin réapparue. Mais dès l'instant où elle franchit le seuil de la maison, si elle ne cache pas sa parenté avec Emma, elle n'est plus Mary Lyon, ni Mary Kidd, mais Mrs. *Cadogan*. On peut supposer que, à l'instar de sa fille, la volonté d'effacer toute trace du passé lui inspire ce changement d'identité. Le nom de Cadogan n'est pas choisi au hasard. On sait que Mary fut, pendant quelque temps, employée en tant que *nanny* chez un médecin du même nom, à Cowbridge, dans le district de Glamorgan, au pays de Galles. Il est courant à cette époque que les nurses adoptent le même patronyme que leurs employeurs. Le destin – qui se joue de nos petites existences – nous remettra, de façon tout à fait extraordinaire, en présence d'un membre de cette famille.

Mrs. Cadogan donc s'occupe avec zèle (secondée par deux autres servantes) du ménage, des courses et des repas. C'est d'ailleurs ainsi qu'elle agira sa vie durant, quels que soient les changements qui ne manqueront pas de bouleverser l'existence tumultueuse de sa fille.

À peine Emma est-elle arrivée à Paddington Green que Charles Greville lui expose par le menu les ressources de son budget. Il dispose d'une rente annuelle d'environ 500 livres sterling qui lui suffit à peine – ce qui est vrai – à répondre aux exigences de la vie mondaine que son rang l'oblige à assumer. Dans ces conditions, il ne peut être question d'équipages, encore moins de toilettes dispendieuses. Charles souhaite uniquement vivre auprès d'Emma une existence paisible et simple. De son côté, il s'engage à l'aider à s'épanouir, à se cultiver, à s'ouvrir au monde. Auprès de lui, elle apprendra à s'exprimer avec distinction, à gommer son terrible accent gallois, à se garder de jurer comme un charretier, à bien se tenir à table et dans la société. Elle découvrira le chant, la peinture, les beaux-arts en général. Nous entrons de plain-pied chez « Pygmalion ». On peut se demander si – au-delà du mythe antique – le dramaturge Bernard Shaw ne s'inspira pas aussi de cet épisode lorsqu'en 1913 il écrivit la pièce éponyme, laquelle à son tour donna naissance au film de George Cukor, *My Fair Lady*.

Peu importent les contraintes que lui impose son amant. Aux yeux d'Emma qui, deux mois auparavant, envisageait l'avenir le plus sombre, Greville est non seulement le sauveur inespéré, mais un sauveur qui n'est pas dépourvu de charme. Elle va donc souscrire sans rechigner à toutes ses conditions. De toute façon, a-t-elle le choix ? Elle a dix-sept ans. Elle est sans ressources. Elle attend un enfant qui n'aura pas de père. À Hawarden, c'est une vie de misère qui la guette. Livrée à elle-même dans une ville comme Londres, ce serait la porte ouverte à tous les naufrages. Ce que lui propose Charles Greville ne peut que la séduire. Le budget personnel qui lui sera confié – 30 livres par an – sera aussi bien respecté que les 100 livres consacrées à l'entretien de la maison. Il suffit de jeter un coup d'œil sur un extrait du cahier de comptes qu'elle tient scrupuleusement pour en avoir une preuve. Elle y note tout dans le détail. Dépensière jusqu'à l'outrance comme elle le sera ensuite, on imagine que ce travail fut pour elle un véritable martyre.

Emma Hart, livre de comptes journalier, 27 octobre 1784.

27 oct.	*Boulangerie, une semaine*	*£0,4 11*
"	*Beurre, une semaine*	*£0,5 1*
"	*Boucher*	*£0,7* $8^{1/2}$
"	*Bois*	*£0,1 0*
28 "	*Pigeons*	*£0,2 0*
29 "	*Bougies*	*£0,2 3*
"	*Gants*	*£0,1 6*
"	*Papiers à lettres*	*£0,0 4*
"	*Cocher*	*£0,1 0*
"	*Pommes*	*£0,0* $2^{1/2}$
"	*Mendiant*	*£0,0* $0^{1/2}$
"	*Calandre*	*£0,0 5*
30 "	*Thé*	*£0,12*
"	*Sucre*	*£0,9 9*

Bien évidemment, la dépense qui fait sourire et éveille une certaine tendresse pour la jeune femme concerne celle du 29 octobre libellée sous la mention de « mendiant ».

C'est vers le tout début du mois de mars que la jeune femme accouche d'une petite fille à qui elle donne son propre surnom « Emma ». Nous ne possédons aucun acte de naissance qui nous permette de préciser la date exacte de sa venue au monde. Nous savons seulement que, sur les conseils de Greville, le bébé est expédié sur-le-champ à Hawarden, chez les grands-parents. Ce sont les Kidd qui, dans un premier temps, se chargeront d'élever l'enfant. Si, dans les jours qui suivent l'accouchement, Emma n'éprouve pas spontanément ce que l'on a coutume d'appeler « l'instinct maternel », il est clair que deux ans plus tard son attitude a changé. En 1784, rendant visite à sa fille tout juste âgée de deux ans, elle écrira à Greville : « Je l'adore. Quand elle se jette à mon cou en me disant *maman*, alors je me sens soudainement mère, mère à part entière avec tout ce que ces émotions impliquent. »

Dans le même temps, ainsi qu'il s'y est engagé, Greville consacre une fraction non négligeable de son budget à l'éducation d'Emma. Si les progrès en orthographe sont lents, les qualités de musicienne de la jeune femme connaissent un épanouissement presque instantané. Son maître de musique ne tarit pas d'éloges sur son élève et vante sans réserve ses merveilleux dons naturels. La voix est belle, étendue, les intonations dramatiques et passionnées. Dans le même temps, Emma prend goût aux choses de l'esprit au point de faire oublier – jugement confirmé par la plupart de ses contemporains – qu'elle n'a rien d'un personnage « fin et spirituel ». Elle s'applique. Élève studieuse, elle veut se montrer digne de la confiance que l'on a placée en elle.

La jeune maman ayant recouvré partiellement sa silhouette, Greville l'emmène au 32 Cavendish Square, chez son ami George Romney. D'après le journal tenu par le peintre, cela se passe très précisément le 12 mars à 11 heures. Confie-t-elle à son amant que Romney était une vieille connaissance ? Certes non. Craintive, elle semble s'interdire toute allusion à sa vie passée et l'artiste, par discrétion, fait de même.

Dès lors, les séances de pose s'enchaînent à un rythme soutenu. Hormis une interruption d'environ dix-huit mois, elles ne s'arrêteront qu'en 1802, à la mort du peintre. Emma inspirera à Romney plus de vingt-quatre portraits, d'innombrables études, esquisses et croquis. Elle sera sa muse, son inspiratrice, sa *femme divine*, accaparera tout son génie, sans que rien, jamais, ne ternisse leur relation. Jusqu'à la fin de sa vie, l'artiste manifestera pour Emma une adoration passionnée, tandis qu'elle lui vouera une amitié inconditionnelle et absolue. Ce que Romney, amoureux de l'art antique, devait apprécier surtout chez son modèle, c'était l'étonnante mobilité de son visage, cette faculté de pouvoir adopter une extraordinaire variété d'expressions.

On trouve dans la biographie écrite par John Romney, le fils du peintre, quelques détails sur les visites d'Emma à Cavendish Square :

> *Loin de moi de vouloir me faire l'apologiste d'Emma ; je n'ignore pas que sa conduite, dans les premiers temps de sa vie, a fait l'objet de calomnies et que bien des histoires extravagantes ont été mises sur son compte et sur celui de sir Romney, racontars qui n'ont pas l'ombre d'un fondement. C'est simple charité et justice de rapporter ici les circonstances qui la remettront en vraie lumière... Par le fait même de la situation un peu à part qu'elle occupait, elle était, à juste titre, exclue de la société, et les seules ressources qu'elle avait pour tromper sa solitude étaient chez elle la musique, la lecture et ses séances de pose une ou deux fois la semaine. Elle avait toujours un fiacre pour l'amener et la reconduire, et elle ne se montrait jamais dans la rue sans sa mère.*

On peut rapprocher ces lignes de celles qu'écrivit le poète et biographe William Hayley, dans un ouvrage consacré à son ami intime Romney :

Elle [Emma] avait un goût exquis et des moyens tellement expressifs qu'elle était capable de fournir à un peintre des inspirations merveilleuses pour les tableaux les plus divers, qu'il veuille représenter les sentiments soit de tendresse, soit de sublime. Une des premières allégories qu'il [Romney] fit d'après ce modèle fut un tableau en pied de Circé [célèbre magicienne, fille d'Hélios et de l'océanide Perséis], avec sa baguette magique. C'était en 1782, très précisément, car je me rappelle une lettre d'un de mes amis datée de cette année-là dans laquelle il me décrit l'impression très forte produite par ce tableau sur une réunion de personnes qui le contemplaient. Les traits d'Emma, comparables au sublime langage de Shakespeare, interprétaient tous les sentiments de la nature et tous les degrés des différentes passions avec la stupéfiante vérité et le plus grand bonheur d'expressions.

Pour l'amour de son modèle, Romney s'est consumé à l'ouvrage. À peine le dernier portrait est-il achevé qu'une mimique soudaine, une attitude imprévue d'Emma lui suggèrent la pensée d'un nouveau tableau, lequel d'ailleurs demeure parfois inachevé. Dans les toiles où elle servit de sujet principal, « la jeune femme ne posait, précise John Romney, que pour la figure. Quant au reste du corps, le peintre n'en traçait qu'une esquisse ; les draperies étaient posées soit par des modèles, soit par n'importe qui. Une seule figure prêtait à quelque liberté dans le vêtement, c'était la *Bacchante* ; encore l'arrangement choisi fut-il le plus décent de ceux que pouvait comporter pareil sujet et elle [Emma] ne posa dans le tableau que pour la tête ».

Soulignons que Romney ne fut pas le seul artiste que tenta ce prodigieux modèle, mais le « vieux bonhomme de Cavendish Square », comme le surnommait Emma, fut, de tous, celui qu'elle inspira le plus heureusement. Thomas Lawrence fit d'après elle un portrait en pied que l'on peut voir actuellement au British Museum. Il porte, de la main même du maître, la mention : « Emma 1791 ». Reynolds, lui aussi, la reproduisit en *Bacchante*, Hoppner, sous les traits de la *Madeleine*, puis de la *Muse de la Comédie*. Plus tard, Angelica Kauffmann [1], Mme Vigée-Lebrun, la plupart des grands sculpteurs, graveurs, modeleurs en cire la prirent comme modèle, et l'on peut affirmer, sans crainte d'être taxé d'exagération, que jamais femme au monde n'eut plus abondante iconographie pour l'époque.

Malgré la réclusion à laquelle il l'a en quelque sorte condamnée par contrat, Greville conduit un jour Emma au Ranelagh. C'est un lieu de distraction qui jouit d'une vogue considérable. Érigé dans le quartier huppé de Chelsea, sur l'emplacement de l'ancienne propriété de lord Ranelagh, il consiste en une splendide rotonde entourée de vastes jardins. La salle, éblouissante de lumière à la nuit tombée, est surchargée d'ornements de style asiatique. Un orchestre s'y produit quotidiennement, offrant aux spectateurs des représentations vocales et instrumentales ponctuées de bals masqués et de feux d'artifice. La cour même fréquente ces fameux bals qui, selon l'écrivain et chroniqueur Horace Walpole, « dépassaient toutes les descriptions des contes de fées ». L'endroit connaît une renommée internationale, puisque dès 1774, à Paris, est créé le Ranelagh de Passy, largement inspiré de celui de Chelsea.

Emma est là, installée parmi les spectateurs. Elle est en extase. Sur la scène est en train de se produire une chanteuse. La jeune femme dévore littéralement des yeux le spectacle. À la fin du tour de chant, à peine les premiers applaudissements se font-ils entendre que, dans un état second, elle se dresse sur son siège et attaque à pleine voix

1. Maria Anna Catharina Angelica Kauffmann (1741-1807), peintre néoclassique d'origine suisse, est surtout réputée pour les peintures murales qu'elle a réalisées dans les demeures érigées par le célèbre architecte écossais, Robert Adam.

l'un des morceaux de son propre répertoire. C'est la consternation. *Shocking !* Des protestations s'élèvent ici et là. Comment ose-t-on ! Qui donc est cette femme ? Affolé, Greville tente de la faire rasseoir en tirant sur l'étoffe de sa robe. Indifférente à la confusion qu'elle a provoquée, Emma continue de chanter, sa voix résonne, toujours plus prenante. Elle est loin de tout. Loin de la chaumière de Ness, de Mrs. Kelly, du docteur Graham, de sir Harry. Elle est ailleurs. Et le miracle se produit. Peu à peu, l'étonnement succède à la désapprobation. Les spectateurs qui s'apprêtaient à se retirer regagnent leur place discrètement. Le Ranelagh retient son souffle. Il irradie du visage d'Emma quelque chose d'irréel. La tension qui la porte confère à ses traits déjà sublimes une beauté supplémentaire. Lorsque la dernière note retombe, c'est le triomphe. La salle est debout. Emma ferme les yeux comme pour savourer cet instant magique : elle vient de conquérir son premier public. Tout à coup, *elle existe*. La petite paysanne de Ness, jusque-là dans l'ombre, est éclairée par sa propre lumière.

Sa jubilation intérieure est aussi intense que l'embarras et la colère rentrée de son compagnon. L'honorable Greville a besoin de tout son flegme britannique pour ne pas se laisser aller à exprimer son hostilité en public. Le visage fermé, il arrache Emma aux ovations de l'assistance, l'entraîne vers la sortie et la jette littéralement dans sa berline. Ce n'est qu'une fois à la maison que l'orage explose. L'explication est d'une extrême violence. Épouvantée, elle se réfugie dans sa chambre, échange son élégante robe contre un habit de servante. Elle ressort ainsi vêtue, marche vers Greville et lui déclare, la voix chargée de sanglots, qu'elle fera repentance et conservera cette tenue aussi longtemps qu'elle vivra sous son toit. Elle jure qu'elle ne recommencera plus. Comme il garde le silence, elle ajoute qu'elle est disposée à partir si tel est le désir de son maître ; cette séparation serait peut-être la seule manière d'expier sa terrible faute. Charles Greville finit par accorder son absolution. Cet incident symbolise bien ce que furent les relations d'Emma avec les hommes. Elle les aime, sans condition, aveuglément. Elle les aime, même lorsqu'ils sont dans l'erreur. La moindre bonté à son égard éveille aussitôt en elle un sentiment d'éternelle reconnaissance. Elle les craint, les vénère, et prend tous les torts à sa charge. En fait, elle manifestera ce type de comportement envers le genre humain tout entier, et pas uniquement avec les hommes. Elle fut jugée, décriée, humiliée ; jamais dans sa bouche ou dans ses écrits ne transpira le plus infime signe d'amertume ou de désir de revanche. Quelle que soit l'opinion que l'on pourrait avoir d'elle, que l'on soit admiratif ou critique, on ne peut refuser d'admettre qu'elle possédait une qualité indiscutable : c'était un être foncièrement bon, généreux dans tous les sens du terme.

Emma dut rapporter l'incident à Romney. Il lui donna l'idée de la toile connue sous le nom de *L'Ouvrière* où la jeune femme est représentée pauvrement vêtue.

3

Un an s'est écoulé depuis l'incident du Ranelagh. Nous sommes en août 1783.

Greville fait les cent pas dans sa villa de Paddington Green. Sa fébrilité est grande. De temps à autre, il jette un coup d'œil sur sa maîtresse comme pour s'assurer que sa tenue est irréprochable.

Il glisse une main dans la poche de son veston et ressort le pli expédié par son oncle, sir William Hamilton, ambassadeur plénipotentiaire de Sa Gracieuse Majesté au royaume des Deux-Siciles, dans lequel il lui annonce sa visite. Le diplomate est arrivé à Londres une semaine plus tôt, le 14. Il est descendu à l'hôtel Nerot's, à King Street, dans Mayfair. Ce congé sabbatique, il l'a obtenu six mois plus tôt de lord Grantham, ministre au Foreign Office, afin de régler certaines affaires laissées en suspens depuis son veuvage. Il devait en priorité transférer les cendres de Catherine, son épouse, dans le village de Slebech, district de Pembrokeshire, accomplissant ainsi les dernières volontés de la défunte. Ensuite, il compte profiter de son séjour en Angleterre pour se débarrasser d'un certain nombre d'objets antiques, parmi lesquels des minéraux, ainsi qu'une toile de Correggio, laquelle intéresse, paraît-il, le grand-duc de Russie. Il y a aussi un magnifique vase. Selon lord Hamilton, il s'agit d'une pièce unique, un

« monument ». La duchesse de Portland ne peut qu'être séduite.

L'arrivée d'Hamilton est un cadeau inespéré. Cet oncle, qui partage la même passion que Charles pour les objets d'art, qui l'aime d'un amour filial, est le seul à pouvoir l'aider à trouver des solutions à son avenir financier. Non pas que Greville soit au bord de la faillite, mais il aspire à toujours plus de sécurité, plus de ressources. Il a connu, il est vrai, un passage difficile. Très exactement à partir du 20 mars 1782, jour où le Parlement opposé à la politique du roi George III est dissous. À la suite de cette dissolution, dans une lettre datée du 27 mars, le souverain écrit à son Premier ministre, lord Frederick North, jusque-là à son entière dévotion : « Finalement le jour funeste est arrivé qui m'oblige à me défaire de vous ainsi que des membres du gouvernement. J'ai tenté de me battre contre l'opposition pour conserver la plupart de mes fidèles dans leur fonction, je n'ai obtenu, hélas, qu'un faible résultat. Mon chambellan inclus, quelques élus à peine ont été sauvés du désastre. »

Charles Greville ne fait pas partie de ces élus. Il est contraint de quitter King's Mews, de retrouver ses appartements de Portman Square, de se débarrasser de son carrosse et de quelques-uns de ses chevaux. Il s'empressa d'en informer lord Hamilton en précisant : « Je crois que je n'aurai plus les moyens d'investir autant que par le passé dans l'achat de minéraux. » Ou encore : « Je ne suis pas du tout à l'âge de la retraite, et guère disposé à me retirer dans la misère et la pauvreté. »

En réponse à sa lettre, lord Hamilton lui conseille alors vivement de se rallier au parti d'opposition conduit par lord Shelbourne, mais Greville s'y est refusé, expliquant « qu'il ne souhaite pas agir dans la précipitation ». Au cours de cette période d'instabilité politique, il sera toujours à la traîne et se révélera incapable d'opter pour les bonnes décisions au bon moment. Paradoxalement, ce Pygmalion préféra toute sa vie obéir plutôt que donner des ordres. Ainsi qu'il devait le confier un jour à son oncle : « Je n'ai d'autre aptitude que celle de bon intermédiaire. »

Dieu merci, depuis le 22 février de cette année 1783, grâce à l'intercession de son frère cadet, Robert Fulke Greville, écuyer favori du roi, il est nommé trésorier de la Maison royale. Mais il considère que ce salaire ne lui permettra jamais d'assouvir son ambition secrète, à savoir gagner une aisance financière absolue et définitive.

Le rude hiver qu'il vient de traverser et qui a eu pour conséquence de rallonger les dépenses de chauffage, l'entretien d'Emma, les honoraires de Romney (vingt guinées pour un portrait, quarante pour une toile moyenne, quatre-vingts pour une grande), les factures de Mrs. Hackwood, la couturière, donnent à Greville l'impression de suffoquer. À dire vrai, s'il règle bien à Romney le tableau baptisé *Nature*, il laisse la *Circé* impayée. On note aussi, en parcourant le carnet de rendez-vous du peintre, que dans la période du 3 août 1782 au 19 décembre 1783, le nom d'Emma Hart n'apparaît plus. Elle correspond plus ou moins à la période où Greville est sans travail (mars 1782 à février 1783). On peut supposer qu'il est désireux alors de faire des économies pour expliquer cette interruption. Certains biographes ont émis l'hypothèse de la jalousie. Elle laisse dubitatif. Charles connaissait la personnalité de son ami. Romney était un homme bien trop rigoureux pour mélanger vie intime et travail. Quant à Greville lui-même, on ne peut pas dire qu'il donnât jamais l'impression d'un amoureux transi et inquiet.

Ah ! si seulement lord Hamilton voulait bien le coucher sur son testament et faire de lui son légataire universel ! D'ailleurs pourquoi ne le ferait-il pas ? Le diplomate adore Greville, il a les mêmes passions que lui, il n'a pas d'enfant à charge et son épouse Catherine est décédée.

L'union entre sir William et Catherine avait duré près d'un quart de siècle, mais, de l'aveu même du diplomate, ce ne fut qu'un mariage de convenance : « La beauté seule ne suffit pas. Et le diable lui-même n'aurait pu m'amener au mariage, mais j'ai trouvé en Catherine une femme vertueuse, d'humeur toujours plaisante et qui possède, ce qui ne gâche rien, une petite fortune personnelle qui nous permettrait – dans le cas où ma carrière connaîtrait un revers – de vivre décemment sans être les obligés de qui que ce soit. »

En effet, ce patrimoine constitué de propriétés terriennes situées dans le Pembrokeshire et le pays de Galles ne rapportait pas moins de 8 000 livres par an.

De surcroît, Catherine adorait son époux. De nature possessive, elle supportait très mal qu'il la délaissât pour s'adonner aux plaisirs de la chasse ou à ses randonnées sur les flancs du Vésuve. Alors, pour combler ses longs moments de solitude, elle se réfugiait dans la musique. Non dénuée d'un certain talent, elle s'isolait durant de longues heures dans l'une des pièces de leur résidence napolitaine où elle jouait du clavecin ou de la harpe. Il semble même qu'elle se soit produite devant Mozart enfant lors d'un déplacement en Autriche.

Dans les dernières années de leur mariage, Catherine fut prise d'une crise de mysticisme. Elle devint presque bigote au point de tancer lord Hamilton (lui-même libre-penseur) et de l'adjurer de mettre fin à son « existence dissipée ». Le diplomate se contentait de répondre par un hochement de tête. Tout à ses obligations, il n'avait guère le temps de se lancer dans des débats théologiques. Découragée, l'infortunée Catherine n'avait d'autre choix que de regagner son clavecin quand elle ne faisait pas appeler le docteur Drummond, son médecin personnel. Au fil du temps, il était devenu son ami de cœur, son confident. D'origine britannique, l'homme s'était retiré à Naples dans les années 1770, soit six ans avant l'arrivée des Hamilton. Malgré sa science et son amitié, il ne put rien contre l'affection dont fut victime Catherine. On ne sait d'ailleurs pas de quoi elle souffrait. Selon le marquis de Gallo, ambassadeur de Naples à la cour de France, elle aurait été *un poco asmatica*. Quelle que fût l'origine de sa maladie, celle-ci devait être suffisamment grave pour la contraindre de s'aliter très régulièrement. Pour comble de malheur, le docteur Drummond décéda des suites d'une chute de cheval, le 13 août 1782. Catherine le suivit dans la mort douze jours plus tard.

On sonne.

Greville réprime un sursaut et se précipite vers la porte où Mrs. Cadogan l'a déjà précédé.

Un homme d'une cinquantaine d'années apparaît dans l'encadrement. Il est de taille moyenne. Très élégant. De l'allure. La pratique de la chasse lui a conservé un corps relativement svelte. Ses cheveux très fins, presque blancs, ressemblent à de la soie. Ses yeux bleu pâle sont à peine soulignés par de légers cernes. Avec ses joues et son cou plissés de rides diaphanes, sa bouche mince et bien dessinée, il ressemble à une dame blonde encore pourvue des vestiges de sa beauté.

Il a connu une brillante carrière dont l'apothéose fut, en 1764, sa nomination en tant qu'ambassadeur d'Angleterre et ministre plénipotentiaire au royaume de Naples, appelé aussi royaume des Deux-Siciles. Couvert d'honneur par le roi George III, il a été également consacré chevalier et décoré du Très Honorable Ordre du Bain. Ce titre prestigieux était figuré par une médaille d'or étoilée où l'on voit un sceptre, une rose, un chardon, au milieu de trois couronnes impériales. Sur le plat une devise est gravée : *Tria juncta in uno* (Trois en un). Nous verrons par quel clin d'œil du sort ces mots résumeront toute la destinée à venir de l'ambassadeur.

L'oncle et le neveu échangent un salut chaleureux. Puis ils pénètrent dans le salon. Emma les y attend. Elle esquisse une petite révérence. Greville s'empresse de faire les présentations. Le cœur du chevalier Hamilton fait un petit bond discret dans sa poitrine. Jamais il n'a été en présence d'une créature aussi parfaite. Du haut de ses dix-huit ans, Emma est resplendissante. Et si elle n'est pas encore au sommet de sa beauté, ce qui émane de son être a déjà de quoi troubler l'âme la plus aguerrie. Un an plus tôt, lorsqu'il avait été contraint de se rendre à Londres pour faire inhumer son épouse, l'ambassadeur avait eu l'opportunité de recueillir les confidences de son neveu. Celui-ci lui avait largement vanté les charmes de la jeune femme. Mais ce qu'il découvre dépasse de loin tout ce qu'il eût pu imaginer.

On s'installe. La jeune femme s'éclipse sous prétexte de préparer le thé. Les deux hommes en profitent pour faire le point.

Greville décrit derechef ses angoisses. L'ambassadeur le rassure comme il peut.

Emma est de retour dans la pièce.

Elle sert le thé. Lord Hamilton le trouve délicieux. On jurerait qu'il n'en a jamais goûté de meilleur. Plus tard, il surnommera la jeune femme *the fair tea-maker*. Ce qui, traduit littéralement, signifie : « la belle faiseuse de thé ».

On parle à bâtons rompus. Surtout le diplomate. Emma est tout de suite séduite par l'attitude pleine d'égards du vieux gentleman, par son exubérante gaieté, qui tranche tant avec la personnalité enténébrée de Charles. Les récits, les anecdotes que relate l'ambassadeur l'amusent et la fascinent.

Loin de tirer vanité de ses connaissances, lord Hamilton aime au contraire à se mettre à la portée des profanes, et il est le premier à s'amuser des travers auxquels n'échappent guère les collectionneurs passionnés. N'a-t-il pas, à force de patience, dressé un singe à prendre l'attitude absorbée du numismate examinant à la loupe quelque précieuse médaille antique ? C'est, dit-il, sa façon de se moquer des antiquaires.

— À propos de ce singe, intervient Greville, ne m'aviez-vous pas dit que vous soupçonniez Gaetano, votre cuisinier, de l'avoir empoisonné ? En avez-vous eu la preuve finalement ?

— Non. Mais je suis convaincu que cela s'est passé ainsi.

La discussion se prolonge jusqu'au crépuscule. On passe à table. Mrs. Cadogan sert le dîner.

— Savez-vous, ma chère, comment nous nous surnommons, mon neveu et moi ? Pline l'Ancien et Pline le Jeune. Vous ignorez peut-être qui fut Pline ?

Emma esquisse une moue sceptique.

— De son vrai nom Gaius Plinius Secundus, c'était un chevalier romain né à Côme, il y a bien longtemps. Mais c'était aussi un naturaliste, un homme de science. Le vieux Pline fut ainsi nommé pour le distinguer de son neveu et fils adoptif Pline le Jeune. Par ailleurs, Pline l'Ancien s'est intéressé au Vésuve. Le Vésuve ? Un volcan qui surplombe la baie de Naples. À l'instar du chevalier romain, je suis moi aussi captivé par ce monstre en ébullition. J'ai même publié de nombreux traités à ce sujet.

Sir William aurait pu ajouter que, au moment de l'éruption qui se produisit en 79 de notre ère et provoqua la destruction de Pompéi, Pline l'Ancien voulut se rendre compte par lui-même du désastre, poussé à la fois par la curiosité du savant et le sens du devoir qui lui intimait l'ordre d'organiser les secours. Mais il mourut sur le rivage de Stabia, sans doute d'une crise cardiaque provoquée par les gaz délétères.

Toutefois, lord Hamilton n'entend pas s'identifier à ce point à son grand modèle. Il a cinquante-trois ans, en paraît un peu moins, et n'a nullement l'intention de mourir dans un délai aussi court ; surtout depuis que son regard a croisé celui d'Emma. Peut-on parler de coup de foudre ? Lord Hamilton a toujours été un épicurien, un amoureux de la beauté pure. Il suffit de relire le passage d'une lettre envoyée à Emma en 1792 pour s'en convaincre : « Mon étude des objets d'art a développé chez moi le sens de l'éphémère. L'Art véritable se résume en quelques mots :

vivre intensément chaque instant de notre existence et ne pas se laisser distraire par les petits ennuis du quotidien. Il consiste aussi à admirer le Créateur et ses œuvres et faire le bien autour de soi. Je ne connais pas d'autre manière d'entretenir en nous une parcelle d'éternité. » Ce jour-là, c'est surtout l'amateur d'art et le philosophe qui succombe aux charmes de la jeune femme. Et puis, Emma le touche. Il sourit à ses maladresses de langage, ses erreurs de syntaxe, toutes ses gaucheries qui filtrent encore malgré les efforts qu'elle fait pour paraître à la hauteur. Il aime son impulsivité, cette façon qu'elle a de s'enthousiasmer pour un rien. Au fond, ce que l'ambassadeur apprécie chez la jeune femme, c'est ce que Greville aimerait gommer en elle : son naturel.

Emma quant à elle est grandement flattée. Flattée et émue. Un être de qualité semble l'apprécier pour ce qu'elle est.

Depuis un an qu'elle vit à Edgware Row, elle n'a pratiquement vu que Greville. Elle n'existe que pour lui, s'applique à répondre au moindre de ses désirs. Il exige qu'elle corrige son accent : elle ne pense plus qu'à cela dès qu'elle entrouvre les lèvres. Il veut qu'elle se cultive, qu'elle écrive sans fautes d'orthographe : elle passe des heures à étudier. Femme, mais encore enfant, la petite créature est amoureuse de son créateur. Elle l'aime éperdument. Sans restrictions. Mais jusqu'à quand ? Quelles sont ses limites ? Elle n'a jamais su aimer autrement que de passion.

Hamilton repart pour Naples. Il emporte dans ses malles un portrait de la *belle faiseuse de thé* commandé à son ami le peintre Reynolds.

Une nouvelle année s'écoule. Un changement s'est opéré en Greville. Il est un peu moins présent et passe beaucoup de temps – trop, au goût d'Emma – auprès d'une dame de la haute bourgeoisie : lady Craven. La liaison tapageuse qu'elle a entretenue, en 1773, avec l'ambassadeur de France lui a valu d'être mise au ban de la société. Elle écoute Greville des heures durant et avec compassion gémir sur son avenir et ses ennuis d'argent. Sont-ils amants ? Point de certitude. Cependant, leur relation fut suffisamment ambiguë pour que des années plus tard, en 1791, lors d'un passage dans la capitale, Emma refuse farouchement de rencontrer la dame en question.

Hamilton revient à Londres vers la fin mai 1784. Il revoit souvent le couple, toujours à Edgware Row. À aucun moment Greville ne jugera opportun de proposer à sa maîtresse de se joindre à eux lors de dîners en ville. Les rares fois où il la sortira de son antre, il le regrettera. À peine dans la lumière, Emma attire vers elle tous les regards et éveille toutes les envies. Un certain sir Francis Willoughby, envoûté par la beauté de la jeune femme, se proposera même de lui offrir un hôtel particulier dans un des quartiers les plus élégants de Londres, avec voitures, bijoux et crédit illimité pour ses dépenses. À cette offre, Emma opposera une fin de non-recevoir.

Le plus souvent, elle se contentera de guetter le retour de Charles. Qu'importent les récentes crises d'eczéma dont elle est victime depuis quelque temps, tant pis pour les heures de solitude, puisque son bien-aimé lui revient toujours.

Elle est à mille lieues alors d'imaginer le projet qui a germé dans la tête de son amant. À quel moment précis est-il né ? Était-ce lors du premier passage de lord Hamilton à Edgware Row ? Ou plus tard ? Toujours est-il que son obsession de l'argent l'a insensiblement amené à faire le raisonnement suivant : s'il veut assurer une fois pour toutes sa sécurité financière, il doit épouser une femme riche. Pour épouser une femme riche, il lui faut recouvrer sa liberté. Parallèlement – n'étant pas homme à jeter Emma à la rue comme le fit sir Harry en son temps –, il doit trouver un moyen de mettre la jeune femme en sécurité. Où ? Comment ? Auprès de qui ? Un nom s'impose à lui tout naturellement : celui de lord Hamilton. Après tout, le diplomate ne vit-il pas seul dans sa grande résidence de Naples ? ne possède-t-il pas d'importants moyens ? C'est un gentleman dans le sens le plus noble du terme et, surtout, il apprécie grandement Emma, qui de son côté le lui rend bien.

Certains ont affirmé que, en « jetant » sa maîtresse dans les bras de lord Hamilton, non seulement Greville se débarrassait d'elle, mais il ôtait de la tête de son oncle toute préoccupation matrimoniale qui risquait de le priver de l'héritage. On a dit aussi que toute l'entreprise se résumait à une sorte de troc malsain entre l'oncle et le neveu. Nous verrons que ni l'une ni l'autre de ces accusations ne tiennent.

Le projet est délicat à mettre en œuvre. Greville y mettra le temps qu'il faudra.

Pour l'heure, il doit partir en compagnie de sir William faire le tour des propriétés léguées par Catherine dans le Pembrokeshire ; ensuite les deux hommes se rendront en Écosse où lord Hamilton lui-même possède des terres. Greville suggère à Emma de profiter de son absence pour se rendre à Hawarden en compagnie de sa mère, chez ses grands-parents. Une fois dans la région, elle pourrait prendre des bains de mer à Abergele. Ce serait excellent pour son eczéma.

Et Emma fait ses valises.

Elle demeure quelques jours à Hawarden puis, accompagnée de sa fille et de Mrs. Cadogan, elle prend la route de Chester. Elles logent un certain temps chez une dénommée Mrs. Burt qui leur conseille vivement la station balnéaire de Parkgate. Emma hésite. Elle pense à Greville. Celui-ci ne manquera pas de lui reprocher de s'être rendue dans un lieu si proche de son village natal. Mais en même temps, si elle opte pour Parkgate, Greville sera satisfait. Car, au dire même de Mrs. Burt, cette station est beaucoup moins onéreuse que celle d'Abergele recommandée par son amant. Ce sera donc Parkgate. Avant de prendre la route, Emma écrit à Greville. Il lui manque déjà.

Chester, 12 juin 1784.

Je n'ai pas encore eu de lettre de vous, ce qui me désole. Je ne puis aller à Abergale [sic] *qui est à 40 miles et qui d'ailleurs est une plage très peu agréable ; je prends donc le chemin de Parkgate, seul endroit, à part Highlake, où je puisse aller. Je vous supplie, mon cher Greville, d'écrire directement là, en adressant la lettre poste restante à Parkgate où j'irai la prendre. J'ai avec moi la pauvre petite Emma et j'ai dit adieu à tous mes amis. Je l'ai arrachée d'une maison où elle était heureuse et* j'espère qu'elle se montrera digne des bontés que vous avez pour elle et sa mère. *Je ne vous aurais pas écrit d'ici avant d'atteindre Parkgate si je n'avais eu autant envie d'avoir de vos nouvelles. Je vous en prie, cher Greville, écrivez-moi de suite. J'ai été si malheureuse de vous quitter !* J'ai donné cinq guinées à ma grand-mère parce qu'elle a fait quelques dépenses pour la petite et je n'aurais pas voulu la lui enlever et rester sa débitrice. Mais Emma vous paiera.

Adieu, mon cher toujours adoré Greville, et croyez votre Emma sincère pour la vie.

P.-S. Je vous écrirai encore lundi. Mon plus amical souvenir à sir William. Dites-lui bien des choses. Je n'ai pas la tête à moi ; je vous prie donc de m'excuser ; mon cher Greville, je voudrais être avec vous. Dieu vous bénisse.

Si une incertitude subsistait quant à la docilité, voire la servilité, dont Emma aura fait preuve dans sa relation avec Greville, elle est abandonnée. Elle déborde à la fois de crainte et de reconnaissance : « J'espère qu'elle [*little Emma*] se montrera digne des bontés que vous avez pour elle et sa mère. » Ou encore : « Emma vous paiera. » Il y a quelque chose d'humiliant pour elle dans ces affirmations. Greville n'en sera jamais conscient.

Trois jours plus tard, le trio arrive à destination et descend chez Mrs. Ladmore, veuve de marin, qui tient pension dans le village. À peine installée, Emma se jette à nouveau sur l'encrier. Elle écrira ainsi à Greville au rythme de deux lettres par semaine. Elle eût écrit tous les jours, toutes les heures, si le rythme des postes l'avait permis. Certains extraits méritent d'être rapportés car on y voit bien l'immense fragilité de la jeune femme.

15 juin 1784. Parkgate
(par Londres, faire suivre à Haverford-West, Pembrokeshire.)

Cher Greville,

Vous verrez, d'après l'en-tête, où je me trouve et cependant ce n'est pas faute d'avoir cherché d'autres endroits plus satisfaisants. En ce qui concerne Abergale [sic], *la plage est à quarante miles, mais tellement dispendieuse que je n'aurais pu trouver à me loger avec ma mère et l'enfant à moins de deux guinées et demie par semaine. [...] Je suis dans la maison d'une dame dont le mari est en mer. Elle vit avec sa grand-mère et nous séjournerons là tant que vous n'aurez pas écrit. Le prix est élevé, mais nos hôtesses ne logent personne si le prix de la nourriture n'est pas compris dans la pension ; et comme tout y est convenable, commode et tranquille, j'ai pensé que cela ne nous ruinerait pas jusqu'au jour où je recevrai de vous un avis que j'attends avec impatience. Donnez votre opinion bien franchement, car, croyez-moi, nul ne souhaite de la suivre plus fidèlement que moi, quelle qu'elle puisse être. Je suis certaine que vous ne pouvez me vouloir que du bien, malgré que je n'aie pas toujours surveillé mon caractère d'assez près ; il n'y a pas de cas, soyez-en sûr, où je ne me sois rendue à vos raisons dès que le sang-froid m'est revenu.*

Cher Greville, écrivez-moi vite et dites-moi ce qu'il faut faire de l'enfant. *Elle est d'une turbulence telle que je ne sais comment en venir à bout. Je ne crois pas qu'elle soit laide et je crois même qu'elle a beaucoup embelli ; elle est grande, a de beaux yeux et de beaux sourcils ; elle ne peut plus rentrer dans ses vêtements ; je suis en train d'en confectionner et de repriser ceux qu'elle a. Je vous en prie, mon cher Greville, rappelez-moi à la maison aussitôt que vous le pourrez ; je suis bien triste loin de vous. Vraiment, je n'ai aucune joie, ni aucun bonheur. Je souhaite de ne plus penser ainsi constamment à vous.* Quand bien même je serais la plus grande dame d'Angleterre, je ne pourrais pas être heureuse sans vous. *[...] Dites à sir William toutes sortes de choses de ma part ; dites-lui combien je regrette que mon pitoyable état, dans l'instant du départ, m'ait empêchée de l'embrasser ; mon cœur se brisait alors d'émotion. Mais je l'embrasserai, s'il veut bien me le permettre. Demandez-lui quelle opinion il a de moi et autorisez-le à me dire quelque chose d'aimable dans votre lettre. [...] Ne pensez plus à mes fautes, Greville ; ne pensez qu'à ce qu'il y a de bon en moi et effacez tout ce qu'il y a de mauvais, car le passé est enterré si profondément qu'il ne reparaîtra jamais.*

Ainsi adieu, cher Greville, ne pensez à personne d'autre qu'à moi, car aucune de mes pensées ne vous est étrangère. Dieu vous bénisse et croyez-moi votre sincère et affectionnée à jamais.

Emma Hart

Là encore on se rend compte de la pression que Greville exerce sur la jeune femme dès qu'il s'agit de dépenses : « J'ai pensé que cela ne nous ruinerait pas jusqu'au jour où je recevrai de vous un avis que j'attends avec impatience. » On voit aussi combien Emma est sincèrement attachée à celui qu'elle considère comme son bienfaiteur : « Quand bien même je serais la plus grande dame d'Angleterre, je ne pourrais pas être heureuse sans vous. » De même on sent toute l'importance que représente à ses yeux le jugement de lord Hamilton : « Demandez-lui quelle opinion il a de moi. » A-t-elle la prescience que cet homme jouera un rôle fondamental dans son avenir ? Sent-elle confusément qu'il peut agir sur son destin ? On est tenté de le croire. Il y a comme cela des pressentiments inexpliqués qui naissent dans nos esprits, dont on se dit qu'ils sont absurdes dans l'instant et qui, dans un avenir plus ou moins proche, se révèlent justifiés.

Sept jours plus tard, elle reprend la plume.

Parkgate, 22 juin 1784

Que le temps me pèse sans nouvelles de vous ! Il me semble qu'il y a un siècle que je ne vous ai vu, des années que je n'ai entendu parler de vous ! Vraiment, je serais bien triste si je ne me rappelais pas en quels termes cordiaux nous nous sommes dit adieu, un adieu qui sera suivi de bien des années encore de bonheur. Ô Greville, quand je pense à toute votre bonté, votre tendre bienveillance, mon cœur est si plein de reconnaissance que les mots manquent pour l'exprimer. Mais j'ai en vue un heureux projet que je suis bien décidée à réaliser : c'est d'atteindre à l'égalité d'humeur et au sérieux du caractère. J'arriverai à faire le nécessaire pour ressembler à Greville lui-même. *Sans doute je n'y réussirai jamais, mais je ferai tous mes efforts et c'est tout ce qu'il désire. Je crois que, si j'avais à refaire ma vie, elle serait bien différente de ce qu'elle fut. Mais qu'importe ! Il n'y a rien de tel que l'expérience. Je puis peut-être trouver désormais le bonheur précisément, à cause de mes erreurs passées. Je veux penser à l'avenir et non au passé. [...] L'insouciante, la terrible Emma est devenue un philosophe grave et réfléchi. C'est la pure vérité, Greville, et je vous en convaincrai aussitôt que vous me reverrez. Mais je ne sais à quoi je pense !* Voilà que je ne vous parle pas de mon écervelée et étrange fille. Qu'allons-nous bien pouvoir faire d'elle, Greville ? *[...] Croiriez-vous que samedi nous avons eu ensemble une petite querelle – je veux dire Emma et moi –, je l'ai frappée sur les mains et, lorsqu'elle est venue m'embrasser et demander pardon, je l'ai prise sur mes genoux et j'ai pleuré. Quand elle s'approche et me regarde dans les yeux en m'appelant « maman », je suis alors vraiment une mère. Tous mes sentiments maternels se révèlent d'un coup et me répètent que je suis une mère et qu'il faut l'être.* Je ferai tout ce que je pourrai pour l'empêcher de tomber dans les erreurs de sa malheureuse mère. *[...] C'est bientôt l'heure du bain et il faut que je quitte la plume. Je ne veux pas finir cette lettre sans avoir vu arriver le courrier, au cas où il y aurait une lettre. Il arrive à une heure. J'espère tant avoir une lettre aujourd'hui.*

Il n'y aura pas de lettre de Greville ce jour-là. Non plus que les jours suivants. Peut-être commence-t-il à prendre certaines distances en vue de la séparation qu'il envisage ? Malgré tout, elle poursuit sa correspondance, se livrant à de longues descriptions sur l'état de sa santé, et toujours et encore sur les dépenses : « Je suis obligée de donner un shilling par jour pour le cheval et la femme qui nous conduisent dans l'eau, et deux pence pour les costumes. Ce sont des grands frais et cela me navre maintenant d'y penser. »

Pendant trois interminables semaines, Emma multiplie vainement ses lettres ; l'arrivée de chaque courrier renouvelle sa déception. Greville simule une indifférence dont elle conçoit les plus vives alarmes :

> *Pas encore de lettres de vous, mon cher Greville ! Pourquoi, mon adoré Greville ? Quelle raison avez-vous de ne pas écrire ? Si vous voyiez mon angoisse, vous écririez. Vous m'aviez promis de m'écrire avant mon départ de Hawarden et j'ai été fort déçue que vous ne l'ayez point fait ; mais je pensais bien que vous auriez l'occasion de le faire pendant votre séjour à Wandower Hill. J'ai expédié deux lettres à Haverford West et je n'ai jamais eu de réponse. Et voilà maintenant trois semaines que je ne vous ai vu...* Dites toute mon affection et mes meilleurs compliments à Pline. Dites-lui que je vous confie à lui et qu'il sera responsable de vous devant moi quand je le reverrai. J'espère qu'il n'est pas tombé amoureux de quelque Écossaise osseuse dont la fortune tiendrait lieu de beauté et dont il aurait vite assez. Hum ! C'est qu'il est assez amateur de vieux portraits de ce genre ; il pourrait s'enthousiasmer sur les originaux et cela lui donnerait réponse à tout. Dites-lui que je penserai toujours à lui avec reconnaissance, que je me souviendrai de lui avec plaisir et que je regrette toujours de m'être séparé de son aimable compagnie. Dites-lui que je lui souhaite tous les bonheurs, que je prierai pour lui et le bénirai aussi longtemps que je vivrai...

Je vous en supplie, mon cher Greville, faites que je revienne au plus tôt à la maison. Voilà trois semaines de passées et, si je reste encore une quinzaine, savez-vous bien que cela fera cinq semaines. De plus, la dépense est de deux guinées par semaine, y compris le blanchissage, la femme des bains et tout le reste, et je crois que dans quinze jours ou trois semaines il ne me restera pas un penny.

Plus que jamais, transparaît la présence de lord Hamilton. Elle reprend encore la plume le 25 juin : « Avec quelle impatience je me mets à écrire en attendant le facteur ! À coup sûr j'aurai une lettre aujourd'hui. Pouvez-vous, mon cher Greville – non, c'est impossible – avoir déjà oublié votre pauvre Emma ? Je pense continuellement à vous et j'en arrive à m'imaginer que je vous entends et que je vous vois. [...] Ô Greville ! Réfléchissez au nombre de jours, de semaines, d'années de bonheur qui peuvent encore, je l'espère, s'écouler pour nous. Une seule ligne de vous me rendrait heureuse. »

Enfin, Greville donne signe de vie. La poste seule est coupable de ce long retard, et si l'on en juge par la reconnaissance d'Emma, la lettre attendue doit être écrite en termes qui font tout pardonner à l'absent : « Ma grand-mère m'a fait suivre vendredi dernier une lettre de vous, arrivée là-bas depuis quinze jours. Je vous suis bien obligée des aimables choses que vous me dites. Remerciez sir William d'avoir déclaré qu'il m'estimait. J'espère qu'il ne changera jamais d'opinion ; je suis fière de cette bonne parole et je compte bien ne jamais le faire mentir. »

Une deuxième lettre parvient à Parkgate au début de juillet et déconcerte profondément l'exilée. L'intention qui la dicte semble équivoque. Quel motif à cette sévérité gratuite ? Emma reconnaît à peine son ami quand il lui parle d'inaugurer à Edgware Row un genre de vie qui marquerait déjà, sinon une tentative de rupture, du moins une nouvelle phase dans leur liaison. Cette fois, le ton affectueux, presque paternel, employé d'ordinaire par le correspondant, dissimule à peine certaines critiques malveillantes, certains reproches tellement inexplicables qu'Emma s'obstine à ne pas les prendre au sérieux. Elle n'en a pas moins l'impression très nette de l'urgente nécessité de son retour :

Parkgate, 3 juillet 1784

J'ai été très heureuse, mon cher Greville, d'avoir de vos nouvelles à la réception de votre si terrible lettre. Vous m'avez tant grondée ! Mais tout est oublié et je vous ai pardonné... Je me réjouis fort de penser que nous allons bientôt nous retrouver tous joyeux, en belle humeur et gais. Je serai tout cela pour ma part, et je ne redoute pas que vous soyez autrement. Vous ne pouvez savoir, Greville chéri, quel plaisir c'est pour moi de penser que ma pauvre petite Emma sera bien installée et contente ; et, Greville, si elle tourne bien, quelle joie ce sera ! Ma mère vous envoie ses compliments, à vous et à sir William. Dites-lui tout ce que vous pourrez trouver d'aimable et qui puisse me rendre chère à ses yeux.

Emma attend près d'un mois le moment tant souhaité du retour et ne quitte Parkgate que dans les derniers jours de juillet. Retour assombri par sa séparation avec *little Emma*. Elle s'y est beaucoup attachée au cours des dernières semaines. Même si elle se plaint de son « mauvais caractère », les heures passées ensemble l'ont beaucoup rapprochée de son enfant. « C'est un vrai tourbillon, elle est toujours en effervescence, mais si vous saviez combien je l'aime. »

À peine réinstallée à Edgware Row, elle tombe malade ; peut-être la rougeole. Sur le point de regagner Londres à leur tour, Greville et son oncle apprennent sa maladie et sa guérison dans une même lettre datée du 10 août 1784 : « J'ai reçu votre bonne lettre la nuit dernière et je cherche les mots, mon cher Greville, pour vous exprimer quelle joie elle m'a faite. Je m'imaginais en effet être, telle une brebis égarée, complètement oubliée de vous. Maintenant il faut que je vous informe de ma maladie. J'ai eu tout le corps recouvert d'éruptions et beaucoup de fièvre. Mais je vais bien mieux. Peut-être mieux encore qu'avant d'avoir été malade. Mon meilleur souvenir à sir William et dites-lui que, s'il revient, je lui donnerai mille baisers, car je l'aime bien un peu aussi. »

4

GREVILLE rentre à Londres dans la semaine qui suit, le 17 août 1784.

Pour soulager les grands-parents d'Emma, décision est prise – aux alentours du mois de décembre – de placer l'enfant en pension dans un établissement scolaire de Manchester tenu par un couple du nom de Mr. et Mrs. Blackburn. À cette occasion, Greville rédige ce commentaire étrangement cynique dans un courrier adressé à son oncle : « L'attachement qu'une mère ressent pour son enfant est proportionnel au temps qu'elle passe à ses côtés. J'ai trouvé le moyen d'éviter à Emma qu'elle soit victime de ce processus. »

Il se trompe. Pour la mère, ce fut certainement une nouvelle épreuve. À moins d'être totalement dépourvu de sensibilité – ce qui fut loin d'être le cas d'Emma – on ne peut qu'être malheureux à l'idée de savoir son enfant privé de tous liens familiaux, isolé dans un milieu étranger. Et nous savons que cette séparation eut de fâcheuses conséquences sur l'enfant. *Little Emma* devenue femme écrira vingt-cinq ans plus tard : « Je n'ai jamais vraiment réussi à penser à Emma comme l'on pense à une mère. J'ai conservé d'elle de nombreux souvenirs, mais pas autant que je l'eusse souhaité. » Plus triste encore, contrainte de vivre séparée de sa fille, Emma finira par l'occulter de son esprit.

L'existence se poursuit à Edgware Row sans changement apparent. Mais, au milieu du mois de septembre, de nouvelles difficultés surgissent. Greville décide de vendre sa propriété de Portman Square. Le prix qu'il en tire ne suffit même pas à payer la dette qu'il avait contractée auprès de l'architecte. C'est un nouveau traumatisme. Il tente alors de se défaire de sa collection de tableaux et de la précieuse cave à vin qu'il avait aménagée dans les sous-sols de la résidence de Romney. Les négociations traînent en longueur. La vente ne se conclura qu'en 1786. Après le départ d'Emma.

Dans les mois qui suivent, Greville écrit régulièrement à son oncle et, dans chacune de ses lettres, il célèbre les vertus de sa compagne :

> *Elle est très reconnaissante de votre bon souvenir. Elle a certainement fait de grands progrès depuis qu'elle est avec moi. Elle a vaincu tous ces mauvais penchants que sa folie et son inexpérience avaient développés et que la fréquentation d'une mauvaise société avait fait germer. Elle a beaucoup d'amour-propre et se condamnerait à la réclusion plutôt que d'admettre dans son intimité une personne qu'il serait malséant d'y rencontrer. Elle possède une élégance naturelle et se plie facilement à toutes les circonstances, car elle a de l'adresse et du tact.*

Il précise aussi qu'un nouveau portrait d'Emma en bacchante sera expédié par le prochain navire. Il attend simplement que Romney y apporte un ultime ajout. En l'occurrence la présence d'un chiot à ses côtés. Il est possible que l'animal existât réellement et qu'il fût un présent de Greville à Emma. Une manière de combler un peu la solitude de la jeune femme.

Et d'ajouter :

Faire la connaissance de deux ou trois personnes, apprendre la musique et le dessin ou se livrer à toute autre occupation du même genre, voilà qui suffit à la rendre heureuse autant qu'elle pourrait l'être en menant une existence de folle dissipation. Elle est bien loin d'être écervelée ; au contraire, on remarque dans son caractère un sentiment de juste mesure qui lui fait trouver autant de plaisir dans sa vie solitaire et retirée que dans la vie la plus brillante... J'ai souvent entendu dire qu'on arrive à tout avec de la bonne volonté, mais je n'ai jamais vu personne tirer meilleur parti des instincts de sa nature ; j'imagine qu'elle mourrait plutôt que de se plaindre d'un traitement trop sévère.

À la suite de ce passage, Greville rappelle aussitôt ses préoccupations ; il lui semble que, de ce contraste, son oncle devra tirer de lui-même la déduction souhaitée. Il s'agit, bien entendu, de ses embarras financiers, plus pressants que jamais :

Si j'étais indépendant, je penserais si peu à toute autre liaison que je ne me marierais jamais. Je n'ai d'ailleurs aucun projet pour le moment, mais, si quelque bonne occasion se présentait, je me trouverais bien perplexe et ne saurais quel parti prendre, ni comment assurer à Emma un sort convenable... L'offre que j'ai faite de mes tableaux me libérerait des engagements Humberston [auprès de qui il s'est endetté] dont je vous ai entretenu ; j'ai pu réunir 1 000 livres sterling, mais il me faut en trouver 1 000 autres. Si Ross [Ross et Ogilvie, banquiers de lord Hamilton] pouvait m'avancer cette somme, je vous offrirais ma collection de minéraux à titre de garantie. Sa valeur dépasse de loin le montant en question et cela m'indiffère que la collection soit en ma possession ou en la vôtre. Je n'accepterais de vous impliquer qu'à cette seule condition. Je prends une faveur pour ce qu'elle est, mais [dans le texte] business is business.

Ce n'est ni plus ni moins qu'une demande de prêt. Lord Hamilton y répondra favorablement, tout en refusant la collection de minéraux que son neveu lui propose à titre de garantie.

Puis Greville revient sur le sujet d'Emma, et se dévoile clairement :

> J'aurais souhaité que la belle faiseuse de thé fût à vous. *Je ne sais plus comment faire pour me séparer de ce dont je ne suis pas lassé. Et dans le même temps, je ne sais pas comment continuer à lui procurer mon affection. J'en suis là, conscient que tôt ou tard la nécessité me forcera à mettre un terme à ma relation. Ce jour-là, je serai peut-être forcé de lui offrir [à Emma] une rente d'une centaine de livres par an. Il faudra alors que je la place en position de ne point refuser,* car je sais qu'elle préférerait vivre elle-même dans la détresse plutôt que de me mettre dans l'embarras. *Si j'avais pu poursuivre, jamais je n'aurais songé à toutes ces choses. Mais je suis absolument obligé de recouvrer ma liberté de manœuvre pour m'en sortir. Ensuite, je pourrai subvenir à ses [Emma] besoins. Elle est trop jeune et trop belle pour finir sa vie dans un couvent ou à la campagne.* Je m'interroge sur le lieu où elle pourrait être heureuse. *Je sais que vous m'avez cru un instant jaloux de l'intérêt que vous lui portiez. C'est faux.* De vous la rendre accessible me paraît même une nécessité.

Il ose plus loin encore : « Emma est en pleine santé et j'ajouterai que c'est la seule femme avec qui j'ai couché sans avoir aucun de mes sens offensé. Il n'existe pas de compagne de lit qui soit plus douce et plus propre. »

On ne peut guère être plus explicite. À cet aveu, particulièrement outrancier il est vrai, l'historien Georges Blond commente, non sans humour : « Quelle maquerelle a jamais dit mieux ? » Il nous semble que c'est oublier dans quel état d'esprit se trouve Greville. Il *tient à n'importe quel prix* à ce que lord Hamilton recueille Emma sous son toit. Il use de tous les stratagèmes. Mais c'est toujours en pensant au bien-être de sa maîtresse. Il veut s'en séparer, *mais souhaite aussi sa sécurité*. Une évidence ressort en tout cas de sa démarche : ce n'est plus un homme amoureux.

Vers le mois d'avril 1785, soit près d'un an plus tard, Greville, toujours sans réponse satisfaisante, s'enhardit et soumet à son oncle, en toute confidence, une solution nouvelle : le mariage : « Je n'ai qu'une alternative, me marier ou rester pauvre », et cette dernière perspective lui semble, pour l'instant, d'autant moins séduisante qu'il entrevoit une alliance possible avec l'une des filles de lord Middleton qui fut son voisin à Portman Square. Il entre ensuite dans quelques détails : « La plus âgée s'est mariée l'année dernière ; la seconde, Henrietta, a été présentée à la cour cet hiver seulement. Vous me connaissez assez pour savoir que, pour me marier, il me faut trouver deux choses réunies : agréments physiques et qualités morales *[sic]*. Or, la plus jeune est, sous ces deux rapports, au-dessus de ce qu'un cadet de famille tel que moi est en droit d'exiger. J'ai appris que leur dot était de 30 000 livres sterling ; mais depuis, on a prétendu que l'aînée n'en avait eu que 20 000. La fortune pourrait paraître satisfaisante dans le présent à toute personne très éprise ; mais, d'autre part, il ne serait guère convenable de proposer un parti qui n'apporterait que 500 livres sterling de rentes et quelques dettes. J'ai donc toujours négligé de faire des ouvertures et je considère le projet comme irréalisable. Pourtant, je reste convaincu que, *si je pouvais trouver une solution et faire briller quelques espérances pour l'avenir*, rien ne s'opposerait plus à ce que je devinsse un prétendant. »

Entre les lignes s'inscrit une requête non avouée, mais néanmoins précise. Greville voudrait que son oncle intervienne auprès de lord Middleton en lui assurant que son neveu sera son légataire universel, d'où la raison de cette phrase : *si je pouvais trouver une solution et faire briller quelques espérances pour l'avenir*. Ainsi, fort de cet appui, il est convaincu que sa demande en mariage aura plus de chances de succès. Là encore, lord Hamilton exaucera son vœu. En revanche, pour ce qui est de l'avenir d'Emma, il ne semble pas du tout disposé à saisir l'offre que lui soumet son neveu. L'habitude des tractations diplomatiques a fait de lui un homme qui n'agit pas à la hâte et sans avoir mûrement réfléchi. Il est probable aussi que son expérience de la vie lui a permis d'entrevoir chez Emma un personnage beaucoup plus fort et moins ingénu que celui qu'on lui décrit. De plus, tout porte à croire que l'ambassadeur éprouve une réelle affection pour le couple. De son point de vue, l'idéal eût été que Greville conservât sa maîtresse et qu'il abandonnât ses projets de mariage avec Henrietta Middleton. Il l'exprimera nettement d'ailleurs dans l'une de ses réponses. Pour quelle raison se montre-t-il réticent à l'égard du projet Henrietta ? Après tout, n'avait-il pas fait lui-même un mariage de convenance ? Ce genre de démarche ne pouvait pas lui être inconcevable. De Naples, n'avait-il pas écrit à son neveu dix ans auparavant, en décembre 1774 : « J'eusse aimé que vous fussiez ici en ce moment. Vous y auriez fait la connaissance d'une jeune personne de qualité. Miss Saint George. Son père est décédé pas plus tard qu'hier en lui laissant une rente annuelle de 6 000 livres. Elle danse admirablement bien, *le nez un peu retroussé*[1]. Dommage. » Pourtant, le diplomate n'a plus la même opinion s'agissant de la fille de lord Middleton. Pourquoi ? Parce qu'il y a Emma. La jeune femme l'a touché, et il a de l'estime pour elle. Il sait aussi à quel point elle est amoureuse de Greville et combien une rupture l'affecterait. En deux mots : il cherche à la préserver.

Greville ne lâche pas prise. Dans le courant du mois de mai 1785, il poursuit, dans des termes qui frôlent la goujaterie :

1. En français dans le texte.

À votre âge, la présence d'une femme plaisante et honnête ne serait pas superflue. Mais si j'étais vous, j'eusse préféré qu'elle me fût offerte plutôt que d'avoir à l'acheter, *à moins bien évidemment que cette femme ne représentât un parti fructueux. Ainsi que me l'a fait remarquer votre frère, pour vous, ce qu'il y aurait de plus judicieux à faire serait d'acheter un amour « clés en main ». Il pense aussi qu'il serait temps que* vous nommiez votre héritier, en l'occurrence moi-même. *Je vous écris tout ceci sans détour, avec un cœur ouvert et franc* dépourvu d'arrière-pensées. *Tout ce que je souhaite au monde c'est votre bonheur et une vie la plus longue possible.*

Et il expose clairement son plan :

Vous pourriez tenter la combinaison suivante : l'inviter [Emma] en lui expliquant que je ne dois pas quitter l'Angleterre et que je n'ai plus les moyens financiers de poursuivre ma relation. Présentez-lui la chose comme une gracieuseté qu'elle me ferait en se rendant à votre invitation ; elle envisagerait alors son départ avec moins de peine. Il est prévu qu'elle aille passer six semaines au bord de la mer et, dans votre réponse à ma présente lettre, vous pourriez joindre un mot pour elle que j'essaierais de lui faire parvenir. Elle irait vous retrouver à Naples soit par coche soit par mer. Je dois vous préciser que c'est le moment idéal. Après plus d'un mois de séparation, elle considérera la proposition avec plus de sérénité. S'il est un être au monde qu'elle considère après moi, c'est vous. Et je n'aurais pas pris le risque de vous l'envoyer si je ne savais que les sentiments que vous éprouvez à son égard sont dépourvus de sous-entendus sexuels [sic].

Et de préciser que l'invitation de lord Hamilton devrait avoir une apparence d'innocence. On doit convaincre Emma qu'il s'agit d'une séparation temporaire (six mois au plus), que sa mère et elle doivent se sentir honorées d'être invitées à résider à l'ambassade de Naples. Il tient à ce stratagème, car il sait parfaitement combien Emma est éprise de lui. Autrement, comment trouver le prétexte nécessaire pour rompre avec une femme qui se montre chaque jour un peu plus amoureuse ? « Je suis bien sûr qu'elle tient à moi, sans quoi elle n'aurait pas refusé les offres très séduisantes que je sais lui avoir été faites[1]. »

Le 1er juin 1785, lord Hamilton abat ses cartes. Pour qui veut comprendre tout le mécanisme de cette affaire, la missive est du plus grand intérêt :

> *Mon cher Charles,*
>
> *Si je venais à décéder, le testament que j'ai établi à Londres, déposé chez Lincoln mon notaire, et dont je possède une copie, fait de vous mon légataire universel. Je précise que ce document fut rédigé aussitôt* après la mort de mon épouse. *Cette attitude vous confirme que vous êtes l'être que j'estime le plus au monde. Si je ne vous en ai pas informé plus tôt, c'est parce que je connais les aléas de la vie. Ils sont si variés que nul ne peut garantir ce qui peut survenir. À titre d'exemple, si je m'étais marié entre-temps, c'eût été pour vous une déception cruelle alors que vous vous saviez mon héritier. Pour ce qui est d'Emma, je suis disposé à répondre à votre demande et à l'accueillir, car c'est une personne que j'aime beaucoup et dont je pense le plus grand bien. Néanmoins, mon cher Charles*, il existe une différence fondamentale entre le fait qu'elle partage mon toit et les sentiments qui l'attachent à votre personne. J'entrevois tant de difficultés qui naîtraient de cette situation que je ne vous conseille vraiment pas d'aller au terme de votre séparation. *De plus, bien que Naples soit une grande ville, il y règne un esprit très provincial, proche de celui d'un village. Rien de ce que l'on fait ou dit ne reste longtemps secret. Et ce serait une grande distraction pour les jeunes voyageurs anglais de passage de jouer à cocufier le vieil ambassadeur que je suis. Qu'ils y parviennent ou non me mettrait dans une situation malaisée. Je tiens Emma en si grande considération que,* si

1. Il veut parler ici de l'offre de Willoughby.

elle se montrait disposée à se retirer à la campagne, je serais prêt à lui accorder une rente annuelle de 50 livres, le temps pour vous de pouvoir prendre la relève. *Lors de mes séjours à Londres, si je fus très sensible à sa beauté et à son charme, jamais en revanche il ne me serait venu à l'esprit de lui voler plus qu'un innocent baiser, pleinement conscient qu'elle appartenait à mon ami.* Vraiment, je préférerais vous avoir tous les deux ici, à Naples, à mes côtés, plutôt que d'avoir Emma pour moi tout seul. Je me sais sensible et ne possède pas les armes suffisantes pour conquérir pareille beauté.

Ce courrier révèle, entre autres, la très grande humanité de lord Hamilton. Curieusement, Greville ne prend en considération aucune des mises en garde énoncées. Il répond : « Vous n'êtes pas du tout forcé d'héberger Emma dans la résidence de l'ambassade, vous pourriez parfaitement l'installer dans une petite villa dans les environs de Naples. Je vous garantis qu'elle ne s'imposera ni au cours des dîners, ni par des visites impromptues. Pour ce qui est des jeunes Anglais, vous n'avez rien à craindre. Elle obéira en tout point à vos directives et se consacrera à étudier la musique, la peinture ou à une quelconque distraction qui la gardera occupée. »

Paradoxalement, c'est grâce à cette insistance que les accusations portées contre lui s'effondrent d'un seul coup. Examinons la situation. Greville n'a-t-il pas enfin obtenu la certitude que son oncle ferait de lui son légataire universel ? N'était-ce pas ce qu'il souhaitait ardemment depuis toujours ? Par ailleurs, le prêt Humberston n'a-t-il pas été remboursé grâce à l'intervention de lord Hamilton ? La théorie largement répandue qui consiste à affirmer que Greville aurait « vendu » Emma en échange de ces deux « rétributions » et que sir William se serait montré un acheteur empressé ne tient plus la route. Greville a ce qu'il voulait : le testament et le règlement de sa dette. *Et lord Hamilton n'est toujours pas preneur.* Tout au long de ces échanges épistolaires, il ne le fut à aucun moment. Que peut-on en conclure, sinon que Greville *aspirait sincèrement à trouver un point de chute pour Emma*, convaincu que c'est uniquement auprès de son oncle qu'elle pourrait le mieux supporter leur séparation. Après tout, constatant que sir William ne se montrait pas disposé à la recevoir, ayant acquis une certaine tranquillité d'esprit quant à son avenir financier, s'il cherchait vraiment à se « débarrasser » d'Emma, rien ne s'opposait à ce qu'il la cédât à un autre parti. Pourquoi pas le fameux Willoughby, qui n'attendait qu'un signe ? Les candidats ne manquaient pas.

Inconsciente de ce qui se trame, Emma se rend en compagnie de Mrs. Cadogan dans une station balnéaire. Elle ne quitte pas Edgware Row de gaieté de cœur, mais suit en cela les directives de Greville, lequel a décidé de prendre des vacances en compagnie de Robert Fulke, son frère, entre le pays de Galles et les Cornouailles. Cette nouvelle séparation, longuement préméditée, devrait sceller son projet. N'a-t-il pas suggéré à lord Hamilton de profiter de son absence pour envoyer l'invitation à Emma ?

Il est dans l'erreur. Lord Hamilton n'envoie pas d'invitation à Emma. En revanche, il se manifeste comme il s'y était engagé auprès de lord Middleton, le priant de bien vouloir considérer avec bienveillance les intentions de son neveu à l'égard de sa fille cadette Henrietta, tout en lui assurant que Greville est bien son légataire universel. La démarche se soldera par une fin de non-recevoir.

Informé du refus, Greville est déçu et découragé. Il laisse alors entendre à son oncle qu'il songe sérieusement à se retirer à Édimbourg et à se consacrer à la chimie aux côtés d'un certain docteur Black. Il vivra de peu, assure-t-il, et en ermite. Il ne parle plus de sa maîtresse.

Serait-ce de crainte que son neveu ne mette son projet à exécution ? Éprouve-t-il une réelle inquiétude pour Emma ? Serait-ce par lassitude ou dans un brusque désir de céder à la tentation ? Ou alors décide-t-il d'appliquer la devise gravée sur sa décoration de l'ordre du Bain : *Tria juncta in uno* (Trois en un) ? C'est certainement un mélange de tout cela. Sir William opère une volte soudaine, et fait savoir à Greville qu'il est finalement disposé à prendre Emma sous son toit. Après tout, pourquoi s'entêter indéfiniment à refuser un si bel objet dont son neveu persiste à vouloir se démunir ? À la différence de Pline, il n'est point romain, il est anglais et son stoïcisme a des limites. Enfin ! Greville respire mieux. Son rêve semble se réaliser. Hélas, un événement imprévu oblige les deux hommes à ajourner leur entreprise. À peine Emma est-elle rentrée de sa cure que sa mère est victime d'une embolie. Mrs. Cadogan ne meurt pas, mais elle demeure tout de même paralysée plusieurs semaines. La jeune femme affolée prévient son amant qui est toujours en balade dans les Cornouailles. À son retour, Greville prend la plume pour informer son oncle des derniers rebondissements :

11 novembre 1785

À mon retour de Londres, j'ai trouvé votre lettre que j'attendais. Emma a été très alarmée et éprouvée par la maladie de sa mère. [...] Vous pensez bien que je n'ai pas aggravé son état en lui parlant de notre affaire. Sous aucun prétexte, il ne peut être question de rien avant le printemps prochain. [...] Je n'ai pu demeurer à Edgware Row qu'une dizaine de jours, ayant dû repartir pour rencontrer le maire de Warwick. Mais j'ai profité de ce bref séjour pour organiser un dîner entre Gavin Hamilton[1] *et Emma. Il m'a confié n'avoir jamais vu*

1. Peintre écossais, né à Glascow, Gavin Hamilton ne possédait aucun lien de parenté avec son homonyme. C'était un ami. Il résidait la plupart du temps à Rome, où il travaillait sous le mécénat du prince Borghese. La presque totalité de sa carrière se déroula d'ailleurs dans cette ville. Hamilton ne contribua guère à la renommée de la peinture britannique et fut mal connu de son vivant en Grande-Bretagne. En revanche, il occupe une place importante dans le mouvement néoclassique international de Rome. Il consacra aussi une partie de son temps au commerce des objets d'art.

dans toute l'Angleterre une femme aussi belle. Elle lui rappelait une personne qu'il avait connue à Rome et qu'il admirait beaucoup. Il a dit qu'il ne connaîtrait pas un moment de répit avant d'avoir obtenu qu'elle pose pour lui.

Et, à nouveau, comme s'il craignait que cette affaire n'eût refroidi lord Hamilton, il s'empresse de vanter les qualités de sa maîtresse : « Elle fait tant de progrès, la droiture de son jugement et sa bonne grâce sont tellement plus manifestes qu'au moment où vous l'avez quittée, elle a aussi tant embelli que, je l'avoue, la perspective de la séparation m'est bien plus pénible. Malgré tout, l'alternative subsiste toujours pour moi de me marier ou de rester dans la misère. Je m'en tiendrai donc à ma résolution et je ne perdrai pas une occasion, s'il s'en présente. *Mais n'allez pas croire qu'en envoyant Emma à Naples je ne consulte que mon propre intérêt.* »

Les choses restent figées jusqu'au début du mois de décembre. Puis, les événements se précipitent. Lord Hamilton informe son neveu que sa situation financière risque de connaître quelques altérations en raison d'une importante dépense. Il vient de prendre la décision de décorer (pour la seconde fois en six mois) ses appartements. Les frais de l'opération s'élèveraient à près de 4 000 livres. Greville a-t-il imaginé que le diplomate compte utiliser ce prétexte pour ne plus recevoir Emma ? Il est pris de panique. Puisque son oncle ne s'est toujours pas manifesté auprès de la jeune femme, c'est Greville lui-même qui prend les choses en main.

Il convoque Emma et lui annonce à brûle-pourpoint que ses affaires vont le contraindre à se rendre en Écosse pour plusieurs mois. Qu'il n'a pas le choix, que c'est pour leur bien à tous les deux. Emma est abasourdie. Elle éclate en sanglots, lui rétorque que ce départ ressemblerait fort à une séparation définitive, que cette absence lui serait intolérable. Vivre aussi longtemps dans la solitude d'Edgware Row est au-dessus de ses forces.

Il lui suggère alors de partir pour Naples.

— Naples ?

Oui, Naples, où lord Hamilton est tout disposé à lui offrir l'hospitalité. Pourquoi n'accepterait-elle pas son « invitation » ? Ce déplacement lui permettrait de mieux supporter le vide de l'absence. De plus, elle pourrait profiter de son séjour pour parfaire ses connaissances musicales auprès de grands musiciens italiens.

Emma refuse. Greville se montre de plus en plus convaincant. Finalement elle cède. Elle cède, mais à la condition expresse qu'il viendra la chercher dans un délai maximum de six mois. Greville promet.

Le 3 décembre, il prévient son oncle que tout est enfin réglé : « Étant donné que vous m'avez exprimé vos sentiments et que vous savez les miens à l'égard d'Emma, je n'entrerai pas dans des détails pour vous expliquer la raison de la lettre [d'Emma] que vous trouverez ci-incluse. Je lui ai confié l'absolue nécessité dans laquelle je me trouvais de réduire mes frais, de payer les intérêts de la dette que j'ai contractée sans avoir à me départir de ma collection de minéraux. Je lui ai fait savoir que, pour toutes ces raisons, j'étais forcé de me rendre en Écosse pour de longs mois. »

Puis, c'est sans enthousiasme et sous la dictée de son amant qu'Emma s'adresse à l'ambassadeur : « Greville, pour qui, vous le savez, j'ai une tendre affection, est obligé de partir pour quatre à cinq mois dans des villégiatures où je ne puis décemment l'accompagner et je l'aime trop pour l'empêcher de poursuivre ses projets. » Sir William, poursuit-elle en substance, ayant été assez bienveillant pour lui donner du courage, elle veut lui ouvrir toute sa pensée. Elle sera enchantée de « se perfectionner en Italie pendant quelques mois » ; d'ailleurs la séparation lui semble moins pénible depuis que Greville a promis de venir la chercher, une fois ses affaires mises en bon ordre. Il séjournera peut-être même quelque temps à Naples où sir William, elle le sait, sera heureux de le voir. Greville a proposé le 1er mars prochain, date de son départ pour l'Écosse ; elle pourrait se mettre en route le même jour que lui. Elle sera flattée si lord Hamilton veut bien lui assigner un appartement et permettre à Greville d'occuper ce même logement quand il viendra. « Vous savez qu'il faut que cela soit ainsi ; mais comme votre maison est considérable et que vous avez, par la nature même de vos fonctions, des affaires à traiter et des visiteurs à recevoir, je devrai toujours me retirer dans ma propre chambre quand vos occupations vous retiendront ailleurs ; j'espère qu'à d'autres moments vous pourrez m'accorder le plaisir de votre compagnie et de votre conversation, choses qui seront pour moi préférables à tout ce que je trouverai en Italie. De même que j'emploie vis-à-vis de vous une franchise et une sincérité entières, j'espère que les mêmes sentiments dicteront votre très prochaine réponse... Je serai parfaitement heureuse de toutes les dispositions que vous prendrez, car j'ai toute confiance dans la bonté pleine d'attention délicate que vous m'avez témoignée. »

Le 20 janvier 1786, Charles Greville confirme à sir William qu'Emma se prépare sérieusement à son départ. La jeune femme a-t-elle commencé à éprouver quelques soupçons ? Mrs. Cadogan, témoin passif mais tout de même expérimenté, lui aurait-elle ouvert les yeux ? On peut le penser au vu des commentaires de Greville : « Elle [Emma] m'a laissé entendre que si cette séparation devait se prolonger, elle finirait tôt ou tard par se détacher de moi grâce à un sevrage progressif. Elle m'a lancé quelques allusions au fait que nous pourrions ne plus jamais nous revoir. »

Quoi qu'il en soit, au début du mois de mars, le chevalier fait parvenir 50 livres pour les frais de route et l'on met au point les détails. Curieusement, c'est Gavin Hamilton qui se chargera d'accompagner Emma et sa mère jusqu'à Rome. Ville où il réside habituellement. De là à en conclure que le dîner organisé quelques mois auparavant par Greville ne l'avait été que dans ce but, il n'y a qu'un pas. Une fois à

Genève les deux femmes seraient prises en charge par un voiturier suisse du nom de Dejean, ainsi que par le valet de pied de sir William, Vincenzo Sabatino, venu à leur rencontre.

Le 11 mars, Greville écrit à son oncle :

> *Mon cher Hamilton,*
>
> *Vous allez recevoir la malle qui vient de partir par mer. Jeudi, Emma doit se mettre en route. Je vous écris pour vous assurer que rien, sinon la garantie que Mr. Gavin Hamilton voyagerait avec Emma, ne pouvait me faire consentir à ce retard de quelques jours. La lettre que vous m'avez écrite fut reçue ainsi qu'elle devait l'être par un cœur pénétré de reconnaissance. Emma a vivement ressenti vos bontés pour elle et pour moi-même. Je paierai 30 guinées à Mr. Gavin pour le voyage jusqu'à Genève ; quant au surplus des 50 livres sterling, elle le gardera en poche. Grâce à la vente de quelques tableaux, et d'une de mes statues, j'ai pu nous libérer, Emma et moi, de quelques dettes qui se rattachaient à notre* ancienne liaison. *Mon esprit et mon cœur ont violemment lutté contre ma sagesse. Mais la nécessité m'a dessillé les yeux et cette nécessité me devient moins pénible grâce à votre bonté, à votre amitié pour moi et à votre attachement pour elle. En définitive, je n'aurais jamais eu le courage d'envisager une séparation éternelle sans m'être assuré qu'un asile lui était offert. En la traitant avec bonté, vous pourrez en faire ce qu'il vous plaira, car elle possède un cœur généreux ; mais en l'irritant ou la contrariant, vous n'en obtiendrez rien.* C'est une vraie femme, je veux dire de celles qui oublient leur intérêt, qui s'oublient elles-mêmes quand l'affection va de pair avec le bon sens et que le bon sens est sollicité par des témoignages d'amitié. Vous aurez la meilleure consolation qui soit avec la plus jolie femme de Londres – les poètes et les peintres diraient même davantage...

C'est finalement le 13 mars et non le 1er qu'Emma et sa mère prennent la route de l'Italie... La jeune femme est brisée. Elle vit ce départ comme un déchirement. A-t-elle jamais perçu que l'on avait joué son destin à son insu ? Plus tard peut-être.

Dans son infini chagrin, elle ignore que là-bas, sur les rives de la Méditerranée, l'attendent la richesse et la gloire...

5

« La perspective de posséder sous mon toit un objet aussi ravissant me remplit par avance de joie, néanmoins elle éveille aussi en moi quelques anxiétés quant à la manière de gérer cette présence. Je ferai tout ce qui est en mon pouvoir pour lui assurer [Emma] le maximum de confort et de bien-être, mais, ayant eu un aperçu de la façon dont elle a réagi lors de votre séparation [à l'époque de Parkgate], je m'attends à devoir essuyer maintes larmes de ces charmants yeux. »

Ce sont les mots que l'ambassadeur expédie à Greville alors qu'Emma est déjà en route. Ses pressentiments se révéleront exacts.

La jeune femme atteint Genève le 27 mars où elle trouve comme convenu Vincenzo Sabatino, le valet de pied de lord Hamilton, ainsi que Dejean, le voiturier suisse.

Le ciel est dégagé. La surface du lac étale. Gavin profite de la halte pour effectuer quelques croquis de la jeune femme allongée sur un sofa. Il les fera parvenir quelques années plus tard (en 1798) à lord Hamilton.

Le lendemain on repart. C'est la traversée des Alpes par le col du mont Cenis, la descente vers l'Italie, Turin, le grand-duché de Toscane, les États pontificaux et Rome. Le peintre se sépare alors du groupe et regagne son domicile romain.

Emma ne voit rien des beautés qui l'entourent. C'est à peine si son regard se pose sur le Colisée ou la via Appia. Elle n'entend pas les voix aux accents chantants qui montent autour d'elle. Emma pense à Greville. C'est son visage qui occulte tous les autres, sa voix qui couvre toutes les musiques.

Le 26 avril enfin, l'équipage franchit la porte Capuana par le château Neuf. La coïncidence veut que ce jour-là soit celui de l'anniversaire d'Emma. Elle a tout juste vingt et un ans.

Malgré les brumes de chaleur, on devine nettement les contours de la Méditerranée. On pénètre dans la via Dei Tribunali jusqu'au largo di Castello, puis on remonte tout le long de la strada di Chiaia. Tout de suite après une légère courbe apparaît une étroite ruelle, la vico di Capella Vecchia. Quelques mètres en amont, à hauteur du numéro 30, se découpe la résidence de l'ambassadeur : le Palazzo Sessa. Des murs blancs. Trois étages qui surplombent la cour d'honneur. Un écusson armorié surmonte le porche. Tout au long du XVIe siècle, et pratiquement jusqu'à l'arrivée de sir William, l'édifice avait abrité une succession d'ordres monastiques. Certains hôtes furent célèbres. On recense entre autres un pape, Marcel II (il ne devait régner que vingt et un jours), et le cardinal Francesco Buoncampagni, qui devint archevêque de Naples. Vers 1763, l'abbaye fut supprimée par décret de Bernardo Tanucci, alors Premier ministre du royaume. Cette décision s'inscrivait dans le combat qu'il livrait contre les privilèges ecclésiastiques et ceux de la noblesse. Une partie du bâtiment fut transformée en école ; l'autre devint la propriété du marquis de Sessa. À son arrivée à Naples, ce fut à ce dernier que l'ambassadeur loua, pour un montant annuel de 804 ducats (environ 150 livres sterling de l'époque), toute l'aile sud du palais.

Les appartements de sir William sont situés au premier étage, on y accède par un grand escalier de pierre, à l'opposé de la cour d'honneur. Un étroit couloir mène à une série d'antichambres dont les fenêtres ouvrent sur la baie. La décoration est aussi riche que variée : pilastres recouverts de lierre, plafonds peints, sculptures de toutes sortes, mobilier importé d'Angleterre, le tout peuplé des mille et un objets d'art récoltés au fil des années par le diplomate-collectionneur. Dans son cabinet personnel, trônent des spécimens de lave cueillis sur les pentes du Vésuve, un lot de médailles du Vatican, un télescope pointé sur le volcan et, sur le mur du fond, une carte du royaume des Deux-Siciles. Sur le pan de droite, des préceptes sont calligraphiés et l'on peut y lire entre autres : *La mia patria è dove mi trovo bene.* « Ma patrie est l'endroit où je me sens bien. » Un aphorisme qui a le don de choquer la plupart des visiteurs anglais. C'est ici que sir William prend son petit déjeuner et passe le plus clair de son temps.

Lord Hamilton est au pied du grand escalier. La berline lui a été annoncée. Il s'avance vers Emma tout en dissimulant son anxiété sous l'aisance de l'homme élégant qui semble accomplir un rite. Il aide la jeune femme à descendre de voiture, avant d'incliner le front vers sa main, dans un mouvement prompt et retenu. On échange quelques mots, puis l'ambassadeur entraîne ses hôtes à l'intérieur du palais. Mrs. Cadogan a les yeux qui brillent devant la magnificence du lieu. Elle a l'impression de pénétrer dans un musée. Emma exprime son admiration du bout des lèvres. Au premier étage, le diplomate suggère une halte sur la terrasse pour leur présenter le paysage.

Au premier plan, des maisons bariolées, pressées les unes contre les autres, se groupent en un pittoresque désordre, demeures de misère dont les tons éclatants vibrent sous un soleil joyeux. De l'autre côté, c'est le rocher brut couvert de figuiers, d'aloès, de clématites bleues. À droite, le Pausilippe arrondit sa colline riante, couverte de villas dont les jardins descendent jusqu'au bord de l'eau. À gauche, sur une étroite presqu'île, le château de l'Œuf dresse son robuste donjon ; plus loin encore, on devine le port, tout grouillant d'une population bruyante, l'arsenal, le môle et là-bas, enfin, fermant l'horizon de cette « mer invariablement bleue », selon l'expression de Goethe, le profil des montagnes de Sorrente et la silhouette languide de Capri. C'est un décor de rêve où la vie semble être un perpétuel enchantement. Une légende napolitaine rapporte que, lorsque Dieu est trop las de contempler les vicissitudes de son monde, il se ressource en contemplant la baie de Naples.

Si Emma est troublée par tant de beauté, la mélancolie qu'elle traîne comme un fardeau depuis son départ l'empêche de savourer pleinement la vue. Lord Hamilton n'insiste pas. Il voit tout. Il comprend. Il sait les pensées qui se bousculent dans la tête de son invitée. Son expérience de la vie lui a appris qu'il faut laisser la bride au temps pour qu'il accomplisse son œuvre. On ne guérit pas de l'amour, on s'habitue à la séparation, c'est tout.

Il propose :

— Je vais vous conduire à vos appartements.

Curieusement, il n'envisage plus d'installer Emma hors de la résidence, ainsi qu'il en fut vaguement question lors des échanges épistolaires.

Emma acquiesce. Elle est désolée de lui causer autant de soucis.

— Des soucis ?

Sir William esquisse un sourire amusé :

— Si le monde n'était fait que de ce genre de soucis, j'aimerais encore plus le monde.

Il s'empresse d'ajouter :

— C'est votre anniversaire. Ce soir nous dînerons au champagne.

Il croit entrevoir une lueur dans les yeux violets de son hôtesse. Du champagne ? Emma vendrait son âme pour ne boire que cela à longueur de journée. La dernière fois qu'elle en a goûté c'était à Up Park, du temps de sir Harry. Elle avait adoré. Elle aura toujours un faible pour ce breuvage.

On pénètre dans l'appartement dévolu à la jeune femme. Il est formé de quatre chambres. Un long corridor étroit le sépare de celui de lord Hamilton. Une voyageuse, miss Cornelia Knight, le qualifiera de grand « boudoir ». La chambre à coucher – initialement conçue par le diplomate pour lui servir d'observatoire – est de forme circulaire. La majeure partie est cerclée d'un balcon d'où se dégage une vue à couper le souffle. Sur la droite, le Pausilippe et le palais royal ; sur la gauche, un ancien cloître qui avait appartenu aux jésuites, le château de l'Œuf, et le môle dominé par la forteresse de Saint-Elme.

L'ex-petite marchande de charbon contemple le paysage. Ah ! si seulement Greville était là pour partager ce lieu enchanteur. Lord Hamilton se retire discrètement.

La nuit est tombée.

Des lueurs scintillent sur la surface de la mer. Dans la salle à manger on a ranimé les chandeliers. Les serviteurs se pressent autour de la grande table surveillés par Russo, le majordome. On aperçoit aussi le fidèle Gasparo. Mais lord Hamilton tient à servir lui-même une nouvelle coupe de champagne à son hôtesse. Sa main frôle accidentellement celle d'Emma. Il réprime un frisson. Cette main aux ongles nacrés comme des coquillages, fraîche comme une eau de source, souple et satinée... Il se racle la gorge et murmure :

— Vous verrez, Emma, vous serez bien ici, j'en suis sûr.

Elle répond sans trop de conviction :

— Oui, certainement. Je vous remercie encore pour votre bonté.

Puis, très vite :

— Greville... Greville n'a pas écrit ?

Hamilton secoue la tête. Et aussitôt, comme pour conjurer le sort, il se lance dans le récit de quelques piquantes anecdotes qui jalonnèrent sa longue carrière. Sur son élan, il enchaîne sur la vie à Naples, parle du couple qui règne sur le royaume depuis trente ans : Marie-Caroline et Ferdinand.

— Vous ne manquerez pas de croiser le roi. C'est un bien étrange monarque. Il a succédé à son père, Charles III, lorsque celui-ci fut appelé à la couronne d'Espagne.

— En quoi est-il étrange ?

— Oh ! ma fonction devrait m'interdire de porter un jugement.

Emma porte un index complice sur les lèvres et chuchote :

— Je vous promets. Je ne le répéterai pas.

— Que vous dire ? Sinon que c'est un roi d'opérette et qu'il est surtout remarquable par l'énormité de son nez. Les Napolitains, amusés par cette hypertrophie plastique, lui ont donné le surnom de : *Nasone*. « Le nez ».

La jeune femme ne peut se retenir de pouffer.

— « Le nez » ? Est-ce vraiment ainsi qu'on l'appelle ?

— Parfaitement. Vous aurez tout loisir de le vérifier. Le roi le sait, mais n'en tient pas rigueur à son peuple. Ce gros bonhomme, gros de partout, gros de la bouche, gros de la panse, gros d'esprit, se sent d'ailleurs plus à l'aise dans les faubourgs, sur les quais, que dans les salons. Et, tenez-vous bien, il chante.

— Il chante ?

— Oui, mais de la gorge, avec affectation, et faux, mais n'en est pas moins fort content de lui-même. C'est là à peu près tout ce qu'il sait faire. On a essayé de lui apprendre à lire et à écrire, et l'on n'y est parvenu qu'à demi. Sa Majesté hait l'écritoire. Son bon sens l'incline à se détourner de toutes les occasions où il serait contraint de lire publiquement une lettre ou d'écrire une phrase. Il défend, même au Conseil des ministres, que la table soit garnie de plumes, de buvards et de papier. Au vrai, il n'est qu'une sorte de paysan finaud, avide de tous les plaisirs, se gonflant de nourriture à en faire craquer ses culottes, vidant les flacons jusqu'à l'ivresse, pourchassant les femmes quelles qu'elles soient, faisant l'amour n'importe où.

— Et son épouse n'est pas jalouse ?

— Elle se moque de ses fredaines tant que les conquêtes de Sa Majesté n'ont pas d'ascendant sur lui. Sinon, elle sévit avec la plus grande férocité. Une Anglaise, Sarah Goudar, qui tenait un salon de jeu en ville, s'est retrouvée ainsi bannie de Naples sur les ordres de la reine.

Lord Hamilton lui lance un coup d'œil en coin.

— Le roi essaiera certainement de vous prendre dans ses filets.

— Moi ? Courtisée par un roi ?

— Vous, bien plus que quiconque. Douteriez-vous de votre beauté ?

Emma conserve le silence.

— Pour que le tableau soit complet, reprend sir William, j'ajouterai que Sa Majesté aime les romances populaires et répète volontiers les anecdotes salées, rivalisant de verve crapuleuse avec les *lazzaroni*...

— Les *lazzaroni* ?

— C'est le surnom que l'on donne au petit peuple désœuvré de Naples. On dit qu'ils seraient près de 50 000. Ce qui est beaucoup. Vous ne manquerez pas de les apercevoir cet été. En raison de la chaleur, ils dorment dans les jardins, sur le môle ou tout simplement dans les rues. En hiver, ils se réfugient dans les catacombes qui jouxtent le palais de Capo di Monte. Sa Majesté se plaît infiniment en compagnie de ces petites gens.

— Curieux homme. Il n'est pas très bien éduqué pour une majesté. Il n'apprécie rien d'autre dans la vie ?

— La chasse – plaisir que je partage pareillement – et la pêche. Propriétaire des lacs de Patrio et de Fuzaro, il ordonne chaque année qu'ils soient fouillés au filet. Chaque fois, il déclare, en se tapant sur les pectoraux : « Puisque ces lacs sont de mon domaine, j'ai droit d'agir en propriétaire. » Il fait alors édifier une baraque, disposer les poissons sur un étal et, coiffé du bonnet de laine rouge des Napolitains, les oreilles alourdies de gros anneaux de cuivre, il tranche lui-même les poissons et les vend au détail. En réalité, ce n'est pas lui qui gouverne, mais la reine, Marie-Caroline.

La jeune femme est dépassée. Mille et une pensées virevoltent dans sa tête. Quel abîme la sépare soudain de sa vie à Edgware Row ! Quel vertige la saisit ! Il faut qu'elle regagne ses appartements. Qu'elle s'allonge. Qu'elle réfléchisse.

— Pardonnez-moi, sir William... Puis-je me retirer ? La fatigue du voyage...

L'ambassadeur s'est dressé.

— Je comprends. Je parle, et je m'oublie... Permettez-moi de vous raccompagner.

Emma se couche. Elle ne fermera pas l'œil de la nuit. Greville, toujours Greville.

Le jour est là. Lord Hamilton l'attend. Il se propose de lui faire visiter la ville.

Elle prend place dans la berline du diplomate. Devant eux, avancent les *volanti*, les préposés chargés de libérer la voie. Son regard teinté de reflets aigue-marine s'apprête à faire l'apprentissage d'un monde neuf. Une foule bigarrée se presse autour de l'équipage. Les façades mordorées sont gorgées de soleil. Le linge pend aux fenêtres. Des églises et encore des églises. La berline arrive à hauteur de la cathédrale consacrée à saint Janvier (San Gennaro), lieu mystique entre tous explique sir William, puisqu'il abrite le reliquaire qui renferme le crâne présumé du bienheureux, et surtout des ampoules contenant une substance rouge supposée être son sang coagulé. Une fois par an, en janvier, il se liquéfie mystérieusement devant une foule en émoi, assurant ainsi les Napolitains que leur protecteur martyrisé (en 305) veille toujours sur eux. Mais s'agit-il vraiment de sang ? Naples est la ville des miracles.

Banlieue huppée de Rome jusqu'en 79 de notre ère. Possession byzantine, puis normande, gouvernée un temps par Charles Ier d'Anjou, frère de Saint Louis, la cité a vu tour à tour défiler des personnages aussi illustres que Boccace, Pétrarque, ou encore Giotto. Elle était devenue ensuite propriété du roi Alphonse V d'Aragon qui, en 1442, réunifia Naples et la Sicile sous le nom de « royaume des Deux-Siciles ».

En 1700, la disparition du dernier souverain Habsbourg d'Espagne, mort sans héritier, a déclenché dans toute l'Europe ce que l'on a coutume d'appeler la « guerre de succession d'Espagne ». Elle a opposé les Habsbourg aux Bourbons et c'est la branche cadette de ces derniers qui obtint Naples.

— Et si nous faisions une randonnée en bateau ?

Emma acquiesce.

Ils arrivent au môle et embarquent sur le voilier, propriété du diplomate. Une fois au centre de la baie, la jeune femme a tout loisir de découvrir le spectacle que Goethe décrira : « Le plus grandiose panorama se déroula devant nous. Naples dans sa majesté, la rangée des maisons qui sur des lieues s'allonge sur le bord plat du golfe, les chaînes de montagnes, les langues de terre, les îles et la mer formaient un tableau ravissant. Un chant sauvage, ou plutôt un cri, un hurlement de joie du jeune garçon qui se tenait dernière nous nous fit tressaillir. Je rabrouai vertement ce jeune homme, le meilleur des garçons, qui n'avait eu, jusque-là, aucune réprimande de nous. Il resta un moment immobile, puis étendant son bras, l'index levé, il nous dit : *Signor perdonate ! questa è la mia patria* (Monsieur pardonnez-moi, cela, c'est ma patrie). Les larmes me vinrent aux yeux, à moi, pauvre Nordique. »

Voir Naples et mourir. Emma se meurt en effet, mais d'amour. Lord Hamilton ne s'en émeut pas. Le soir même, ils assistent à un concert au Teatro dei Fiorentini. Le lendemain, il l'entraîne à l'opéra San Carlo où il a une loge réservée à l'année. C'est un endroit prestigieux, le plus vieil opéra d'Italie. Pas un seul instant il n'abandonne Emma. Il lui est attaché comme son ombre. Il déjeune, dîne et soupe avec elle et se place toujours à ses côtés en la dévorant des yeux. Elle ne peut bouger ni main, ni jambe, ni pied, sans qu'il remarque aussitôt combien, à son avis, ce mouvement est gracieux et beau. Pour son anniversaire, il lui offre un cachemire des Indes, une magnifique robe à motifs indiens sur satin blanc et de nombreux objets ayant appartenu à feue lady Hamilton. Il fait tout pour la dérider, la distraire de sa mélancolie. Emma est prise dans un véritable tourbillon.

— Hier soir, je vous ai interrompu. Vous me parliez du roi, mais qu'en est-il de la reine ?

— Marie-Caroline ? À l'opposé de son mari, c'est une femme à poigne. Mais elle a de qui tenir. C'est la fille de Marie-Thérèse. Son vrai nom est Charlotte Sophia de Mecklenburg-Strelitz.

— Marie-Thérèse ?

— L'impératrice d'Autriche.

— Et quel âge a la reine ?

— Trente-quatre ans. Et une quinzaine de maternités.

Emma fait les yeux ronds.

— Quinze enfants ?

— Six seulement ont survécu. Et je me suis laissé dire qu'elle attendait encore un enfant.

— J'imagine qu'elle a dû se marier très jeune ?

— À seize ans. Élevée à la cour de Vienne, elle a reçu de sa mère une éducation propre à développer en elle des penchants ambitieux. Son caractère impérieux et fier forme une antithèse vivante avec l'indolente nature de son époux. Fille d'une impératrice illustre, c'est avec une amère jalousie qu'elle considère la destinée brillante de sa sœur Marie-Antoinette, devenue reine de France. Impuissante à étendre des frontières qui l'étouffent, elle rêve du moins de faire jouer à ce petit coin de terre, qui lui semble indigne d'elle, un rôle éclatant et ne manque pas une occasion d'occuper l'opinion publique de sa remuante personnalité.

— J'ai entendu parler de Marie-Antoinette... Marie-Caroline est-elle jolie ?

— Elle a quelque chose de la reine de France, avec un peu plus de dureté dans la physionomie. On ne peut pas dire qu'elle est belle. C'est une grande femme osseuse. Son visage ovale, ses traits réguliers et ses beaux yeux pourraient être au goût de certains. Mais son menton trop fort, son regard perçant, l'expression masculine de son visage ont – je dois le reconnaître – quelque chose de brutal qui repousse la sympathie. À cause de ce physique...

Lord Hamilton baisse le ton, un peu gêné, avant de murmurer sur un ton complice :

— Les mauvaises langues assurent qu'elle est encline à trouver aux femmes plus d'attrait qu'aux hommes.

Emma sursaute.

— C'est sérieux ?

— C'est une rumeur. À mon avis elle est infondée. Vrai ou faux, cet attrait pour les femmes ne l'empêche pas de collectionner les amants. Des amants qu'elle mène d'ailleurs à la baguette. Depuis que je suis ici, je lui en ai connu une dizaine. Le dernier en date étant l'actuel ministre de la Marine et de la Guerre, le général John Acton, un Irlandais né à Besançon.

Tout à coup, l'esprit d'Emma s'égare. Ses pensées vont ailleurs. C'est à à peine si elle entend lord Hamilton qui poursuit :

— Pour compléter le portrait de la reine, je vous dirai qu'elle parle quatre langues : l'allemand, qui est sa langue maternelle, le français, l'espagnol et l'italien. Mais toutes avec un curieux accent. Par l'effet d'un défaut de prononciation, elle semble rouler des cailloux dans sa bouche. Les Napolitains l'ont surnommée *Polpette in bocca*. Ce qui, traduit littéralement, signifie : « boulettes (de viande) dans la bouche ». Il semble que le destin s'est diverti à faire vivre cette fille de l'impératrice Marie-Thérèse au pays du Vésuve. J'ai rarement rencontré souveraine plus volcanique. Elle est en perpétuelle ébullition, et sujette à des colères aussi violentes que contradictoires. Elle doit certainement brûler de jalousie à l'idée que sa sœur, plus heureuse qu'elle, gouverne le royaume de France.

Emma n'écoute plus. Elle exprime son désir de retourner à la résidence. Cela fait quatre jours qu'elle est à Naples. Quatre jours sans son Greville. Il faut qu'elle lui écrive sans plus tarder.

À peine de retour, elle se précipite sur l'écritoire : « Je suis arrivée ici le 26 et je vous aurais bien donné plus tôt de mes nouvelles, mais le courrier ne part que demain et l'idée seule de vous écrire m'épouvantait. Il me faut paraître aussi gaie que possible devant sir William et, d'autre part, je suis certaine qu'au moment où ma pensée ira vers vous, je fondrai en larmes. Notre séparation me rend de plus en plus malheureuse, car vivre sans vous m'est impossible. *Aucune calamité sur terre ne me semble comparable à celle-là, que ce soit la pauvreté, la faim, la mort, voire la marche entreprise volontiers pieds nus sur les routes d'Écosse pour aller vous rejoindre.* Donc, mon cher, très cher Greville, si vraiment vous m'aimez, pour l'amour de moi, faites l'impossible et venez ici au prochain jour. »

Puis, elle se laisse aller à cette confidence inattendue qui prouve tout de même qu'elle n'était pas totalement dupe et encore moins aveugle : « Je respecte sir William et j'ai pour lui la plus grande déférence en tant que votre oncle et ami ; *mais il m'aime, Greville...* ! Ses sentiments à mon égard sont aussi forts que ceux qu'il a éprouvés pour lady Bolingbroke[1]. Je peux me montrer courtoise, je sais que je

1. Née lady Diana Spencer. Après avoir divorcé de lord Bolingbroke, elle épousa l'honorable Topham Beauclerc, qui mourut en 1780. Manifestement, lord Hamilton ne fut pas indifférent à ses charmes.

suis son obligée, mais je ne peux lui appartenir, je n'appartiendrai jamais à un autre homme que vous. »

Bien sûr, en lisant ce passage, nous sommes tentés de mettre cet aveu sur le compte d'une femme malheureuse qui cherche à jouer sur les cordes de la jalousie. Mais ce n'est pas le cas. Jouer, feindre sont des ruses qu'Emma ignore. Non qu'elle soit une sainte, une madone sans reproche, mais *elle ne sait pas*, elle n'a jamais su tricher. Sa vie et sa mort en témoignent.

Lord Hamilton est donc amoureux. Comment ne pas en déduire qu'il l'était depuis un certain temps déjà. Tout s'éclairerait d'un seul coup : son entêtement, ses réticences, son refus d'accueillir Emma sous son toit. Tant qu'elle était loin de lui il pouvait maîtriser ses élans, mais là, alors qu'elle est à fleur de main, le masque tombe, il est désarmé. On comprend mieux aussi les allusions contenues dans la lettre qu'il adressait à Greville le 1er juin 1785 : « Et ce serait une grande distraction pour les jeunes voyageurs anglais de passage de jouer à cocufier le vieil ambassadeur que je suis. Qu'ils y parviennent ou non me mettrait dans une situation malaisée. » Ou encore : « Je me sais sensible et ne possède pas les armes suffisantes pour conquérir pareille beauté. »

Amoureux, il devait l'être et bien plus qu'il ne le fut de lady Bolingbroke, sinon aurait-il jamais pris le risque de négliger les formes les plus élémentaires de prudence, faisant fi de la morale et du qu'en-dira-t-on, installant Emma sous son toit au vu et au su de toute la société napolitaine, s'affichant partout en public avec elle ? Là où Greville fit preuve de pusillanimité, sir William s'offre toutes les audaces. Sa fonction, autrement plus prestigieuse que celle de son neveu, ne le bride aucunement.

Emma poursuit : « Mais ma confiance en votre promesse me réconforte et je sais que je vous verrai en septembre ou octobre. » Et à nouveau, elle évoque les attentions que l'ambassadeur manifeste à son égard : « Il faut vous dire que sir William m'a donné une voiture anglaise dont on a renouvelé les couleurs, un cocher et un valet de pied dont on a transformé les livrées. Car si j'allais me promener dans celle de sir William, on dirait que je suis sa femme ou sa maîtresse. *Donc comme je ne dois jamais être ni l'une ni l'autre* nous avons fait ainsi une très bonne combinaison. [...] En somme, il s'ingénie à trouver tout ce qui peut me faire plaisir. »

Et de s'empresser d'ajouter : « Je vous en supplie, Greville, écrivez-moi *si vous avez besoin d'argent. J'ai peur de vous avoir ruiné.* Je suis sûr que sir William vous en enverra et je lui ai dit qu'il devait vous venir un peu en aide maintenant et vous envoyer un peu d'argent pour votre voyage en Italie. Il m'a embrassée, des larmes ont jailli de ses yeux et il m'a dit que je pouvais commander tout ce que je voulais, car il nous aimait tous deux tendrement. »

Emma, avant de cacheter cette longue lettre, attend l'arrivée du courrier de Londres. Elle compte tout du moins sur un mot de Greville. Il arrive deux jours plus tard, mais c'est à lord Hamilton qu'il est adressé, pas à elle. L'honorable lord donne mille détails sur sa nouvelle existence, sur ses projets d'avenir, mais ne parle plus de voyage en Italie et semble oublier qu'un tel projet eût même jamais été formé.

Elle ne résiste pas alors à joindre en post-scriptum à sa lettre l'expression d'un dépit lourd de menaces : « J'ajoute ceci seulement à tout ce que je viens de vous écrire, après quoi, ce sera fini ; car mon esprit et mon cœur sont déchirés de passions si diverses que j'en deviens folle. Greville, rappelez-vous votre promesse pour octobre. Sir William dit que vous ne lui avez soufflé mot de votre voyage à Naples. Mais vous savez bien pourtant ce qui adviendrait si vous n'arriviez pas me chercher ici. *La conséquence ne se ferait pas attendre : je pars pour l'Angleterre.* [...] Greville, mon cher Greville, écrivez-moi quelques lignes rassurantes. Rappelez-vous seulement que jamais vous ne serez aimé par personne comme par votre affectionnée et sincère, Emma. »

Ces premiers symptômes de rupture l'épouvantent. Elle se refuse cependant à les prendre au sérieux, ferme les yeux à une évidence trop cruelle et s'applique de toutes ses forces à s'illusionner le plus longtemps possible. Ses craintes sont sans doute chimériques puisque Hamilton, conformément au programme élaboré à Edgware Row, n'oublie point que la jeune femme est venue à Naples pour se perfectionner dans l'étude des maîtres. Elle se met donc au travail et mène de front le piano, le français et l'italien. Et sous la directive de Galluci, son professeur de chant, elle apprend à placer sa voix, à la mieux maîtriser. Elle atteindra très vite une qualité vocale telle qu'elle sera reconnue plus tard par l'une des plus grandes cantatrices napolitaines de cette époque : Georgina Brigida Banti. Celle-ci devait d'ailleurs faire les frais du caractère impérieux de la reine : soupçonnée d'être la maîtresse de Ferdinand et surtout d'avoir de l'ascendant sur lui, la *Banti* sera exilée par Marie-Caroline et conduite en diligence hors des frontières du royaume[1].

Brusquement, le 1er mai, lord Hamilton – sans doute quelque peu exaspéré de la voir pleurer son amant à longueur de journée – laisse entendre qu'il n'a jamais été dans les intentions de Greville de venir à Naples. La nouvelle, on l'imagine, a le don de la plonger dans les pires tourments. Elle prend aussitôt la plume : « J'ai eu ce matin avec sir William une conversation qui m'a affolée. Il parle à demi-mot. Je ne sais comment je dois le prendre ! Greville, mon cher Greville, écrivez-moi quelques lignes rassurantes, je vous en supplie, si vous m'aimez. »

Point de réaction.

---

1. 1759-1806. Dans son testament, elle exprima le souhait que son larynx fût légué à la Science. Il est actuellement au musée de la Médecine de Bologne.

L'été s'installe. Emma ne guérit pas.

Lord Hamilton garde un calme apparent, mais au tréfonds de lui, il souffre de cette situation et se livre à mots couverts à sa nièce, Mary Dickenson : « J'ai accueilli une "visiteuse" qui occupe une partie de la résidence. C'est un acte de générosité qui n'a pas de nom. Je ne ferai pas d'autres commentaires, mais je pense que le séjour de cette personne ne se prolongera pas bien longtemps. Bien que les apparences soient contre moi, étant donné ma position, si vous saviez les circonstances qui m'ont amené à accepter cette conjoncture, vous ne m'en tiendriez pas rigueur, car vous, mieux que personne, savez ce qui est bien ou mal. »

Lord Hamilton continue tout de même à faire contre mauvaise fortune bon cœur. La chaleur sévissant à Naples, il emmène Emma dans la petite maison, la *capanina*, qu'il possède au bord de la mer. Ils y passent le plus clair de l'été, entre mai et septembre, avec de temps en temps une escapade dans sa villa du Pausilippe. Ils sillonnent la région à bord de son bateau, font un détour par Pompéi, où sir William disserte longuement et avec passion sur ces chers volcans, prolongent leur randonnée le long de la côte amalfitaine, remontent vers Capri, Ischia et Sorrente : Emma – toujours en reste du côté de l'orthographe – écrira *Corprea*, *Ischea* et *Sormenta*.

De retour à la résidence, ils reçoivent beaucoup. Presque tous les soirs. Ce n'est pas encore l'élite de la société napolitaine, laquelle boude Emma, mais ce sont tout de même des gens hautement considérés. C'est au cours de l'un de ces dîners qu'Emma est présentée à un vieil ami autrichien de Greville, le prince Dietrichstein, de passage à Naples. Il tombe littéralement en pâmoison devant la jeune femme : « J'ai fait la connaissance du prince Draydrixton *[sic]*. C'est mon chevalier servant, il est fou amoureux et souhaite un portrait de moi. »

Cette vie mondaine les mène logiquement à la rencontre du roi, laquelle a lieu lors d'une fin d'après-midi dans les jardins du Pausilippe, sur le promontoire qui domine la baie. Est-ce le fruit du hasard ? Ou bien Ferdinand IV s'est-il arrangé pour que son chemin croise celui de cette jeune Anglaise dont la présence auprès de William fait jaser le Tout-Naples ? À moins que la reine n'ait mandaté son époux pour obtenir des renseignements de première main. Ce qui devait arriver arrive : en découvrant Emma, Sa Majesté se liquéfie sur place à l'instar du sang de San Gennaro. Par la suite, il confiera au prince Dietrichstein qu'il se serait bien laissé aller à courtiser cette sublime créature, mais lord Hamilton étant son ami, et la créature appartenant au neveu de celui-ci, il aurait abandonné toute velléité de séduction. Il n'en demeure pas moins qu'Emma se montrera extrêmement flattée de voir qu'un roi se languit pour elle.

Au cours de cette période, parmi les nombreux invités aux dîners de la résidence, on note la présence de William Hayley, poète, écrivain, biographe et surtout ami intime de Romney, surnommé l'« Ermite de Eartham » à cause de sa propension à vivre en solitaire. Sa renommée, il la doit surtout au succès de l'un de ses poèmes intitulé *The Triumphs of Temper* (*Triomphes sur le caractère*) paru quelques années plus tôt, en 1781. Un éloge de la maîtrise de soi. Ce sera longtemps le livre de chevet d'Emma – sans doute le seul – et elle y fera souvent référence lorsqu'elle parlera de son propre caractère, jugé selon elle, et non sans justesse, trop impulsif et passionné.

Hélas, toutes ces distractions ne calment en rien son mal d'amour. Elle noircit des pages et des pages à destination de Londres. Elle fait le récit par le menu de son emploi du temps, décrit ses balades, ses soirées ; l'ensemble fait penser à un journal intime. On y décrypte la tristesse, le désespoir et la fureur. Elle écrira en tout plus de quarante lettres entre le jour de son arrivée et le 22 juillet ! Dieu merci, elles ne finiront pas dans la corbeille à papier de Greville. Il les conservera et les remettra à lord Hamilton avec ce post-scriptum pour le moins alambiqué et étrangement rédigé en français : « L'oubli de l'inclus est volant, fixez-le : si on admet le ton de la vertu sans la vérité, on est la dupe et je place tout naturellement sur le pied vrai, ainsi que je l'ai toujours fait. » Pourquoi opte-t-il soudainement pour l'usage du français ? Sans doute de crainte qu'Emma – encore ignorante de cette langue – ne tombât sur son commentaire. Il ne sait pas qu'un jour la langue de Molière n'aura plus de secret pour elle. Quatre mois après son arrivée, elle sait déjà s'exprimer en italien.

Sir William, lui, continue de l'aimer et de l'admirer en silence. Le 1er juillet, il confie à l'un de ses amis, Joseph Banks, grand naturaliste, président de la Royal Society : « Une sublime fleur appelée Emma a été transplantée ici, d'Angleterre. Dieu merci, elle n'a rien perdu de son éclat ni de sa beauté. »

Trois mois. Trois longs mois vont s'écouler avant que Greville se décide à répondre. Le contenu de la lettre lui fait l'effet d'un coup de poignard. Elle y répond sur-le-champ, le 1er août :

> *J'ai toujours su, dès le premier jour où je vous ai rencontré que je ne serais jamais heureuse avec vous car il n'existe au monde ni prince ni roi capable de vous remplacer. [...]* Je ne veux même pas répondre à votre suggestion ! Faire de William mon obligé ! *Oh ! si vous saviez la douleur que j'ai éprouvée en lisant ces lignes. Rien ne pourrait exprimer ma rage et ma fureur. Je me sens devenir folle !* Avec quel détachement vous osez me proposer de coucher avec William ! *Si seulement vous étiez là, je vous aurais assassiné et je me serais tuée après. [...] Je n'ai reçu de vous que deux lettres en six mois [moins de cinq en fait en tenant compte de l'intermède du voyage]. Je vais venir à Londres et m'abandonner à tous les excès et je mourrai seule et misérable. [...]* Vous avez tout fait pour que je sois amoureuse de vous, pour que je sois une fille bien et maintenant vous me laissez tomber. *Si tel est votre souhait, j'assumerai, mais Greville, je vous en*

conjure, n'abandonnez pas notre relation. Je n'ai pas le choix : je suis réduite à supplier ou à prier.

Le post-scriptum d'Emma a l'apparence d'un couperet et laisse percevoir surtout une transformation notable dans le caractère de la jeune femme :

> *Revenez à de meilleurs sentiments, il n'est pas de votre intérêt de me désobliger comme vous le faites, car vous ne soupçonnez pas le pouvoir qui est ici le mien.* Je ne serai jamais sa maîtresse. Si vous me poussez à bout, je me ferai épouser par lui. *Que Dieu vous bénisse pour toujours.*

Greville ne prend pas au sérieux la menace et n'est de toute façon pas disposé à changer d'attitude. Il a adopté une fois pour toutes une ligne de conduite et ne compte pas revenir sur sa décision. Ne confie-t-il pas à lord Hamilton au courant du mois d'octobre : « Qu'elle [Emma] n'imagine surtout pas que je ferai marche arrière et reprendrai notre vie commune comme par le passé. En premier lieu, je n'en ai pas les moyens, en second, sa présence à mes côtés m'isolerait du monde et provoquerait notre ruine à tous deux. En revanche, si elle adoptait une attitude plus sage et plus raisonnable, elle pourrait me garder comme confident et ami. »

Une attitude plus sage... L'honorable Greville n'imagine pas le changement qui est en train de s'opérer chez son ex-maîtresse. Depuis qu'elle est à Naples, elle ne cesse de côtoyer des personnages autrement plus importants que lui. Elle croise des princes, un roi, des artistes, des écrivains, on la courtise, on la flatte, on l'admire. Lorsqu'elle chante ou se livre à ses pantomimes, elle déclenche de véritables ovations. Les mots qu'elle entend ne ressemblent en rien à des compliments de circonstance. C'est le talent que l'on salue. La petite vendeuse de charbon prend de plus en plus conscience de l'effet qu'elle produit sur son entourage :

vous ne soupçonnez pas le pouvoir qui est ici le mien. Elle baigne au centre d'un nouveau monde et une petite voix intérieure lui souffle qu'elle pourrait y jouer un rôle. Emma change vite, beaucoup plus vite que Greville n'eût pu le soupçonner. Insensiblement, la chrysalide s'est métamorphosée en papillon. Et le papillon va dévorer la fleur.

Sept mois après son arrivée, très exactement dans le courant de l'automne 1786, la relation entre la jeune femme et l'ambassadeur bascule. Emma cède enfin à William. Elle le fait en toute conscience, définitivement convaincue que plus rien ne sera jamais possible entre elle et son ancien amant. Elle le fait aussi et surtout parce qu'il s'agit de sa survie. Aucun désir de vengeance ne l'anime. Elle raisonne tout simplement. On a jeté son amour aux orties. On s'est joué d'elle. On lui a menti. D'un côté, il y a un être incertain et fragile qui la rejette ; de l'autre, un homme mûr, maître de lui et de son destin, un personnage puissant qui l'adore. Elle ne peut plus, elle ne doit plus hésiter, sous peine de se perdre elle-même.

Puisqu'il lui est interdit d'être lady Greville, qu'à cela ne tienne : elle sera lady Hamilton...

6

En cette fin de 1786, le sort en est donc jeté. Emma et sir William ne font plus qu'un. Mais à l'inverse de sa relation avec Greville, ce n'est pas elle qui appartient corps et âme à son nouvel amant… « Il n'est pas étonnant que sir William soit épris à ce point. Le feu ravage plus violemment les vieilles demeures », commente un témoin. Lord Hamilton brûle, certes, mais avec quelle jubilation ! Cet instant, il en avait sûrement rêvé depuis le premier jour, sans oser se l'avouer. Une nouvelle vie commence pour Emma.

Entre fin décembre et mi-février de la nouvelle année, le chevalier Hamilton part, en compagnie du roi, s'adonner à son autre passion : la chasse. Emma s'installe alors dans la maison que le diplomate possède dans le quartier huppé de Caserte, non loin du palais royal. Précisons, au passage, que si le monarque se hâte de faire la connaissance de la jeune femme, la reine, elle, refuse toujours catégoriquement de la recevoir à la cour. Le prince de Dietrichstein lui a bien parlé avec enthousiasme de la « jeune Anglaise », mais, aux yeux de Marie-Caroline, Emma n'est rien de plus que la « maîtresse », une simple concubine, titre peu flatteur qui ne lui accorde aucun privilège, et certainement pas celui d'être reçue au palais. Marie-Caroline confie même à la marquise di Solari qu'elle trouve extrêmement choquant

« qu'un homme aussi honoré et occupant une fonction aussi prestigieuse s'affichât en public avec une prostituée ramassée dans les rues de Londres ».

Très vite, la vie à Caserte lui pèse. Lord Hamilton est trop longtemps et trop régulièrement absent. Et à l'instar de Catherine, l'ex-épouse du chevalier, Emma connaît elle aussi la solitude. Elle n'a pas de confident, point de docteur Drummond. Elle tourne en rond dans sa cage dorée, se souvient des heures d'attente à Edgware Row et a l'impression que tout recommence. Seulement cette fois elle ne réagit pas en esclave soumise. C'est elle qui domine et elle le fait savoir avec force à lord Hamilton : si le chevalier ne modifie pas son comportement, elle pliera bagage et rentrera en Angleterre. Et elle obtient gain de cause. Dès lors, lord Hamilton se montrera moins insouciant, plus mesuré dans ses absences.

Entre décembre et janvier, Emma entame un nouvel échange épistolaire. Greville n'en est plus l'unique objet, les lettres s'envolent aussi vers l'ambassadeur absent. Tandis qu'il est à la chasse, elle le tient régulièrement au courant de ses progrès musicaux, de son emploi du temps, de ses rencontres : « [...] Hier, j'ai vu Greffer [Graeffer, l'horticulteur]. Il m'a dit qu'il viendrait ce soir pour faire une partie de whist. Mais j'aurais préféré de beaucoup que vous fussiez là. [...] Rien ne me ravirait plus que d'apprendre votre prochain retour. » Et le 8 janvier : « Je suis heureuse de savoir que vous prenez du bon temps. J'aurais aimé vous voir chasser, mais je crains que ma compassion pour les bêtes ne m'eût empêchée de jouir du spectacle. [...] Comme je voudrais pouvoir vous préparer un punch bien chaud et me reposer ensuite entre vos bras. »

Est-elle amoureuse de lui ? Si c'est le cas, ce qu'elle ressent n'a rien de comparable avec la passion dévorante qui l'attachait à son ex-amant. En revanche, elle est beaucoup plus proche humainement de l'oncle qu'elle ne le fut jamais du neveu. Elle aime ce qu'il est. Elle le respecte et le porte en très haute estime. Son premier Pygmalion commença à tailler la pierre précieuse ; sir William en fera un diamant pur. En résumé, leur relation aura tous les charmes de l'amitié amoureuse sans avoir les orages de la passion. Quant à Greville, il restera toujours omniprésent dans le cœur d'Emma. Elle continue d'ailleurs à correspondre avec lui, la plupart du temps à sens unique. Elle lui décrit – sans doute avec une petite arrière-pensée revancharde – combien elle est admirée par tous : « Il y a en ce moment à la maison deux peintres qui font mon portrait. L'un d'eux est terminé ; il est de mêmes dimensions que la *Bacchante*. Je suis représentée assise avec un turban et une robe à l'orientale. Dans l'autre, je porte un chapeau à rubans noirs et à plumes blanches et une robe de satin bleu. Aussitôt que ces toiles seront achevées, je recommencerai à poser devant deux autres peintres et devant Angelaca, [Angelica Kauffmann] si elle peut venir. »

Ou encore : « Je me promène chaque soir dans les jardins de la Villa Reale. J'ai toujours autour de mon groupe deux princes, deux ou trois nobles et le roi accompagné d'une foule. »

Et d'ajouter non sans espièglerie : « Il faut que je vous conte une galanterie du roi. Tous les dimanches il dîne au Pausilippe et vient dans son bateau au Casino pour me regarder. Nous eûmes une petite fête diplomatique. Nous étions dans notre barque ; le roi vint aussitôt vers moi, fit mettre la barque qui transportait les musiciens à côté de la nôtre et fit jouer tous les cors français et la troupe entière. Il enleva son chapeau, s'assit, son chapeau sur les genoux, pendant tout le temps. Lorsque nous accostâmes, il me salua profondément en disant que c'était un péché de ne savoir pas l'anglais. Je l'ai sans cesse à ma suite tous les soirs à la Villa ou à l'Opéra. »

On le constate, et c'est sa seule vengeance, elle pique Charles, se réjouit intérieurement en imaginant l'expression de ses traits, et qui sait ? sa frustration à la lecture de ces anecdotes. La maîtresse abandonnée prend de l'assurance, elle quitte l'enfance pour le monde des grands. Toutefois, il est important de le redire, Emma ne tiendra jamais rigueur à Greville de sa conduite passée. Le jour où elle apprendra de la bouche même de lord Hamilton qu'il a fait de son neveu son légataire universel, loin d'émettre la moindre critique ou de tenter une quelconque manigance (elle aurait pu) pour le faire revenir sur sa décision, elle s'empressera d'annoncer la bonne nouvelle à Greville : « Je suis folle de joie pour vous ! Vous n'aurez plus rien à craindre de l'avenir désormais. » Lorsqu'elle écrit ces mots, elle ignore bien sûr que cela fait près d'un an que son ancien amant a eu connaissance de l'information.

En mars 1787, le grand Johann Wolfgang von Goethe en personne débarque à Naples. Il y est reçu et fêté comme il se doit et se lie d'amitié avec l'ambassadeur qui l'invite à plusieurs reprises au palais Sessa. C'est Emma qui le reçoit. Emma qui lui fait les honneurs de la résidence. Ce soir-là, après le dîner, elle se livre pour le plus grand plaisir des invités à ses « attitudes », ses tableaux vivants qu'elle a érigés en art. Elle est brillante, elle est parfaite. L'impression qu'elle laisse à l'auteur des *Souffrances du jeune Werther* est des plus favorables. On peut lire dans son *Voyage en Italie* à la date du 16 mars 1787 : « Le chevalier Hamilton, qui est toujours ici ambassadeur d'Angleterre, après s'être si longtemps occupé des arts en amateur, après avoir si longtemps étudié la nature, a trouvé le comble des plaisirs de la nature et de l'art dans une belle jeune fille. Il l'a recueillie chez lui. C'est une Anglaise de vingt ans. Elle est très belle et bien faite. Il lui a fait faire un costume grec qui lui sied à merveille. Elle laisse flotter ses cheveux, prend deux châles et varie tellement ses attitudes, ses gestes, son expression, qu'à la fin on croit rêver tout de bon. Ce que mille artistes seraient heureux de produire, on le voit ici accompli en mouvement, avec une diversité surprenante. À genoux, debout, assise, couchée, sérieuse, triste, lutine, exaltée, repentie, séduisante, menaçante, inquiète ; une expression succède à l'autre et en découle. Elle sait adapter à chaque expression les plis du voile, les modifier et faire cent coiffures diverses avec les mêmes tissus. Cependant le vieux chevalier lui tient la chandelle *[sic]* et il s'est adonné à cet objet de toute la ferveur de son âme. Il voit réunis en elle tous les antiques, tous les beaux profils des monnaies siciliennes et jusqu'à l'Apollon du Belvédère. Pour tout dire, cet amusement est unique. Nous l'avons eu déjà deux soirs. [...] Hamilton et sa belle Anglaise m'ont continué leurs prévenances. J'ai encore dîné chez eux et, vers le soir, miss Hart a produit ses talents de musicienne et de cantatrice. »

On peut compléter la description de Goethe par celle que la comtesse de Boigne – qui se montrera très sévère pour Emma – a laissée dans ses *Mémoires* : « Cette créature, belle comme un ange et qui n'avait jamais pu apprendre à lire et à écrire couramment, avait pourtant l'instinct des arts. Elle profita promptement des avantages que le séjour d'Italie et les goûts du chevalier Hamilton lui procuraient. Elle devint bonne musicienne et surtout se créa un talent unique dont la description paraît niaise, qui pourtant enchantait tous les spectateurs et passionnait les artistes. Je veux parler de ce qu'on appelait les "attitudes" de lady Hamilton. Pour satisfaire au goût de son mari, elle était habituellement vêtue d'une tunique blanche ceinte autour de la taille ; ses cheveux flottaient ou étaient relevés par un peigne, mais sans avoir la forme d'une coiffure quelconque. Lorsqu'elle consentait à donner une représentation, elle se munissait de deux ou trois châles de cachemire, d'une urne, d'une cassolette, d'une lyre, d'un tambour de basque. Avec ce léger bagage et dans son costume classique, elle s'établissait au milieu d'un salon. Elle jetait sur sa tête un châle qui, traînant jusqu'à terre, la couvrait entièrement et, ainsi cachée, se drapait des autres. Puis elle se relevait subitement ; quelquefois elle s'en débarrassait tout à fait ; d'autres fois, à moitié enlevé, il entrait comme draperie dans le modèle qu'elle représentait. Mais toujours elle montrait la statue la plus admirablement composée. Je lui ai quelquefois servi d'accessoire pour former un groupe. Elle me plaçait dans la position convenable et me drapait avant d'enlever le châle qui, nous enveloppant, nous servait de rideau. Mes cheveux blonds contrastaient avec ses magnifiques cheveux noirs [les cheveux d'Emma étaient pourtant châtains !] dont elle tirait grand parti. Un jour, elle m'avait placée à genoux devant une urne, les mains jointes dans l'attitude de la prière. Penchée sur moi, elle semblait abîmée dans sa douleur, toutes deux nous étions échevelées. Tout à coup, se redressant et s'éloignant un peu, elle me saisit par les cheveux d'un mouvement si brusque que je me retournai avec surprise et même un peu d'effroi, ce qui me fit entrer dans l'esprit de mon rôle, car elle brandissait un poignard. Les applaudissements passionnés des spectateurs artistes se firent entendre avec les exclamations de : *Bravo la Médéa*. Puis, m'attirant à elle, me serrant sur son sein en ayant l'air de me disputer à la colère du ciel, elle arracha aux mêmes voix le cri de *Viva la Niobéa*. C'est ainsi qu'elle s'inspirait des statues antiques et que, sans les copier servilement, elle les rappelait aux imaginations poétiques des Italiens par une espèce d'improvisation en action. D'autres ont cherché à imiter le talent de lady Hamilton ; je ne crois pas qu'on y ait réussi. C'est une de ces choses où il n'y a qu'un pas du sublime au ridicule. D'ailleurs, pour égaler son succès, il faut commencer par être parfaitement belle de la tête aux pieds et les sujets sont rares à trouver. »

Hamilton, quant à lui, fait à Goethe les honneurs du *caveau*, dans lequel il entrepose les pièces les plus précieuses de sa collection : « À l'instigation de notre ami Hackert[1], peintre allemand qui souhaitait me faire connaître

1. Philippe Hackert. Peintre allemand, proche de Ferdinand IV, il fonda une école de peinture à Naples baptisée *Vedutismo topografico napoletano*, « Vues topographiques napolitaines ».

tout ce qu'il y a de remarquable, Hamilton nous a enfin conduits dans son caveau secret d'œuvres d'art et de vieilleries. C'est une confusion complète. Les productions de toutes les époques sont mêlées au hasard, bustes, torses, vases, bronzes, toutes sortes d'ameublements. Dans une longue caisse, couchée à terre et dont j'écartai par curiosité le couvercle rompu, se trouvaient deux magnifiques candélabres de bronze. Je fis signe à Hackert et lui demandai tout bas s'ils n'étaient pas tout pareils à ceux du musée de Portici. À son tour, il me fit signe de me taire. Ils pouvaient en effet s'être égarés là des caveaux de Pompéi. À cause de ces heureuses acquisitions et d'autres similaires le chevalier n'aime à faire voir ses trésors cachés qu'à ses plus intimes amis. Je remarquai avec surprise une caisse dressée debout et ouverte par-devant, noircie à l'intérieur, entourée d'un somptueux cadre d'or. Ce cadre était assez grand pour recevoir une personne debout et voici quelle en était la destination : cet amateur des arts et des jeunes filles, non content de voir comme une statue mobile la belle image, a voulu en jouir aussi comme d'un tableau changeant inimitable ; c'est ainsi que, vêtue de diverses couleurs sur le fond noir, miss Hart avait imité quelquefois, dans ce cadre d'or, les tableaux de Pompéi et même les chefs-d'œuvre modernes. Cet amusement paraissait abandonné ; d'ailleurs, il était difficile de transporter l'appareil et de le placer dans un bon jour ; aussi nous n'avons pu jouir de ce spectacle. »

À la lecture de ce dernier paragraphe, une réflexion vient soudainement à l'esprit. N'existerait-il pas une sorte de fil rouge entre Mrs. Kelly, le docteur Graham, sir Harry, Greville et lord Hamilton ? Chacun d'entre eux, bien qu'inspiré par des mobiles différents, voire opposés, n'a-t-il pas succombé à la même tentation ; celle de *montrer* Emma, de l'exhiber comme on exhibe un magnifique tanagra ? Il va de soi que les motifs de l'Abbesse d'Arlington et du charlatan du Temple d'Esculape ne sont aucunement comparables avec ceux qui animèrent Greville, hier, et aujourd'hui sir William. Néanmoins, au-delà de l'amour que le diplomate porte à la jeune femme, il est indiscutable que, à l'instar de son neveu, il voit *aussi* Emma avec les yeux du passionné d'art, du collectionneur. Comme s'il existait une malédiction sur les femmes trop belles.

Le temps passe, la nouvelle année est fêtée comme il se doit au palais Sessa et les bienfaits ne cessent de pleuvoir sur la jeune femme. Elle n'est pas loin de ses vingt-deux ans et Naples est à ses pieds. Si la reine, la société anglaise et les milieux diplomatiques demeurent encore hermétiques à son pouvoir de séduction, d'autres succombent. Les échos de sa beauté parviennent jusqu'aux portes de Moscou où le tsar Alexandre Ier fait mander un portrait d'elle. Après l'avoir rencontrée à Ischia, la comtesse Mahoney la trouve tout simplement *marvellous*. Dans un domaine plus prosaïque, Emma finit aussi par séduire Mrs. Dickenson, la nièce de lord Hamilton qui, au départ, voyait d'un très mauvais œil la relation de son oncle et de cette « parvenue ». Si le charme dévastateur de la jeune femme fait des ravages auprès des hommes et des femmes qui évoluent dans le monde matériel, il ne laisse pas indifférents non plus les êtres qui ont consacré leur existence au monde spirituel. La charité étant chez elle une seconde nature, Emma a pour habitude de distribuer vêtements et soutien en tout genre aux nécessiteux. Pour ce faire, elle se rend régulièrement dans le couvent qui jouxte la résidence. Les religieuses servent d'intermédiaire. C'est là qu'elle fait la connaissance de sœur Beatricia Acquaviva. Il suffit de parcourir la lettre qu'Emma écrivit à sir William, alors absent, pour comprendre que la brave sœur est pour le moins « perturbée » au contact de sa bienfaitrice : « Oh, sir William, Beatricia est une belle femme. Elle a vingt-neuf ans. Elle a pris le voile alors qu'elle n'en avait que vingt et ne semble pas le regretter. Pourtant, si j'en juge par la manière qu'elle a de me dévisager, son regard n'a rien de celui d'une nonne. Ses yeux sont aussi rieurs que brûlants. [...] Elle m'a embrassé les lèvres, les joues, le front en murmurant : "Que vous êtes belle, *che bellissima creatura.*" Elle n'a cessé d'admirer ma robe tout en répétant que je ressemblais à un ange. Elle m'a caressé longuement les cheveux, puis elle m'a dit : "Cela vaut vraiment la peine de vivre pour quelqu'un comme vous." »

Parallèlement à cette vie insouciante, elle continue à travailler d'arrache-pied tant la musique que le français et l'italien. Son maître de danse, Giuseppe Aprile, n'est autre que celui de Marie-Caroline. Il se rend au palais trois fois par semaine. Gallucci, son professeur de chant, lui consacre trois cours par jour : le matin à huit heures, avant dîner et dans la soirée. Sa réputation de chanteuse commence à se répandre un peu partout et les propositions affluent. L'opéra de Madrid, entre autres, lui soumet un contrat de 2 000 livres par an pour qu'elle se produise sur scène. Elle décline l'offre comme elle le fait pour les suivantes.

Sir William est aux anges lorsqu'il écrit à Greville : « Je me rends presque tous les jours à la chasse, mais je suis comblé lorsque je rentre chez moi et que j'y retrouve Emma. Vous n'avez pas la moindre idée des progrès qu'elle a accomplis dans tous les domaines. Qu'il s'agisse de son maintien, du langage et de la musique en particulier. Sa voix est devenue remarquable, chargée d'expression. Elle maîtrise de mieux en mieux le solfège. »

Vers la fin juillet, sir William et Emma décident de passer quelques jours à Sorrente où ils résident dans la maison de campagne du duc di San Demetrio, un favori du roi Ferdinand : « Le lieu est placé sur un promontoire et nous avons une vue sur Capri, Ischia, le Vésuve et Portici, le Pausilippe et Naples. Vous ne pouvez imaginer combien c'est magnifique. »

Le 4 août, ils sont de retour à Naples et, dès le lendemain, le chevalier emmène sa maîtresse en excursion le long des pentes du Vésuve. Elle se montre très intéressée par le spectacle. Pose mille et une questions. Bientôt les phénomènes volcaniques n'auront plus de secret pour elle.

En novembre, le couple organise un souper somptueux. Soixante convives. Le repas terminé, Emma envoie sa berline et son valet de pied prier la fameuse *prima donna*, Georgina Brigida Banti, de bien vouloir honorer la soirée de sa présence. La cantatrice accepte. Elle s'installe parmi les hôtes et Emma ose alors l'incroyable. Elle chante. Entourée de musiciens, elle chante *Nina*, de Paisiello. Quand elle termine, un tonnerre d'applaudissements retentit dans la grande salle de musique et la Banti se dresse en s'écriant : « *Dio mio ! che maravigliosa vocce !* Je donnerais tout ce que je possède pour avoir une pareille voix ! » Était-ce un véritable cri du cœur ou un compliment circonstanciel ? Le succès de la jeune femme fut en tout cas suffisamment notable pour qu'aussitôt le commodore Henry Dundas Melville[1], présent dans l'assistance décide d'annuler son départ pour Londres afin d'accueillir Emma et sir William à dîner à bord de sa frégate hollandaise : « Sir William, ma mère et moi, rapporte-t-elle à Greville, avons gagné le môle où nous attendaient un capitaine et quatre officiers. Ils nous aidèrent à prendre place dans une embarcation. On nous mena jusqu'à la frégate où se tenait le commodore. Le navire était tout décoré. C'était sublime. L'équipage au complet nous accueillit au garde-à-vous. Un orchestre était là aussi et nous eûmes droit à une salve tirée par vingt-six canons. Nous n'étions pas moins de trente à dîner. Le commodore me fit asseoir en tête de table, avec le titre de *maîtresse des festivités*. Vous auriez dû me voir, dans ma robe de satin blanc, les cheveux déployés sur mes épaules. »

En prenant connaissance de tous ces détails, on se demande quelles idées se bousculent dans le cerveau de l'honorable Greville. Lorsque neuf mois plus tard, en août

1. Homme politique écossais, trésorier de l'Amirauté, il sera élevé au rang de vicomte puis de baron Dunira.

1788, il apprendra qu'Emma a reçu de sir William une parure de diamants de... 500 livres sterling, on l'imagine près de défaillir. La somme est tout simplement faramineuse si on la compare au budget annuel que le diplomate accordait à Emma et Mrs. Cadogan « pour les vêtements et le blanchissage ». Le prix du collier représente deux fois ce montant. Point de doute, l'homme est éperdument épris.

Et le mariage ?

Deux ans se sont écoulés depuis qu'Emma est arrivée à Naples. Et il n'en est toujours pas question. De toute évidence, la jeune femme dut aborder le sujet, puisque dans une lettre datée de mai 1789, lord Hamilton en parle à son neveu : « Emma me demande souvent : *M'aimez-vous ?* et de faire elle-même la réponse d'un petit air ironique : *Oui, sans doute comme vos nouveaux appartements*. Je sais ce qu'elle souhaite. Mais je crains hélas que la réalisation de ce vœu ne soit bien au-dessus de mes possibilités. Que tout ceci *reste entre nous*[1]. Si je devais être contraint de me séparer d'elle, je lui garantirais une rente annuelle de 150 livres et j'en accorderais 50 à sa mère, laquelle, je le précise au passage, est une femme de grande valeur. En fait, je réfléchis tout en vous écrivant. Imaginez la différence d'âge : elle, vingt-quatre ans, moi, cinquante-neuf ! Cet écart est porteur de conséquences insoupçonnées. Pourtant, je le reconnais, sa conduite est en tout point irréprochable. Mais son tempérament – vous n'êtes pas sans le savoir – est imprévisible. Par ailleurs, j'avais l'intention de me rendre en Angleterre dans le courant du mois. Mais je ne me vois guère abandonner Emma toute seule. C'est partie remise. »

1. En français dans le texte.

7

Au printemps 1789, l'ambassadeur se rend dans le sud de l'Italie dans le but d'acquérir certains objets d'art pour sa collection. Emma l'accompagne. Après un détour par Bari, Brindisi, Foggia, le diplomate découvre à Tarente une tête d'Hercule, admirable marbre grec dont on lui fait hommage « pour un air chanté par Emma ». Quelques jours plus tard, il se rend acquéreur d'un masque de femme romaine dont les traits lui rappellent ceux de sa compagne. Ces vingt jours de promenade ne font qu'accroître sa passion.

À l'approche de l'été, une visiteuse providentielle va aider Emma à gravir une marche de plus dans l'échelle sociale. Jusque-là, elle n'a été officiellement reçue que dans le monde napolitain. La société anglaise s'entête à l'ignorer. L'opinion que l'on a d'elle n'est guère différente de celle de Marie-Caroline. Emma ne représente rien aux yeux de la haute société. L'image répandue est celle d'une petite courtisane qui a réussi à faire perdre la tête au vieil Hamilton. Mais la fortune veille.

Vers la mi-juin, la duchesse Elizabeth d'Argyll débarque à Naples, accompagnée de sa fille, lady Augusta, et de son gendre. La duchesse fait alors partie des personnalités les plus en vue dans le monde de la cour. À l'instar d'Emma, c'est grâce à son éclatante beauté qu'elle a connu la célébrité. Mais aujourd'hui, la duchesse n'est plus de première jeunesse. Elle est malade, de surcroît, et son état de santé exige un séjour en Italie ; elle a choisi Naples et compte s'y fixer tout l'hiver. À peine fait-elle la connaissance d'Emma qu'elle l'aime spontanément et sans aucun *a priori*. Elle l'apprécie et le fait clairement savoir. On voit dans cette attitude comme l'hommage rendu à l'étoile nouvelle par l'astre à son déclin. C'est une sorte d'adoubement. Naples est une petite ville. Les nouvelles vont vite. Le patronage d'une si haute autorité mondaine ne peut qu'ouvrir à Emma les portes des milieux les plus fermés. En quelques mois, elle devient la femme à la mode. Chaque salon sollicite l'honneur de la recevoir ; on se dispute son amitié. La nouvelle ambassadrice d'Espagne, et bientôt l'ambassadrice de Russie, la belle Mme Skavronska (ou *Skavonska*, l'orthographe est incertaine), deviennent ses compagnes inséparables. Le prince de Monaco, la duchesse de Fleurus se montrent les hôtes les plus assidus des soirées de l'ambassade.

Emma sait reconnaître l'influence décisive exercée par la duchesse sur sa destinée. Lorsque celle-ci meurt, à la fin de 1790, la jeune femme est touchée en plein cœur : « Vous ne pouvez imaginer mon désespoir, confie-t-elle à Greville. Jamais je n'eus d'amis comme elle ; il faudra que vous sachiez tout quand je vous reverrai. Je vous raconterai tous les témoignages de sa bonté envers moi ; ils sont trop touchants et trop nombreux pour que je puisse vous en donner l'idée par lettre. »

C'est lui rendre le plus grand des services que de la faire pénétrer dans l'étroite société anglaise et de prouver ainsi à sir William qu'elle saurait sans peine tenir dans le monde le rang dû à une (future) lady Hamilton. Déjà dans l'opinion publique le bruit circule d'un mariage qui se serait déroulé secrètement entre l'ambassadeur et sa maîtresse ; rumeur totalement infondée, mais qui a pour conséquence de familiariser le chevalier avec l'idée d'une union. Et de fait, dès ce moment, le parti de sir William est pris. Il est concevable aussi que la duchesse d'Argyll influence sa décision. S'il tarde à mettre son projet à exécution, ce n'est pas dans la crainte de déplaire à Marie-Caroline, c'est encore moins par scrupule vis-à-vis de Greville. C'est plutôt par appréhension du scandale qu'un pareil mariage causera nécessairement à la cour d'Angleterre, mariage qui pourrait nuire à sa carrière, lui aliéner le roi, son plus fidèle protecteur, et la reine Charlotte dont la pruderie est notoire.

Dès l'instant qu'Emma a reçu la bénédiction de la duchesse d'Argyll, elle se voit autorisée à suivre lord Hamilton dans ses battues en compagnie du roi et se retrouve à fréquenter les membres les plus éminents de la cour, l'entourage proche de Marie-Caroline. Parmi ces personnages, et non des moindres, elle découvre surtout l'amant de la reine, le général John Francis Edward Acton. Né en 1736, fils d'un médecin irlandais, catholique et, curieusement, membre de l'Église jacobite [1], Acton a commencé par servir dans la marine française puis, soit par amour du changement, soit par dépit de ne pas se voir apprécier à sa juste valeur, il a offert son épée à la cour de Florence et s'y est acquis un réel crédit. En 1779, il attire l'attention du prince de Caramonico, l'un des ministres de Marie-Caroline, et, sur ses recommandations, est nommé d'emblée amiral de la flotte napolitaine. Ce n'est qu'un début. En peu de temps, il parvient à gravir tous les échelons et devint ministre de la Guerre et de la Marine. Cette fulgurante ascension n'a rien de surprenant lorsque l'on sait qu'entre-temps il a réussi à conquérir la faveur, et même les faveurs, de la reine. Souple, il comprit très vite que cette souveraine ambitieuse avait besoin d'un homme à tout faire. Et s'il n'est officiellement appelé qu'en 1789 à la direction de la diplomatie napolitaine, son influence s'exerce bien aupara-

1. Depuis la fin du VIIIe siècle, on a pour habitude d'appeler jacobites les membres de l'Église monophysite syrienne occidentale.

vant. Seules les finances restent soustraites à son contrôle parce qu'il craint d'assumer la responsabilité d'une administration où il n'a aucune compétence. Toutefois, afin d'empêcher la rivalité d'un collaborateur trop zélé, il supprime ce ministère et le remplace par un simple conseil.

Marie-Caroline a eu la chance de rencontrer le ministre de ses rêves. Ambitieuse et autoritaire, elle eût été mal inspirée de ne pas être satisfaite d'un homme appliqué à partager ses sentiments et à exécuter ses volontés. Mais, chose étrange, cette femme impérieuse et rebelle ne s'aperçoit pas qu'en s'employant à la fortune d'Acton elle se prépare un maître qui lui fera parfois durement sentir son pouvoir. À force de se voir regardé comme un grand ministre, Acton a fini par se croire un sujet d'élite. Talents militaires et talents diplomatiques, il a la prétention de tout maîtriser et, bien qu'ayant reçu le titre tout honorifique de maréchal de camp, il s'est autoproclamé général.

Au mois de juillet 1789, un coup de tonnerre secoue l'Europe : la France a basculé dans la Révolution. Les Parisiens ont investi la Bastille. Le gouverneur de Launay a été mis à mort ainsi que le prévôt de Paris.

Aussitôt, Marie-Caroline commence à trembler pour sa sœur. Quel sort les révolutionnaires réserveront-ils à Marie-Antoinette ? Les nobles s'exilent les uns après les autres. Parmi ceux-ci, Mme Vigée-Lebrun, l'illustre portraitiste. Sa réputation l'ayant précédée, elle débarque à Naples pour trouver refuge auprès de Marie-Caroline. À peine s'est-elle installée que sir William la sollicite pour qu'elle entreprenne le portrait d'Emma. Elle l'évoque dans ses *Souvenirs* : « Le comte de Scawronski *[sic]* m'avait fait promettre de faire le portrait de sa femme avant celui de toute autre personne ; je m'y engageai, en sorte que, deux jours après mon arrivée, je commençai ce portrait où l'ambassadrice est peinte presque en pied, tenant en main et regardant un médaillon sur lequel était le portrait de son mari. J'avais donné la première séance, quand je vis arriver chez moi le chevalier sir William Hamilton, ambassadeur d'Angleterre à Naples, qui me demandait en grâce que mon premier portrait fait dans cette ville fût celui d'une superbe femme qu'il me présenta ; c'était madame Harte *[sic]* sa maîtresse, qui ne tarda pas à devenir lady Hamilton, et que sa beauté a rendue célèbre. D'après la promesse faite à mes aimables voisins, je ne voulus commencer ce portrait que lorsque celui de la comtesse Scawronski serait avancé. [...] Je peignis madame Harte *[sic]* en bacchante couchée au bord de la mer, et tenant une coupe à la main. Sa belle figure était fort animée et contrastait complètement avec celle de la comtesse ; elle avait une quantité énorme de beaux cheveux châtains qui pouvaient la couvrir entièrement, et ainsi en bacchante, ses cheveux épars, elle était admirable. Le chevalier Hamilton faisait faire ce portrait pour lui ; mais il faut savoir qu'il revendait très souvent ses tableaux lorsqu'il y trouvait un bénéfice ; aussi, M. de Talleyrand, le fils aîné de notre ambassadeur à Naples, entendant dire un jour que le chevalier Hamilton protégeait les arts, répondit : "Dites plutôt que les arts le protègent." Le fait est que, après avoir marchandé fort longtemps pour le portrait de sa maîtresse, il obtint que je le ferais pour cent louis, et qu'il l'a vendu à Londres trois cents guinées [1]. Plus tard, lorsque j'ai peint encore lady Hamilton en Sibylle pour le duc de Brissac, j'imaginai de copier la tête et d'en faire présent au chevalier Hamilton, qui la vendit tout de même sans hésiter. [...] Rien n'était plus curieux que la faculté qu'avait acquise lady Hamilton de donner subitement à tous ses traits l'expression de la douleur ou de la joie, et de se poser merveilleuse-

1. Contrairement à l'assertion de Vigée-Lebrun, il ne se sépara du portrait d'Emma que contraint et forcé lors de la vente qu'il dut faire plus tard de ses objets d'art. Quant au prix qu'atteignit la *Bacchante*, il ne faut pas s'étonner s'il fut supérieur au prix perçu par l'artiste. La célébrité d'Emma était alors universelle et l'on s'arrachait à prix d'or les portraits de cette femme, dont la beauté et les aventures avaient fait tant de bruit dans le monde.

ment pour représenter des personnages divers. L'œil animé, les cheveux épars, elle vous montrait une bacchante délicieuse, puis tout à coup son visage exprimait la douleur, et l'on voyait une Madeleine repentante admirable. Le jour que le chevalier Hamilton me la présenta, il voulut que je la visse en action ; je fus ravie ; mais elle était habillée comme tout le monde, ce qui me choquait. Je lui fis faire des robes comme celle que je portais, pour peindre à mon aise, et qu'on appelle des blouses ; elle y ajouta des châles pour se draper, ce qu'elle entendait très bien ; dès lors, on aurait pu copier ses différentes poses et ses différentes expressions pour faire toute une galerie de tableaux ; il en existe même un recueil, dessiné par Frédéric Remberg[1], et qu'on a gravé. »

Et pendant que l'on peint à Naples, en France, la Révolution suit son cours.

En août 1790, les changements provoquent une vague de mécontentement et de troubles dans de nombreuses régions où les ruraux sont déçus par la médiocrité des avantages obtenus et refusent de payer les impôts. L'armée et la marine connaissent elles aussi une importante agitation. À Montauban et à Nîmes, entre mai et juin, les rivalités anciennes qui opposent catholiques et protestants – les uns récusant le nouveau régime, les autres le soutenant – dégénèrent en massacres. La division du pays est aggravée par les mesures prises contre l'Église. La Constitution civile du clergé, adoptée le 12 juillet 1790, accentue la laïcisation du pays.

Une nouvelle année s'écoule.

Si l'esprit de lord Hamilton est préoccupé par les événe-

1. Ce recueil a pour titre exact : « Dessins scrupuleusement copiés d'après nature à Naples et dédiés avec sa permission à l'Hon. sir W. Hamilton, envoyé extraordinaire et plénipotentiaire de S. M. britannique, par son humble serviteur Fred. Remberg, peintre d'histoire à Rome au service du roi de Prusse, gravé par Thomas Pirolis. »

ments qui se déroulent chez l'ennemi héréditaire de l'Angleterre, son cœur, lui, ne bat toujours que pour Emma. Insensiblement, l'idée de mariage a fait son chemin dans sa tête. En janvier 1791, il écrit à une amie, Georgina Dowager, comtesse Spencer : « Un homme de soixante ans qui a l'intention d'épouser une femme de vingt-quatre [en fait Emma en a alors vingt-six] possédant un passé qu'il vaudrait mieux ne pas chercher à analyser dans le détail, cet homme serait des plus imprudents. Il aurait à 99 pour cent tort d'aller au bout de sa démarche. Mais je flatte mon ego et ne suis aucunement déçu par le comportement d'Emma. Voilà maintenant près de cinq ans que nous vivons ensemble, et il ne me souvient pas d'un seul jour où je n'ai eu à me louer de cette relation. » Et il conclut : « Je crois qu'il est temps de faire d'elle ce que notre société appelle "une honnête femme". [...] Soyez assurée qu'Emma est une femme hors du commun. »

Il ne reste plus qu'à passer aux actes. Il annonce sa décision à la jeune femme, mais, ayant à cœur de conserver son poste et voulant s'assurer qu'une mésalliance ne lui retirerait pas la faveur royale, le chevalier souhaite que le mariage se déroule en Angleterre. Ils partiront dans le courant du mois d'avril, en profiteront pour se rendre à Rome. Ils remonteront ensuite jusqu'à Florence, puis feront un détour par Venise où se sont réfugiés certains représentants de la noblesse française. Lord Hamilton en profitera pour glaner des informations politiques de première main sur le séisme qui a frappé la France. Et le périple se conclura par une arrivée à Londres au début du mois de mai.

Emma manque de défaillir de bonheur. Mais ni elle ni sir William ne jugent utile d'en informer Greville. Tous deux se contentent de lui annoncer leur prochaine venue en Angleterre. Sans plus. Pourquoi ? Peut-être parce qu'ils estiment – à raison – que le choc serait trop rude pour lui. Manifestement, il a dû répondre par un mot lourd d'appréhension, car Emma se hâte de le rassurer. La lettre est datée de janvier 1791 :

> *Ne craignez rien pour moi de l'Angleterre. Nous viendrons pour peu de temps. Je ne veux pas attirer l'attention et veux être un exemple de parfaite tenue et faire voir au monde qu'une jolie femme n'est pas toujours une folle. Toute mon ambition est de rendre sir William heureux et vous verrez qu'il l'est. Quant à prendre deux habitations séparées, [sans doute une suggestion de Greville] nous ne pouvons le faire et pourquoi le ferions-nous ? Vous ne pouvez pas imaginer deux personnes, qui ont vécu cinq ans dans tout le bonheur quotidien possible, consentant à se séparer lorsque précisément elles ne connaissent d'autre joie que de se trouver en compagnie l'une de l'autre. Non, cela ne peut pas être et vous serez vous-même juge lorsque vous nous reverrez. [...] En temps et en heure, nous vous ferons connaître* nos plans et nos secrets. *Nous serons avec vous au printemps ; nous reviendrons à Naples en novembre et l'année prochaine vous pourrez nous rendre visite. Nous serons heureux de vous voir. Je vous estimerai toujours pour l'affection que vous portez à sir William et pour le rôle d'intermédiaire* [sic] *que vous avez joué, grâce auquel il m'a été permis de le connaître. Je ne puis plus aimer personne d'autre que lui. Cet aveu vous rendra heureux, je le sais.*

Le ton maîtrisé employé par Emma dissimule à peine son inébranlable résolution de retourner à Londres comme en pays conquis. Et l'on ne peut que repenser à l'aveu plutôt fataliste que Greville, quelques mois plus tôt, faisait à son oncle : « Je n'ai d'autre aptitude que celle de bon intermédiaire. » Il n'aura jamais fait preuve d'autant de lucidité.

Sa panique quant au motif réel de ce déplacement est décuplée à la réception d'un pli urgent posté par l'un de ses amis, Heneage Legge, qui est justement à Naples à ce moment. Il semblerait qu'il fût chargé par Greville d'espionner le couple :

La situation de sir William ne lui permet pas de l'annoncer publiquement, mais nul doute qu'il a l'intention d'épouser Mrs. Hart. [...] L'ascendant qu'elle a sur lui dépasse tout entendement. Et l'attachement qu'il a envers elle suscite l'admiration. Le dosage est parfaitement équilibré. Elle a fait savoir à tout leur entourage qu'ils avaient l'intention de se rendre en Angleterre pour solliciter l'accord du roi à leur mariage. Elle dit qu'il ne lui est plus possible de poursuivre sa relation avec lord H. dans les conditions actuelles. Des conditions qui l'exposent sans arrêt aux médisances et à la réprobation.

Greville prie alors Legge d'entreprendre lord Hamilton afin d'essayer de le convaincre de revenir sur sa décision. La démarche se solde par une déroute. Sir William est définitivement amoureux ; Emma semble invulnérable et c'est de tous côtés un concert de louanges. Legge ne recueille qu'une seule critique : sous le sceau du secret, le maître de chant lui aurait confié que la voix de son élève, admirable de qualité et d'ampleur, manquait parfois de justesse. On peut difficilement compter sur un pareil argument pour rompre un projet de mariage. Legge se borne donc à informer son ami de la faillite prochaine de tout rêve d'héritage (ce qui est faux) et lui conseille de faire contre mauvaise fortune bon cœur.

Greville sait désormais à quoi s'en tenir. La petite Emma, son ex-maîtresse, cette femme qui l'a adulé, est à la veille de devenir... sa tante.

8

ILS sont partis comme prévu. Le 22 avril, le couple, chaperonné par Mrs. Cadogan, est à Venise. C'est l'occasion pour lord Hamilton de rencontrer Charles X. À la cour de Versailles, la vie du jeune comte d'Artois (tel était son titre) avait été celle d'un libertin fort empressé auprès des dames. Pour avoir soutenu, dans la crise de 1789, le parti de la réaction, il s'est attiré tant d'impopularité que, après le 14 juillet, son frère, Louis XVI, lui a vivement conseillé de quitter le pays. En émigration, il est devenu le centre de ralliement des éléments les plus agités et les plus contre-révolutionnaires. Pour la plupart des exilés français, l'ambassadeur n'est pas un inconnu ; nombre d'entre eux, tels le marquis de Vaudreuil ou les Polignac, ont eu l'occasion de faire sa connaissance lors d'un séjour à Naples.

Laissant derrière eux ce petit monde et sa mélancolie souveraine, Emma et son futur époux font un détour par Bruxelles où ils passent quelques jours. Une semaine plus tard, le 16 mai, les voici à Londres à l'hôtel Nerot, dans King Street, où lord Hamilton a ses habitudes.

En ce printemps 1791, toute la capitale ne parle que de cette arrivée sensationnelle. Les amis, les parents de sir William attendent avec anxiété la nouvelle venue pour se prononcer sur son compte. Les peintres réclament déjà la faveur de reproduire ses traits. Thomas Lawrence, à peine âgé de vingt-deux ans, fait partie de ceux-là. Il en parle à l'un de ses proches : « Un ami m'a promis d'obtenir que je fusse présenté à sir William Hamilton afin de voir sa merveilleuse femme dont vous avez certainement entendu parler : Mrs. Hart... J'ai ouï dire que c'était pour un œil de peintre ce qui pourrait arriver de plus souhaitable. » Lawrence peindra en effet un portrait d'Emma et l'œuvre figurera longtemps à Hampden House, dans la résidence du duc d'Abercorn à Londres. La trace de ce portrait semble perdue aujourd'hui.

Mais d'entre tous ces artistes, aucun ne témoigne plus d'impatience que le vieux Romney. Depuis deux ans déjà, la santé très ébranlée de l'artiste ne lui accorde que peu de répit. Mais Emma va lui redonner le goût de vivre et de peindre. Lord Hamilton étant forcé de quitter Londres pour régler certaines affaires en pays de Galles, la jeune femme se précipite à Cavendish Square. Elle ignore encore quel accueil lui réservera Londres, mais elle trouve chez son ami la cordiale réception d'autrefois. Aux anges, Romney suggère aussitôt une série de portraits. Emma accepte. Et bien que les préparatifs du mariage ne lui laissent que peu de loisirs, elle réserve au peintre une séance quotidienne de pose. Il n'en fallait pas plus pour rendre à Romney sa verve accoutumée et le meilleur de son talent. Radieux, il écrit le 7 juillet à son ami Hayley, le poète et biographe : « Actuellement et pendant la plus grande partie de l'été, je serai occupé à faire des portraits de la divine lady. Je ne puis lui donner d'autre épithète, car je la considère comme au-dessus des autres femmes. Le prince de Galles m'a commandé deux portraits d'elle[1]. Elle m'a dit qu'il fallait qu'elle vous vît avant de quitter l'Angleterre, événement qui doit avoir

1. C'est le 19 juin que le prince de Galles fait pour la première fois la connaissance d'Emma. Ce qui explique la commande passée au peintre.

lieu au début de septembre. Elle m'a demandé s'il n'était pas dans votre intention d'écrire une biographie de moi. Je lui ai répondu que vous l'aviez commencée. Alors elle m'a dit qu'elle espérait que vous auriez beaucoup à dire sur son compte dans cette histoire, et qu'elle s'enorgueillissait d'avoir été mon modèle. Donc, vous voyez qu'il faut que je reste à Londres jusqu'à ce qu'elle quitte cette ville. Je consacre mon temps à cette charmante femme. Elle a le projet de quitter Londres pour deux ou trois semaines. Ils sont très bousculés en ce moment par tous les préparatifs du très prochain mariage. Tout le monde la poursuit et l'accapare au point que, si chez elle le bon sens ne l'emportait pas sur la vanité, elle pourrait avoir la tête à l'envers. Les tableaux que j'ai commencés sont une Jeanne d'Arc, une Madeleine et une Bacchante. Pour le prince de Galles, je projette une Calypso. Je dois aussi entreprendre une figure de la Constance destinée à la *Alderman Boydell's Shakespeare Gallery*. »

Au cours de son séjour londonien, Emma ne posera pas moins de trente-six fois pour Romney.

Dès que lord Hamilton est revenu de son voyage d'affaires, le couple, faisant fi des recommandations de Greville, quitte l'hôtel Nerot pour s'installer dans un appartement de Sommerset Street. Partagée entre les visites chez les parents et amis de son futur époux et les mondanités, Emma a beaucoup de mal à respecter les séances de pose. Romney s'en trouve incroyablement affecté. Rien d'étonnant quand on sait quelle sensibilité maladive fut la sienne. Aussi, lorsque Emma entreprend un voyage aux environs de Londres, voyage qui doit durer une quinzaine de jours, c'est le drame. Il croit encourir la disgrâce de sa divine lady et sombre dans un état dépressif. À Hayley, il écrit le 8 août : « Comme mon silence vous surprendra sans doute, il faut que je vous en donne le motif. Dans ma dernière lettre, je crois vous avoir averti que je devais dîner avec sir William et sa femme. Ce soir-là, ils avaient réuni quelques personnes de qualité pour entendre chanter Emma. Elle s'exécuta de façon admirable, aussi bien dans le genre dramatique que dans le comique, la voix est à la hauteur de la mimique. Mais son interprétation de *Nina* surpassa tout ce que j'ai jamais vu. L'assistance entière était dans une angoisse douloureuse ; son jeu est grand, simple, terrible, pathétique. Mon esprit était dans un tel état de surexcitation que j'ai failli courir à Eartham pour vous amener la voir. Hélas ! Peu d'instants après, j'ai cru découvrir un changement dans sa manière d'être à mon égard. La froideur et l'oubli semblaient avoir remplacé ses déclarations réitérées d'amitié pour moi. Ils ont quitté la ville pour faire beaucoup de visites à la campagne. Je les attends à la fin de la semaine et, selon la conduite qu'ils tiendront vis-à-vis de moi à ce moment, mon anxiété (car j'ai beaucoup souffert) sera ou bien dissipée ou bien augmentée. Il est plus que probable qu'aucun des tableaux ne sera terminé, sauf si je la trouve plus amicale qu'elle ne m'a paru la dernière fois que je la vis. »

Pendant que Romney souffre mille morts, Emma et sir William parcourent en amoureux le Derbyshire, le Herefordshire, le Wiltshire, avant de gagner Bath, le lieu de villégiature à la mode. De toute évidence, ni l'un ni l'autre ne se montrent très empressés de rencontrer Charles Greville. En ce mois d'août, c'est le Tout-Londres qui est réuni dans la cité balnéaire. On se distrait dans les *pump rooms* (salles de distribution de l'eau thermale), on joue au whist, on ragote, on défile. La famille royale qui ne manque pas de s'y rendre tous les étés a beaucoup contribué à la notoriété de Bath. Bien entendu, tous les regards sont rivés sur l'ambassadeur et sa dulcinée. On entend d'ici les persiflages, et les remarques. Lord Hamilton, lui, n'entend rien, ne voit rien. Il a rendez-vous avec sa vieille amie, Georgina Dowager, comtesse Spencer. Hélas, la comtesse n'est pas là. Elle s'est éclipsée à Longleat, estimant préférable de ne pas rencontrer Emma tant que la situation du couple n'est pas régularisée. Qu'à cela ne tienne, l'attention du chevalier se reporte sur trois autres de ses connaissances, la duchesse de Devonshire, lady Betty et lady Elizabeth Foster. Si cette dernière s'esquive avec autant de célérité que Georgina Dowager, en revanche les deux autres femmes ne voient aucun inconvénient à souper en compagnie d'Emma. On suppose que celle-ci a dû se livrer à ses *attitudes*, et à un tour de chant, car on note dans le carnet intime de lady Betty cette opinion plus que nuancée : « Je viens de faire la connaissance de Mrs. Hart qui, grâce à son extraordinaire talent, a inventé une nouvelle forme de spectacle pour le genre humain. Je n'oublierai jamais l'effet qu'elle a produit sur moi. Elle avait été présentée hier soir par sir W. Hamilton à la duchesse de Devonshire. C'est une femme d'une grande beauté, mais ordinaire et rustre. Lorsqu'elle chante, toute sa personnalité s'illumine, mais bien que sa voix soit forte et bien placée, j'ai trouvé qu'elle était dépourvue de tendresse et de douceur et manquait de souplesse. En revanche, ce matin elle nous a présenté ses *attitudes*. Ce fut un spectacle tout à fait extraordinaire au point que je ne saurais le décrire. Drapée dans une tunique grecque, en mousseline, les cheveux dénoués sur ses épaules, elle fut tour à tour Cassandre et Andromaque. Aucune princesse troyenne, aucune déesse grecque ne peut lui être comparée. [...] Le lendemain soir nous nous sommes retrouvés ; bien qu'elle fût mieux habillée que la veille, sa conversation, bien que courtoise et sans afféterie, m'a paru dénuée d'intérêt et j'ai trouvé son accent grossier. Pour conclure, je vous cite la pensée de lord Bristol qui résume le portrait du personnage : "Voyez-la comme étant tout sauf Mrs. Hart et vous la trouverez supérieure, mais la femme elle-même est vulgaire." Je dois tout de même préciser que cette vulgarité s'explique par les origines de Mrs. Hart. Elle a vécu jusqu'à l'âge de dix-neuf ans dans un milieu des plus bas et n'a accédé à rien, sinon au titre de maîtresse de lord Hamilton. »

Ni Emma ni son amoureux ne semblent heurtés par ces propos ; d'ailleurs on se garde bien de les critiquer ouvertement. Perdus dans leur rêve, ils quittent Bath pour rendre visite à un ami du chevalier, à Twickenham, dans les environs de Strawberry Hill. Leurs noms sont inscrits dans le livre d'or des visiteurs. L'ami n'est autre que Horace Walpole. C'est alors un vieux monsieur de soixante et onze ans. Fils de sir Robert Walpole, il a fait ses études à Eton et au prestigieux King's College, puis à Cambridge. Membre du Parlement jusqu'en 1768, il n'y laissa qu'une médiocre impression. Écrivain, collectionneur, il est passionné d'art gothique, et l'architecture de sa demeure est le reflet de cette passion. Acquise en 1747, il l'a entièrement reconstituée en style pseudo-gothique, greffant au fil des années tourelles, créneaux et cloîtres. À l'intérieur, on peut apercevoir un amas d'objets de toutes sortes, et surtout une multitude de livres. Grâce à son imprimerie personnelle, installée dans les sous-sols, il publie lui-même ses œuvres. Parmi celles-ci, rien de bien intéressant, sinon le roman d'horreur qui l'a rendu célèbre, *Le Château d'Otrante*. Par ailleurs, Horace Walpole est réputé pour la causticité des commentaires qu'il rédige dans son Journal intime. Il a mentionné le nom d'Emma quelque temps auparavant : « Je vais remplir ce qui me reste de place avec quelques lignes sur Mrs. Hart, la maîtresse et bientôt la femme de sir William Hamilton qui figure toutes les statues antiques avec un châle des Indes. Je ne l'ai pas encore vue de sorte que je suis mauvais juge ; mais les gens sont absolument fous de son expression merveilleuse, chose que j'ai peine à concevoir, les statues antiques ayant vraiment si peu d'expression et cependant étant censées en avoir. »

Aussi, on ne peut qu'être étonné lorsque, dans la semaine qui suit, il prend sa plume pour rédiger ce commentaire : « Samedi soir, j'étais chez le duc de Queensberry avec une compagnie restreinte et il y avait sir William Hamilton et Mrs. Hart qui, le 3 du mois prochain, doit devenir *Madame l'Envoyée de Naples*[1]. Ici, elle ne peut prétendre être présentée là où sont admises de si ultravertueuses épouses telles que la duchesse de Kingston et Mrs. Hastings qui peuvent s'avancer avec un époux à chaque main. Mais j'oublie de me rétracter et de faire *amende honorable*[2] à Mrs. Hart. J'avais seulement entendu parler de ses *attitudes*. Oh ! mais c'est qu'elle chante à merveille, possède une voix belle et forte, excelle dans le bouffe et se montre surprenante tragédienne. Elle chante *Nina* dans la perfection la plus haute, et dans le morceau sa voix parcourt la gamme la plus variée de la grâce et de l'expression. »

Le 17 août, Mrs. Cadogan se sépare du couple pour aller rendre visite à une oubliée de Manchester : *little Emma*. Elle vient d'avoir neuf ans. Pour des raisons mystérieuses, on l'a baptisée Emma Carew. Elle ne porte donc ni le nom de Lyon, ni celui des Kidd. Elle n'a ni passé familial, et pas d'autres souvenirs de sa mère que les quelques semaines passées à Parkgate, sept ans auparavant. Mrs. Cadogan est venue s'assurer que sa petite-fille est en bonne santé et ne manque de rien. Quelle fut la réaction de *little Emma* devant cette inconnue ? Mary Cadogan lui a-t-elle dit qu'elle était sa grand-mère ? Mystère.

Au retour d'Emma, le 22 août, les alarmes de Romney se dissipent : la brouille tant redoutée n'existait que dans son imagination. Il s'en ouvre à son très cher ami Hayley[3] : « Cassandre [Emma] est revenue à la ville le 16 et je ne l'ai revue que le 20. Vous pouvez donc imaginer ce que mon esprit a souffert. Elle décida de poser le 23 et depuis elle a posé tous les jours. Quand elle arriva dans mon atelier, elle me parut plus affectueuse que la dernière fois. Maintenant je crois qu'elle est aussi cordiale que jamais avec moi. Elle regrette beaucoup de quitter l'Angleterre avant de vous

1. En français dans le texte.
2. En français dans le texte.
3. Lettres des 17 juin et 7 juillet 1791.

avoir vu. Je vous suis extrêmement reconnaissant de prendre une part si vive à ma détresse. Réellement, ma raison a tant souffert que ma santé a été très éprouvée et j'ai eu peur de ne plus pouvoir rien peindre d'après elle. Mais depuis qu'elle m'a rendu son ancienne bonté, j'ai complètement recouvré ma santé et mes esprits. »

Le séjour d'Emma à Londres se prolonge.

Un soir, elle se rend avec son futur époux dans le théâtre où – une douzaine d'années auparavant – elle avait guetté fiévreusement les comédiens qui évoluaient sur la scène et bu leurs répliques. Ce théâtre n'est autre que le célèbre Drury Lane. Le couple ne s'y est pas déplacé par hasard. À l'affiche, il y a le nom de Jane Powell. Souvenons-nous, c'est l'ancienne petite servante avec laquelle Emma partageait les tâches domestiques dans l'office du docteur Budd. L'une est alors à l'apogée de sa gloire d'actrice. L'autre est presque ambassadrice.

Tout compte fait, les choses se déroulent au-delà des espérances de sir William. Une contrariété cependant dans ce voyage sans nuages : en dépit de tous les efforts de l'ambassadeur, celle qui n'est encore que sa maîtresse ne sera pas reçue à la cour. À la rigueur, George III eût accordé l'audience si ardemment sollicitée, mais il n'ose braver l'hostilité systématique de la reine Charlotte. Navré de cet échec, Hamilton entretient néanmoins le roi de ses projets matrimoniaux et obtient de lui un consentement tacite. Enfin ! L'heure tant attendue a sonné.

6 septembre 1791...

Nous sommes dans la petite chapelle de Marylebone, dans Marylebone Road. Emma est quelque peu tremblante. Elle entrevoit à peine la présence des deux témoins, le marquis d'Abercorn et Louis Dutens, secrétaire de l'ambassadeur d'Angleterre à Turin. Peut-être y a-t-il aussi ce cher Greville ? Nous n'en sommes pas certain.

La cérémonie est aussi brève qu'informelle. Le révérend Edward Barry prononce le discours d'usage au terme duquel l'honorable sir William Hamilton et Amy Lyon sont proclamés mari et femme. L'après-midi même, Emma exprime le désir de retourner une dernière fois à Cavendish Square. Au cours de cette visite, Romney esquisse le tableau qu'il devait intituler par la suite *L'Ambassadrice*. Le lendemain, le *Gentleman's Magazine* publie un entrefilet laconique : « Sir William Hamilton, envoyé extraordinaire et ministre plénipotentiaire à la cour de Naples, a épousé miss Hart, une dame très célébrée pour sa beauté autant que par ses talents de musicienne. »

La séance terminée, la jeune femme, le cœur serré, se sépare de son grand ami. Pour le peintre, l'instant est plus cruel encore ; il voit s'éloigner sans doute pour toujours celle qui a tenu dans sa vie une si grande place, exercé sur son talent une influence si profonde, illuminé sa vieillesse d'un dernier rayon de joie.

Le surlendemain, sir William et sa femme se mettent en route pour Naples.

L'Histoire devra compter désormais avec celle qui s'appelle maintenant lady Hamilton...

9

Le couple a traversé la Manche au départ de Douvres et débarque à Calais, sur le sol de France. Cette France qui est plongée depuis bientôt deux ans dans le tumulte et le désordre. Au cours de l'été 1791, la politisation du pays s'est accélérée. Les journaux royalistes prêchent la résistance, l'émigration s'accroît. Tout le pays s'enfonce dans la guerre civile.

Le 21 juin 1791, la famille royale a tenté de fuir Paris dans l'espoir de passer sous la protection de l'empereur d'Autriche. Reconnus à Varennes, le monarque et son épouse ont été ramenés à Paris, et placés aux Tuileries en liberté surveillée.

C'est dans ce climat pour le moins houleux que la nouvelle lady Hamilton et son époux pénètrent dans la capitale française. Ils logent rue de l'Université. Quelques jours plus tard a lieu une rencontre. Elle se révélera déterminante dans les futurs rapports qu'entretiendront Emma et Marie-Caroline. Comment ? Par quel biais ? Soutenus par quelle recommandation ? Mystère. Nous savons seulement que l'ambassadeur et son épouse sont admis aux Tuileries où Marie-Antoinette en personne leur accorde audience. Pas de témoin présent à cette rencontre. Aucun écrit digne de foi. Nous ne pouvons que supputer la teneur du dialogue qui s'instaura entre le couple anglais et la reine prisonnière.

De quoi Marie-Antoinette a-t-elle pu leur parler sinon de la lamentable situation faite aux souverains de la France, des tristes événements dont le pays est le théâtre, peut-être aussi leur a-t-elle fait part de ses projets de résistance. Une certitude demeure : au terme de l'entretien, Marie-Antoinette confie au couple une lettre confidentielle rédigée de sa propre main et à remettre à sa sœur la reine de Naples. Bien après, Emma laissera entendre que cette lettre était la dernière que Marie-Antoinette avait pu faire parvenir à l'étranger. L'affirmation est fausse. Après cette audience, la reine eut encore l'occasion de communiquer avec ses amis du dehors. Il n'en demeure pas moins que ce pli confié est précieux à bien des égards. Il représente pour Emma une introduction toute naturelle auprès de la reine de Naples.

Le 19 septembre, ils dînent pour la seconde fois à la résidence du nouvel ambassadeur des États-Unis. C'est Gouverneur Morris qui vient tout juste d'être nommé par George Washington à ce poste. L'homme est un vrai personnage de roman. Tout à la fois avocat, financier et diplomate, Gouverneur Morris est aussi l'un des « Pères fondateurs » des États-Unis. Il a consacré quelques lignes au sujet des Hamilton dans les pages de son Journal intime : « [...] Lady Hamilton qui chante, et joue en chantant, avec une perfection que je n'avais encore jamais rencontrée. C'est vraiment une femme charmante, mais elle a encore un peu l'air de son ancienne profession *[sic]* ! »

Deux jours plus tôt, lors de leur première rencontre et toujours dans les murs de l'ambassade, Morris avait noté que « lady Hamilton est une femme extraordinaire et très belle... C'était une femme entretenue, qui a inspiré à sir William Hamilton une telle passion qu'il l'a épousée ».

Dans les jours qui suivent, le chevalier et son ambassadrice, toujours accompagnés par la fidèle Mrs. Cadogan, prennent le chemin de Genève. Ils y arrivent le 27 septembre. À la vue du lac, Emma a fait certainement le bilan du chemin parcouru au cours de ces dernières années ; c'est hier, lui semble-t-il, qu'elle posait ici même pour Gavin Hamilton. Hier qu'elle traînait sa mélancolie, son mal d'amour et sa peur du lendemain. Elle profite de son escale en Suisse pour expédier une lettre à Mrs. Dickenson, la nièce de sir William, et la remercie pour la qualité de son accueil lors de son séjour à Londres. Cette missive n'a pas grand intérêt, sinon que pour la première fois elle ne signe plus Emma *Hart*, mais Emma *Hamilton*.

Après Genève, ils font une nouvelle halte à Rome. L'ambassadeur saisit l'occasion pour commander à Angelica Kauffmann un portrait de la mariée. Ce sera *Emma Hamilton en Muse comique*. On y voit la jeune femme, émergeant de derrière un rideau, un masque antique à la main.

Ils traversent la Toscane et les voici de retour à Naples. À peine sont-ils installés qu'un pli arrive à la résidence : Sa Majesté la reine invite *sua eccellenza l'ambascatrice*, son excellence l'ambassadrice, à lui rendre visite. Elle a été mise au courant de la rencontre des Tuileries et elle est impatiente de lire le courrier que sa sœur lui a adressé. Emma se précipite au palais. Là aussi, nous ne possédons aucune information sur ce qui a pu se dire entre les deux femmes, mais laissons-nous aller à l'imaginer...

Un secrétaire particulier introduit lady Hamilton dans les appartements de la reine. Face à face, la fille de Marie-Thérèse et celle du forgeron de Hawarden, la femme ambitieuse et autoritaire qui gouverne un peuple et celle que sa beauté a rendue reine. Emma, troublée, émue, se trompe peut-être dans l'étiquette et fait les trois révérences habituellement réservées au roi ; la première en entrant dans la pièce, une deuxième à dix pas environ du monarque et la troisième tout près de lui. Marie-Caroline sourit intérieurement, mais ses traits demeurent impassibles. Elle observe. Elle scrute avec cette habitude qui est la sienne de considérer ceux qui l'abordent d'après la justesse du premier salut. L'ambassadrice se redresse et détaille discrètement le personnage. Elle retrouve un peu de Marie-Antoinette. La femme est grande, élancée, malgré une silhouette un peu alourdie. Le visage est ovale, très allongé, les cheveux sont blonds, les yeux d'azur vifs. Le regard loge une clarté froide qui doit s'animer lorsque parlent les sens.

Marie-Caroline lui désigne un siège. Avant même de prendre place, Emma tend la lettre de Marie-Antoinette. La reine s'en empare, l'arrache presque des mains d'Emma tant sa nervosité est grande. Elle rompt le sceau d'un geste brusque et se plonge dans la lecture. Lorsqu'elle a fini, elle relève la tête. Elle est blême. Sa lèvre inférieure est prise d'un tremblement. Mais elle ne dit mot sur le contenu de la missive. Elle ne dira rien non plus de ce qu'elle ressent si violemment, de sa haine des Français, de son mépris pour les Mirabeau, Danton, Robespierre, qui ne sont à ses yeux que des incarnations du diable. Dans son for intérieur, elle sait déjà la conduite pour s'opposer à ces fléaux qui menacent son royaume. N'a-t-elle pas appris à l'école de Vienne qu'une princesse de Habsbourg, une fois en possession de la couronne, ne doit jamais, tout en défendant les intérêts de sa patrie d'adoption, perdre de vue ceux de son pays d'origine ? N'étaient-ce pas les principes qui furent pareillement inculqués à sa sœur, mais à une nuance près : avec Marie-Caroline, la mère ne s'est pas bornée aux suggestions. Elle a eu soin de stipuler, dans le contrat de mariage qui lie sa fille à Ferdinand, que Marie-Caroline entrerait au Conseil avec voix délibérative aussitôt qu'elle aurait donné le jour à un enfant mâle. Cette condition a été respectée. Un héritier est né quatorze ans plus tôt. Marie-Caroline n'est pas une souveraine de pacotille. Les révolutionnaires français l'apprendront à leurs dépens.

— Vous avez fait bon voyage ?

Emma sursaute. La reine s'est exprimée avec un fort accent de l'Est. Elle répond avec timidité quelques mots communs.

Marie-Caroline continue de détailler cette luxueuse créature dont Acton lui a dit qu'elle n'est qu'une prostituée.

Quelqu'un frappe. On vient annoncer l'heure du Conseil. La souveraine congédie l'importun d'un geste sec de la main.

Emma garde les yeux baissés, sans doute afin de ne pas révéler la lueur de plaisir qui les illumine. Quel triomphe ! Elle est là. Au palais. Dans les appartements d'une reine qui semble la traiter non sans courtoisie. Une petite voix intérieure lui souffle qu'elle a gagné. Une fois de retour à la résidence, elle pourra inscrire le nom de Marie-Caroline au tableau de ses conquêtes.

La présentation à la cour n'aura pas lieu, mais dans les jours qui suivent la souveraine invite la nouvelle ambassadrice à sa table. Elle l'invitera plus d'une fois. Lady Malmesbury, qui eut l'occasion de la rencontrer au cours de l'une de ces soirées, nous dit : « Lady Hamilton se conduit vraiment aussi bien que possible et d'une manière confondante lorsque l'on songe à ses origines et à son éducation. La reine l'a reçue avec beaucoup d'affabilité en tant que lady Hamilton, moins encore toutefois que comme femme du ministre anglais, et je crois que c'est l'intention de tous les Anglais ici d'être polis envers elle ; ce qui est parfaitement équitable. »

Certains écrits laissent entendre qu'entre Emma et la reine il y aurait eu plus que de simples liens d'amitié. Absurde. En vérité, Emma ne ressemble pas et ne ressemblera jamais aux dames de la cour ni à celles qui appartiennent de naissance à l'aristocratie. Elle traînera toujours après soi on ne sait quelles saveurs. La fille de forgeron au passé trouble évoque un monde inconnu de la plupart de ces gens. Elle est aussi un objet de curiosité pour cette reine qui règne depuis bientôt un quart de siècle et gouverne à la manière d'un homme d'État, les yeux rivés sur la carte de l'Europe. Nous l'avons déjà évoqué : Emma fut tout, sauf une manipulatrice. *A contrario*, c'est elle qui la plupart du temps aura été, directement ou non, manipulée. Sa relation avec Marie-Caroline le confirmera.

Si Emma jubile, elle n'est aucunement grisée par ce qui lui arrive. Lady Hamilton triomphante ne songe pas à renier l'humble Emily Lyon, il n'est qu'à lire les propos qu'elle tient à Romney pour en être assuré : « Mon cher ami, j'ai le plaisir de vous apprendre que nous sommes arrivés à Naples à bon port. J'ai été reçue à bras ouverts par tous les Napolitains des deux sexes, par tous les étrangers de distinction. Sur le désir même de la reine, je lui ai été présentée. Elle m'a témoigné toutes sortes d'aimables et d'affectueuses attentions. En résumé, je suis la plus heureuse femme du monde. Sir William m'aime tous les jours davantage et j'espère que nous n'aurons jamais aucun motif de nous repentir de ce que nous avons fait. Je lui dois tant de reconnaissance que je désespère de jamais me rendre digne de ses bontés. Mais pourquoi vous raconter tout cela ? Vous me connaissez assez. Vous avez été le premier ami très cher à qui j'ai ouvert mon cœur. Vous devez me connaître, car vous m'avez vue et nous causâmes ensemble longuement dans les jours les plus sombres. Vous m'avez connue dans ma pauvreté comme dans ma prospérité. Il n'y avait aucune raison pour moi de vivre plus longtemps dans la détresse et la misère si je n'avais éprouvé en moi quelques sentiments vertueux. Ô mon cher ami ! il fut un temps où j'avouais que ma vertu sombrait ! Mais, par bonheur, le sentiment d'honnêteté n'était pas oblitéré. [...] Réjouissez-vous avec moi, mon cher sir, mon ami, celui que je n'appelle plus que mon père. Croyez-moi, je suis toujours cette Emma que vous avez connue. *L'idée que vous pourriez oublier ce que je fus jadis est une souffrance pour moi.* Venez à Naples et je serai votre modèle. Je ferais tout au monde pour vous attirer ici afin que je puisse vous témoigner ma reconnaissance. Prenez soin de votre santé, pour l'amour de nous tous. [...] Dites à Hayley que je relis sans cesse son livre des *Triomphes sur le caractère*. C'est grâce à cet ouvrage que je suis devenue lady Hamilton ; car pendant cinq ans, Dieu sait si j'ai assez lutté contre mon caractère et j'aurais eu bien peur, sans le bon exemple que me donna Serena [l'héroïne du volume], de n'atteindre aucun résultat. Alors j'eusse été perdue, car sir William tient beaucoup plus au caractère qu'à la beauté. Il souhaite donc que M. Hayley vienne, afin de pouvoir le remercier de lui avoir fait une épouse d'un aimable caractère. Je vous jure que depuis le 6 septembre dernier je ne me suis pas mise une fois en colère. Dieu vous bénisse. Votre Emma. »

Huit mois plus tard, au cours du printemps 1792, lord Hamilton et son épouse inaugurent le jardin à l'anglaise de la Villa Royale. Le projet avait été lancé quelques mois auparavant à l'instigation du diplomate. Conçu par l'horticulteur Graeffer et largement inspiré du peintre paysagiste Claude Lorrain, ce jardin semble sorti tout droit d'un conte de fées.

Un courrier de Greville les ramène à des détails plus prosaïques. Il leur annonce qu'il se libère des frais de scolarité et de pension de *little Emma* et prévient lord Hamilton qu'un billet à ordre d'un montant de 32 livres sera porté au débit du chevalier auprès de ses banquiers Ross et Ogilvie. Greville précise qu'il a pris cette liberté étant donné ses habituels problèmes financiers. De toute façon, il n'avait point besoin d'excuse. Après tout, pour quelle raison aurait-il continué à financer l'éducation de la fille de son ex-maîtresse alors que celle-ci était dûment mariée ?

En juillet, l'Europe est sens dessus dessous. La tempête qui a ravagé la France secoue le continent. Un manifeste de l'empereur et du roi de Prusse, daté du 25, menace d'une répression implacable les révolutionnaires.

Le 10 août, les insurgés entrent dans les Tuileries et affrontent les défenseurs du roi qu'ils massacrent. Le roi et sa famille cherchent refuge auprès de l'Assemblée, qui entérine le coup d'État, abolit la royauté et incarcère la famille royale au Temple.

À cet acte qu'elle qualifie de barbare, Marie-Caroline répond de manière cinglante : le 3 septembre, par la voix d'Acton, la souveraine déclare M. de Mackau, le nouvel ambassadeur français, *persona non grata*. Il n'est en poste que depuis une dizaine de jours.

Ce n'est pas la seule réplique. À Gênes, un ministre français, Huguet de Sémonville, abuse manifestement de la voie diplomatique au point de se métamorphoser en agent de propagande révolutionnaire. Il consacre son temps à traduire en italien les écrits prêchant la destruction des monarchies et à les répandre à travers la péninsule. Pareilles manœuvres n'échappent pas à la vigilance des cabinets italiens. Acton est le premier à s'en émouvoir. Aussi, quand Sémonville, qui ne peut plus rester en poste à Gênes, est nommé par la Convention auprès du sultan ottoman, Acton s'active à le faire évincer. À cet effet, il adresse à la Sublime Porte une note qui blâme sévèrement la conduite du diplomate français en Italie. Cette démarche, contraire aux règles de la courtoisie internationale, a tout de même le succès escompté. Le sultan met son veto au choix de Sémonville.

En réaction à ces *agressions diplomatiques*, la France ne tarde pas à réagir. Le 17 décembre 1792, une flotte de guerre, forte de quatorze bâtiments, apparaît dans la baie de Naples pour laver l'affront. Elle est commandée par le contre-amiral Latouche-Tréville. C'est un simple grenadier du nom de Belleville qui apporte à Ferdinand l'ultimatum signé du contre-amiral : « Roi de Naples, écrit Latouche traitant ainsi le souverain d'égal à égal, je viens, au nom de la République française, demander à Votre Majesté réparation de l'insulte faite à ma nation par son ministre, le général Acton, qui, dans une note dont je joins copie, s'est permis d'outrager le citoyen Sémonville investi de la confiance nationale et son ambassadeur à la Porte ottomane. Je lui demande de me faire connaître dans une heure l'aveu ou le désaveu d'un procédé qu'un peuple fier, libre et républicain ne peut pas supporter. Si, contre toute attente, Sa Majesté refusait la juste satisfaction que je lui demande, j'ai ordre de regarder son refus comme une déclaration de guerre. Je ne dois pas dissimuler à Votre Majesté que, si elle me force à recourir à la voie des armes, je ne suspendrai la destruction et la mort qu'après avoir fait de Naples un monceau de ruines. »

Devant cette menace d'un bombardement immédiat, formulée avec cette phraséologie tellement à la mode sous la Révolution, la cour de Naples se garde bien d'affronter les représailles. Elle désavoue les agissements de son ministre. La rage au cœur, Marie-Caroline et son gouvernement reconnaissent la République, signent un traité garantissant la neutralité du royaume à l'égard de la France, et Latouche satisfait met à la voile. La cour n'a pas le temps de reprendre son souffle qu'il réapparaît aussitôt, contraint par le mauvais temps. La flotte mouillera une semaine environ dans les eaux napolitaines, dans l'attente de l'accalmie. Lorsqu'elle repartira, rien ne sera plus pareil. Les matelots qui durant cette escale forcée se sont éparpillés dans les ruelles de la ville ont semé la graine de la nouvelle pensée révolutionnaire. Insensiblement, celle-ci va s'incruster, prendre de l'ampleur dans la tête du peuple, et plus particulièrement dans celle des *lazzaroni*. Le ver est désormais dans le fruit.

Pendant toute la durée de ces événements dramatiques, sir William et Emma sont absents de tout. Dès les premiers jours de décembre, leur lune de miel a connu une interruption brutale. Sir William est tombé gravement malade. L'alerte est suffisamment importante pour que les médecins craignent pour sa vie. Emma, littéralement terrifiée, parle d'une fièvre bilieuse, ce qui médicalement prête à confusion ; ce type d'affection ne survient en général que chez les personnes porteuses d'un ancien paludisme. Or, sir William ne semble pas appartenir à cette catégorie. Quoi qu'il en soit, durant toute la maladie de son époux, Emma se transforme en infirmière modèle et dévouée. Elle ne mange plus, ne dort plus, ne quitte pas ses vêtements pendant huit jours, et passe ses nuits au chevet du malade. Dans le même temps, elle assume ses nouvelles charges d'ambassadrice et pense à offrir une somme d'argent à ses grands-parents pour les fêtes de Noël. Elle déléguera Greville pour accomplir cette mission. Nous nous apercevons alors d'un détail qui aura une importance considérable dans la suite des événements : *Emma n'a pas d'argent*. Pas de fonds qui lui soient propres. Ses frais, ses menus plaisirs sont assurés par la somme annuelle que lui remet son époux : 200 livres. Le montant est important, mais dépensière comme elle l'est et le sera toute sa vie, cette somme ne fait jamais long feu. Lorsqu'elle charge Greville de verser 20 livres à sa grand-mère, elle ne dispose pas du moindre shilling. C'est son ancien amant qui avancera la somme. Le geste d'Emma dénote en tout cas la constante générosité dont elle aura toujours fait preuve. De la générosité, de même qu'une volonté têtue de ne rien renier de son passé : « Comme sir William est malade, je ne saurais lui demander maintenant d'envoyer l'ordre de les payer, mais si vous pouviez vous procurer les 20 livres et les expédier, vous me feriez le plus grand plaisir ; car si le terme passait sans que ma grand-mère entendît parler de moi, elle pourrait croire que je l'ai oubliée, et je ne veux pour rien au monde tenir son pauvre vieux cœur en expectative. Vous savez son adresse : Mrs. Kidd, à Hawarden, Flintshire. Ne pourriez-vous pas lui écrire un mot comme s'il venait de moi et lui transmettre ma commission ? Elle pourra vous écrire et vous me transmettrez sa réponse. *Je ne puis oublier le sentiment de mon origine* ; cela contribuera à mon bonheur, j'en ai la conviction. Dites-lui que, chaque année, elle aura 20 livres. Le 4 novembre comme c'était gala à la cour, *je portais une robe de 25 livres et, croyez-moi, je me suis sentie gênée tout le temps que je la portais.* »

À Noël, sir William est tiré d'affaire. Mais une autre épreuve s'abat sur le couple : la résidence est submergée par une kyrielle de voyageurs venus de Londres. On dénombre pêle-mêle une lady Plymouth, Dunmore, Webster, Forbes, Palmerston, la duchesse d'Ancaster... « Notre maison de Caserte a été transformée en hôtellerie. [...] Voici trois jours à peine que la famille Devonshire nous a quittés et cinquante personnes de notre famille [celle du chevalier] ont passé quatre jours chez nous. »

À cet instant, l'esprit occupé par ces mondanités, le couple ignore le complot que le destin est en train de fomenter à son insu. C'est une autre forme de révolution qui va s'abattre sur eux. Tout aussi dévastatrice, puisqu'elle va toucher les cœurs.

10

JANVIER 1793.

Un vertige a saisi les Français, convaincus de vivre des moments exceptionnels, inventant une société nouvelle dans l'angoisse et l'urgence. Louis XVI est qualifié d'ennemi étranger au corps de la nation et d'« usurpateur », mis « hors de l'humanité ». Ces accusations emportent la décision de l'Assemblée par un vote acquis à une courte majorité ; le roi est condamné à mort : il monte sur l'échafaud le 21 janvier 1793. La nouvelle atteint Naples le 7 février, à la veille des fêtes du carnaval. C'est l'atterrement. La reine donne libre cours à sa colère. Non qu'elle éprouve un chagrin très vif du décès de l'époux de sa sœur, mais, chez cette femme exaltée et impressionnable au plus haut point, la fureur l'emporte généralement sur tout autre sentiment : « Ma chère milady, écrira-t-elle quelques jours plus tard à Emma, j'ai été bien touchée de l'intérêt que vous prenez à l'exécrable catastrophe dont se sont souillés les infâmes Français. Je vous envoie le portrait de cet innocent enfant [le Dauphin] qui implore vengeance, secours. S'il est aussi immolé, ses cendres, réunies à celles de ses infortunés parents, crieront devant l'Éternel une éclatante vengeance. Je compte sur votre généreuse nation pour remplir cette mission sacrée et pardonnez à mon cœur déchiré ces sentiments. Votre attachée amie. Marie-Caroline. »

L'Europe, parcourue par une vague de réprobation, réagit en relançant la guerre, avec l'aide de l'Angleterre, jusque-là réservée. La plupart des pays européens se liguent contre la France, qui représente un risque pour eux. Le 24 février 1793, la Convention décide d'envoyer trois cent mille hommes de plus aux frontières. Toute personne prise les armes à la main ou porteuse d'une cocarde blanche sera jugée hors la loi et exécutée sous vingt-quatre heures. C'est ainsi que le pays s'engage dans une logique de terreur.

Dans le même temps, les armées étrangères avancent sur tous les fronts. Mayence est obligée de capituler le 23 juillet 1793 ; Dunkerque est assiégée à la fin d'août ; les Espagnols franchissent la frontière et reçoivent l'aide d'habitants des Pyrénées orientales et occidentales ; l'amiral anglais Samuel Hood de Catherington est dans Toulon.

C'est à ce stade de l'histoire que le destin a, semble-t-il, décidé de sceller le sort de lord Hamilton et d'Emma. Il aura fallu une révolution, la guerre, pour déconstruire une histoire qui semblait faite pour durer toute la vie.

Si l'amiral Hood est dans Toulon, c'est qu'il a été appelé à l'aide par les royalistes français pour coopérer avec les troupes espagnoles et tenir tête aux coups de boutoir de la Révolution.

Ce matin de septembre 1793, il achève de rédiger un ordre de mission à l'intention d'un capitaine, anglais lui aussi, en train de s'approvisionner en eau douce en rade d'Hyères. D'un geste ferme, l'amiral appose sa signature et commande à la frégate *Tartar* d'appareiller.

Dans l'heure qui suit, la frégate est en vue de l'*Agamemnon*, vaisseau de 64 canons. Un homme monte à bord et remet au capitaine le message de l'amiral Hood : « Appareillez sur-le-champ pour Naples et remettez à l'ambassadeur lord Hamilton la lettre ci-jointe, dont vous aurez pris connaissance. Insistez verbalement dans le sens de ce message. » Il s'agit en l'occurrence d'obtenir du royaume des Deux-Siciles l'envoi d'urgence d'un corps expéditionnaire napolitain destiné à renforcer les troupes anglo-espagnoles qui combattent à Toulon.

Le capitaine referme le pli de l'amiral Hood. Enfin ! La mission n'a rien de transcendant, mais elle va lui permettre de se rendre utile.

Un instant furtif, il croise son reflet dans la seule glace qui orne sa modeste cabine. Il a trente-cinq ans. C'est un homme de petite taille, tout en os et en peau, hâlé, précocement chauve, le visage long et maigre. Ses yeux semblent agrandis par quelque rêve intérieur. Les sourcils horizontaux descendent comme un auvent au-dessus du regard bleu, comme pour exprimer une volonté que rien ne saurait fléchir. Par moments, une lueur traverse ses prunelles, celle qui brille dans l'œil fixe des oiseaux de proie.

L'homme s'appelle Nelson. Horatio Nelson. Il est le fils du révérend Edmund, recteur de Burnham Thorpe (comté de Norfolk) et de Catherine Nelson née Suckling, morte alors qu'il venait d'avoir neuf ans. Il a deux frères, Maurice et William. Trois sœurs, Anne, Susannah et Catherine, dite Kitty, sa préférée. Six ans plus tôt, il a épousé une veuve du nom de Fanny Nisbet, née aux Antilles, mère d'un enfant appelé Josiah. Fanny est une petite-bourgeoise, au sens pratique étroit, qui consacre tout son bonheur à vivre ignorée, dans la retraite et l'humilité. Elle est plus femme de devoir que tendre, plus jalouse qu'aimante, et tous les avis concordent pour résumer l'un de ses traits de caractère les plus saillants : c'est une éternelle râleuse ; *a nagger* comme disent les Anglais. On l'a affublée, allez savoir pourquoi, du sobriquet de *Tom Tit*, équivalent de Tom Pouce.

Deux passions se partagent la vie de Nelson : une haine atavique et féroce de la France, un amour exclusif de sa patrie qu'il considère comme la grande maîtresse de l'Europe. La haine qu'il porte à la nation française est un sentiment irréfléchi, une antipathie instinctive. Lui-même est parfois obligé de s'en justifier comme d'une infirmité héréditaire, ainsi que le prouve un fragment de lettre à George

Elliot[1] qui lui proposait les services d'un espion français : « Je n'aurai jamais de Français à bord, si ce n'est comme prisonnier de guerre. Je n'ai aucune confiance en eux. »

En lui, tout est spontané, et l'instinct le conseille plus que la réflexion. À la veille d'un engagement décisif, prenant ses ordres à contre-pied, il s'écriera : « J'ai une alternative : être brûlé en effigie ou enterré à l'abbaye de Westminster. » Ajoutons que Nelson est foncièrement pieux ; dans les instants les plus solennels de sa carrière, il ne cessera d'invoquer avec ferveur le nom de ce Dieu tutélaire, protecteur de sa patrie bien-aimée.

Entré dans la marine à l'âge de douze ans, il n'a toujours pas eu l'opportunité de se signaler à l'attention publique. Aucune action d'éclat n'est inscrite à son palmarès. Il piaffe, il s'impatiente. À la suite de ses démarches réitérées pour obtenir un commandement, il ne s'est vu donner qu'une vague mission dans les parages de Guernesey où, selon ses propres paroles, « aucun ennemi ne pouvait être rencontré ».

On conçoit dès lors que ce message de Hood soit accueilli avec bonheur. Nelson donne l'ordre de mettre à la voile.

Le 11 septembre 1793, l'*Agamemnon* entre dans la baie de Naples.

Aussitôt, lord Hamilton, informé de son arrivée, se rend à sa rencontre. Il est tout aussi impatient que le roi et la reine de recueillir les dernières nouvelles sur la bataille qui se déroule à Toulon.

À peine les deux hommes sont-ils face à face que s'établit entre eux une cordiale affection, voire même une amitié spontanée. « Vous êtes, déclarera Nelson au diplomate, un homme selon mon cœur. Vous entendez votre besogne comme j'entends la mienne. Je ne suis encore qu'un capi-

1. Fils de sir Gilbert Elliot, futur baron de Minto, qui fut un temps vice-roi de Corse.

taine, mais, si Dieu me prête vie, je m'élèverai jusqu'au sommet de l'arbre. »

De son côté, sir William, lui-même fils de marin, ne peut que ressentir respect et admiration pour les hommes de la mer.

À quel moment Nelson est-il présenté à Emma ? Sir William, avec cette inconscience qui est parfois celle des futurs maris trompés, annonce à son épouse : « Vous verrez un petit homme qui aurait grand-peine à se faire passer pour un joli garçon, mais qui, j'imagine, étonnera un jour le monde. Je n'ai jamais accueilli d'officiers sous mon toit, mais je suis déterminé à offrir à celui-ci l'hospitalité. »

En vérité, sir William oublie qu'il a déjà reçu auparavant deux officiers au palais Sessa : le *captain* Finch et le commodore Melville.

Nelson a-t-il effectivement logé à la résidence ? Rien n'est moins certain. Son beau-fils Josiah, treize ans, l'accompagne.

C'est vraisemblablement au cours du seul dîner organisé par les monarques au palais que Nelson (installé à la droite du roi contre toutes règles protocolaires) fut mis en présence de lady Hamilton. Quelle impression lui fit-elle ? Qu'éprouva Emma ? Si le marin ne pouvait qu'être séduit par les charmes toujours aussi vivaces de l'ambassadrice, la réciprocité est plus qu'improbable. Rappelons-nous : Nelson n'a rien d'un homme attirant. Il se dégage même de lui une certaine brusquerie, une rudesse qui n'est pas pour attirer la gent féminine. D'une fidélité exemplaire, Emma vit un amour sans nuage, encore tout émerveillée par son miraculeux mariage. Par conséquent, le coup de foudre que l'on se plaît à décrire dans certaines biographies est à ranger dans le dossier des récits romanesques à la Delly. En revanche, quelque chose a certainement dû se produire que nul ne pourrait définir. Les deux personnages sont sans doute attirés par un sentiment dont l'exacte nature leur échappait totalement. On pourrait parler de « vive sympathie ». On pourra y ajouter le rôle de protectrice qu'Emma joue auprès du beau-fils du capitaine. Elle lui consacre le plus clair de son temps ; le promène à travers la ville, lui fait découvrir les friandises italiennes, prompte à exaucer le moindre de ses désirs. Nelson n'est pas insensible à ce dévouement ; il en fera mention dans une lettre adressée à sa femme : « Lady Hamilton s'est montrée admirablement prévenante et bonne pour Josiah. C'est une femme des plus aimables qui fait honneur à la fonction à laquelle elle a été élevée. »

Versant politique, le capitaine réussit à obtenir tout ce que Hood souhaite. Non seulement on lui accorde 6 000 hommes de troupe, mais les monarques signent un traité secret d'alliance offensive contre la France. Et par sa seule présence à Naples, Nelson parvient à communiquer aux plus sceptiques une confiance aveugle dans l'alliance anglaise : « Je crois, écrit-il, que le monde est maintenant bien convaincu qu'aucune campagne d'importance ne peut être entreprise sans notre concours. »

Marie-Caroline, dans un entretien particulier au cours duquel Emma servit peut-être d'interprète, déclare au capitaine que tout l'espoir de l'Europe réside maintenant dans la flotte anglaise et dans cette « brave nation », seule capable de « ramener l'ordre en France, [de] venger le roi et [de] rétablir la reine sa sœur sur le trône ».

Les uniformes anglais sont acclamés. Dans les rues, dans les théâtres, les partisans de la faction française sont conspués. Nelson peut se montrer fier du succès de sa mission : quatre jours ont suffi pour créer un contrepoids aux idées républicaines semées un an auparavant par les marins français, lors de l'incursion de l'amiral Latouche.

Les festivités doivent se clore par un déjeuner d'adieu à bord de l'*Agamemnon*. Pour honorer ses invités de marque, Nelson est contraint d'emprunter vaisselles et couverts à l'ambassadeur. Vers une heure de l'après-midi, alors que le roi et la reine, les Hamilton, les principaux personnages de la ville s'apprêtent à prendre place sur les embarcations qui doivent les conduire à bord du navire, tout est annulé. Acton vient de faire parvenir une dépêche à Nelson l'informant de la présence d'un convoi français sur les côtes de Sardaigne. Dans l'heure qui suit, le capitaine, « abandonnant, comme il le dit lui-même, le plaisir pour le devoir », se lance à la poursuite de l'ennemi.

Le bref séjour de Nelson aura été décisif dans la destinée d'Emma. L'influence anglaise ayant triomphé, la jeune femme devient indirectement – et à son insu – une sorte de pivot de la politique nouvelle, amenée à tenir une fonction d'auxiliaire de premier plan.

Du jour au lendemain, la nouvelle ambassadrice prend une importance extrême aux yeux de Marie-Caroline. La faveur de la reine est chaque jour plus manifeste. Emma est couverte de cadeaux, de louanges, des protestations de la tendresse la plus vive : « Vous êtes le maître de mon cœur, ma chère milady. Pour mes amis, comme pour vous, ou pour mes opinions, [je] ne change jamais. »

Sir William ou Emma sont-ils souffrants ? La reine envoie plusieurs fois par jour aux nouvelles. Elle ne néglige aucun anniversaire et célèbre celui d'Emma en termes lyriques. Le jour anniversaire de la naissance de George III, lord Hamilton reçoit le mot suivant, qu'il transmettra à Londres : « Je vous prie, faites-moi l'amitié de faire ce soir en mon nom un compliment à toute la compagnie qui se trouve chez vous réunie, et dites-leur que je voudrais la première et de cœur commencer la chanson : *God save great George our King...* Que je pense et désire tous les bonheurs au roi, auquel j'ai voué une amitié sans bornes, comme aussi la plus haute estime. Ma confiance va à la brave nation anglaise qui sauvera l'Europe du fléau général qui la menace. »

Toute la stratégie de la fille de Marie-Thérèse est résumée dans ces lignes. Son ennemi juré, c'est la France. La France qui représente un vrai péril pour le royaume des

Deux-Siciles. Or, d'un point de vue militaire, Marie-Caroline ne possède pas ou peu de moyens pour s'opposer à une éventuelle invasion de Naples. Son salut repose donc uniquement entre les mains de l'Angleterre. Plus précisément, dans le soutien que voudra bien lui apporter la flotte anglaise.

Nous avons suggéré la manipulation dont Emma fut la victime. Le changement d'attitude de la reine confirme cette hypothèse. Marie-Caroline possède un certain instinct politique hérité de sa mère. Elle a tout de suite vu le parti qu'elle pouvait tirer de Nelson. Pour mieux se rapprocher du futur vainqueur de Trafalgar, quoi de plus efficace que d'utiliser à la fois lord Hamilton et son épouse ?

Emma ne soupçonnera jamais ni le véritable motif de ces attentions délicates ni l'intérêt qui les dicte. Éblouie, grisée de cette amitié royale, elle écrit à Greville : « Personne ne peut être aussi charmante que la reine ; elle est meilleure qu'on ne peut le dire, la meilleure mère, la meilleure épouse et amie du monde. Je vis constamment avec elle. J'ai vécu dans son intimité depuis deux ans et n'ai jamais éprouvé, durant tout cet intervalle de temps, que bonté et sincérité de sa part. Si jamais vous entendiez sur son compte quelques mensonges, démentez-les énergiquement, et si vous voyez jamais quelque méchant pamphlet écrit par de vils Français dépeignant son caractère, n'en croyez pas un mot. Elle m'en a communiqué un hier soir et la lecture de cette infâme calomnie m'a mise hors de moi. »

Au fil des semaines, Emma se consacre avec le plus grand sérieux à la nouvelle mission dont elle a été investie malgré elle : « Envoyez-moi, écrit-elle à Greville, des révélations politiques ou privées, car, contre ma volonté et grâce à ma position ici, je dois m'occuper de politique et je désire avoir des informations à transmettre à notre chère bien-aimée reine que j'adore. » Précisons au passage que Greville occupe maintenant la fonction de vice-chambellan du roi, privilège qu'il a obtenu (une fois de plus) grâce à l'appui de son frère, Robert Fulke.

Marie-Caroline a d'autant plus de raisons de ménager sa confidente que les nouvelles qui lui parviennent sont de plus en plus alarmantes. Vers la fin du mois d'octobre 1793, alors qu'elle est enceinte de sept mois, elle apprend avec horreur l'exécution de Marie-Antoinette. Elle manque de défaillir, jure à qui veut l'entendre que ce crime ne restera pas impuni, se précipite sur un portrait de sa sœur et rédige en français et d'une écriture rageuse : « Je poursuivrai ma vengeance jusqu'au tombeau ! »

Deux mois plus tard, c'est à nouveau la consternation : Toulon n'est pas tombé, comme tous ici l'espérait. Par la faute d'un petit capitaine d'artillerie corse, « mal rasé et coiffé d'un bicorne », selon les termes de Nelson, les armées anglo-espagnoles alliées aux royalistes ont été mises en déroute. On l'a deviné, le capitaine mal rasé n'est autre que Bonaparte. Le 19 décembre 1793, l'amiral Hood, plutôt que de laisser dans Toulon des troupes vouées à la destruction ou à la capture, a décidé d'évacuer le port. Dans le Sud-Est, les Français se sont emparés de Nice, après avoir franchi le Var. Ils ont pris le camp de Saorgio et marchent sur Savone. Jamais le royaume des Deux-Siciles n'a été si isolé. Même l'Autriche, trop préoccupée par sa propre défense, ne peut lui prêter secours. Il ne reste que l'Angleterre. L'Angleterre et Nelson.

Nelson, lui, marche vers la gloire...

Le 6 avril 1794, il est devant Bastia. À l'instigation du général Paoli, la Corse s'était placée sous la protection de l'Angleterre. Un représentant de Sa Majesté George III a même été nommé en la personne de sir Gilbert Elliot. C'est lui qui a fait appel à la flotte britannique pour le soutenir dans sa lutte contre les Français.

Le siège de la ville se prolonge jusqu'au 19 mai. Et c'est la reddition. Les forces de la Convention, environ mille cinq cents soldats, déposent les armes.

Le 17 juin, Nelson est à quelques encablures de Calvi.

Encore un siège. Et une deuxième victoire. Victoire tout de même chère payée, puisqu'un éclat de caillou atteint l'ambitieux capitaine à l'œil droit. Il sera borgne. Il écrira quelques jours plus tard à un ami, négociant anglais à Livourne : « Mes ennemis m'ont administré une gifle et j'en suis demeuré à moitié aveugle. »

Dans le même temps, à Naples, l'ambassadrice et son époux sont giflés à leur manière, mais par un brusque sursaut du Vésuve. La peur que l'éruption engendre est paraît-il si grande qu'elle déclenchera – au dire d'Emma – une diarrhée apocalyptique chez lord Hamilton. La santé, déjà chancelante, du vieil ambassadeur s'en trouve plus fragilisée encore.

Après la Corse, l'*Agamemnon* fait voile sur Livourne, longe la côte française de Marseille à Nice, prolonge jusqu'à Gênes, participe au blocus de Toulon. Rien de bien excitant pour un homme qui n'aspire qu'à en découdre. De surcroît, rien ne va. Au fil des mois la situation militaire empire. Une armée française a commencé l'invasion du Piémont. Le petit capitaine corse a brûlé les étapes. Du grade de capitaine, il est passé à celui de général de brigade. C'est lui qui est responsable de la progression fulgurante des forces françaises.

Le 2 mars 1795, la flotte de la République quitte son refuge de Toulon et prend la direction de la Corse avec la ferme intention de reconquérir l'île, mais, à la vue des Anglais, elle fait demi-tour. C'est à nouveau pour Nelson le calme plat.

Le 27 mars, dans un soudain élan de gratitude pour le vainqueur de Calvi, l'Amirauté le nomme au grade de commodore et place sous ses ordres deux vaisseaux et quatre frégates. Pour Nelson, c'est une première satisfaction. Cependant, les victoires de Bonaparte en Italie ont bouleversé les alliances. Les Français sont entrés si vite dans Livourne que les Anglais qui s'y trouvaient ont tout juste eu le temps de détaler vers leurs navires et d'appareiller en catastrophe.

À Naples, dans la première semaine du mois d'avril, lord Hamilton connaît à nouveau un problème de santé. Il est contraint de s'aliter, victime, toujours selon Emma, d'une rechute de fièvre biliaire. Dès cet instant, l'homme ne fera que décliner en dépit des soins que lui prodiguera le docteur Nudi, son médecin personnel.

L'ambassadrice prend alors la relève et s'occupe des problèmes en cours : rédaction de courriers dictés par son époux, rendez-vous, accueil de diplomates étrangers, échanges réguliers avec la reine ; une reine devenue, au fil des mois, complètement paranoïaque, qui flaire partout des conspirations, des complots de toutes sortes. De fait, il en existe de bien réels. Un certain Carlo Laubert en avait fomenté un en 1791, et en mars il s'en était organisé un autre dont le but n'était rien moins que la déclaration de la République. Révélée à temps par des indicateurs de la police, l'affaire s'acheva sur de nombreuses arrestations. On jugea les auteurs du complot ; trois d'entre eux furent condamnés à mort, une trentaine à la déportation aux galères ; les autres acquittés.

Tout préoccupé qu'il soit de l'agitation dont son royaume est le théâtre, Ferdinand n'en suit pas moins avec une attention anxieuse les péripéties de la guerre engagée entre l'Europe et la République. Témoin des succès croissants de la France, il regrette déjà de ne pas avoir conservé la neutralité. Sa haine de la Révolution ne l'empêche pas de s'intéresser à la prospérité de ses États. Or les lourdes charges financières qui résultent de la mobilisation de ses troupes, le ralentissement inévitable des transactions commerciales portent à cette prospérité un coup sensible. D'ailleurs les relations de commerce avec l'Angleterre sont loin d'avoir remplacé avantageusement celles qui s'étaient nouées avec la France. Le roi, qui a rompu la paix sur les suggestions de la reine plutôt que poussé par ses penchants naturels, n'envisage pas sans appréhension la continuation des hostilités. Ferdinand songe donc sérieusement à se réconcilier avec son ennemi. Le point délicat consiste à entamer les négociations à l'insu de Marie-Caroline. La souveraine, qui considère la paix avec la République comme une honte infligée à l'honneur de la couronne, pourrait être un obstacle majeur à toute tentative de rapprochement. La République de Venise, restée neutre, offre à Ferdinand un terrain propice à ses démarches. Précisément à ce moment, la France vient d'accréditer près du Sénat vénitien un ministre plénipotentiaire, le citoyen Lallement, ancien consul à Naples. C'est donc par ce canal que Ferdinand aborde les premiers pourparlers. Hélas, pour le *Nasone*, les espions anglais découvrent rapidement le pot au rose et avisent lord Hamilton, lequel se hâte, bien entendu, de tout révéler à Marie-Caroline. On imagine la fureur de la reine.

Si l'idée d'une réconciliation avec la France lui est insupportable, le fait d'avoir été tenue à l'écart par son époux accroît son dépit. Aussi se répand-elle en protestations indignées contre le roi et contre Acton qui, lui aussi, a osé se prêter à cette manœuvre. Elle menace l'un et l'autre des représailles de l'Autriche et de l'Angleterre au cas où ils ne rompraient pas immédiatement les négociations en cours. Le faible Ferdinand, lâché par Acton, se soumet.

Mais à peine ce feu est-il maîtrisé qu'un autre brasier se met à couver. Peu de temps après, Marie-Caroline obtient la preuve que d'autres discussions sont en cours, mais cette fois entre la France et l'Espagne. La souveraine a réussi à intercepter un courrier codé échangé entre le roi d'Espagne et Ferdinand. Son contenu ne laisse planer aucun doute sur la réalité de ces tractations. Par ce document confidentiel, Charles IV avertit officieusement son frère de Naples de l'orientation nouvelle qu'il compte imprimer à sa politique et fait allusion au projet encore vague (mais qui se réalisera en août 1796) d'un traité de paix entre la France et l'Espagne.

C'est là que nous arrivons à un point qui concerne directement Emma. Des années plus tard, il pèsera lourd dans la controverse qui opposera la jeune femme à l'Amirauté.

Nous sommes confrontés à deux versions : selon la première, Emma, inspirée par le désir de servir sa patrie, aurait adjuré la reine de lui remettre le courrier en question afin de le transmettre à Londres ; l'Angleterre étant concernée au premier chef par une défection de l'Espagne.

La seconde version indique que c'est Marie-Caroline qui serait intervenue dans ce sens auprès de l'ambassadrice. À ce jour, et au vu des plus récents documents en possession des historiens, c'est cette dernière version qui l'emporte. Au reste, on ne voit pas comment Emma aurait pu connaître l'existence d'un document aussi confidentiel si la reine ne l'en avait pas informée au préalable.

Un pli daté du 29 avril 1795 le confirme[1] :

> *Ma très chère lady,*
>
> *Ma tête est si bouleversée et mon esprit si secoué que je ne sais plus que faire. J'espère vous voir demain matin à 10 heures environ. Je vous envoie une lettre chiffrée venant d'Espagne, de Galatone*[2]*, qui doit être retournée avant 24 heures, de façon que le roi la reçoive. Elle contient des faits très intéressants pour le gouvernement anglais que je désire que vous lui communiquiez, afin de lui prouver mon attachement et la confiance que j'ai en le brave chevalier que je prie seulement de ne pas me compromettre. Adieu, de combien de choses nous parlerons demain ! Adieu. Croyez que je suis votre sincère amie.*
>
> *Charlotte*

1. La plupart des lettres de Marie-Caroline à Emma se trouvent parmi les manuscrits du British Museum ; elles ont été réunies sous le titre : *Maria-Carolina regina delle due Sicilie con lady Hammilton*. Quand elle s'adressait à ses intimes, la reine avait pour habitude de signer Charlotte et non Marie-Caroline.

2. Prince Belmonte. Il représentait, à cette époque, le royaume des Deux-Siciles à Madrid.

Sitôt rentrée à la résidence, Emma charge un courrier de remettre dans les plus brefs délais le précieux document à lord Grenville, secrétaire des Affaires étrangères à Londres. La traduction qui en a été faite fut rédigée de la main même de l'ambassadrice et contresignée par sir William avec cette mention : « Copie d'une lettre du roi d'Espagne au roi de Naples du 11 août 1795. »

Lors de ses démêlés avec le gouvernement britannique, la jeune femme affirmera que les dépenses inhérentes à cet envoi s'élevèrent à près de 400 livres. Que ce soit vrai ou faux, deux éléments sont à retenir : d'une part, les rapports entre Marie-Caroline et l'ambassadrice devaient avoir atteint un extraordinaire degré de confiance pour que la souveraine n'hésitât pas à livrer à son amie un pli d'une importance considérable. D'autre part : si certains ont cherché à minimiser les mérites d'Emma dans cette affaire en réduisant sa fonction à celle de simple intermédiaire, cette fonction fut loin d'être négligeable.

Sir William le fera d'ailleurs remarquer à lord Grenville : « Votre Seigneurie a pu se rendre compte dans mon envoi du 21 avril de la confiance illimitée que la reine a placée dans mon épouse. »

Vers le milieu de septembre 1796, un autre courrier parvient à la cour de Naples, apportant le texte du traité offensif et défensif intervenu entre la France et l'Espagne. Par quel subterfuge cette fois Marie-Caroline a-t-elle pu s'emparer de ce nouveau document aussi confidentiel que le premier ? Un fait subsiste : l'ambassadrice eut par la reine communication du protocole et le 21 septembre elle explique à Greville : « Nous n'avons guère eu le temps de vous écrire, car voici trois jours et trois nuits que nous ne cessons de rédiger des courriers de la plus haute importance à l'intention de notre gouvernement. Il [ce gouvernement] devrait se montrer reconnaissant à sir William et *à moi-même en particulier*, étant donné la situation exceptionnelle dont je jouis actuellement à la cour de Naples et à laquelle personne avant moi n'était parvenu. Mais on ne m'est pas reconnaissant et je suis bien revenue des grandeurs. Nous sommes anxieux à en mourir, et Dieu sait où nous serons bientôt et ce qui adviendra de nous si les choses continuent au train où elles vont maintenant ».

Un envoyé spécial part le matin même de Naples à destination de Londres et remet à lord Grenville le texte espagnol transcrit et traduit par Emma elle-même. Le résultat ne se fait pas attendre : quelques jours avant la divulgation du traité, l'Amirauté, devançant l'attaque, expédie l'ordre de capturer tous les vaisseaux espagnols où qu'ils soient.

Marie-Caroline peut concevoir quelque fierté de ce premier succès. Toutefois les événements se chargeront de lui faire oublier cette brève satisfaction d'amour-propre.

Les mois passent sans grand changement.

Le 2 février 1797, Nelson apprend qu'il est nommé contre-amiral.

Le 13, l'armada espagnole, maintenant alliée de la France, fait route sur Cadix. Elle trouve sur son chemin l'escadre anglaise, commandée par l'amiral Jervis. À bord du *Captain*, Nelson est prêt au combat. Le choc a lieu le 14 février, à hauteur du cap Saint-Vincent. Sans entrer dans les détails de cette bataille navale, retenons simplement que tout le mérite de la victoire anglaise – et elle fut écrasante – devait revenir à la stratégie employée par Nelson. En fin d'après-midi, tout est consommé. L'amiral espagnol, don José de Cordova, file avec les débris de sa flotte vers Cadix où il se verra peu après destituer par une cour martiale.

Le 3 mars 1797, une édition spéciale de la *Gazette* de Londres publie le communiqué officiel annonçant la victoire du cap Saint-Vincent. Le nom de Nelson n'est pas cité, mais uniquement celui de l'amiral Jervis qui reçoit le titre de lord Saint-Vincent.

Cependant, ce même mois, le révérend Edmund Nelson fait savoir à son fils que ses exploits sont célébrés aussi bien par les chanteurs de ballades populaires que par ceux des théâtres publics. Et il ajoute que les villes de Londres, Bath, Bristol et Norwich l'ont nommé citoyen d'honneur.

Après un bref séjour dans la capitale, Nelson reprend la mer.

Le 24 juin, il affronte une nouvelle bataille : celle de Santa Cruz de Tenerife, dans les Canaries. À la tête de ses troupes, il débarque sur l'île en pleine nuit. Au moment où il atteint le môle, une volée de mitraille lui fracasse le coude droit. C'est un chirurgien français, le docteur Ronicet, royaliste exilé de Toulon, qui s'occupe de soigner le blessé. Son verdict est sans appel : il faut amputer le bras. Nelson ne bronche pas. Il répond seulement : « C'est bien ce que je pressentais. Allez-y. » On lui place un mouchoir entre les dents. Sa pensée va vers ses 250 soldats tués, noyés ou prisonniers. Le goût amer de la défaite noie la nausée qui monte à ses lèvres.

En septembre 1797, il est à nouveau de retour en Angleterre. Lorsqu'il apparaît devant les siens, on a du mal à le reconnaître : la manche droite est vide. L'œil droit est fixe, éteint. Une cicatrice coupe le sourcil droit. Qu'importe, il est vivant.

Nelson passe quelques mois de convalescence auprès de Fanny, profite de ses vacances forcées pour acheter un cottage à Roundwood, près d'Ipswich, et attend les ordres de l'Amirauté. Ils n'arriveront qu'à la fin de mars 1798. Il appareille alors à bord d'un vaisseau flambant neuf de 74 canons, le *Vanguard*. Destination : la Méditerranée ; la mission : s'assurer de ce que préparent les Français.

Il entre en Méditerranée dans la première quinzaine de mai. Entre-temps, Bonaparte, devenu général en chef de l'armée d'Italie, a foudroyé les Autrichiens. Il menace Vienne et – Nelson ne le sait pas encore – s'apprête à frapper l'Angleterre en passant par l'Égypte.

Les espions anglais ont informé Londres qu'un corps expéditionnaire et la flotte chargée de le transporter sont concentrés à Toulon. La formation est impressionnante :

13 vaisseaux de ligne, dont l'*Orient*, 120 canons ; 2 vaisseaux, 8 frégates, 72 corvettes, plus de 400 vaisseaux de transport, en tout 500 voiles portant 40 000 hommes de troupe et 10 000 marins. Où ont-ils l'intention de se rendre ? C'est la grande interrogation qui obsède et obsédera un certain temps l'Amirauté britannique. Dès lors commence une incroyable partie de colin-maillard.

Le 31 mai, Nelson jette l'ancre devant Toulon avec l'impatience du chat qui guette la souris. Quelle n'est pas sa fureur d'apprendre que l'armada française a quitté le port depuis près de deux semaines. On pense qu'elle fait route vers l'une des destinations suivantes : Naples, la Sicile, Malte ou l'Égypte. Nelson reçoit alors des instructions du roi en personne : se rendre à Barcelone, se joindre aux frégates anglaises qui s'y trouvent, rattraper l'armada française et la détruire.

Nelson obtempère. Il fait voile vers Barcelone où l'attend une autre mauvaise nouvelle : les frégates avec lesquelles il devait opérer la jonction ne sont pas au rendez-vous. Elles ont essuyé un coup de tabac et se sont traînées jusqu'à Gibraltar pour y réparer les dégâts qu'elles ont subis. Nelson lui-même doit affronter une tempête qui brise le mât de misaine du *Vanguard*. Il répare tant bien que mal.

Le temps presse. Que faire ? Attendre le retour des frégates ? Non. Nelson a une autre idée. Il prend la route de Naples, non sans avoir au préalable fait parvenir une dépêche par un brick rapide à... lord Hamilton : « J'espère obtenir à Naples des frégates, car, par malheur, les miennes m'ont abandonné. Il me faut aussi des renseignements sur la flotte française. J'ai besoin de bons pilotes pour la côte de Sicile, ou n'importe quel endroit où peut se trouver l'ennemi, car j'ai l'intention de le pourchasser jusqu'à la mer Noire. »

C'est ici que son destin va croiser pour la seconde fois celui d'Emma.

11

LE 17 juin 1798 Nelson arrive en vue du Vésuve.

L'aube se lève à peine.

Le *Vanguard* prend soin de jeter l'ancre hors des eaux territoriales. Il veut sans doute éviter l'incident diplomatique avec le nouvel envoyé de France, le citoyen Lachèze, qui doit scruter la baie du haut de sa résidence.

Vers six heures, le capitaine Troubridge[1] fait irruption au palais Sessa et demande audience à l'ambassadeur anglais. Emma et son époux sont tirés du lit. Le but de la mission est d'obtenir, étant donné l'imminence du danger, que l'on puisse outrepasser les termes de la convention survenue en 1796 entre Naples et la France et par laquelle les vaisseaux anglais ne peuvent être admis dans les ports napolitains en nombre supérieur à deux. Or, le succès de la campagne dépend pour Nelson de la faculté de pouvoir se ravitailler sans perdre un jour dans les ports du royaume de Naples. Faute de quoi, il se verrait forcé pour s'approvisionner de rétrograder jusqu'à Gibraltar, abandonnant ainsi tout espoir d'atteindre jamais la flotte française.

Malgré l'heure matinale, Emma et son époux réveillent

1. Thomas de son prénom, il avait participé de manière très active à la bataille de Saint-Vincent. Il sera nommé baronnet au cours de l'année suivante et contre-amiral en 1804.

Acton, et les voilà partis pour le palais royal. Un Conseil restreint se réunit en toute hâte. Très vite, les discussions s'enlisent. En désespoir de cause, Acton propose de signer lui-même, au nom du roi, un ordre vague, à peine officiel, qui autorise le ravitaillement de la flotte anglaise.

Troubridge cache mal sa déception. Que faire ? Il a usé de tous les arguments. Il ne lui reste plus qu'à regagner l'*Agamemnon*. Il se lève, marche vers la porte. Et c'est le coup de théâtre...

Emma fait brusquement irruption dans la salle du Conseil. Elle brandit une pièce écrite, signée de Marie-Caroline en personne, qui autorise *sans conditions* le ravitaillement de la flotte anglaise *dans tous les ports du royaume*. Ce revirement – cette fois point de doute – est l'œuvre de l'ambassadrice. Le Conseil est abasourdi. Voyant que Nelson n'obtenait pas satisfaction, Emma s'était précipitée chez la reine qui, dans sa complète ignorance des événements, se trouvait encore au lit. Mise au courant de la situation par son amie, elle s'était laissé facilement arracher un ordre enjoignant « tous les gouverneurs des ports de Sicile de recevoir avec hospitalité la flotte anglaise, de lui fournir l'eau et les vivres, et de l'aider en tout[1] ».

Dans cette affaire, on a jugé l'intervention du roi inutile. Tout faisait craindre en effet qu'il ne repousse la solution adoptée avec tant de peine ; on jugea plus prudent de ne pas troubler son sommeil.

Une heure après le départ de Troubridge, Hamilton fait parvenir à Nelson le billet suivant : « Vous recevez d'Emma elle-même l'écrit qui fera si bien votre affaire et vous procurera tout ce dont vous avez besoin. » Emma joint à l'envoi ces quelques lignes :

1. C'est le récit confirmé par Hamilton et Nelson et corroboré par toutes les correspondances actuellement connues.

Cher sir,

Je vous écris à la hâte. Dieu vous garde et vous envoie à la victoire ! Faites que je puisse vous voir ramener Bonaparte. [...] La reine veut que je vous transmette toutes sortes de choses aimables et me charge de vous dire qu'elle vous souhaite la victoire de tout son cœur et de toute son âme. Je ne vous dirai pas combien j'aurais aimé vous revoir. Je ne trouve pas les mots pour vous décrire ce que je ressens de vous savoir si proche. *À jamais, à jamais, cher sir, votre affectionnée et reconnaissante.*

Emma Hamilton.

Dans une seconde note, elle insère un mot de Marie-Caroline qui a pourtant été rédigé à son intention personnelle et précise :

Cher sir,

Je vous confie la missive que je viens de recevoir de la reine. Laissez-y l'empreinte de vos lèvres, *et renvoyez-la moi par l'intermédiaire de Bowen, car je n'ai absolument pas le droit de m'en départir. Éternellement vôtre. Emma.*

La réponse de Nelson ne se fait pas attendre :

Ma chère lady Hamilton,

J'ai baisé la lettre de la reine. *Dites-lui, je vous en prie, que j'espère avoir l'honneur de lui baiser la main si tout marche à souhait. Assurez Sa Majesté que personne n'a plus à cœur son bonheur que moi-même et que les souffrances que les siens endurent seront pour moi une source d'énergie supplémentaire le jour où je livrerai bataille. N'ayez crainte de l'avenir, car Dieu est à nos côtés. Que Dieu vous bénisse ainsi que sir William. À jamais votre dévoué.*

Au revers de cette lettre, conservée au British Museum, on lit cette mention de la main d'Emma : « J'ai reçu cette lettre après avoir envoyé celle de la reine qui contenait l'ordre de recevoir nos vaisseaux dans les ports ; la reine avait décidé d'agir contrairement à l'opinion du roi qui, à ce moment, ne voulait pas rompre avec la France. Sans son ordre, la flotte aurait été dans l'obligation de rentrer à Gibraltar pour se ravitailler et la bataille du Nil n'aurait pas pu être livrée car la flotte française aurait eu le temps de rentrer à Toulon. »

Dans son testament de 1805, Nelson rendra un témoignage officiel à l'action d'Emma. Énumérant les services qu'elle a rendus de 1796 à 1798, il rappelle l'aventure des lettres du roi d'Espagne et du chiffre dévoilé, puis il ajoute « que la flotte britannique, sous mon commandement, n'aurait pu se rendre une seconde fois en Égypte si, par l'influence de lady Hamilton sur la reine de Naples, l'ordre n'avait été donné aux différents gouverneurs de permettre à la flotte de se pourvoir de tout ce qui lui était nécessaire dans les ports du royaume ».

> *Je ne trouve pas les mots pour vous décrire ce que je ressens de vous savoir si proche.*
> *Je vous confie la missive que je viens de recevoir de la reine. Laissez-y l'empreinte de vos lèvres*
> *Ma chère lady Hamilton, j'ai baisé la lettre de la reine.*

N'est-il pas curieux cet échange entre deux êtres qui ne s'étaient vus que cinq ans plus tôt et jamais plus depuis et où l'on entrevoit en filigrane des sentiments inavoués.

Les détracteurs d'Emma vous diront qu'elle ne courait qu'après la gloire. Séduire un personnage aussi hors du commun que Nelson ne pouvait qu'exciter son imagination et flatter sa vanité. C'est oublier que le futur vainqueur de Trafalgar est marié. Qu'Emma l'est aussi. Le divorce est impensable, sauf acte du Parlement. Comment croire qu'elle eût été prête à se lancer à l'aveugle, prenant le risque de se retrouver en rupture avec sir William, sans avoir la moindre certitude de pouvoir le remplacer par Nelson ?

En vérité, si l'on veut comprendre la brusque passion qui s'est emparée de l'ambassadrice, il suffit de se remettre en mémoire son passé amoureux : jusque-là, que fut sa vie sentimentale ? Des hommes de pacotille ? Un Willet Payne qui lui prend sa vertu et l'abandonne aussitôt... De faux gentlemen ? De vrais malfrats ? Un sir Harry qui s'en débarrasse alors qu'elle attend un enfant de lui... Jusqu'à cet instant, à aucun moment de son existence Emma n'a eu la libre disposition de son cœur. La nécessité lui a imposé Greville, la peur du lendemain l'a jetée dans les bras de sir William. Cette fois, et c'est la première, si elle se donne, ce sera de son propre gré et par amour. À trente-trois ans, enfin, elle est maîtresse de son choix. C'est elle, et elle seule, qui détermine la voie que son cœur et ses sens vont emprunter.

Pour ce qui est de Nelson, l'explication est moins subtile. Il est marin. Ne vit que des rencontres furtives avec des ombres de passage. On lui sait une vague aventure avec une certaine Dolly, de son vrai nom la signora Adélaïde Correglia, Italienne native de Livourne. Dans les notes de l'un de ses officiers on découvre à la date du 3 décembre 1794 : « Dîner avec Nelson et sa Dolly », et encore en août 1795 « Nelson se rend ridicule avec cette femme ». Une lettre non datée de l'amiral adressée à la fameuse Adélaïde ne vaut la peine d'être reproduite ici que parce qu'elle a été rédigée dans un français tel que Molière doit encore en frémir dans sa tombe :

> *Ma chère Adélaïde, je suis partant pour la mère, une vaisseau Neapolitan partir avec moi pour Livorne ; croire moi toujours votre chère amie* [sic] *Horatio Nelson. Avez-vous bien successe.*

Certains biographes ont identifié la fameuse Dolly comme étant un agent double au service de l'Angleterre. Quoi qu'il en soit, on sait que le mariage de Nelson n'a jamais tenu qu'au nom des convenances. La chère Fanny ne l'inspire plus... d'ailleurs l'a-t-elle jamais inspiré ? Dans ces conditions, comment résister à une femme comme Emma, dont la beauté en a fait rêver plus d'un. Il voit en elle l'égérie qui partage son enthousiasme farouche à servir son pays : le héros a trouvé son héroïne.

Au moment de lever l'ancre, il affirmera à ses officiers que, « si le chemin de la victoire lui était maintenant ouvert, c'était exclusivement à Emma qu'il le devait ». Et plus tard, en quittant la Sicile, il ajoutera : « Elle, et la flotte française, voilà tout mon horizon. »

Pour l'heure en tout cas cette flotte lui échappe.

Vers la mi-juillet, après avoir vainement parcouru la Méditerranée de Malte à Alexandrie et jusqu'aux rivages de la Syrie, il regagne les parages de la Sicile. À Palerme, on l'accueille avec une nuance d'hostilité. Aussitôt, il fait part à lady Hamilton (et non à son époux), de son mécontentement et de son inquiétude :

> *Chère Madame,*
>
> *J'ai été tellement peiné de recevoir pareil traitement de la part d'une nation que nous sommes venus aider, et pour laquelle nous combattons, que je suis à peine en mesure d'écrire à une personne de votre qualité avec le calme nécessaire. Vous devez donc, dans cette occasion, m'excuser si je n'emploie pas aujourd'hui toute la bonne grâce que je désire tant vous témoigner. Je désire connaître vos projets et ceux de sir William. Car si nous devons être repoussés à chaque port du royaume de Sicile, plus tôt nous serons partis, mieux cela vaudra. Dieu que je suis heurté par le traitement que l'on nous inflige ! Mon seul vœu est de rencontrer les Français et de faire porter sur eux toute ma vengeance.*
>
> *Horatio Nelson*

Quelques jours après, brusque revirement : les ports de Sicile s'ouvrent largement à Nelson et il faut encore voir là l'ouvrage d'Emma. À sa requête, Marie-Caroline pave les escales de Nelson de lettres de recommandation, intimant l'ordre aux divers gouverneurs de répondre favorablement à toutes les demandes du contre-amiral. De Syracuse, il écrit tout joyeux aux Hamilton : « Mes chers amis, grâce à vos démarches, nous avons obtenu des vivres et de l'eau et bien certainement, pour avoir puisé à la fontaine d'Aréthuse[1], il y a les meilleures raisons de croire que nous remporterons la victoire. Nous ferons voile au premier bon vent et soyez convaincus que je ne reviendrai que couvert de lauriers ou de cyprès ! »

Lady Hamilton voit partir Nelson comme un héros de légende. La victoire prochaine qu'elle escompte déjà exalte mieux encore sa passion. Mais cette victoire se fait désirer. Où diable est passé Bonaparte ? On met le cap sur Syracuse. On y arrive le 22 juin pour apprendre que les Français ont pris Malte.

— Cap sur Alexandrie ! ordonne Nelson fou de rage.

Six jours de mer et, le 28 juin, les premiers palmiers mêlés aux flèches de quelques minarets apparaissent à l'horizon. Dans la rade, pas l'ombre d'un vaisseau.

— C'est à n'y rien comprendre ! fulmine le contre-amiral. Où sont donc ces maudits Français ?

À croire qu'ils se sont volatilisés.

Nelson ne le saura que plus tard : il les a dépassés dans la nuit du 22 au 23 juin.

On repart. Le contre-amiral n'a pas d'autre choix que de fouiller la mer entre Malte et l'Égypte. On arrive en vue de Malte. Toujours rien. Les équipages anglais commencent à manquer de vivres et d'eau potable. On met à la voile pour Syracuse où, le 19 juillet, le ravitaillement s'effectue grâce aux recommandations de Marie-Caroline. On hisse les voiles. La Méditerranée est vide, désespérément vide.

Finalement survient le coup de chance. Le 28 juillet, non

1. Nymphe de la mythologie grecque qui donna son nom à une fontaine dans l'île d'Ortygie, près de Syracuse.

loin des côtes du Péloponnèse, un vaisseau de l'avant-garde britannique capture un bâtiment français. C'est ainsi que l'on apprend que Bonaparte a débarqué le 2 juillet à Alexandrie. Il a pris Le Caire et remporté sur les mamelouks sa fameuse bataille des Pyramides.

— Et la flotte française ?

Elle est rassemblée, sous les ordres de l'amiral Brueys, dans la baie d'Aboukir. Nelson vire de bord et le 1er août, avec la jubilation que l'on imagine, il fond sur elle.

La bataille est rude. Elle ne s'achèvera que tard dans la nuit. À l'aube, c'est la catastrophe : les bâtiments français ne sont plus que des épaves qui se traînent, d'autres ont échoué sur les hauts-fonds. L'*Orient*, le navire amiral de 120 canons a littéralement « implosé » avec presque tout son équipage.

Sur treize vaisseaux, la flotte française en a perdu onze. Les pertes humaines sont terribles : sur 10 000 hommes on dénombre 1 700 tués, 1 500 blessés, 3 000 prisonniers. Côté anglais, le bilan est de 218 morts. Parmi les 675 blessés il y a Nelson lui-même. Dès les premières heures de la bataille, un éclat l'a atteint au front, détachant un grand triangle de chair qui couvre son seul œil sain, le gauche. Il s'est écroulé assommé, ruisselant de sang. On l'a soigné, et il est resté allongé jusqu'au moment où on lui a annoncé l'explosion de l'*Orient*.

Les dépêches annonçant sa victoire n'atteignent Londres que le 2 octobre. À peine l'information est-elle rendue publique qu'une formidable clameur de joie s'élève dans le ciel d'Angleterre. Ce n'est pas de l'enthousiasme, mais un véritable délire qui s'empare de tout un peuple. Mendiants et princes clament à l'unisson la grandeur de Horatio Nelson. « La métropole, écrit un journal, n'était qu'une flamme d'illumination. »

Des poèmes à la gloire du héros sont rédigés à la hâte. « Nelson ton nom résonnera de rive en rive. Joie pour la nation, joie pour le roi d'Angleterre ! Pareilles prouesses valent toutes les récompenses ! Les Arabes eux-mêmes crient : *La Grande-Bretagne est maîtresse de la mer.* »

Lord Spencer, chef de l'Amirauté, prend sa plume pour écrire : « Joie, joie, joie pour vous, vaillant, courageux, immortel Nelson ! Puisse Dieu, de qui vous soutenez la cause si valeureusement, vous protéger et vous bénir jusqu'à la fin de votre brillante carrière. Tout ce que je pourrai dire est bien loin de répondre à mon désir. »

La victoire d'Aboukir prit pour les Anglais le nom de « bataille du Nil ». Ce qui explique que, le 6 octobre, Nelson soit promu « baron Nelson du Nil et de Burnham Thorpe ». Dans la foulée, la Chambre vote une pension annuelle de 2 000 livres pour sa famille.

La gloire à laquelle, à l'instar de Bonaparte, il a tant rêvé est à ses pieds.

Une multitude de cadeaux déferlent sur le héros : la ville de Londres lui offre une épée avec une poignée sertie de pierres précieuses. L'empereur de Russie lui fait déposer une boîte emplie de diamants. Le sultan expédie une pelisse évaluée à 1 000 livres sterling. Le roi de Sardaigne, une tabatière, en diamants elle aussi. Mais d'entre tous ces présents, le plus étonnant, le plus macabre aussi, est celui d'un jeune matelot du *Vanguard*. Alors que le vaisseau fait route vers Naples, il dépose sur la dunette un cercueil accompagné de ce mot : « Milord, je vous envoie un cercueil construit avec les ferrements et les bois du grand mât du vaisseau l'*Orient*, afin que, le jour où vous serez lassé de ce monde, vous puissiez reposer dans vos propres trophées ; l'espoir que ce jour est encore loin de nous est le désir de votre obéissant et affectionné serviteur. » Signé : *Ben Hallowell.*

Nelson fait porter le funeste présent dans sa cabine et ordonne qu'on le place debout, le « couvercle mis », derrière la chaise où il a l'habitude de prendre ses repas.

Peut-il se douter alors que c'est dans ce cercueil que reposera un jour sa dépouille ?

12

L'ANNONCE de la victoire d'Aboukir éclate à Naples le 3 septembre. Elle fait l'effet d'un coup de tonnerre.

Les manifestations de joie à la cour et à la résidence égalent, sinon dépassent, en intensité et en émotion celles que Londres va connaître. Il suffit de parcourir le courrier qu'Emma expédie à Nelson cinq jours plus tard pour avoir un aperçu du climat euphorique qui règne :

> *Mon cher, cher sir.*
>
> *Comment vais-je commencer ? Que vais-je vous dire ? Il m'est impossible d'écrire car, depuis lundi dernier, je délire de joie et je vous assure que j'ai eu la fièvre, causée par l'agitation et le bonheur. Grand Dieu ! Quelle victoire ! Jamais, au grand jamais, il ne s'est passé un événement à moitié aussi glorieux et si complet. Je me suis évanouie, quand j'ai appris cette heureuse nouvelle ; je suis tombée sur le côté et me suis blessée, mais maintenant je suis guérie. Je considérerais comme glorieux de mourir en une pareille circonstance. Mais non, je ne voudrais pas mourir avant d'avoir vu et embrassé le vainqueur du Nil. Comment vous décrirais-je les transports de Marie-Caroline ? c'est impossible. Elle s'est évanouie, a enlacé son époux, ses enfants, parcouru la pièce, crié, embrassé toutes les personnes de son entourage. Marie-Caroline est habillée* à la Nelson *; elle porte des ancres en guise de boucles d'oreilles et sur ses boutons elle a fait graver :* Le

Nil et Nelson. *Elle et son époux sont complètement* ennelsonnés. *Dans sa joie, quasi hystérique, la souveraine a poussé des exclamations devant ses enfants enfiévrés, tandis que son stupide époux arpentait la pièce frénétiquement tout en attirant les bénédictions de leurs cœurs meurtris sur leur libérateur. Naples est en fête ! Pas un seul de ces chiens de Français qui oserait montrer sa face. Je marche la tête haute et fière à l'idée que j'ai vu le jour dans la même patrie que Nelson. Je vous joins deux lettres de mon adorable reine. Elles ont été écrites à mon intention. La première fut rédigée le jour même où nous avons appris la glorieuse nouvelle, la seconde est d'hier soir. Vous pouvez les conserver, j'en ai fait une copie.*

Voici l'une d'entre elles : « Ma chère milady, quel bonheur, quelle gloire, quelle consolation pour cette unique, grande et illustre nation ! Que je suis obligée, reconnaissante. Ce sera demain que je verrai avec une joie extrême les héros défenseurs de l'Italie [elle devra attendre deux semaines]. Ah ! Si jamais on fait un portrait du brave Nelson, je veux l'avoir dans ma chambre. Ma reconnaissance est gravée dans mon cœur. Vive, vive cette brave nation, cette respectable marine ! Ma chère milady, je suis folle de joie ! Mes tendres compliments au chevalier. Je vous embrasse. Mes enfants, les miens, nous savons tout ce que nous vous devons. Adieu. »

C'est le brick *Mutine*, envoyé en avant-coureur, qui ramène à Nelson le courrier d'Emma, de la reine, de lord Hamilton. Ce dernier lui affirme : « Vous êtes désormais immortel. »

L'amiral répond à Emma, non sans un certain humour : « Ma chère lady Hamilton, vous pourrez bientôt voir *l'épave d'Horatio Nelson.* » Il n'exagère pas. Cette course-poursuite l'a épuisé et sa blessure au front lui vaut d'effroyables migraines et des vertiges.

À sir William, il commente, un peu las : « Je ne passerai que trois ou quatre jours à Naples, puis aussitôt je repartirai pour l'Angleterre pour me faire soigner. D'ailleurs, mon cher lord, je ne suis même pas sûr de vous revoir jamais. Mais qu'il en soit comme il plaira à la bonté de Dieu, je suis résigné à Sa volonté. » En fait, au moment où il rédige ces lignes teintées de mélancolie, il ignore les retombées de sa victoire auprès des populations de Londres et d'ailleurs. Il ne sait rien non plus des honneurs dont on l'a couvert. Il ne soupçonne pas ceux qui l'attendent.

Le 22 septembre 1798, il apparaît dans la baie de Naples. C'est à une voyageuse anglaise, miss Cornelia Knight, présente sur les lieux, que nous devons l'essentiel des descriptions. Née une quarantaine d'années plus tôt, c'est la fille de Joseph Knight, ancien contre-amiral de la flotte. Poétesse, écrivain, appointée à la cour de Marie-Caroline, elle est l'auteur de nombreux sonnets consacrés à Nelson et Emma.

La réception qui attend le triomphateur est digne des contes des *Mille et Une Nuits*.

Sur une mer étale, le *Vanguard* fend les eaux, remorqué par la *Thalla*. La baie tout entière est mouchetée de bateaux : plus de cinq cents voiles multicolores glissent lentement à la rencontre du vainqueur du Nil. Le ciel est rempli de musique. Des orchestres jouent successivement le *God save the King*, le *Rule Britannia*, ainsi que des airs de Paisiello et de Cimarosa. Les rues de la ville sont pavées de fleurs. Entre deux salves de canons, les cloches sonnent à tue-tête.

Le canot royal, pavoisé de drapeaux, s'avance. Les Hamilton font partie de l'escorte de Ferdinand. Mais la reine n'est pas là. Paralysée par l'émotion, elle a préféré attendre au palais.

Le cœur d'Emma bat la chamade.

C'est Cléopâtre qui marche vers Antoine.

Laissant à peine à l'embarcation le temps d'accoster, elle s'élance sur le pont du *Vanguard*, escalade la passerelle en s'écriant : « Ah ! mon Dieu ! Est-ce possible ? » Et tombe plus morte que vive *dans le seul bras valide* de son héros.

Le roi lui succède. Il donne l'accolade à Nelson en l'appelant : *Mon libérateur*.

Du môle, des terrasses, de toutes les entrailles de Naples, des centaines d'acclamations font écho aux paroles du roi : *Viva nostro liberatore !*

Ferdinand refuse de quitter le *Vanguard* avant que Nelson ne lui ait fait visiter chaque recoin du vaisseau désormais célèbre. Il tient aussi à féliciter les matelots blessés au cours du combat.

À partir de cet instant, c'est un déferlement ininterrompu de festivités. Les réceptions se succèdent à un rythme effréné. Tous veulent apercevoir le héros, tous voudraient effleurer son uniforme.

Et pourtant, malgré ces honneurs, tout cet encens versé, Nelson ne semble pas porter la cour de Naples en haute estime. Il confie à lord Saint-Vincent : « Je compte bien reprendre la mer dans une semaine. Je ne me porte pas bien ici et la pitoyable conduite de la cour n'est pas faite pour apporter un remède à la nervosité de mon caractère. C'est un pays de violoneux, de poètes, de prostituées et de coquins. »

N'était-ce qu'un billet d'humeur provoqué par son état de santé ? C'est fort possible. Pour preuve, un soir, au beau milieu d'un banquet, il est pris de malaise et perd connaissance. Pendant dix-huit heures il n'y a eu – il en convint lui-même – que peu d'espoir pour sa vie. C'est sans compter avec Emma, son ange gardien, sa protectrice. L'ambassadrice, chaperonnée par Mrs. Cadogan, emmène son idole dans la villa que possède sir William, à Castellamare. Pendant près d'une semaine, elle le soigne au lait d'ânesse, le couve, devance ses moindres désirs. Peut-on imaginer qu'ils passèrent leurs nuits à débattre des choses de la vie, de l'Angleterre ou des jacobins ? Ces deux-là ne demandaient qu'à s'embraser.

Remis sur pied, Nelson revient habiter au palais Sessa. Et le 29 septembre, jour de son anniversaire, Emma lui offre rien moins que Naples en cadeau.

Mille sept cent quarante invités participent au bal qu'elle organise en son honneur. Quatre-vingts convives sont réunis au dîner, huit cents au souper. Chaque décoration, chaque bouton, chaque ruban porte le nom « Nelson ». Tout le service est marqué de ses initiales « H. N. » et « Glorieux 1er août ». La maîtresse de maison a fait dresser sous un dais somptueux une colonne rostrale en souvenir de la bataille du Nil.

À cette occasion, la bourse de l'ambassadeur a souffert infiniment. Ces festivités lui auront coûté plus de deux mille ducats. Une fortune !

Tout se déroule admirablement, jusqu'au moment où survient un fâcheux incident qui prend tout le monde de court ; Nelson le premier.

Au beau milieu du souper, Josiah Nisbet (maintenant âgé de dix-huit ans), manifestement éméché, se lance dans une diatribe contre son beau-père, et lui reproche ouvertement d'entretenir des relations coupables avec Emma au détriment de Fanny, sa mère. Un courant glacial parcourt l'assistance. On toussote, on détourne les yeux. On fait *comme si...*

Quelles pensées surgissent alors dans l'esprit de l'ambassadeur ? A-t-il compris ce qu'il se passe ? Feint-il de l'ignorer ? Toute la complexité de la relation future du trio est dans ce questionnement. Nous avons une opinion sur l'affaire. Elle ne vaut que pour ce qu'elle est : une intime conviction...

Lord Hamilton est loin d'être un imbécile. Il n'est pas et ne sera pas ce que l'on a voulu laisser croire : un cocu bienveillant. Il ne sera pas non plus l'infortuné mari aveugle et sourd. Les sentiments qu'il éprouve sont beaucoup plus riches qu'on ne l'imagine. L'admiration, voire la vénération, qu'il ressent pour Nelson est immense ; l'affection qu'il a envers Emma est tout aussi importante. Nous sommes en 1798. Sa santé est déclinante. Il a soixante-huit ans ; son épouse en a trente-trois. Au fil des années, il a atteint un degré de philosophie et de sagesse (deux qualités qui furent de tout temps les siennes) qui lui permet de poser un regard différent sur le monde. Depuis près de douze ans, toute son existence n'est inspirée que par un seul désir : rendre Emma heureuse. Il pressent qu'il ne pourra plus assumer cette tâche très longtemps encore. Une alternative s'offre à lui : soit il réagit comme le commun des maris outragés, pousse de hauts cris et jette son gant à la face de Nelson, soit il décide en pleine conscience de continuer envers et contre tout à participer au bonheur d'Emma. C'est cette seconde voie qu'il va emprunter. Jusqu'à sa mort, l'homme fera fi de tous les ragots, de tous les quolibets. Il assumera pleinement son choix, exactement comme il le fit en accueillant l'ex-vendeuse de charbon et en s'affichant en public avec elle, au vu et au su de toute la société napolitaine. Cette forme de raisonnement peut surprendre, choquer, mais elle est l'apanage des êtres rares. Indiscutablement, lord Hamilton fait partie de ceux-là. Il est évident aussi qu'il n'eût pas cédé son épouse à autre homme que Nelson. C'est l'estime qu'il lui porte qui lui permet de transformer sa peine en offrande.

Tout au long des vingt-trois jours où il demeure à Naples, le héros ne quitte plus les Hamilton : « J'habite leur maison, écrit-il à son épouse le 1er octobre, et il n'a fallu rien de moins que les soins assidus dont ils me comblent pour rétablir ma triste santé. Vous les aimeriez comme je les aime et comme ils méritent d'être aimés par tout le monde. » Et d'ajouter : « Je mets tout mon orgueil à être votre mari, le fils de mon cher père, l'ami de sir William et de sa femme. Tant que je verrai ces êtres satisfaits de moi, *l'opinion de la foule me laissera complètement indifférent*. »

Ces derniers mots font sans doute allusion aux bruits qui

commencent déjà à circuler. L'esclandre qu'a fait Josiah lors de l'anniversaire n'est pas passé inaperçu.

C'est trop tard. Nelson est déjà envoûté, ensorcelé. Lorsqu'il écrit pour la seconde fois à lord Saint-Vincent, il ose cette confidence : « Nous discutons aujourd'hui avec le roi de Naples à bord d'un navire. Il est rempli de bontés pour nous. J'ai vu souvent la reine. C'est vraiment la fille de Marie-Thérèse. De l'autre côté de la table où j'écris ces lignes, lady Hamilton est assise et *vous comprendrez, j'espère, le glorieux décousu de ma lettre*. Votre Seigneurie écrirait peut-être encore moins bien. *Quand le cœur est ému, il faut bien que la main tremble !* Naples est décidément un dangereux séjour et nous ferons bien de le quitter au plus tôt. »

En réalité, tous les prétextes sont bons pour ne pas reprendre la mer, et les changements politiques et militaires qui sont en train de survenir en Italie lui fournissent dans ce sens un excellent alibi.

Nous sommes le 11 octobre. Le général Championnet vient d'entrer dans Rome. Après avoir servi à vingt ans dans l'armée espagnole et combattu pendant le siège de Gibraltar, c'est lui, en cette année 1798, qui est commandant en chef en Italie.

En apprenant la nouvelle, Marie-Caroline – soutenue par Nelson – se dit que l'instant est venu de mener l'offensive contre la France. Des amitiés puissantes l'unissent désormais à l'Angleterre ; la Russie et la Turquie lui promettent leur appui. Bonaparte, privé de sa flotte, est retenu captif en Égypte. Le Directoire, affaibli par des dissensions intestines, semble avoir perdu la confiance du pays. Le moment est donc bien choisi. Si l'on veut empêcher que les forces françaises ne progressent jusque sous les murs de Naples, c'est maintenant qu'il faut réagir. La souveraine ne sait pas encore que cette décision, prise à la hâte et sans concertation, va mener son royaume au désastre. L'Autriche, à qui elle réclame une aide militaire, se contente de lui envoyer un officier, le général Karl Mack von Leiberich. On lui confie le commandement des armées napolitaines.

Fébrile, n'aspirant qu'à bouter les Français hors de Rome, Marie-Caroline se rend en personne au camp de San Germano pour surveiller les préparatifs de l'expédition et suivre les exercices. À cheval, portant une « amazone bleue garnie de fleurs de lis au col et des boutons d'or, coiffée d'un chapeau de généralissime avec une plume blanche », on la voit parcourir, en compagnie d'Emma, les lignes et les bivouacs.

Un ancien général, Roger de Damas, qui avait été au service de l'armée russe, a du mal à masquer son scepticisme au vu des manœuvres. Selon lui, cette armée composée essentiellement de paysans, est « tout juste bonne à défiler. Et encore... ».

Curieusement, Nelson, pourtant militaire aguerri, ne semble pas pressentir ces faiblesses. Ou alors, il se dit qu'il est trop tard pour abandonner une opération qu'il a appelée de ses vœux. Après tout, n'est-ce pas lui qui, quelques semaines plus tôt, avait chargé Emma de transmettre ce conseil à Marie-Caroline : « Les mesures les plus audacieuses sont les plus sûres. »

Le 22 novembre 1798, le *Nasone* en tête, les troupes napolitaines s'ébranlent, divisées en sept colonnes. Nelson est de la partie. Il a embarqué 4 000 hommes d'infanterie et une partie de la cavalerie afin de prendre l'ennemi à revers. Il débarque les troupes à Livourne et, sa mission accomplie, il repart pour Naples.

Il arrive juste à temps pour apprendre la nouvelle : Mack est entré dans Rome sans coup férir. Dès le 29 novembre, le roi s'installe au palais Farnese sans se poser la moindre question. Il n'essaie même pas d'analyser pourquoi les troupes napolitaines ont pénétré si facilement dans la Ville éternelle, ni pour quelle raison Championnet n'a laissé en tout et pour tout pour défendre la cité qu'une seule garnison au château Saint-Ange.

La vérité est que le général français, quelque peu déconcerté par cette brusque attaque, a jugé plus sage de se retirer dans les environs afin d'y reconstituer ses forces en toute tranquillité. Ferdinand va le comprendre un peu trop tard.

Le 7 décembre, Championnet reprend l'offensive. En quelques heures, 15 000 Napolitains lâchent pied devant 3 000 Français. La déroute est totale. Ferdinand, après avoir fait revêtir au duc d'Ascoli son uniforme royal, prend ses jambes à son cou et fuit vers Naples sous les habits de son écuyer.

Fort de son succès, Championnet ne se limite pas à reconquérir Rome. Il franchit les limites du royaume des Deux-Siciles. Rien ne résiste à sa marche en avant. Les commandants des places fortes capitulent les uns après les autres, les troupes régulières ou ce qu'il en reste se replient en désordre. L'effroi s'empare de tout le royaume. Marie-Caroline est tétanisée : « Dieu seul sait, confie-t-elle à Emma, quels malheurs nous réserve l'avenir ! Je suis profondément affligée de tout cela et je m'attends chaque jour à quelque événement plus terrible. Mack est au désespoir et il a des raisons de l'être. »

Mille hommes hors de combat, trente canons, neuf drapeaux et la plupart des chevaux et des bagages aux mains de l'ennemi, tel est le bilan d'une campagne qui n'aura pas duré plus de dix-sept jours.

Emma, demeurée à Naples, communique fréquemment avec la reine et surtout avec Nelson. « Sir William et moi, écrit-elle à ce dernier, sommes si alarmés qu'il nous est impossible de manger, de boire et de dormir. »

Le désastre est complet. Une dernière tentative faite par Marie-Caroline pour obtenir de Vienne quelques secours demeure vaine. Le peuple autrichien, prétend l'empereur, aspire au repos. Que les Napolitains « se tirent d'affaire, eux-mêmes ».

La fureur et le désespoir de la reine se traduisent dès lors en invectives contre sa famille qu'elle accuse de se « liguer lâchement contre la fille et les petits-enfants de la grande Marie-Thérèse ». Désormais ses seuls moyens de défense se réduisent « aux larmes et à la prière ».

Dans les rues de Naples, le peuple murmure contre ses souverains et rejette tout naturellement sur eux la responsabilité de la catastrophe. C'est surtout la reine qui est visée. On incrimine principalement sa conduite et l'influence néfaste qu'elle a eue sur son époux. La rumeur grandit, devient tumulte. Les injures fusent. On accuse les souverains de traîtrise, on agresse les domestiques des nobles qui chargent déjà dans les carrosses les objets précieux de leurs maîtres. Ce n'est plus une rébellion, c'est une révolution qui est en marche.

Devant le danger croissant, Nelson déclare qu'il ne reste d'autre choix aux monarques que la fuite. En demeurant à Naples, le couple royal risque d'être lapidé ou pendu. Emma et lord Hamilton sont du même avis.

Fuir ? La première réaction de la reine est de s'indigner contre cette solution qu'elle considère comme une abdication et une lâcheté. Le roi, lui, ne consent à quitter Naples que s'il réussit à emporter la totalité de sa fortune privée, ses sacs d'or, ses bijoux et les plus précieux morceaux de sa collection d'objets d'art. Il prétend de plus – et la reine se range entièrement à son opinion – qu'il ne peut, en abandonnant sa capitale, cesser d'être roi. Il exige donc que les fonds du Trésor public soient préalablement mis à l'abri. C'est la confusion totale. L'idée de tenir tête à l'orage et de rester sur place effleure les pensées. Ne va-t-on pas, en quittant Naples, rééditer la sinistre aventure de Varennes ?

Mais le temps presse. L'armée française n'est plus qu'à quelques journées de marche, l'heure n'est plus aux tergiversations. Il faut se résigner au départ.

La décision prise, Emma en avise aussitôt Nelson : « Mon cher lord, je viens à l'instant même de recevoir une lettre de mon adorable reine. Elle est arrivée avec le roi.

Elle a eu fort à faire pour le persuader, mais il approuve maintenant tous nos projets. Elle est brisée de fatigue. Demain je vous enverrai sa lettre. Dieu vous bénisse. Votre sincère. »

Pour emmener tout ce monde, Nelson ne dispose que du *Vanguard* et de l'*Alcmene*. On est donc obligé d'affréter deux autres navires napolitains : le *Sannita* et l'*Archimede*.

Au grand dam de Francesco Caracciolo, toujours amiral de la flotte du royaume, ce sont les Hamilton et Nelson qui règlent ensemble les moindres détails de la fuite. Caracciolo est alors un homme de cinquante-six ans. Après s'être battu aux côtés des Américains durant la guerre d'Indépendance, il était retourné à Naples en 1791 et avait participé auprès de Nelson au siège de Toulon. Son nom est à retenir, car dans les semaines qui viennent le personnage connaîtra un destin funeste.

Dans la soirée du 17, la reine veut faire porter à l'ambassade anglaise par un de ses confidents nommé Saverio les 60 000 ducats d'or qui constituent sa fortune privée. Puis, réfléchissant qu'Emma prend part, ce soir-là, à une réception donnée par le marquis de Nice, elle remet son projet au lendemain : « Saverio, un fidèle et brave homme, viendra avec l'argent. Je savais que le marquis de Nice donnait une fête hier soir, je n'ai pas voulu l'envoyer de crainte que cela ne vous gênât. Je lui ai confié : joyaux, argent et objets nécessaires dont nous aurons besoin là où nous conduira notre malheur. »

Dans la nuit du 18, Saverio apporte en effet le précieux fardeau avec une note de la reine : « Je vous envoie aussi cette nuit tout notre argent espagnol, celui du roi et le mien. Il y a 60 000 ducats d'or ; c'est tout ce que nous avons, car nous n'avons jamais thésaurisé. Les diamants de toute la famille, hommes et femmes, arriveront demain soir pour être consignés dans les mains de l'honorable amiral lord Nelson. »

Noyée dans ses propres sanglots, la reine oublie de préciser que le montant global de ses biens ainsi transbordés est évalué à pas moins de 2 500 000 livres sterling. Pour une famille qui *n'a jamais thésaurisé*, c'est une coquette somme.

Quelques heures plus tard, un nouvel envoi est accompagné d'un nouveau billet de la reine : « Ma chère milady, prenez encore livraison de trois autres caisses et d'une petite boîte. Dans les caisses, il y a un peu de linge pour mes enfants à bord et dans la boîte quelques petits vêtements. Je compte que je ne suis pas imprudente en vous les envoyant. Le reste ira par le bateau sicilien. »

Enfin, au cours de cette même nuit, a lieu un troisième envoi : « Ma chère milady, j'abuse de votre bonté et de celle de notre brave amiral ; faites que les grandes caisses soient portées dans la réserve et que les petites soient laissées à la portée de main. C'est ainsi, parce que j'ai malheureusement une immense famille... Je vous en prie, ma chère amie, faites-moi savoir tout, tout, tout. Reposez-vous sur ma discrétion. »

Le jour suivant, 19 décembre, Emma fait transporter à bord des vaisseaux tous les joyaux et trente-six barils d'or. « J'inscrivis sur les ballots, racontera-t-elle plus tard, cette mention : *Marchandises pour Nelson*, afin d'éviter les soupçons. Ce point acquis, le roi se résolut enfin au départ. »

Chez l'ambassadeur, on se prépare également à la fuite avec l'intention bien arrêtée d'abandonner le moins possible à l'ennemi. L'argent, les menus bibelots de la collection sont emballés précipitamment. Les tableaux les plus précieux, les vases grecs (plus de 2 000), les antiquités, objets d'un transport plus difficile, sont rangés à part et expédiés directement en Angleterre à bord du *Colossus*. Faute de temps, le mobilier du palais Sessa et de la villa du Pausilippe est sacrifié. Lady Hamilton racontera à Greville par la suite : « Nous avons laissé trois maisons élégamment meublées, tous nos chevaux et nos six ou sept voitures. Je crois que c'est assez pour ces gredins de Français ; mais nous ne pouvions enlever davantage sans laisser soupçonner la fuite de la famille royale. »

Les souverains, dans leur entêtement à ne vouloir quitter Naples qu'une fois leurs trésors en sûreté, reculent de vingt-quatre heures le départ d'abord fixé à la nuit du 20 décembre. Le plan de l'évasion a été réglé point par point. Mais une question demeure sans réponse : comment ne pas attirer l'attention des *lazzaroni* ?

C'est ici qu'intervient un épisode digne du *Comte de Monte-Cristo*.

Dans le palais existait un souterrain qui communiquait avec le port et qui n'avait pas été ouvert depuis la domination espagnole ; on devait donc en vérifier l'état.

C'est Emma qui se porte volontaire. Elle se fraie un chemin accompagnée de serviteurs munis de torches, se glisse vers les caves du palais, explore les dédales, croise au passage quelques chauves-souris étonnées. L'état du souterrain se révèle satisfaisant. Ce sera par cette voie que la famille royale quittera les appartements pour gagner le petit môle. À la sortie, le comte Thurn, ex-amiral autrichien, se chargera de les conduire jusqu'à la barque de Nelson, amarrée dans le coin le plus sombre de l'arsenal.

Pendant toute la journée du 20, Marie-Caroline, en proie à des crises de nerfs, à des accès de désespoir, reste confinée dans ses appartements. La seule pensée de fuir lui semble intolérable. Elle ne veut avoir pour confidente de ses angoisses que sa chère lady, « son unique amie », son « amie la plus fidèle ».

C'est à coup sûr un étrange spectacle que de voir l'ex-petite vendeuse de charbon, bonne d'enfants vingt ans auparavant, élevée par les hasards de la destinée au rang d'héroïne de roman, tenir entre ses mains le destin d'une famille royale. Seule, dans la panique générale, elle conserve son sang-froid et le communique à tout son entourage. « Lady Hamilton, écrira Nelson au premier lord de l'Amirauté, semble un ange tombé du ciel pour le salut de la famille royale. »

Dans la matinée, Marie-Caroline reçoit par Acton la confirmation de la déroute définitive des restes de l'armée napolitaine. Elle écrit à lady Hamilton : « Ma chère milady, les dangers augmentent. L'*Aquila* est prise avec six cents hommes à la honte éternelle de notre pays. [...] Je suis dans l'étourdissement, et le désespoir. Comme ceci change entièrement notre État, notre vie, notre situation, ce qui formait mes idées et celles de ma famille pour la vie, je ne sais où j'ai la tête ce soir. » Puis elle annonce un ultime envoi : « Ce soir j'enverrai quelques autres caisses, ce sont les hardes *[sic]* de ma très nombreuse famille. Dites-moi sincèrement si je pourrais ce soir envoyer nos malles à la darse par un homme affidé, Lalo ou Saverio, et si un transport les pourrait porter ou si cela gênerait franchement. Je prendrais alors d'autres mesures. Mille compliments à notre sauveur et croyez-moi la plus malheureuse des femmes, mère et reine, mais sincère amie. Charlotte. »

Enfin la nuit. Toutes les consignes ont été minutieusement réparties. Le comte Thurn est déjà à son poste au petit môle. Quant aux Hamilton, ils sont obligés ce soir-là, sous peine d'éveiller les soupçons, de paraître à une fête que Kelim Effendi, représentant du sultan, donne en l'honneur de sir William. Le moment peut paraître singulièrement choisi pour se réjouir, lorsque l'on songe que l'ennemi campe à quelques lieues de Naples. Au milieu de la soirée, Emma, l'angoisse au cœur, quitte furtivement l'ambassade de Turquie. Pour masquer sa fuite, elle laisse stationner devant le palais sa voiture et ses gens, se couvre la tête d'un voile et s'élance seule, à pied, dans la nuit. Un quart d'heure plus tard elle atteint le petit môle. La famille royale, encadrée par des hommes de Nelson, vient d'effectuer sans encombre la traversée du passage secret et se trouve déjà saine et sauve au lieu du rendez-vous. Les fugitifs se précipitent alors dans les canots. Dans le premier, prennent place le roi, la reine, le prince Léopold, le prince Alberto et sa nurse, les princesses royales, le général Acton, le prince Castelcicala, le prince Belmonte, le comte Thurn et le duc de Gravina.

Dans la seconde embarcation on trouve pêle-mêle le père Gius Garano, le confesseur du roi ; Michel Troja, son chirurgien ; Falco, son intendant ; M. Pernet, son cuisinier, ses serviteurs. Et miss Cornelia Knight.

Emma doit patienter afin de laisser à sir William le temps de s'éclipser à son tour de chez Kelim Effendi. Une demi-heure plus tard, les deux époux se retrouvent à l'angle de l'arsenal où les attend leur canot particulier. Ils rejoignent le *Vanguard* peu après que la barque royale a elle-même accosté.

Il est temps. Pendant le trajet du port au bateau de Nelson, on commence à entendre les cris de haine de la foule qui vient de découvrir l'évasion de ses souverains...

13

ILS sont enfin réunis sur le *Vanguard*.

Répartis sur quatre vaisseaux, 2 000 fugitifs font route pour Palerme. Le ciel s'est fait menaçant. Le vent qui souffle de terre en rafales se déchaîne. Bientôt c'est un véritable ouragan qui s'abat sur les équipages. On dirait que la nature se révolte à la vue des monarques en fuite.

Les vaisseaux sont violemment chahutés. On entend le craquement des coques jusqu'aux étoiles. Nelson reconnaît n'avoir jamais connu pareille tempête pendant toutes ses années de navigation. Certaines voiles sont mises en pièces et les matelots s'apprêtent à couper les mâts à la hache. Emma, investie d'une énergie insoupçonnée, porte la cour à bout de bras, réconforte la reine, les princesses et les deux jeunes princes Léopold et Alberto. En pleine tourmente, ce dernier, âgé de six ans, est pris soudain de convulsions. Nul ne semble s'en préoccuper sauf Emma. C'est elle qui, la nuit durant, le veille, et tente de le soulager. Malheureusement, à sept heures du matin, malgré tous ses efforts, l'enfant expire dans les bras de la jeune femme. Le roi et la reine, réfugiés dans une pièce du navire avec les autres membres de la cour, sont comme pétrifiés. L'ambassadeur d'Autriche, le prince Esterhazy, trouve tout de même la force de se traîner jusqu'au bastingage pour balancer à la mer une preuve compromettante : une tabatière ornée d'une miniature qui représente sa maîtresse italienne dans le plus simple appareil.

À l'instar de sa fille, la mère d'Emma, surnommée désormais *la signora madre dell'ambasciatrice*, se dévoue elle aussi sans compter, tandis que les domestiques terrorisés demeurent prosternés à genoux en prière. D'après le témoignage de Nelson lui-même, le courage et la dévotion d'Emma furent à la hauteur des circonstances et ne se démentirent pas un instant. La jeune femme, sans doute heureuse et fière de montrer sa vaillance à son héros, reste debout jusqu'à la fin de cette pénible traversée. « Les souverains, écrivait l'amiral, étaient naturellement venus à bord sans leurs lits. Lady Hamilton leur prêta le sien et son linge et devint leur esclave ; car, à part un seul homme, personne de la suite royale ne fut d'aucun secours à la famille royale, et lady Hamilton ne se coucha pas une seule fois durant la traversée. »

Le pauvre sir William est lui aussi cruellement éprouvé. Au plus fort de la bourrasque, Emma, descendue dans sa cabine, le trouve en proie au plus complet abattement. Il tient ses deux pistolets à portée de la main, prêt à se brûler la cervelle si le navire fait naufrage afin d'éviter, dit-il, « l'intolérable impression du glouglou de l'eau dans la gorge ».

Lord Saint-Vincent, le premier, reconnaîtra publiquement les services rendus par l'ambassadrice au cours de cette dramatique évasion. Quelque temps après, il transmettra à Londres le témoignage de son admiration pour la vaillante femme, et Macpherson, l'un des officiers de l'Amirauté, écrira à Hamilton : « Quelle aventure vous avez vécue, vous, votre roi de Sicile, la reine, lady Hamilton et notre noble Nelson. Lady Hamilton a montré – ce qui vous fait à vous et à elle le plus grand honneur – qu'elle était digne de votre affection et de votre choix. Elle est ici l'objet de l'admiration universelle, tant à la cour que dans les maisons particulières. Le roi et le prince de Galles parlent souvent d'elle. »

Finalement, le 25 décembre dans l'après-midi, on pénètre dans la grande jetée de Palerme. La tempête qui sévit toujours empêche de mettre les embarcations à la mer. Il faut attendre. C'est seulement vers deux heures du matin que le débarquement a lieu. Tant bien que mal, les exilés trouvent refuge chez l'habitant. Marie-Caroline, Ferdinand et leurs enfants vont se calfeutrer dans un édifice de style chinois, humide et glacial : le palais des Colli. Après deux nuits passées en leur compagnie, Nelson et les Hamilton déménagent pour une résidence située sur la promenade Marino, la villa Bastioni. Un magnifique jardin, mais « cinquante pièces et pas une cheminée ».

Le chevalier – on s'en doute – est complètement ébranlé par ces bouleversements qui mettent à mal les habitudes et le bien-être de toute une vie : « J'ai été transplanté, écrira-t-il à Greville, de ma confortable habitation de Naples dans une maison d'ici qui n'a pas de cheminées et qui est aménagée seulement pour l'été. À mon âge, cela est bien dur pour moi qui suis en proie à des attaques bilieuses et rhumatismales. Je suis de plus en plus désireux de retourner chez moi par le premier bateau, car je suis à bout de forces et désire du repos. » Il ne croit pas si bien dire. Il tombe malade dans les jours qui suivent, à nouveau victime de sa fameuse fièvre biliaire. Le malheureux n'est pourtant pas au bout de ses peines. On lui annonce bientôt que le *Colossus*, à bord duquel étaient rassemblées toutes ses collections, a coulé corps et biens dans la Méditerranée. Pour l'ambassadeur, c'est non seulement une immense perte financière, mais un pan entier de son existence qui s'écroule.

Nelson, lui, ne songe plus à quitter ses amis. Ce sont les prémices d'une vie à trois qui s'esquissent : *Tria juncta in uno*. Trois en un. Jamais la devise qui orne la décoration de l'ordre du Bain attribué à sir William n'aura été mieux appliquée.

Le 7 janvier 1799, Emma fait à Greville le récit complet des événements tragiques qu'elle vient de vivre.

Une semaine plus tôt, la reine écrivait : « La mort est dans mon cœur. Le climat est glacial. Il neige à longueur de journée ; les rues, les toits sont tout blancs, ce qui est absolument extraordinaire pour Palerme. Je n'ai jamais eu aussi froid de toute ma vie. La plupart des portes et des fenêtres ne ferment pas, il n'y a point de tapis sur le sol et pas de cheminée dans nos chambres. »

De surcroît, les nouvelles en provenance de Naples sont catastrophiques. Le parti de l'insurrection triomphe partout malgré la dérisoire proclamation de Ferdinand qui, le jour de son départ, a pris le temps de nommer le prince Pignatelli vice-roi de Naples. Un choix ô combien regrettable. Là où il aurait fallu un homme énergique ne reculant pas devant les responsabilités de sa charge, on a affaire à un caractère indécis dont les hésitations et la faiblesse ne peuvent que renforcer le mécontentement général. La mésentente la plus complète ne tarde pas à régner entre lui et les magistrats de la capitale. Et, au lieu de recourir aux armes, on perd un temps précieux à agiter toutes sortes de projets. Pignatelli, ballotté entre des avis opposés, finit par céder au découragement et entre en pourparlers avec le général Championnet. Un armistice est conclu le 12 janvier. Il équivaut à une véritable abdication. Peut-on donner un autre nom à l'abandon d'une forteresse importante, la seule à couvrir le chemin de Naples, à l'évacuation de tout le territoire environnant et à l'obligation d'acquitter une contribution de 27 millions de francs ?

On débaptise les rues à tour de bras pour les remplacer par des noms tels que *Fortune*, *Triomphe*, *Modestie*, ou encore *Silence* et *Frugalité*.

L'armistice, loin d'améliorer la situation, ne fait que l'aggraver. L'arrivée des commissaires français chargés de recueillir l'indemnité provoque un soulèvement. Pignatelli est sommé par les magistrats de renoncer à ses fonctions. Il ne lui reste plus d'autre choix que de fuir pour la Sicile.

Les *lazzaroni* prennent la relève et prêchent la résistance. Ils sont le nombre, ils sont l'audace. Mais, trahis par des partisans des Français, ils sont forcés de rendre les armes. En pactisant avec l'ennemi, les républicains napolitains n'ont fait que consommer la chute du royaume. Mise au courant, Marie-Caroline laisse éclater sa fureur et menace les révolutionnaires des pires châtiments.

Championnet, maître absolu de Naples, joue habilement sur les superstitions de la foule. Habitués depuis la Révolution à considérer les Français comme des fauteurs d'impiété, les *lazzaroni* ne pensent qu'à défendre contre eux leurs croyances qu'ils supposent menacées et dont l'une des plus précieuses est le culte de saint Janvier, patron de la cité. Avec sagacité, Championnet s'emploie à les rassurer. Protestant de son respect pour la religion, il déclare aux Napolitains qu'il est ici pour apporter à tous la liberté et accorde même une garde d'honneur à saint Janvier. Les craintes des *lazzaroni* s'évanouissent comme sous l'effet d'une baguette magique, et l'on entend s'élever des poitrines les cris de « Vive les Français ! ».

Le soir toute la ville est illuminée et ce n'est certes pas un spectacle ordinaire que ces lumières éclairant les monceaux de cadavres qui entravent les rues. Quelques jours plus tard, la République dite parthénopéenne (du nom primitif de Naples) est proclamée[1].

On acquiesce, on approuve. Ceux qui, la veille encore, ne juraient que par la monarchie applaudissent sans états d'âme le nouveau régime. L'amiral Caracciolo est l'un des premiers à tourner casaque. Quelle aberration a pu pousser

1. Vers 600 avant J.-C., des pêcheurs napolitains auraient trouvé sur le rivage une sirène morte... Ils lui auraient élevé une sépulture sur laquelle ils auraient inscrit : « À Parthénope. »

cet homme, fidèle de la cour, comblé de bienfaits par Ferdinand, à se mettre au service de la Révolution ? Mystère. Il paiera très lourdement son acte de trahison.

Vers la fin du mois, Nelson, Emma et sir William transportent leurs pénates à la villa Palagonia, à Bagheria, tout proche de Palerme. On partage les dépenses, on discutaille, l'ennui pèse. Que faire à Palerme dans ce climat glacial ? Du temps où son époux se rendait à la chasse en compagnie du roi, Emma s'était découvert une passion pour le jeu. Souvenons-nous qu'elle n'a jamais eu conscience de la valeur de l'argent. Alors qu'importe de perdre 10 shillings ou 100 livres... Nelson, qui n'est pas particulièrement joueur, l'encourage pourtant dans cette voie. On passe ses nuits à parier, à battre les cartes, à engloutir ou à gagner des sommes non négligeables. Les ragots vont bon train, à tel point que le capitaine Troubridge se croit obligé de mettre en garde son amiral : « Je suis persuadé que vous ne pouvez éprouver du plaisir à passer vos nuits à jouer aux cartes. Pourquoi sacrifiez-vous votre santé, votre confort et votre bourse au profit d'une île où les jours de votre présence sont comptés ? [...] Vous faites aussi souffrir lord Hamilton car, autour de vous, les gens ne peuvent s'empêcher de médire. Et souvenez-vous que, aux yeux d'un Anglais, une femme joueuse est une femme perdue. »

Dans le courant du mois d'avril, Nelson accuse réception d'une autre lettre tout aussi critique dont l'auteur est Alexander Davison, son homme d'affaires : « Je ne puis m'empêcher de vous exprimer mon regret sincère de vous voir rester dans la Méditerranée. Vos meilleurs amis le partagent et il faut bien vous résigner à ce qu'ils s'en expliquent franchement avec vous. Votre chère et précieuse femme vous écrit aujourd'hui. Elle se porte bien, mais elle est fort inquiète, fort tourmentée, ce qui n'a rien de très surprenant. » Puis, il insère ce post-scriptum : « Lady Nelson entre justement chez moi dans l'instant et ma femme est avec elle. Elle me charge de vous dire *que, si vous ne deviez pas revenir d'ici à quelques mois, elle irait vous rejoindre*. Excusez ces tendres sollicitudes ; elles sont d'une nature trop délicate pour que j'essaie de vous les expliquer. »

Aussitôt, Nelson prend la plume pour tenter de freiner son épouse. Il le fait sans ménagement : « [...] N'imaginez pas qu'il m'est aisé d'écrire aussi régulièrement que par le passé. Je suis débordé par la correspondance officielle qu'il me faut assumer. Et je le regrette. Vous pourriez constater à votre détriment que ce serait une grave erreur de quitter l'Angleterre pour tenter de retrouver un marin errant. Je serais capable, si vous décidiez malgré tout de venir, de hisser mes couleurs, et de vous ramener à Londres, car vous devez savoir qu'il vous serait impossible de vous établir soit à Naples, soit à Palerme. Sachez que rien, sinon mes obligations, ne me retient loin de l'Angleterre. Le jour où je verrai Leurs Majestés rétablies sur le trône, alors je pourrai regagner mon pays le cœur tranquille. »

On est à l'orée du mois de mai. À Naples, les déçus de l'occupation française se préparent à un nouveau soulèvement, mais cette fois sous les ordres d'un nouveau personnage, le cardinal Fabrizzio Ruffo, qui, entre-temps, a été investi du pouvoir suprême en remplacement de Pignatelli.

C'est une curieuse figure que celle de ce prélat, diplomate habile, soldat courageux, hardi jusqu'à la témérité, caractère loyal d'ailleurs, mais à la façon un peu spéciale de ces anciens *condottieri*, dévoués au parti qui les employait, mais tout disposés – une fois leur tâche remplie – à servir, par intérêt, le parti adverse.

Depuis le 27 février, le Directoire a sonné le rappel de Championnet et nommé à sa place le général MacDonald. À ce moment précis, ce dernier n'est pas encore arrivé à Naples, et la ville n'est défendue que par 2 000 hommes environ. C'est l'occasion que saisit le cardinal Ruffo pour faire vibrer la corde patriotique et religieuse de ses concitoyens. De toutes parts accourent des recrues. Gentilshommes, paysans, anciens soldats, malfrats en mal de pillage, Ruffo les accepte tous, sans faire de distinction, et prend le chemin de la reconquête. Ils sont bientôt plus de 17 000. On croit vivre une anticipation des Cent-Jours. Napoléon remontant de l'île d'Elbe vers Paris.

Partout où le cardinal se montre, les villages se rallient à son étendard où figure la sainte Croix ; ceux qui résistent sont passés au fil de l'épée.

Nelson décide de profiter de ces circonstances favorables et des succès obtenus par Ruffo pour lancer un débarquement sur Naples. Simultanément, il fait prendre les îles d'Ischia et de Procida par le capitaine Troubridge. Le jour même où l'amiral s'apprête à voguer vers la capitale napolitaine lui parvient un courrier de lord Saint-Vincent : « L'amiral Bruix a forcé notre blocus devant Brest. Son escadre fait route vers la Méditerranée. Vous avez ordre de la retrouver et de l'engager. »

Que fait Nelson devant cette injonction ? Battre Bruix serait certes valeureux, mais restituer leur trône à Ferdinand et Marie-Caroline, voilà qui ancrerait plus solidement son nom dans l'Histoire. Peut-être aussi a-t-il du mal à s'arracher à sa passion. Il répond, imperturbable : « Je ne veux pas, en quittant Palerme, courir le risque de perdre la Sicile et tout ce qu'il reste encore à sauver sur le continent. » Mais, finalement, il revient sur sa décision et, négligeant de prévenir qui que ce soit, il se lance à la recherche de la flotte française.

À peine est-il parti qu'un brick napolitain le rattrape. Il est porteur d'une lettre d'Emma : « J'ai passé la soirée avec la reine, elle est tout à fait abattue. À son avis, quoique la population de Naples lui soit favorable en général, on ne ramènera le calme et l'ordre que le jour où la flotte de Nelson paraîtra devant la ville. Elle vous prie donc, vous supplie et vous conjure, mon cher lord, d'arranger les choses, si c'est possible, de telle sorte que nous allions tous à Naples. Nous irons avec vous si vous voulez bien venir nous chercher. Sir William est malade, moi de même ; cela nous fera du bien. Dieu vous bénisse ! Pour toujours et pour jamais. Votre sincère Emma. »

N'écoutant que son cœur, oubliant ses instructions – attitude inconcevable de la part d'un officier –, notre amiral vire de bord et vole au secours de sa bien-aimée.

Le 20 mai, il répond tout aussi favorablement à une requête de Ferdinand qui le prie d'aller voir où en sont les choses à Naples. Trois jours plus tard, il revient avec des nouvelles fraîches. Le cardinal Ruffo et ses troupes ne sont plus qu'à quelques miles de la ville. Affolés, les Français et les jacobins napolitains se sont retranchés dans les forts. C'est à Emma, et à Emma seule, qu'il confie ces informations qu'elle est chargée de traduire ensuite aux souverains. Ferdinand suggère alors que l'amiral retourne à Naples pour continuer à glaner des renseignements. Nelson s'exécute. On a l'impression qu'il a placé l'escadre de Sa Majesté britannique sous les ordres du royaume des Deux-Siciles. Cette fois, les choses ont incroyablement évolué : le cardinal Ruffo a accordé un armistice aux Français et à leurs alliés napolitains. La convention a été signée d'une part par Méjean, le général français, commandant le fort de Saint-Elme et, d'autre part, par Ruffo et le capitaine Foote, le plus ancien des officiers anglais présent sur la rade. On trouve aussi la signature (illisible) de l'envoyé de la Turquie, et celle de Betta de Kerandy, agissant au nom de la Russie. C'est donc un document des plus solennels. Le cardinal s'est engagé à promettre aux rebelles la vie sauve et les honneurs militaires à la condition qu'ils abandonnent les forts. Il est allé plus loin encore : des navires napolitains les rapatrieront jusqu'en France.

— La honte soit sur nous ! s'écrie Marie-Caroline. Un armistice signé avec des voyous n'a aucune valeur ! Ces gens ne méritent que d'être châtiés ! Comment peut-on accorder les honneurs de la guerre à des mécréants ? Cet article est une infamie ! Plutôt s'ensevelir sous les ruines de la ville que de se montrer les esclaves de ces coquins de Français.

Et Ferdinand de surenchérir :

— Inacceptable ! Autant dire que les responsables ne souffriront d'aucune peine, d'aucune privation après s'être rendus coupables d'un aussi grand crime.

Et de conclure à l'intention de Nelson :

— Retournez à Naples ! Rendez justice. Vous avez les pleins pouvoirs.

Nelson s'exécute. Sa haine des Français est pour beaucoup dans les actions qu'il s'apprête à commettre. Il prend les Hamilton à son bord et repart. Ferdinand, plus veule que jamais, préfère « différer » son retour et demeurer en Sicile. Marie-Caroline voudrait bien se joindre au groupe ; mais le roi s'y oppose de la façon la plus catégorique.

Le 24 juin, dans l'après-midi, l'amiral est devant Naples. Il a troqué le *Vanguard*, trop marqué par la bataille d'Aboukir, pour le *Foudroyant*, en meilleur état. Il bouillonne d'impatience.

14

À PEINE Nelson a-t-il jeté l'ancre qu'il somme le cardinal Ruffo de venir le retrouver à bord. L'entretien se passe mal. Comment en eût-il été autrement lorsque l'on sait qu'aux yeux de l'amiral le prélat n'avait toujours été qu'un « grand diable à la tête d'une armée chrétienne » ? N'écrira-t-il pas deux mois plus tard au comte Spencer : « Mon opinion n'a jamais varié. Ruffo est actuellement le seul lieutenant général du royaume et devra être bientôt éloigné, car tout en lui demeure si corrompu qu'il n'y a rien en ce personnage qui mérite qu'on s'y intéresse. » L'entrevue entre les deux hommes se prolonge. Ruffo essaie, mais en vain, de démontrer l'excellence des dispositions qu'il a prises. La tension monte, et la discussion dégénère en querelle. Témoin de l'incompréhension qui règne, sir William, lassé, décide d'abandonner son rôle d'interprète ; c'est Emma qui le remplace et s'efforce d'obtenir un résultat. Mais ni l'un ni l'autre des protagonistes n'est disposé à faire de concessions.

— Vous avez outrepassé vos droits ! vocifère Nelson.

— Pas du tout, réplique Ruffo. Et l'armistice que j'ai signé doit être respecté sous peine de forfaire à la parole du roi dont je suis le mandataire officiel ! Je vous rappelle par ailleurs que le document a été parafé par l'un de vos propres officiers, le capitaine Foote, ainsi que par les représentants de la Russie et de la Turquie !

Nelson se doute que si Foote a signé c'est que Ruffo a dû lui montrer la lettre de Ferdinand qui l'autorisait à négocier. Il s'enferre dans la mauvaise foi :

— Jamais le roi n'a songé à discuter avec des sujets rebelles ! Le château de Saint-Elme et celui de l'Œuf sont toujours aux mains des Français et de leurs comparses !

Ruffo reste sur ses positions :

— Je ne favoriserai en aucune façon la violation d'un acte solennel !

L'amiral coupe court à l'échange :

— Puisque c'est ainsi, je me vois forcé de recourir aux actes.

Et prenant sa plume, il rédige instantanément un ultimatum qu'il remet à Ruffo : « L'amiral lord Nelson, qui est arrivé dans la baie le 24 juin avec la flotte anglaise, a trouvé un traité signé avec les rebelles, lequel, selon son opinion, ne doit pas être exécuté sans l'approbation de Sa Majesté sicilienne. »

Puis, dans l'heure qui suit, il fait envoyer aux forts une déclaration enjoignant « tous ceux qui ont servi sous l'infâme République napolitaine de s'abandonner à la clémence royale. La garnison française doit se rendre dans les vingt-quatre heures, en échange d'un sauf-conduit qui lui permet de regagner Toulon. Quant aux traîtres, aucune puissance sur terre ne pourra s'interposer entre eux et le roi ».

Le lendemain, un revirement inexplicable se produit. Il est le fait de lord Hamilton. L'ambassadeur envoie un message à Ruffo, dans lequel il l'informe que lord Nelson, en attendant de nouvelles instructions, *ne fera rien pour rompre l'armistice.* Nelson lui-même confirmera dans l'après-midi : « Monsieur, écrit-il à Ruffo, ainsi que son Excellence sir William Hamilton vous l'a écrit ce matin, je ne veux, par aucun motif, rompre l'armistice conclu par vous. J'espère que Votre Éminence sera satisfaite de me voir accéder à vos idées *(I am supporting your ideas).* »

Ruffo communique aussitôt la bonne nouvelle aux garnisons des forts. Rassurés, les hommes annoncent qu'ils sont disposés à se rendre. L'armistice n'ayant pas été remis en cause, ils sont convaincus que les conditions stipulées dans le traité signé avec le cardinal seront respectées : vie sauve, honneurs de la guerre, embarquement pour Toulon.

Les troupes quittent donc les forts, sont à peine surprises de constater qu'elles n'ont pas droit aux honneurs attendus, et embarquent sur les transports qui doivent en principe les emmener en France.

C'est le moment que choisit Nelson pour faire cerner les navires.

En quelques heures, républicains napolitains et militaires français sont jetés en prison.

Étrangement, et c'est presque toujours le cas dans la carrière de la plupart des grands hommes, une tache vient souiller le parcours de Nelson. Il en fut ainsi pour Bonaparte avec l'assassinat du duc d'Enghien ; l'amiral anglais n'échappe pas à la règle.

La semaine suivante, aux alentours du 27 juin, son bras vengeur s'abat sur l'amiral Caracciolo. Appréhendé dans les environs de Naples, l'homme est déféré devant une cour martiale composée de huit officiers napolitains, réunie pour l'occasion sur le *Foudroyant*. Au dire d'un témoin (le lieutenant Parsons), Caracciolo a piètre mine et ses habits sont en loques.

Jugé coupable de trahison – et il l'était sans aucun doute –, il est condamné à la prison perpétuelle. Mais cette sentence n'a pas l'heur de satisfaire Nelson. De toute évidence, il a décidé de faire œuvre de bourreau plutôt que de justicier. Il exige que l'on commue la peine d'emprisonnement en peine capitale. Et le conseil se plie docilement à cette exigence. Ce sera la pendaison.

La mort n'effraie pas Caracciolo, il l'a affrontée trop souvent au cours de sa carrière de marin pour être pris de défaillance au moment où elle vient à lui. Néanmoins, il souhaite finir sous les balles, en soldat, non en vulgaire malfaiteur, la corde au cou. Il exprime la volonté d'être fusillé.

— Pas question ! rétorque Nelson.

Le 29 juin, à cinq heures de l'après-midi, le cadavre de l'ancien amiral se balance à la grande vergue de la frégate *Minerva.* Comble du déshonneur, il est privé de la sépulture accordée pourtant aux pires criminels. Il est jeté à la mer.

La révocation de la capitulation ayant été confirmée, des ordonnances sont rendues pour fixer la nature des peines. Tous ceux qui ont favorisé l'entrée de l'ennemi ou entretenu des intelligences avec lui sont condamnés au châtiment suprême : l'échafaud. Les autres, qui ont accepté simplement des fonctions au sein du régime républicain, auront à subir l'exil ou la prison et la confiscation de leurs biens.

De Palerme, la reine Marie-Caroline se charge d'encourager la répression. Elle envoie elle-même des listes de proscription. Rien d'étonnant chez cette souveraine qui recommandait quelques semaines plus tôt à Emma : « Enfin, ma chère milady, dites bien à lord Nelson de traiter Naples comme s'il s'agissait d'une ville rebelle d'Irlande. »

Et puisque nous revenons à Emma, il convient de rectifier la version que certains historiens se sont plu à répandre sur sa participation à cette tragédie. On affirme que Nelson n'eût jamais agi avec autant de sévérité s'il n'avait subi l'influence de sa maîtresse. On se borne, sans preuve aucune, à rejeter en bloc la responsabilité sur la « femme fatale », « l'infernale Emma ».

On a dit aussi qu'elle se ralliait toujours à la dernière décision exprimée : Nelson veut tout massacrer ? Qu'on massacre tout ! On lui reproche inversement de n'avoir pas usé de son ascendant sur l'amiral et les souverains pour les amener à plus de clémence. D'aucuns ont affirmé encore que le jour de l'exécution de Caracciolo, elle se serait délectée, telle une Messaline d'opérette, au spectacle de la dépouille de l'infortuné : « Venez, Bronte, aurait-elle dit à l'amiral, prenons une barque et allons jeter un dernier coup d'œil sur ce pauvre Caracciolo. »

Cette apostrophe prouverait à elle seule combien les accusations portées contre la jeune femme sont infondées. Emma interpelle son amant par le titre de « Bronte ». Or, ce titre ne sera conféré à Nelson par Ferdinand que *six semaines* après l'exécution de Caracciolo.

Ces allégations pernicieuses ont d'ailleurs été contredites par de nombreux témoins oculaires. En particulier par le commodore Auguste Collier, officier à bord du *Foudroyant*, qui écrivit dans le *Blackwood Magazine* une relation minutieuse des événements de juin 1799, et par lord Northwick, qui certifia n'avoir jamais entendu lady Hamilton prononcer la fameuse phrase. L'attestation de ce dernier a d'autant plus de poids que le 29 juin, à l'instant précis où retentit le coup de canon, signal de l'exécution de Caracciolo, il était attablé dans la cabine de Nelson avec l'amiral et les Hamilton. Nul ne songea, dit-il, à interrompre le repas, et à aucun moment il ne fut question pour les convives d'aller « jeter un dernier coup d'œil » sur le cadavre du marin rebelle. Bien au contraire, depuis l'arrestation de Caracciolo, Emma, toute tremblante, demeura confinée dans sa cabine dont elle ne sortit qu'aux heures des repas.

Enfin, dans une lettre écrite en français par Marie-Caroline à lady Hamilton le 2 juillet, on relève ces lignes : « J'ai appris la triste et méritée fin du traître ; je sens bien tout ce que votre excellent cœur aura souffert et cela augmente ma reconnaissance. » Marie-Caroline connaissait assurément les sentiments de son amie à l'égard de ce sang versé.

Au lendemain même de la mort de Caracciolo, Nelson regagne Palerme et persuade enfin Ferdinand de l'accompagner à Naples où sa présence hâterait le dénouement souhaité. Marie-Caroline sollicite la faveur de suivre son époux et cède devant un refus plus obstiné que jamais. Dans une lettre écrite (toujours en français) à Emma, elle dissimule mal son dépit : « Ma chère milady, c'est bien à présent que j'interpelle votre amitié pour me tout écrire, car tous mes correspondants vont se taire voyant mon inutilité et craignant de se compromettre. Mais j'espère que ma bonne amie ne m'oubliera point quoique reléguée à Palerme. [...] Je prévois bien des orages et alors on me regrettera. »

Finalement, à cette époque, Emma semble plus près du pouvoir que la fille de Marie-Thérèse.

Le 10 juillet, en arrivant à Naples, Ferdinand a la satisfaction de voir flotter le drapeau royal sur le château de Saint-Elme. La population – souvent disposée à applaudir les vainqueurs quels qu'ils soient – l'accueille aux cris de *Vive notre libérateur, notre père.* On aurait dit que jamais le peuple n'avait été républicain. Dans un élan de joie et de reconnaissance, le roi se jette dans les bras de Nelson et des Hamilton.

On festoie ce soir-là à bord du *Foudroyant*. Des chanteurs, des musiciens viennent distraire le monarque et son entourage. Selon une tradition populaire, les festivités auraient été perturbées par un incident macabre : le cadavre de Caracciolo, malgré les poids dont on l'a lesté, serait revenu à la surface à quelques encablures de la coque du navire, faisant pousser un cri horrifié à Ferdinand. Quelqu'un aurait alors murmuré : « Il vient implorer le pardon pour le crime qu'il a commis et réclamer une sépulture. »

— Qu'on la lui donne ! se serait récrié Ferdinand terrorisé.

Vraie ou fausse ? La légende ne nous dit pas où l'on aurait érigé le tombeau de l'amiral. On n'en a jamais trouvé la moindre trace.

Le peuple espère des mesures de clémence, Ferdinand ne songe qu'à se venger. À peine est-il installé dans ses murs à Caserte que s'ouvre une période de terreur proche de celle que la France a connue. Le monarque constitue une junte d'État qui a pour mission de juger et de condamner à la chaîne. À son mot d'ordre « pas de quartier », la capitale devient le théâtre des pires atrocités. Au plus fort de la réaction, on assiste même à des scènes qui frisent la bouffonnerie. Certains royalistes imaginent de destituer saint Janvier, le protecteur de la ville, pour le remplacer par saint Antoine, jugé plus « monarchiste » !

Les cachots regorgent de prisonniers, les échafauds se dressent en permanence sur les places publiques. La place du Mercato est régulièrement couverte de sang. Une centaine de condamnations à mort, un nombre incalculable de déportations et d'emprisonnements à vie : on parle de 20 000 personnes. Naples est plongée dans l'horreur et l'abomination. L'épuration se prolonge jusqu'au 30 mai de l'année suivante.

Tant d'atrocités soulèvent de la part de tous les gouvernements d'Europe une protestation indignée, et l'opinion publique jette le blâme sur Nelson et les Hamilton. On accuse l'amiral d'avoir rompu un armistice consenti à la garnison française sous la garantie de la parole royale et d'avoir poursuivi une vengeance personnelle en sacrifiant Caracciolo. Lady Hamilton – une fois encore – n'est pas moins sévèrement traitée, et cela pour de nombreuses raisons. Depuis que Nelson, en la plaçant sur un piédestal, lui a donné de sa propre valeur une opinion démesurée, Emma s'ingénie à atteindre une situation politique de plus en plus considérable. Elle se voit le plus précieux auxiliaire de Nelson, l'indispensable amie de la reine ; elle se met si volontairement en évidence que son rôle doit paraître aux yeux des nations étrangères bien plus important encore qu'il ne l'est en réalité. De plus, on connaît son emprise sur l'esprit de l'amiral. Sa présence consentie deux fois à bord du *Foudroyant*, tandis que Marie-Caroline se voit impitoyablement reléguée à Palerme, ajoute à son discrédit. On la qualifie de femme cruelle et sanguinaire, de Dalila, d'Agrippine. Les conclusions de l'Histoire sont parfois bien curieuses. Jusque-là nous étions devant une femme dont tout le monde se plaisait à dire qu'elle n'était qu'une courtisane, une parvenue, sortie des bas-fonds de l'Angleterre, douée de surcroît d'une intelligence médiocre, et voici que tout à coup on eût voulu qu'elle fût fille de Jeanne d'Arc et enfant naturel de Metternich.

Emma n'est rien de tout cela. Elle n'en a ni les moyens intellectuels ni la capacité. Si elle n'a pu faire grand-chose pour refréner les ardeurs assassines de son entourage, elle n'est pas en revanche ce témoin insensible qu'on cherche à dépeindre. Cet aspect se dévoile régulièrement dans sa correspondance avec Marie-Caroline. La reine, exaspérée par les sentiments de pitié exprimés par son amie, lui rétorque : « Je vous prie, faites taire votre cœur bienfaisant et ne pensez qu'aux malheurs causés par ces gens et à ceux qu'ils sont encore disposés à répandre. »

L'échange incessant de lettres entre Naples et Palerme, pendant tout le mois de juillet 1799, montre quelle place occupe lady Hamilton à bord du *Foudroyant*, quel rôle elle est contrainte de jouer au service de sa royale amie dont elle détient tous les secrets. Mais cette position n'a pas que des privilèges. Elle entraîne nécessairement un esclavage. La reine exige de son mandataire officiel et officieux des réponses impérieuses à ses fréquentes missives, une correspondance en somme presque quotidienne. Emma vient-elle à manquer au programme, Marie-Caroline la rappelle à l'ordre : « Vous m'avez entièrement oubliée : me voilà depuis quatre à cinq jours sans la moindre nouvelle, depuis la mort de Caracciolo. Je ne sais plus rien de Naples. Ne m'oubliez donc point dans ma relégation. »

La Représentante de la reine, c'est ainsi qu'elle se désigne elle-même, doit encore trouver le temps d'assister Nelson en qualité d'interprète et même d'accueillir, en l'absence du roi, les Napolitains venus solliciter la faveur d'une présentation ou la grâce d'un coupable. C'est encore à Emma que revient l'initiative de toutes les démarches à faire pour le compte de la reine : commutations de peines à obtenir, prisonniers à délivrer, secours à distribuer aux indigents de la ville. La souveraine va jusqu'à charger son amie des commissions les plus inattendues : « Je vous prie, lui écrit-elle le 26 juillet, achetez tous les tableaux qui ont pour thème la République. Votre bonté et charmante attention m'en ont fait naître l'envie. »

Nelson, quant à lui, trouve quelques minutes pour transmettre des nouvelles d'Emma à sa mère, Mrs. Cadogan, demeurée elle aussi à Palerme : « Ma chère *signora madre*, je ne puis résister plus longtemps au plaisir que j'ai à vous écrire. [...] Notre chère lady se porte, je puis vous l'assurer, parfaitement bien. Mais son temps est si occupé par les démarches des jacobins rebelles et des fous qui viennent faire amende honorable qu'elle est chaque jour littéralement à bout de forces. Nous parlons de vous et de nos amis de la maison de Palerme aussi souvent que nous le permettent ces gêneurs. J'espère que nous reviendrons vous voir bientôt. »

Le 1er août, on fête avec éclat l'anniversaire de la victoire du Nil. Un salut royal de vingt et un coups de canon est tiré de tous les navires de guerre ancrés dans la baie et des châteaux forts. Parmi les vaisseaux on peut apercevoir – comble du mauvais goût – un bâtiment maquillé en galère romaine. Sur sa proue, on a fixé une colonne rostrale avec le nom de Nelson gravé sur la surface et encadrée de deux anges supportant son portrait. À la nuit tombée, Naples croule sous les illuminations, tandis qu'un orchestre dirigé par Cimarosa en personne joue le *Rule Britannia*.

L'heure n'est toujours pas venue pour Marie-Caroline de revoir sa cité. Et Ferdinand, malgré les vives sollicitations de Nelson, envisage de retourner à Palerme. « La reine, écrit l'amiral à lord Spencer, se joint à sir William et à lady Hamilton de la façon la plus pressante pour que le roi se rende à notre vœu ; mais Sa Majesté craint de résider à Naples sans le secours des troupes alliées. »

En vérité, il est probable que Ferdinand ne se remet toujours pas des événements passés et qu'il n'aspire plus qu'à rayer cette ville de sa mémoire. Mais surtout, le courage n'ayant jamais été sa vertu première, il doit trembler pour sa vie. Progressivement, Marie-Caroline en vient elle aussi à manifester le même désir. Elle confie à Emma : « Je me sens une répugnance mortelle à revoir l'endroit, les gens, les personnes qui furent si injustes à mon égard. Le combat de la raison et du cœur. Si je pouvais vivre commodément et retirée avec un petit nombre d'amis dans un pays où je n'eusse pas été si déchirée, cela pourrait aller. Patience ! Il faut se soumettre, et je vous demande pardon de vous en avoir parlé. »

Le 2 août, sir William et son épouse font une incursion au palais Sessa où ils ne s'étaient pas rendus depuis bientôt huit mois. Un spectacle affligeant les attend. La résidence est dans un état de délabrement absolu. La rotonde où étaient situés les appartements d'Emma est en ruine. Les pièces ont été entièrement dévastées. Il ne reste plus rien des meubles abandonnés sur place au moment de la fuite.

Le couple est contraint de retourner vivre à Palerme en attendant des jours meilleurs. Une semaine plus tard, ils arrivent en Sicile à bord du *Foudroyant*. Le roi les accompagne.

Une fois de plus, un accueil triomphal attend Nelson et rien ne semble assez magnifique pour commémorer la « restauration des Bourbons sur le trône de Naples ».

En l'honneur de l'amiral, les monarques organisent une fête champêtre dans leur palais des Colli. Le mauvais goût atteint son apogée. Au milieu des jardins, on a élevé une sorte de portique, baptisé Temple de la Renommée. Il abrite trois personnages de cire, grandeur nature, qui représentent sir William conduisant Nelson vers une prétendue statue de la Victoire ; cette dernière, figurée sous les traits d'Emma, fait le geste de poser une couronne d'or sur la tête du héros de la bataille du Nil. C'est Fellini revu et corrigé par un milliardaire texan.

Bien entendu, s'ensuit un dîner tout aussi délirant où sont présents les ambassadeurs des puissances étrangères et l'ensemble de la noblesse sicilienne. Le lieutenant Parsons, témoin oculaire de cette soirée, écrit dans un enthousiasme qui fait sourire : « C'était une fête des *Mille et Une Nuits* qu'offraient le palais illuminé et les jardins, la famille royale assemblée, les grands personnages en rang, les soldats sous les armes, les brunes filles d'Italie à l'éclatante prunelle noire et aux sombres tresses, à la démarche élégante et voluptueuse, glissant à travers les joyeuses danses. Le tout était présidé par le Génie du Goût *[sic]* – dont les *Attitudes* n'ont jamais été égalées – avec une suavité de manières, une généreuse franchise du cœur et un esprit où l'égoïsme, avec toute sa déplaisante séquelle : orgueil, envie et jalousie, n'a jamais trouvé place : j'ai nommé lady Hamilton. La scène du jeune prince [Léopold] couronnant Nelson fut profondément touchante. [...] Les acclamations de *viva Nelson*, *viva milady*, *viva Hamilton* retentissaient dans les airs. La cérémonie fut suivie d'un concert et close par un bal auxquels les jardins éclairés offrirent un cadre éblouissant. »

Le 13 août, le roi fait parvenir le message suivant à Nelson : « Sa Majesté, désireuse de donner une preuve publique et qui transmette à la postérité le souvenir illustre de vos mérites et de votre gloire, a résolu et ordonné que l'ancienne ville de Bronte ainsi que ses territoires et dépendances soient constitués en fief noble et élevés à la dignité de duché, et que ledit duché, avec ses revenus et juridictions, soit conféré à Votre Excellence et à ses héritiers mâles directs. »

Voici Nelson affublé du titre de duc de Bronte. Titre ronflant, mais qui d'un point de vue matériel ne représente rien. Bronte, situé au pied de l'Etna, n'est alors qu'un vulgaire bourg, misérable et pouilleux, planté au milieu de terres stériles. L'amiral n'y mettra d'ailleurs jamais les pieds. Néanmoins, il signera dès lors tout son courrier « Nelson and Bronte » ou « Bronte-Nelson of the Nile ».

De son côté, Emma reçoit des mains de Marie-Caroline une chaîne d'or et une miniature représentant la souveraine dans un cadre serti de brillants lesquels forment la devise *Eterna gratitudine*. Éternelle gratitude. Nous verrons par la suite combien ce présent se révélera aussi vain qu'artificiel.

Lord Hamilton non plus n'est pas oublié. Un portrait du roi, également entouré de pierres précieuses, lui est remis par Ferdinand.

Enfin, Marie-Caroline met le comble à ses largesses par l'envoi d'une garde-robe complète à l'intention d'Emma pour l'indemniser de la perte de ses effets abandonnés au palais Sessa.

Deux mois s'écoulent. La famille royale vit toujours en exil à Palerme. Lord Hamilton vieillit. Emma et son héros filent le parfait amour. Mais surtout ils boivent, et souvent plus que de raison. Étrangement, Emma résiste assez bien aux effets de l'alcool ; Nelson beaucoup moins. Mais ce qui, au départ, n'était qu'un dérivatif, « un alcoolisme mondain », se transformera en habitude, voire en accoutumance.

En octobre 1799, lord Keith ayant décidé de prendre quelques semaines de congé, Nelson est promu commandant en chef par intérim en Méditerranée. Sa mission est complexe. Il doit poursuivre le siège de Malte – toujours occupé par les Français –, protéger Minorque, maintenir le blocus de Cadix afin de permettre aux navires de commerce anglais de naviguer en toute sécurité : « Je viens d'être soumis aux exigences de la correspondance la plus chargée qui échut jamais à un amiral et je suis placé dans une situation politique qui, je l'avoue, est en dehors de ma sphère. Il est de fait que j'ai mis le pied sur le sol trois fois depuis décembre 1798, et sauf ma présence obligatoire à la cour, je n'ai jamais pu terminer ma besogne avant huit heures du soir. » Et de conclure : « Il faut faire crédit à un pauvre homme éreinté, borgne, à qui il ne reste que le bras gauche ! »

Et c'est Emma – et non sir William – qu'il prie tout naturellement de le seconder dans ces tâches. Les missions qu'on lui a imposées le contraignent à s'éloigner régulièrement de Palerme. En son absence, il délègue les pleins pouvoirs à l'ambassadrice pour ouvrir les correspondances officielles et prendre les initiatives qu'elle juge convenables. C'est ainsi qu'un matin la jeune femme est confrontée à une députation des habitants de Malte qui débarque à Palerme. Ils sont venus déposer leurs doléances aux pieds de Nelson. Le blocus établi depuis bientôt deux ans par les Anglais a eu pour conséquence d'affamer la population de l'île. Les habitants, réduits à la disette, sont à bout de forces. Emma écoute les représentants, et s'active à répondre à leur requête.

Dans un long mémoire qu'elle adressera au régent d'Angleterre en 1811 (le prince de Galles), elle rendra compte de son intervention : « Je reçus les députés, j'ouvris leurs dépêches et, sans hésiter, je descendis au port voir ce qu'on pourrait faire. J'y trouvai plusieurs vaisseaux à l'ancre contenant des cargaisons de blé à destination de Raguse. J'achetai aussitôt ces cargaisons. Je dus me porter garante d'une somme considérable que j'ai payée depuis avec mon propre argent. La somme dépensée avoisinait les 5 000 livres sterling. »

Cette version d'Emma est à prendre avec d'infinies précautions. Nous avons souligné qu'elle n'a jamais eu d'autres fonds que ceux que lui allouait son époux. De plus, 5 000 livres sont une somme considérable. Pour se la procurer, il lui aurait fallu tout au moins vendre ses bijoux, or elle les avait encore en sa possession lorsqu'en 1800 elle revint à Londres. En revanche, il est certain qu'elle aida de son influence et peut-être même d'une certaine somme d'argent à ouvrir la route de Malte et permit aux navires de franchir le blocus.

À la suite de cette affaire, Nelson, décoré lui-même par le tsar Paul 1er de la croix de Malte, réclame et obtient la même faveur pour Emma. Précisons que cette distinction honorifique était rarement octroyée à une femme. Jamais auparavant une Anglaise n'en avait bénéficié.

Le 21 décembre 1799, Emma reçoit une lettre, rédigée de la main du tsar en personne, alors Grand Maître de l'ordre de Malte : « Milady Hamilton, ayant appris avec une satisfaction particulière la part active que vous avez prise au maintien de la tranquillité et du bon ordre parmi les habitants de Malte, nous avons bien voulu vous donner une preuve de notre bienveillance en vous décorant de la petite croix de la dévotion de l'ordre de Saint-Jean de Jérusalem que vous trouverez ci-jointe. »

Mais, en ce milieu du mois d'octobre 1799, les Hamilton sont à la croisée des chemins et ignorent la voie que le destin leur réserve. Vers le 20 octobre, un couple de jeunes mariés débarque à Palerme. Il s'agit de lord Thomas Bruce Elgin, trente-trois ans, et de son épouse, Mary, vingt et un ans. Elgin – grand collectionneur d'antiquités grecques – est en route pour Constantinople où il doit prendre ses fonctions d'ambassadeur auprès de la Sublime Porte. S'il s'arrête à Palerme, ce n'est ni par hasard ni pour y accomplir une visite de courtoisie. Le ministère britannique l'a chargé d'établir un rapport détaillé sur l'état du royaume des Deux-Siciles.

Mis en présence de Nelson et de lord Hamilton, Elgin trouve les deux personnages incroyablement marqués. Nelson, écrit-il, a perdu ses dents supérieures, et fait penser à un vieil homme. L'ambassadeur semble au bout du rouleau.

Quant à lady Hamilton, Mary Elgin la trouve superbe, mais s'empresse d'ajouter : « C'est indiscutablement une “grimpeuse”, *a whapper*[1]. Ses manières sont d’une grande vulgarité. Il est humiliant de voir à quoi lord Nelson est réduit. Il a l’air d’un agonisant, mais elle [Emma] est sa seule obsession. Il a confié à mon époux que, après un an de vie commune, il estimait que sa beauté n’était rien en comparaison de son grand cœur. »

Après son départ, lord Elgin recommande le rapatriement de l’ambassadeur. Son opinion a-t-elle réellement pesé dans la décision du ministère ? C’est probable, puisque deux mois plus tard, en janvier, lord Hamilton apprend par le *Morning Chronicle* que le Foreign Office a « approuvé son désir de prendre sa retraite et nommé en conséquence son remplaçant en la personne de l’honorable sir Arthur Paget ».

En commentant l’information, sir William affirme – vrai ou faux – que c’est lui-même qui a exprimé à son gouvernement le désir de prendre sa retraite, son état de santé justifiant pleinement sa démarche.

Le compte à rebours a donc commencé.

Avec l’année nouvelle, expire pour Nelson le commandement en chef de l’escadre de la Méditerranée. Lord Keith arrive à Palerme pour reprendre ses fonctions.

Le 12 février, Keith part pour Malte en emmenant Nelson et son escadre.

Vers le 16, à hauteur du cap Pissaro (pointe sud de la Sicile), ils tombent sur un vaisseau français, le *Généreux*, 76 canons, rescapé de la bataille d’Aboukir. Le navire est capturé après un combat éclair.

En cette fin de février 1800, installés côte à côte dans la chapelle royale du palais des Colli, lord Hamilton et Emma observent d’un œil distrait la cérémonie de mariage qui s’achève. Le marié n’est autre que John Acton qui, à soixante-quatre ans, vient d’épouser – grâce à une dispense du roi – sa nièce, âgée de... quatorze ans. C’est un mariage

1. Expression que l’on pourrait aussi traduire par « parvenue ».

– on s'en doute – dicté par l'urgence et la nécessité. Acton se fait vieux. Il possède d'importantes propriétés dans le Shropshire[1] et n'a pas de femme, point d'héritier. D'où sa décision de se lier à la fille de son frère. Pendant près d'une semaine, de Palerme à Naples, l'affaire distraira les soirées indolentes de la haute société.

Dans le courant du mois de mars, après avoir tenté en vain d'en finir avec le blocus de Malte, exaspéré par la résistance de la garnison française, Nelson écrit à lord Keith que « sa santé est trop atteinte, qu'il ne peut plus rester en mer et demande l'autorisation de rentrer passer quelques semaines à Palerme auprès de ses amis ».

Ce qu'il ne dit pas, c'est le manque d'Emma qui le ronge. Il a écrit à la jeune femme quelques jours auparavant : « Vous dire que votre maison, votre société me manquent infiniment serait dire trop peu. En vérité, je ne suis heureux nulle part où vous n'êtes pas. Je ne pourrais plus jamais l'être sans vous. »

À la requête de Nelson, lord Keith répond par la négative : « Sa présence est en mer, au service de Sa Majesté britannique, nulle part ailleurs. »

Et Nelson, derechef, passe outre et rétorque à son supérieur qu'il est « obligé » de retourner à Palerme. Le port sicilien atteint, il nomme le capitaine Berry à la tête du *Foudroyant* et le renvoie vers Malte.

À ce stade de l'histoire, l'analyse élaborée par Georges Blond à propos de cette « mutinerie » est d'une justesse absolue : « Jusqu'à cet instant Nelson a essayé de composer avec sa passion. Il a tenté de conserver son foyer, d'empêcher sa femme de découvrir la vérité. Il a voulu croire qu'il servait mieux son pays en remettant sur son trône le roi de Naples dépossédé qu'en poursuivant les Français sur la mer. Et maintenant le contre-amiral Nelson, dont le but suprême a toujours été la gloire maritime, abandonne son

1. Comté situé à l'ouest de l'Angleterre qui borde le pays de Galles.

commandement à un subalterne, désobéit ouvertement aux ordres de son chef. Les bras d'Emma, les yeux d'Emma, sa bouche. Plus rien d'autre ne compte. Nelson vient de franchir la frontière qui sépare le monde des êtres dits raisonnables du monde déraisonnable et fatal de la passion [1]. »

Effectivement, à partir de maintenant, l'amant et sa maîtresse seront définitivement enchaînés à ce monde. Ils vont enfreindre toutes les règles, briser tous les tabous, défier les bien-pensants, outrager les vertueux et les vertueuses. En deux mots : ils vont s'aimer, s'aimer trop, s'aimer mal sans doute, mais à la différence de ceux qui les jugeront, ils auront vécu *vivants*.

---

1. *La Beauté et la Gloire*, Robert Laffont, 1976.

15

L'HEURE tourne. En ce début de printemps 1800, lord Hamilton et son épouse sont immobiles, aux aguets. Le rideau, ils le savent, ne va pas tarder à tomber sur l'ultime scène du dernier acte de leur existence napolitaine.

Le jour même de sa nomination en remplacement du chevalier, l'honorable Arthur Paget s'est embarqué pour Palerme. Aux dernières nouvelles, il aurait fait escale à Vienne, mais son arrivée en Sicile n'est plus qu'une question de jours. Marie-Caroline en a été avisée par Circello, son représentant à Londres.

La venue de ce nouvel ambassadeur est loin de faire le bonheur de la reine. À ses yeux, et comment en eût-il été autrement ? sir William et son épouse sont irremplaçables : « Le maudit Paget est à Vienne, écrit-elle à Emma. Tout m'attriste, m'afflige et me fait souffrir. [...] Je suis au désespoir. Ma colère est extrême contre Circello. Il aurait dû s'opposer vigoureusement à la nomination de Paget. » Toujours aussi *politiquement lucide*, elle s'empresse de faire observer : « Si vous, mes bons, honnêtes, vrais amis et notre héros Nelson vous nous quittez, que lord Keith au moins reste en Méditerranée. » Et elle conclut larmoyante : « Croyez que, durant toute ma vie – heureuse ou misérable –, je serai toujours votre sincère, attachée, tendre, reconnaissante, dévouée, bien que peinée amie. »

En fait, la réalité est là, brutale et injuste : lord Hamilton est tombé en disgrâce. Depuis la répression qui a frappé Naples, de nombreux libelles accusent le diplomate et son épouse des pires méfaits. Malgré les efforts de Pitt, alors Premier ministre[1], l'indignation publique exige le rappel du chevalier.

Nelson n'est pas mieux loti. Sans avoir précisément excité la jalousie de ses chefs, l'amiral n'a jamais su vraiment se concilier leur bienveillance. Il possède ce goût pour l'indépendance poussée à l'extrême qui est souvent le trait des grands hommes. Depuis son refus d'obéir aux injonctions de lord Keith, on l'accuse de ne pas tenir compte des instructions de l'Amirauté. On critique son inaction et surtout cette passion aveugle pour lady Hamilton. Lord Saint-Vincent ne cache pas son opinion sur ce couple de Roméo et Juliette et traite ouvertement Emma et Nelson de « ridicule paire de fous sentimentaux ».

Marie-Caroline, consciente de l'immense perte *stratégique* que ce rappel lui occasionnerait, ne veut pas se déclarer vaincue et fait tout ce qui est en son pouvoir pour provoquer un revirement d'opinion en faveur de sir William. Mais la tâche est ardue. À sa profonde stupéfaction, non seulement son époux se refuse à plaider la cause de l'ambassadeur, mais il se révèle l'un des partisans les plus actifs du rappel. Une explication orageuse survient bientôt entre Emma et Ferdinand et réduit définitivement ses espoirs à néant. Marie-Caroline y fait allusion dans l'un de ses courriers : « Ma chère milady, j'ai eu droit hier, après votre

1. William Pitt, 1759-1806. Son talent oratoire et son intelligence vite remarqués lui valurent la chancellerie de l'Échiquier dans le ministère Shelburne de juillet 1782 à mars 1783. En décembre suivant, George III, à la surprise générale, lui confia la direction du cabinet. Malgré des périodes de crise et une mise à l'écart de février 1801 à mai 1804, Pitt exerça le pouvoir pendant près de vingt ans.

départ, à une scène de cris forcenés et de hurlements, le roi menaçant de vous tuer, de vous jeter par la fenêtre, d'appeler votre mari pour se plaindre parce que vous avez osé tourner les épaules. La scène a été violente et votre mari en recevra des plaintes. Je suis extrêmement triste, j'ai bien des peines et n'ai que deux partis à prendre : ou de partir ou de mourir de chagrin, et c'est une mort bien pénible. Et si vous partez au printemps, ma chère amie, et me laissez dans la situation actuelle, soyez sûre que même en ayant l'amitié de revenir en novembre, votre amie ne sera plus en vie. »

La scène à laquelle Marie-Caroline fait allusion dans cette dernière lettre peut aisément se reconstituer. Confiante dans l'amitié d'un roi qui lui devait tant, Emma risqua sans doute une démarche directe. Exaspérée de rencontrer chez Ferdinand une hostilité que rien ne justifiait, elle avait laissé libre cours à son caractère coléreux et exprimé trop ouvertement son indignation.

Dès lors, Marie-Caroline, totalement désemparée, confie à Emma le soin de fixer elle-même son avenir : « Je ferai tout ce que vous me conseillerez », lui écrit-elle le 1er mars.

L'idée de quitter l'Italie a fait son chemin dans l'esprit de la souveraine. Depuis la fuite à Palerme, elle vit reléguée au fond de son palais et son amour-propre est soumis à rude épreuve. Elle souffre de se voir systématiquement tenue à l'écart de toutes les questions de politique intérieure et extérieure et comme mise en quarantaine par le roi. Aux diverses tentatives faites par elle pour accompagner son époux à Naples, elle n'essuie qu'un humiliant refus. Mieux vaut alors se réfugier dans sa famille. À Vienne, du moins, elle peut espérer jouer un rôle près de son neveu, l'empereur François II ; peut-être même de vive voix saurait-elle l'intéresser aux affaires du royaume de Naples dont il semble s'inquiéter si peu depuis deux ans.

Quant à Nelson, il a décidé de renoncer (momentanément) à tout service actif. Sa santé, se plaint-il, est des plus précaires, et des fièvres continuelles exigent qu'il prenne un repos absolu. C'est en partie vrai. Mais il y a aussi Emma. Elle est devenue le seul intérêt, le seul but de son existence : « Je vous vénère, lui écrira-t-il le 6 mars, non, je vous adore, et si vous étiez seule et que je vous eusse trouvée sous une haie, je vous eusse épousée à l'instant même. »

L'attitude de sir William, en la circonstance, est en tout point fidèle à la philosophie qu'il s'est forgée au fil des années. Rien de ce qui se passe autour de lui ne l'étonne ni ne l'émeut. Il se tient à l'écart des événements, sans un mot de protestation, conservant à Emma toute son affection, à Nelson toute son estime. Il a tout de même un moment de faiblesse, le 10 avril, lorsque sir Arthur Paget fait son apparition à Palerme. Il laisse passer une quinzaine de jours environ avant de rédiger sa lettre officielle de rappel, contraignant ainsi le nouvel ambassadeur à repousser d'autant la présentation de ses lettres de créance.

Aux alentours du 24 avril, Nelson invite le couple à faire une dernière croisière vers Syracuse et les eaux maltaises. Ce sera une sorte de baroud d'honneur, une tournée d'adieu. Une fois la croisière achevée, le trio escortera Marie-Caroline à mi-chemin de Vienne, avant de regagner Londres par la mer.

Le 26, on fête à bord du *Foudroyant* les trente-cinq ans d'Emma. Mais le cœur n'y est pas. On imagine aisément les pensées qui se bousculent dans la tête de la jeune femme. Voilà qu'elle s'apprête à quitter le pays où elle a connu l'ivresse du succès, la gloire, les honneurs et une existence insouciante. Tous les contes de fées ont une fin. C'est l'heure du bilan. Demain, on l'attend à Londres. Quel accueil lui réservera cette cité qui n'a rien oublié de son passé trouble, où ses aventures de jeunesse traînent encore comme des fantômes ? Telle Scarlett O'Hara, l'héroïne d'*Autant en emporte le vent*, il est probable que dans la nuit maltaise, l'œil fixé sur les étoiles, elle se soit murmuré d'un air las : « Demain est un autre jour. »

Elle ne se doute pas qu'elle va devoir bientôt supporter une tension de plus. Au cours de cette croisière, elle a fait l'amour avec Nelson. Probablement le soir même de son anniversaire. L'acte en soi ne mériterait pas d'être souligné si ce n'est que cette fois leur étreinte n'a pas été stérile : un enfant va naître.

Et tandis que le *Foudroyant* promène ses hôtes sur les eaux de Malte, lord Keith, qui se trouve alors à Gênes, fulmine. Nul ne sait où est passé le vainqueur de la bataille du Nil. George Spencer, premier lord de l'Amirauté, réussit tout de même à retrouver sa trace et lui fait parvenir un pli dans lequel *il l'adjure* de rentrer en Angleterre, de soigner sa santé, plutôt que de jouer au *yachtman* au service d'une cour étrangère. Mais le héros n'a que faire des conseils de ses supérieurs. Indifférent à tout, plongé dans son univers, il jette l'ancre dans la baie de Saint-Paul, à Malte, hors de portée des canons ennemis. Un bal est organisé. On dîne, on boit, on tente d'oublier que la page est tournée, qu'un chapitre bien différent va commencer, que plus rien, jamais, ne sera comme avant.

Le 20 mai, on quitte Malte pour Palerme.

Trois semaines plus tard environ, vers le 10 juin, Marie-Caroline et ses trois filles non mariées, son plus jeune fils, plus une suite et des domestiques, en tout une trentaine de personnes, se répartissent entre le *Foudroyant* et l'*Alexander*. Les Hamilton et l'impassible Mrs. Cadogan suivent. Il y a aussi miss Cornelia Knight, qui continue d'engranger des notes pour son Journal intime. Première destination prévue : Livourne. De là, la souveraine gagnera Vienne par voie terrestre, tandis que Nelson, Emma et sir William feront voile pour Gibraltar. C'est du moins le plan qui a été établi. C'est sans compter avec les coups d'éclat d'un certain *Corse mal rasé* et la détermination de lord Keith, toujours en rage contre Nelson.

À peine le groupe a-t-il débarqué à Livourne qu'un messager les informe de la débâcle de l'armée autrichienne à

Marengo. Bonaparte n'en a fait qu'une bouchée et plus rien ne semble pouvoir freiner sa marche.

En apprenant la nouvelle, Marie-Caroline manque de défaillir.

— Bonaparte en Italie ? C'est la guillotine qui m'attend !

— Que proposez-vous ? interroge Emma.

— Fuir ! Retourner à Palerme !

— Mais lord Keith s'y opposera certainement, fait observer l'ex-ambassadeur.

Il ne croit pas si bien dire. Quelques jours auparavant, Keith a confié à ses proches :

— Il y a assez longtemps que lady Hamilton commande la flotte de la Méditerranée !

Il débarque en personne à Livourne le 24 mai au matin et dicte à Nelson ses directives : « Aucun navire de Sa Majesté ne peut être distrait du service. Le *Foudroyant* et l'*Alexander* devront regagner Minorque dans les plus brefs délais. Sa Majesté Marie-Caroline a le choix entre poursuivre sa route vers Vienne aussi vite que possible, soit retourner dans ses États à bord d'une frégate napolitaine qui se trouve actuellement ancrée dans le port de Livourne. Quant à vous, à sir William et son épouse, vous pourrez, si vous le désirez, rentrer en Angleterre comme passagers à bord de la frégate *Seahorse*, ou à bord d'un transport de troupes en partance pour Malte. »

Que faire ? Que décider ? Finalement, après maintes tergiversations, on opte pour la solution suivante : tout ce monde se rendra en berlines à Florence puis jusqu'au port d'Ancône. Un navire les transportera à Trieste d'où ils poursuivront par voie terrestre, jusqu'à Vienne. C'est un périple fou, épuisant, et que la proximité des armées françaises rend incroyablement dangereux. Qu'importe ! Marie-Caroline doit regagner son pays à tout prix. Emma tient absolument à l'accompagner. Nelson ne se résigne pas à abandonner Emma. Et lord Hamilton ? L'ex-ambassadeur est décomposé. Pour un homme de soixante-dix ans, ce n'est pas un voyage, c'est une descente aux enfers. Il n'a pas le choix. Il suivra.

Le 16 juillet au matin, alors qu'ils sont prêts à prendre la route, un nouvel écueil surgit. Le peuple livournais, ayant lui aussi été informé de la victoire de Bonaparte, refuse catégoriquement de laisser partir la reine et encore moins Nelson. Il exige que l'amiral prenne la tête d'une armée pour essayer d'arrêter le général français. La foule assiège la demeure où les voyageurs ont pris refuge. Nul ne passera. La situation semble sans issue. C'est alors qu'Emma, encore elle, décide d'intervenir. Elle paraît à l'un des balcons et harangue les manifestants. D'une voix incroyablement ferme, elle leur fait sentir combien leur attitude est odieuse vis-à-vis d'une reine *illustre et malheureuse* et conclut par un pieux mensonge : « L'amiral Nelson ne consentira à prendre un commandement que si la foule se disperse. » Les manifestants s'exécutent.

À la nuit tombante, la reine et ses compagnons se faufilent hors de la ville et détalent pour Florence. Ils y arrivent vingt-six heures plus tard. Après une courte halte, ils repartent pour Ancône. Au bout d'une heure, à moins de trois kilomètres des avant-postes français, la voiture qui emmène les Hamilton casse un essieu et verse sur le bas-côté de la route. Le couple est légèrement blessé. On répare tant bien que mal, mais l'essieu se brise une seconde fois alors qu'ils entrent dans Arezzo. Une nouvelle réparation est nécessaire. Le cocher annonce qu'elle prendra au moins trois jours.

— Trois jours ! lance la reine, affolée à l'idée de tomber entre les mains des troupes françaises. Impossible !

Qu'à cela ne tienne, on déloge Mrs. Cadogan et Cornelia Knight de leur berline. Emma et son époux prennent leur place. Et l'on poursuit le voyage. Les deux femmes attendront à Arezzo que la voiture soit remise en état. Si ces deux femmes étaient arrêtées, ce serait moins grave que s'il s'agissait de Nelson ou de Marie-Caroline.

Ancône est atteinte le 21 juillet. Le comte Voinovitsch,

commandant de l'escadre russe de l'Adriatique, est prêt à accueillir les exilés. On se hâte de monter à bord. Il faut encore patienter jusqu'à l'arrivée de Mrs. Cadogan et miss Knight. Trois jours plus tard, les deux femmes font leur apparition sur le quai. Un vrai miracle, à en croire le Journal intime de miss Knight. Les routes étaient infestées de déserteurs napolitains aux abois, les Français avaient envahi la campagne toscane. Si elles n'avaient eu la chance de tomber sur un escadron autrichien qui leur avait alloué deux soldats en guise de protection, jamais les deux femmes ne seraient parvenues vivantes à Ancône.

À bord de la frégate russe, le spectacle n'est guère réjouissant. Lord Hamilton est dans un tel état de délabrement que le médecin du bord appelé à son chevet ne donne pas cher de sa vie.

Nelson – on a du mal à le croire – a le mal de mer, et pourtant, ce n'est ni la première ni la dernière fois.

Emma, enceinte de quatre mois, souffre de nausées. Elle tient à peine debout.

Marie-Caroline s'est confinée dans un mutisme royal. Elle n'est plus que l'ombre d'une majesté.

Lorsqu'ils arrivent à Trieste le 9 août, la santé de lord Hamilton semble s'être rétablie quelque peu. Mais ils ne sont pas au bout de leurs peines. Près de cinq cents kilomètres les séparent encore de leur destination finale.

Tout au long du trajet, le groupe est tout de même revigoré par l'accueil triomphal que les populations témoignent à Nelson.

Le 18, ils entrent dans Vienne. La reine et les siens poursuivent jusqu'à Schönbrunn ; les autres se mettent en quête d'une hôtellerie. Assez rapidement, leur choix se porte sur une auberge située dans Grabenstrasse : *Gasthof aller Biedermänner*. Ce qui, traduit littéralement, signifie : « Auberge de tous les honnêtes gens ».

16

VIENNA *gloriosa* ! Vienne et ses fastes, Vienne et ses chants. Gazettes dévorées entre deux *Strudel.* Vienne, berceau des Habsbourg. En ce mois d'août 1800, c'est la troisième ville d'Europe derrière Londres et Paris. Et malgré la guerre si proche, la défaite de Marengo, Vienne vit dans l'insouciance des soirs de bal.

Deux siècles plus tôt, l'empereur Léopold, passionné d'art et de musique, avait fait appel à des artistes italiens : architectes, décorateurs, peintres et musiciens. Dans la Hofburg (le palais impérial) agrandie, il avait donné des fêtes de cour, fait représenter des opéras, inspirés de Venise. Sous Marie-Thérèse on était passé du charme baroque au style rococo. Et de tout cela, aujourd'hui, le charme demeure. C'est ici que Mozart présenta la première de sa *Flûte enchantée* ; ici aussi qu'un an auparavant, au Burgtheater, monsieur Haydn dirigea sa *Création*.

En présence de cette ville fascinante, le trio abandonne son épuisement au Danube, et la tension des dernières semaines cède la place à l'allégresse. La capitale autrichienne leur tend les bras, et ovationne Nelson. Seul lord Hamilton traîne la jambe. On se demande par quel sortilège il tient encore debout.

Le 6 septembre, ils sont accueillis à Eisenstadt, dans la propriété du prince Esterhazy, celui-là même qui jeta sa tabatière à la mer lors de la fuite vers Palerme. Un dîner fastueux est servi par « cent grenadiers de six pieds de haut ». On lève son verre au son des trompettes à la santé du vainqueur de la bataille du Nil et le lendemain un concert est donné en son honneur dans la grande salle de musique. L'Autrichien qui dirige l'orchestre est un vieil homme qui approche de ses soixante-dix ans ; mais la main ne tremble pas. On le surnomme le « Père de la symphonie ». Il avait commencé sa carrière au service de la famille Esterhazy, dont il était devenu le maître de chapelle. Les clauses stipulées dans son contrat lui imposaient, entre autres, *de se conduire convenablement*, *d'éviter toute vulgarité*, *de porter l'uniforme*, *de composer toute musique que le prince désire*, et de travailler exclusivement pour lui, sauf autorisation spéciale. L'artiste de génie figurait alors sur la liste des officiers du prince, entre les hussards et... les valets.

Après la mort de son « mécène », enfin libéré des obligations de sa charge, le musicien était parti pour Londres en 1791 où il avait reçu un accueil enthousiaste. À son retour à Vienne, auréolé de gloire, il était entré au service de la cour.

Ce personnage n'est autre que Franz Joseph Haydn.

Curieusement, ce soir-là, ni Emma ni Nelson ne semblent lui prêter attention. Au beau milieu du concert, ils quittent la salle pour se précipiter à une table de jeu. Au petit jour, le couple infernal a gagné près de 400 livres sterling. Ils ont dû estimer que cela valait bien un concert de ce musicien dont Mozart disait : « Personne ne peut comme lui tout faire, badiner et bouleverser, provoquer le rire et la profonde émotion. »

« Lady Hamilton – observe à cette occasion James Harry, comte de Malmesbury – est sans aucun doute la femme la plus commune, la plus mal éduquée, la plus désagréable que j'aie jamais croisée. La princesse Esterhazy croyait lui faire plaisir en organisant un concert dirigé par le fameux

Haydn. Au lieu d'apprécier cet honneur, elle et Nelson n'ont rien trouvé de mieux que s'asseoir à une table de jeu de pharaon[1]. [...] Je n'ai pas pu – non plus que mon entourage – masquer mes sentiments à l'égard d'un tel comportement. »

Emma se désintéressa-t-elle réellement de Haydn ? Se montra-t-elle aussi insensible que les critiques semblent l'insinuer ? Rien n'est moins sûr, si nous accordons crédit à une lettre datée du 21 janvier 1801, écrite par Griesinger, biographe et ami du compositeur : « Haydn a trouvé chez lady Hamilton une nouvelle admiratrice. [...] Hôtesse des Esterhazy, elle ne se sentait nullement concernée par la beauté du lieu et négligea son entourage pour rester deux jours durant auprès de Haydn. »

Au cours de ces soirées, comme trop souvent hélas, Emma abuse plus que de raison de sa boisson favorite : le champagne. Ce qui ne l'empêche tout de même pas de chanter l'*Ariane à Naxos*[2] (accompagnée par Haydn) et de faire un triomphe.

Un journal hongrois, le *Magyar Hirmondo*, écrit le lendemain : « Elle [Emma] a trente-cinq ans, grande de taille, un visage magnifique. Elle sait admirablement se tenir. Sa voix claire et puissante est l'une de ses grandes qualités. Sous la direction de Haydn elle a déclenché chez les spectateurs un enthousiasme proche de l'extase. »

Deux jours plus tard, le « Père de la symphonie » offre à Emma la partition musicale de deux chants anglais intitulée *The Spirit's Song*. En 1917, cette partition fera l'objet d'une vente aux enchères chez Sotheby's. On peut y lire, rédigé de la main d'Emma : « Offert par l'excellent Haydn à Eisenstadt, chez le prince Esterhazy, le 9 septembre 1800. »

---

1. Nom du roi de cœur dans certains jeu de cartes.
2. Cantate pour chant et pianoforte, composée par Georg Benda (1722-1795) qui suscita l'enthousiasme de Mozart. En 1912, l'œuvre inspirera à Richard Strauss un opéra qui portera le même titre.

À la demande de l'ambassadrice, le vieux maître accepte de mettre en musique certains poèmes de miss Cornelia Knight consacrés à Nelson. L'œuvre portera le nom de *Nelson Aria*.

Le 19 septembre, ils sont invités par l'ambassadeur d'Angleterre à passer quelques jours dans la maison de campagne qu'il possède dans les environs de Vienne, à Sankt Veit. L'ambassadeur est sir Gilbert Elliot, éphémère vice-roi de Corse et, depuis 1798, baron de Minto.

Le lieu est sublime. La maison, un ancien monastère, est d'un goût exquis. Mais, si l'accueil que leur réserve lord Minto est des plus chaleureux, son épouse, elle, se montre nettement plus réservée. Jalousie de femme ? Envie ? Frustration ? Si l'on en juge par l'acidité de ses commentaires, il s'agit probablement d'un savant mélange de tous ces sentiments : « Lady Hamilton, écrit-elle, est indiscutablement la femme la plus commune que j'aie jamais rencontrée. »

L'amiral, lui non plus, n'est guère épargné : « Je ne trouve pas Nelson changé le moins du monde », confie-t-elle à sa sœur, lady Malmesbury. « Il a toujours sa même tête de barbet broussailleux et les mêmes façons honnêtes et simples. Mais il est tout entier à la dévotion d'Emma qu'il considère comme un ange, tandis qu'elle le promène comme un montreur qui ferait voir son ours. Il faut qu'elle soit assise à sa table, à côté de lui, pour lui découper sa viande, tandis que lui, de son côté, porte son mouchoir. »

Lord Minto est plus nuancé lorsqu'il parle de Nelson : « Il ne semble pas du tout conscient du discrédit dans lequel il est tombé, du fait de sa relation avec lady Hamilton. Mais il est difficile de condamner un héros, malade de surcroît, amoureux d'une femme qui eût fait perdre la tête à des hommes autrement plus avisés que l'amiral ; [...] ils sont tous trois totalement inconscients. »

Force est de reconnaître qu'Emma, grisée de succès, accoutumée aux faveurs de la cour de Naples, maîtresse d'un héros acclamé par l'Europe entière, en est probablement arrivée à se croire tout permis. Pour son malheur, elle se trouve à Vienne en présence d'une société formaliste. Son attitude et son trop d'assurance ne peuvent que heurter. Jusque-là, elle n'avait eu pour la défendre que son prestige de *professionnal beauty*. Or, elle a maintenant trente-cinq ans, et sa silhouette s'est empâtée. Au dire d'une certaine Mrs. Saint George, témoin oculaire, elle serait devenue proprement « colossale ». Jugement confirmé par un diplomate suédois, Mr. Suerstope : « Milady Hamilton, considérée un temps comme la plus belle dame d'Europe, est en fait la plus grosse femme sur qui mon regard s'est jamais posé. Cependant, le visage demeure de toute beauté. »

En fait, Emma n'a jamais été une nymphe, une de ces créatures filiformes qui hantent nos magazines actuels. Nettement plus grande que la moyenne des femmes (surtout à cette époque), une poitrine admirable, mais imposante, de larges épaules, ses mensurations font d'elle un personnage peu commun. Mais pour mieux comprendre la sévérité des critiques de Mrs. Saint George, ou celle du diplomate suédois, il faut se souvenir qu'en cette fin d'août 1800 Emma porte l'enfant de Nelson. D'où la prise de poids et cet *embonpoint* tant décrié. Bien évidemment, les gens qui la côtoient au cours de cette période ignorent tout de son état.

Le 21 août, l'amiral et les Hamilton sont conviés une nouvelle fois à Schönbrunn où ils dînent en compagnie de Marie-Caroline et des princesses Theresa et Cristina.

Le 22, on peut les apercevoir au Leopoldstadt Theater, assistant à une comédie dont le héros est Kasperl, le bouffon du théâtre populaire autrichien, l'équivalent de Polichinelle.

Le lendemain, Nelson est reçu en audience par l'empereur François II.

Les jours de fête se suivent et se ressemblent.

Nelson profite d'un moment de répit pour expédier un

courrier à l'attention d'Alexander Davison, son homme d'affaires londonien, et le charge de trouver un appartement à louer en prévision de son retour prochain.

Le retour...

En effet, le moment est venu de quitter Vienne et ses réjouissances. Londres attend. Londres, mais aussi et surtout une certaine Fanny Nisbet, toujours épouse légitime de l'amiral. Trois mois se sont écoulés depuis le départ de Palerme. Trois longs mois d'attente... Et pas de Nelson à l'horizon. Les échos du comportement de son mari et de ses compagnons sont parvenus jusqu'à elle. Fanny n'est pas Pénélope. Elle le prouvera.

Informée de l'échéance prochaine, Marie-Caroline – qui s'apprête à aller prendre les eaux à Baden – déclare à son amie : « Ma chère, chère lady, je demeurerai toujours la même vis-à-vis de vous. J'irai demain en ville pour vous voir à trois heures environ. Si vous voulez venir dans mes appartements, nous y serons seules. Si cette heure ne vous convenait pas, venez jeudi à Schönbrunn ou mercredi passer la journée. J'aurai tant à vous dire et à notre ami Nelson ! Je vois des nuages s'amonceler et je crains les événements à venir. Je suis préparée à tout... Votre départ m'afflige. Il n'est pas facile de remplacer des amis tels que vous. »

La scène des adieux a lieu le 23 septembre au palais ; le soir même, la reine envoyait encore à lady Hamilton ce billet désespéré :

Ma chère milady, et tendre amie,

J'ai été touchée aux larmes par notre séparation et par votre attachement dont vous m'avez donné tant de preuves. Que le ciel vous bénisse et vous rende heureuse comme mon cœur le souhaite, et que je puisse bientôt avoir la consolation de vous revoir à Naples ! Emma, la chère Emma sera mon amie, ma sœur, et ce sentiment ne changera jamais, vous pouvez y compter. Recevez de nouveau mes remerciements pour tout ce que vous avez fait et pour l'amitié sincère que vous m'avez témoignée. Écrivez-moi ; donnez-moi de vos nouvelles ; je vous ferai parvenir les miennes. Adieu. Puisse le ciel vous accorder tout ce que désire et souhaite le cœur dévoué de votre tendre mère et amie.

Quelques années plus tard, Emma affirmera avoir refusé de la reine, au cours de ce dernier entretien, l'offre d'une rente viagère de 1 000 livres sterling : « Dans ce triste moment, Sa Majesté me mit dans la main un écrit, me disant que c'était le don de 1 000 livres sterling par an qu'elle avait décidé de me faire, payer par Freiz, banquier du gouvernement à Vienne ; ceci pour le cas où je ne serais pas récompensée des services que j'avais rendus, de l'argent que j'avais généreusement dépensé et des pertes que j'avais volontairement subies pour le plus grand profit de la nation. Je conservai mon attitude, pensant que l'acceptation d'une pareille récompense de la part de la reine, dans les circonstances où elle se trouvait, était indigne d'un cœur anglais. Avec toutes les expressions de respect et de gratitude vis-à-vis de Sa Majesté, je déchirai ce papier en disant : l'Angleterre a toujours été juste et généreuse pour ses fidèles serviteurs, et je considérerais faire une insulte à mon propre souverain bien-aimé et magnanime en acceptant une récompense d'une autre main que de la sienne. »

Devant cet aveu, on se perd en conjectures. Doit-on y accorder foi ? Pas une seule des lettres que Marie-Caroline écrivit par la suite à son amie ne fait allusion à cet épisode. Faut-il en conclure qu'Emma inventa de toutes pièces ce récit afin de faire pression sur l'Amirauté ? Cette lettre, datée de 1811, était destinée au prince de Galles. La situation financière d'Emma était au plus bas. Peut-être espérait-elle par cette argumentation émouvoir ou apitoyer un gouvernement qui refusait obstinément de lui venir en aide ? Cette éventualité vaut la peine d'être considérée.

Le 27 septembre, les Hamilton et Nelson, toujours

accompagnés par l'infatigable Mrs. Cadogan et par miss Knight, arrivent à Prague. Ils descendent à l'hôtel Rothes Haus. Le bâtiment brille de mille feux en l'honneur de l'amiral. On chante le *Rule Britannia*, on applaudit. On encense. Nelson est ravi. Il le sera beaucoup moins lorsque l'hôtelier lui présentera la note incluant *les frais d'illumination*.

Le 29, ils assistent à une réception organisée par l'archiduc Charles, neveu de Marie-Caroline.

Le 1er octobre, ils sont à Dresde, l'« Athènes du Nord », à l'hôtel de Pologne. À peine installés, lord Hamilton et Nelson préviennent le ministre Hugh Elliot, frère de lord Minto, de leur présence dans la cité. Le diplomate s'empresse de les inviter à dîner. Quelques années auparavant, lui et son épouse avaient été reçus à bras ouverts à Naples par lord Hamilton et Emma. Ils se devaient donc de leur témoigner leur reconnaissance. Les commentaires de ce Hugh Elliot ne feront que ternir encore plus la réputation déjà bien entachée de ses hôtes.

Le trio se rend à son domicile le 3 au soir. Parmi les convives, on note la présence d'une voyageuse anglaise d'une trentaine d'années. Elle s'appelle Mrs. Melesina Trench. Voilà près de deux ans qu'elle voyage à travers l'Allemagne. Reçue dans les meilleures sociétés, fréquentant les milieux les plus divers, elle a – comme miss Knight – pris pour habitude de consigner ses impressions de route. Ce sont ces notes qui nous permettent d'avoir un aperçu du séjour des Hamilton dans la ville. La plume de Mrs. Trench se révèle tout aussi vénéneuse que celle de lady Minto : « Il saute aux yeux que lord Nelson est complètement obsédé par lady Hamilton et inversement. C'est une femme effrontée, entreprenante, présomptueuse, vulgaire et vaniteuse. Elle est énorme. Lady Hamilton est pleine d'assurance, vive, inculte, arrogante et vaine. Mis à part ses pieds qui sont hideux, elle est assez bien tournée. Ses articulations sont épaisses. Elle fait penser à un buste d'Ariane[1]. Son ossature est forte et son *embonpoint* [en français dans le texte] excessif. Ses traits sont beaux, ainsi que sa tête et ses oreilles ; ses dents sont un peu irrégulières, mais raisonnablement blanches ; elle a des yeux bleu clair avec un point brun dans l'un d'entre eux. Bien que ce soit un défaut, il ne gâche rien à sa beauté ni à son expression. Ses sourcils et ses cheveux sont foncés et sa complexion commune. Son visage est très expressif, mobile et intéressant ; ses mouvements sont disgracieux dans l'ordinaire de la vie ; sa voix est forte et néanmoins agréable. On ne peut s'attendre à trouver Mrs. Cadogan autrement qu'elle n'est. Après le dîner, nous entendîmes quelques morceaux chantés par lady Hamilton en l'honneur de Nelson. Elle accepte volontiers les coups d'encensoir donnés en plein visage ; elle les reçoit avec plaisir et les prise comme une pincée de tabac. La partie vocale se termina, comme il est d'usage chez les matelots, par un *hip ! hip ! hurrah !* accompagné d'une rasade dont on verse la dernière goutte sur l'ongle, cérémonie à laquelle je n'avais jamais assisté et dont je n'avais jamais entendu parler auparavant. »

Cependant, après s'être montrée intraitable pour la femme, Mrs. Trench rend justice à l'artiste : « Nous déjeunâmes avec lady Hamilton et la vîmes représenter successivement les meilleurs tableaux et statues existants. Elle compose ses attitudes, expressions et draperies, avec la plus grande facilité, promptitude et exactitude. Plusieurs châles des Indes, une chaise, quelques vases antiques, une gerbe de roses, un tambourin, quelques enfants sont ses seuls accessoires. Elle se tient à une des extrémités de la pièce avec une forte lumière projetée à sa gauche et toutes les

1. Fille de Minos et de Pasiphaé. Amoureuse de Thésée, venu en Crète combattre le Minotaure, elle lui offrira une pelote de fil à dérouler dans le Labyrinthe pour l'aider à retrouver la sortie après qu'il aura tué le monstre. On saisit mal le rapprochement avec Emma.

fenêtres fermées. Ses cheveux sont courts, coiffés à l'antique et sa robe est une *simple chemise* [en français dans le texte] de calicot, très ample, avec deux manches larges à la hauteur de la taille. Elle dispose les châles de manière à former une draperie grecque, turque ou autre, aussi bien que des turbans de formes variées. Son arrangement des turbans tient de la prestidigitation, tant la chose est faite vite, facilement et bien. C'est un magnifique spectacle qui amuse les plus ignorants et qui intéresse au plus haut point les fervents de l'art. Chaque représentation dure dix minutes... Après s'être exhibée dans ses "Attitudes", elle chanta et je l'accompagnai. Sa voix est bonne et très forte, mais elle détonne fréquemment ; elle est fort expressive et variée. Elle mime pendant qu'elle chante, ce qui, à mon avis, est le dernier degré du mauvais goût. Elle continua vis-à-vis de moi ses démonstrations d'amitié et m'a dit mille jolis compliments sur la manière dont je l'accompagnai à première vue. Malgré tout, elle n'a pas encore gagné de terrain dans mon cœur. Ses passions dominantes me paraissent être la vanité, l'avarice et l'amour des plaisirs de la table. Elle montre une avidité spéciale pour les présents et elle en a actuellement obtenu un certain nombre par un artifice des plus grossiers : il consiste à manifester, en présence des objets qui lui plaisent, son désir de les posséder. »

La voyageuse anglaise ne pardonne pas plus à Emma son extrême liberté de langage. Au cours d'un petit déjeuner, toujours chez les Elliot, la conversation ayant basculé sur la rareté des réceptions officielles offertes par la cour de Saxe, la pauvre Mrs. Trench manque de défaillir en entendant sa compatriote s'écrier : *Hé quoi ! Alors, jamais de gueuletons, ici ?*

Et Trench de poursuivre : « À la suite de cette tirade, jugée par tous du goût le plus déplorable, lord Hamilton, pour affirmer la verdeur de sa vieillesse et provoquer l'hilarité de l'assistance, imagina de se jeter à terre et de sautiller tout autour de la pièce, assis sur le coccyx, ses décorations, rubans, bras et jambes voltigeant de toutes parts de la plus pitoyable façon. »

Et pour ce qui est de la passion d'Emma pour le champagne, elle est encore plus sévère. On peut lire en date du 6 octobre : « Un grand déjeuner fut offert au trio par sir Hugh Elliot. Lady Hamilton exécuta ses attitudes avec grand effet. Tous les invités, sauf eux et moi-même, partirent avant le dîner pendant lequel lady Hamilton, qui déclara aimer passionnément le champagne, en absorba une quantité qui me confondit. Lord Nelson en fit tout autant, réclamant impérieusement que l'on chantât ses louanges et, après plusieurs toasts, il en proposa un à la santé de la reine de Naples, ajoutant : elle est ma reine, elle est reine jusqu'à la moelle des os. Le pauvre Mr. Elliot, affolé à la pensée que les trois amis n'en arrivassent à se compromettre plus encore qu'ils ne l'avaient fait déjà, donna ordre d'arrêter les effusions de champagne. Il réussit non sans difficulté à se faire obéir, mais pas avant que lord et lady, ou comme il les appelle, *Antoine* et sa *Moll-Cléopâtre*[1], ne fussent déjà passablement éméchés. »

On le voit, le comportement des exilés de Naples est loin de faire l'unanimité : « Ayez une bonne plume, commente l'historien Georges Blond, et assez de méchanceté et la postérité vous croira dur comme fer. » C'est hélas bien vrai.

Le malaise va atteindre son point culminant lorsque le trio se rend chez le prince Xavier, Grand Électeur[2], et frère de l'archiduc Charles. Il les accueille avec courtoisie. Sans plus. Au bout de quelques minutes, l'ambassadrice émet le souhait d'être présentée à la cour. Crime de lèse-majesté ! La réponse est un non à peine déguisé. On prétexte que

---

1. Allusion à Moll Flanders, l'héroïne prostituée du roman de Daniel Defoe.

2. Titre accordé aux princes et évêques de l'Empire germanique qui avaient le droit d'élire l'empereur. Ils étaient généralement au nombre de sept.

les appartements du palais se prêtent mal à une réception officielle. Tandis qu'en aparté l'Électrice confie qu'il est hors de question pour elle de recevoir une femme au « passé si dissolu ».

Mis au courant de l'incident, Nelson, hors de lui, déclare à Hugh Elliot : « Sir ! si l'on ne trouve pas meilleur alibi, lady Hamilton fera *déboulonner* l'Électeur et je ferai de même ! »

Ainsi qu'on l'imagine, ces propos, rapportés à la cour de Saxe, soulèvent une réprobation générale. L'amiral et ses compagnons sont immédiatement considérés comme étant indésirables. Hugh Elliot est au bord de l'infarctus. Il n'aura plus qu'une seule idée en tête : se débarrasser au plus vite de ce couple méphistophélique.

Le 10 octobre, il fait savoir à Nelson qu'une frégate les attend à Hambourg, et qu'il est tout disposé à les accompagner jusque-là. L'amiral accepte.

Dès le lendemain, les voilà qui remontent le cours de l'Elbe dans des gondoles pavoisées. Sur les rives se presse une foule avide d'apercevoir les silhouettes de ces personnages illustres et d'acclamer le vainqueur de Bonaparte.

Onze jours plus tard, ils sont à Hambourg. Point de frégate à l'horizon. Personne ici n'en a jamais entendu parler.

Pour quand le prochain courrier pour l'Angleterre ?

Une dizaine de jours.

Hugh Elliot était-il au courant ? Dans son empressement à voir ses hôtes quitter le pays aurait-il tout manigancé ? Rien ne nous autorise à l'affirmer, mais...

On décide de tuer le temps comme on peut. Les habitants de la ville hanséatique sont ravis et honorés d'accueillir le héros. Les notables se disputent sa présence.

C'est au cours de l'une de ces soirées qu'Emma fait la connaissance d'un immense poète du nom de Friedrich Klopstock. Célèbre à vingt-quatre ans, maître incontesté des lettres allemandes jusqu'en 1774, il n'est plus à ce moment qu'un vieillard presque oublié.

Nelson, lui, se distrait en compagnie de quelques royalistes français en exil. La plupart d'entre eux vivent au bord de la pauvreté. Lors d'un petit déjeuner offert par le baron de Breteuil, ils défilent pour saluer l'ennemi de Bonaparte. L'un d'entre eux attire plus particulièrement le regard de l'amiral. Soixante-six ans, de taille moyenne, il a piètre allure dans ses vêtements râpés. Une cicatrice orne son front. L'homme se ressaisit, adopte le temps de se présenter un semblant d'allure militaire :

— Général Dumouriez...

Nelson se lève. Il cherche ses mots devant le vainqueur de Jemmapes.

Relevé de ses fonctions après sa défaite à Neerwinden, en 1793, Dumouriez était passé dans les rangs autrichiens avec son état-major. Par la suite, il avait offert – d'abord en vain – ses services à diverses puissances contre-révolutionnaires avant de les voir enfin agréés par l'Angleterre [1].

Touché par la détresse de l'homme, Nelson lui fait accepter discrètement un don de 100 livres.

Les heures et les jours passent. Toujours pas de navire.

Aux alentours du 27 octobre, on apprend qu'un vaisseau a jeté l'ancre dans le port de Cuxhaven, à quelques miles de Hambourg, et qu'il s'apprête à faire voile vers l'Angleterre. Il s'agit du *King George*. Ce n'est qu'un vulgaire bateau de transport. Tant pis pour le confort. Lassé, à bout de nerfs, le groupe décide de saisir l'occasion et prend la route.

Le 31 octobre, Hugh Elliot, soulagé, escorte ses hôtes jusqu'au quai.

Au moment de les quitter, il écrit à sa femme, demeurée à Dresde, « combien lui était pénible de voir le spectacle

1. Il conseilla fort intelligemment Wellington sur les tactiques à adopter contre l'armée napoléonienne. Sa réputation d'agent double était si grande que la Restauration (à laquelle il avait contribué) ne l'autorisera pas à rentrer en France et il finira ses jours en Angleterre.

donné par ses compagnons de route ; combien Nelson, aveuglé par sa passion insensée, perdait de prestige à être vu de près, combien sir William paraissait, dans l'intimité, puéril, voire même un peu grotesque. » Il continue : « Au moment de s'embarquer, c'en fut fait des beaux-arts, des attitudes, de la comédie, de la danse et du chant. Lady Hamilton réprimandait sa femme de chambre à propos de provisions oubliées, dans un langage tout à fait impossible à reproduire, employant certains mots français dont les gens de la plus basse condition font seuls usage. Elle commença à vitupérer à propos d'un ragoût irlandais et sa vieille mère se mit à laver les pommes de terre avec la plus rare dextérité ; toutes deux ressemblaient aux actrices qu'Hogarth [1] représente s'habillant dans une grange ».

Et il termine en disant : « Maintenant, ne rions plus ce soir ; si vous voulez bien, nous allons parler chacun à notre tour et être tranquilles, bien tranquilles. »

Le tableau est sans doute un peu chargé. Il ne faut pas perdre de vue que l'auteur de ces lettres ne manqua jamais aucune occasion – toute sa correspondance en fait foi – d'exercer son ironie contre ses contemporains. De plus, il incarnait ce type de diplomate cérémonieux et empesé dont l'unique préoccupation dans la vie est de se conformer aux règles de la plus stricte convenance.

1. William Hogarth, 1697-1764, graveur et peintre anglais.

17

6 novembre 1800.

LE crachin qui tombe sur Yarmouth rappelle à Emma les heures les plus tristes de son adolescence. Des images furtives défilent sous ses yeux. Elle revoit sa grand-mère, la brave Sarah Kidd, les routes humides et les brumes galloises. Dieu, que ce décor qui sombre dans l'automne est loin de la lumière de Naples ! Elle n'a pas souvenance que les eaux de la Manche fussent si glauques, si ternes... Elle a trop de Méditerranée dans les yeux.

Une foule dense est agglutinée sur le quai. Des acclamations fusent. Les clochers de la ville sonnent à toute volée... Ou seraient-ce des gémissements ?

Au moment où le *King George* accoste, le regard de l'ex-ambassadrice scrute les visages. Peut-être redoute-t-elle de reconnaître dans cette foule d'anonymes les traits d'une femme, d'une épouse. Nelson la rassure. Fanny n'est pas venue. Malentendu ? Bouderie ? A-t-elle cru que son mari la retrouverait directement à Ipswich, dans cette propriété de Roundwood achetée quelques années plus tôt mais jamais occupée ? On ne sait.

Emma respire mieux.

Elle emboîte le pas à son héros. Lord Hamilton les suit, appuyé au bras de Mrs. Cadogan. Miss Knight ferme la marche. Ça y est. Le sol anglais glisse sous leurs talons.

Le groupe se fraie un passage. Des carrosses sont là, à leur disposition. Les vivats accompagnent leur marche. C'est avec difficulté que le cocher entend les ordres de Nelson : direction l'auberge Wrestler's Arms.

Devant le bâtiment pavoisé, une fanfare les accueille. Emma porte une robe de mousseline avec une bordure de feuilles de chêne et de laurier sur laquelle on peut lire en lettres brodées *Nelson and Bronte*.

Le maire remet les clés de la ville à l'amiral. Nelson exprime le souhait d'assister le jour même à un service d'action de grâces. Le maire est honoré. L'abbé, prévenu sur-le-champ, transpire d'émotion.

On se répartit les chambres.

À peine isolé dans la sienne, Nelson fait monter une plume et un encrier : « Ma chère Fanny, nous venons d'arriver. La prochaine diligence est prévue pour demain midi. Nous serons donc chez vous, dans la journée de dimanche, à temps pour le dîner. C'est tout juste si j'ai le temps d'ouvrir l'une de vos lettres ; tant de visites m'attendent ici. Que Dieu vous bénisse, ainsi que mon cher père. Votre toujours affectionné. » Et il signe : *Bronte of the Nile*.

Un temps de réflexion. Il rajoute un post-scriptum à la hâte : « Sir et lady Hamilton vous envoient leurs respects et acceptent volontiers votre offre d'hospitalité pour la nuit. Mrs. Cadogan et miss Knight ainsi que les domestiques poursuivront jusqu'à Colchester. Assurez mon cher père de mon devoir envers lui, et qu'il reçoive toutes les pensées affectueuses de son fils. »

La messe souhaitée par Nelson se déroule en fin d'après-midi en l'église St. Nicholas. L'organiste de service joue avec ferveur un air triomphal, *See the conquering hero comes*, « Voyez le retour du héros conquérant ».

De retour à l'auberge, l'amiral rédige une seconde lettre, mais cette fois à l'attention du secrétaire de l'Amirauté : « J'ai entièrement recouvré ma santé. Mon désir est de reprendre la mer dès que possible. J'ose espérer que mon voyage par voie de terre (auquel j'ai été contraint par la nécessité) n'aura pas été interprété comme une volonté de ma part de me distraire du service. »

Manifestement, le vainqueur de la bataille du Nil n'a pas été insensible à l'accueil que lui a réservé le petit peuple d'Angleterre. Le besoin de gloire recommence à sourdre en lui.

Le lendemain, les équipages s'ébranlent pour Ipswich. Nelson, Emma et lord Hamilton ont pris place dans le même carrosse. *Tria juncta in uno.* Toujours l'immuable trinité. Tout au long de la route, des femmes et des hommes venus des quatre coins de la campagne anglaise leur font une haie d'honneur. On entend ici et là des salves de canons. Des cris de joie. C'est Jules César entrant dans Rome.

Lorsqu'ils franchissent le seuil de la propriété de Roundwood, pas de Fanny. Elle a laissé un message. N'ayant aucune nouvelle de son mari, elle a décidé d'attendre à Londres, dans l'appartement loué par l'homme d'affaires de Nelson, 17 Dover Street. Le révérend Edmund Nelson, père de l'amiral, est en route pour la rejoindre.

Nelson a du mal à masquer son agacement.

On repart.

À deux heures de la capitale, éclate un orage de fin du monde. C'est en pleine nuit, sous un déluge de pluie et dans le fracas du tonnerre, qu'ils progressent à travers les rues de Londres, jusqu'à l'hôtel Nerot.

Pour des raisons inexpliquées, Mrs. Cadogan et miss Knight vont loger dans un autre hôtel à Albemarle Street. Le lendemain, 7 novembre, alors que les deux femmes prennent leur petit déjeuner, surgit le capitaine Thomas Troubridge, celui-là même qui avait servi aux côtés de Nelson. L'homme qui, souvenons-nous, avait reproché à son amiral la légèreté de son comportement lors du séjour à Palerme : « Je suis persuadé que vous ne pouvez éprouver du plaisir à passer vos nuits à jouer aux cartes... »

De toute évidence, l'officier se sent une âme de redresseur de torts. Alors qu'il vient d'être nommé en charge de la flotte de la Manche, à la veille de se rendre à Torbay, dans le Devonshire, pour prendre son commandement, il trouve le temps d'accomplir cette curieuse démarche.

Il lance à miss Knight :

— Je vous conseille de ne plus fréquenter les Hamilton, ou de les voir le moins possible. Allez trouver votre amie, Mrs. Evan Nepean. Elle vous hébergera dans la chambre de son fils, actuellement absent.

Comment réagit la poétesse ? Attitude surprenante : elle s'exécute. Elle qui noircissait des pages entières à la gloire de Nelson et d'Emma va leur tourner le dos. Sans doute a-t-elle craint pour sa réputation. Londres n'est pas Naples. Plus tard, lorsque Nelson parlera d'elle, il dira : *cette satanée miss Knight*.

Alors que l'amie infidèle s'apprête à déserter, lord Hamilton et Emma déménagent pour un appartement qu'on leur a prêté, situé au 22 Grosvenor Square. C'est un endroit peu luxueux, mais confortable, dont le propriétaire, Mr. Beckord, est marié à lady Margaret, parente de l'ex-ambassadeur.

Sir William se précipite au Foreign Office. Il a, semble-t-il, hâte de revoir un personnage quelque peu oublié : l'honorable Charles Greville. Qu'ont pu se dire les deux hommes ce jour-là ? Nul ne le saura jamais. Pas plus que nous ne saurons les mots que Nelson et Fanny échangèrent lorsque, après avoir quitté l'hôtel Nerot, l'amiral rejoignit (enfin) son épouse, au 17 Dover Street. Nous savons seulement que, à peine séparé d'Emma, il devait plus encore rêver d'elle. À peine a-t-il franchi le seuil du domicile conjugal qu'il ressort pour se rendre, en compagnie de son homme d'affaires, Alexander Davison, dans le quartier de Holborn. Où vont-ils de ce pas si pressé ? Tout simplement acheter un chiot pour lady Hamilton. L'amiral commande un collier en argent sur lequel il fait graver : *Nile*. Quelques semaines plus tard, l'animal, volé ou perdu, fera la une des gazettes.

Le 9 novembre, un dimanche, à trois heures de l'après-midi, a lieu la rencontre tant redoutée. Elle a pour cadre le foyer de l'hôtel Nerot. La pluie n'a pas cessé de tomber. Le vent continue de souffler en rafales. Selon certains, c'est la pire tempête qu'ait jamais connue l'Angleterre depuis près d'un siècle ; elle souffle aussi dans les cœurs. Dans ce clair-obscur, éclairées par des chandelles et la lueur sporadique des éclairs, les silhouettes ont quelque chose de fantomatique. Lord Hamilton est là, raide, bardé de ses décorations, Nelson et Edmund, son révérend père, âgé de soixante-seize ans, se tiennent à ses côtés.

Deux femmes sont face à face : Fanny et Emma.

Elles se jaugent, s'observent, se saluent avec courtoisie. Nous sommes entre Anglais après tout. Fanny, quarante-deux ans, maîtrise assez bien le profond malaise qui l'habite. C'est d'autant plus difficile que trottent dans sa tête ces articles de journaux parus le matin même, décrivant l'arrivée de son mari. L'un d'eux a poussé la goujaterie jusqu'à reproduire l'ode composée par miss Knight pour le dernier anniversaire d'Emma célébré à bord du *Foudroyant*, dans les eaux maltaises : *Allons, courage, belle Delia, oublie tout ton chagrin. Tes compagnons sont braves, un héros est leur chef*[1]. Des âmes bien intentionnées se sont empressées de préciser à l'épouse trompée que Nelson avait prié ce jour-là la poétesse de *remplacer belle Delia* par... *belle Emma*. Peut-être Fanny aurait-elle éprouvé quelque consolation si elle avait su que la vraie Delia fut remplacée dans le cœur de son amant, le poète romain Tibulle, par une autre femme, et ensuite par... un garçon. Mais Fanny n'est pas éprise de littérature romaine. Pour l'heure, elle ne voit, ne sait qu'une chose : son mari en aime passionnément

1. « Come, cheer up, fair Delia/Forget all thy grief. For thy shipmates are brave, and a hero's their chief. »

une autre. Comment pourrait-elle en douter ? Il lui suffirait de relire les lettres expédiées par Nelson au cours des derniers mois pour en être convaincue. Le ton est commun, détaché, et ne s'enflamme que lorsque l'amiral parle de lady Hamilton.

Heureusement, la rencontre est écourtée par l'arrivée impromptue du vieux duc de Queensberry, surnommé « Old Q. » par ses intimes. C'est un parent éloigné de sir William et un fervent admirateur d'Emma.

On se sépare. Fanny, prétextant un dîner, s'éclipse la première.

À 7 h 30 du soir, Nelson se rend à l'Amirauté. Plus tard dans la soirée, il est reçu par le lord-maire de Londres qui lui remet solennellement une épée de diamant pour une valeur de 200 guinées.

Vers 9 h 30, d'une humeur massacrante, Nelson se rend à un dîner chez lady Spencer, en compagnie de son épouse. À la fin du repas, Fanny pousse vers son mari un verre à vin dans lequel elle a disposé une poignée d'amandes décortiquées à son intention. Nelson écarte le verre si brusquement que celui-ci tombe et se brise. Réprimant un sanglot, Fanny s'éclipse dans une autre pièce. Nelson prend alors congé des Spencer et se retire. Une fois seule, Fanny commente avec lassitude : « Vous voyez dans quelle situation je me trouve ? »

Malgré tout, elle accepte quelques jours plus tard de se rendre à Covent Garden avec les Hamilton et son beau-père, le révérend Edmund. On y donne un spectacle intitulé *La Bouche du Nil*. Tout ce monde occupe la même loge. Une formidable ovation salue l'arrivée de Nelson. Les spectateurs applaudissent debout. L'orchestre entame le *Rule Britannia*. Le père de Nelson est au bord des larmes. Fanny est à la gauche de Nelson ; Emma à sa droite. On les dévore des yeux. On peut se demander lequel est le plus fou, le plus inconscient ? L'amiral ? Le chevalier ? L'épouse ? La maîtresse ou le vieux pasteur ? Tous sans aucun doute, puisque le 25 novembre les voilà à nouveau réunis, mais cette fois au théâtre Drury Lane où l'on joue une pièce de Sheridan : *Pizzaro*.

Drury Lane... N'est-ce point-là qu'une petite servante de Hawarden, une certaine Emily Lyon, venait écouter en coulisses les comédiens et les chanteurs ? Et sur la scène, cette femme qui tient le rôle d'Elvira, ne serait-ce pas celle qui fut sa complice d'escapade : Jane Powell ?

Lady Nelson porte une robe de satin mauve à manches blanches et un turban orné de deux plumes d'autruche. Lady Hamilton est vêtue d'une robe tunique grecque d'un blanc immaculé. C'est vers la fin du troisième acte, alors que l'on entame des chants à la gloire de la marine, que l'incident éclate. Un remue-ménage se produit dans la loge où le groupe est réuni. Fanny vient de perdre connaissance. On la soulève, l'emporte à l'extérieur. Dans la salle, les ragots vont bon train. Ils couvrent par moments la voix des chanteurs. Quelques minutes plus tard, Fanny réapparaît, manifestement remise de son moment de faiblesse. Elle conservera sa place jusqu'à la fin du spectacle.

Selon le *Morning Herald*, qui dresse dès le lendemain un compte rendu de la soirée, l'épouse de Nelson aurait été victime de la chaleur étouffante qui régnait dans le théâtre. Certains proposent une autre version : Fanny, à bout de nerfs, aurait tout simplement « craqué » devant les attentions excessives de son mari envers lady Hamilton. La vérité se situe sans doute entre les deux.

Dans un dernier élan de stoïcisme, Fanny persiste tout de même à suivre le trio à Stanmore, chez lord Abercorn, cousin de sir William. Les Hamilton y passeront le weekend, les Nelson repartiront après dîner. Ce sera la dernière fois que les deux rivales se trouveront en présence l'une de l'autre. Elles ne se reverront plus jamais.

Et qu'en est-il des relations entre Emma et la famille royale ? La presse de l'époque nous en donne un aperçu :

Le 9 décembre un entrefilet annonce : « Lady Hamilton

n'a toujours pas été reçue à la cour. Selon la raison officielle, Leurs Majestés n'auraient pas eu connaissance de la lettre de recommandation que la reine de Naples aurait remise à Milady. »

On s'en doute, cette affaire de courrier n'est qu'un prétexte. Aux yeux de la reine d'Angleterre, Emma ne représente rien. Elle n'existe pas. Elle n'existera jamais.

Nelson, lui, est plus perturbé que jamais par sa double vie. Il sait qu'il doit faire un choix. Sa décision est prise depuis fort longtemps, mais il ne veut pas brusquer les choses.

Vers le 20 décembre, une invitation du milliardaire sir William Beckford à passer les fêtes de Noël dans sa résidence de Fonthill, dans le Wiltshire, fournit au trio un excellent prétexte pour quitter Londres. Londres et Fanny. Et les voilà partis dans la brume de l'hiver, faisant une brève halte à Salisbury, le temps pour Nelson de recevoir les clés de la ville et de faire en retour une donation pour les nécessiteux de la région.

Ils sont accueillis devant la propriété de Beckford par une haie de volontaires enrégimentés pour la circonstance et qui entament en leur honneur le sempiternel *Rule Britannia*. Le mauvais temps qui continue de sévir les force à rester cloîtrés trois jours durant. Mais dans cette demeure de rêve rien ne manque à leur confort. Aux réceptions succèdent bals et dîners. Parmi les invités, on retrouve Georgina Brigida Banti, la fameuse *prima donna* napolitaine qui fut, rappelons-nous, contrainte à l'exil par Marie-Caroline. Emma ne cache pas sa joie de la revoir. C'est un peu du soleil de Naples qui illumine la grisaille de l'hiver anglais. Le 23 décembre, devant une assistance éblouie, les deux célébrités improvisent un duo. Puis, prouesse incroyable pour une femme qui achève son huitième mois de grossesse, Emma se lance dans une représentation de ses « Attitudes », soulevant l'enthousiasme habituel.

Le *Gentleman Magazine* d'avril 1801 publiera la relation

d'un témoin oculaire des fêtes de Fonthill. D'après ce récit, Emma incarna « Agrippine présentant dans une urne d'or les cendres de Germanicus » et « plusieurs autres personnages de l'Antiquité » avec une perfection telle qu'elle arracha des larmes à l'assistance et qu'on la déclara « la plus grande actrice d'Angleterre ».

Témoin de la performance, un illustre peintre américain, Benjamin West, intime de Reynolds, s'empresse de coucher Emma sur toile. L'œuvre restera la propriété de sir William Beckford jusqu'à sa mort avant d'être vendue aux enchères avec la plupart de ses biens. Précisons que le tableau participera à la longue liste des critiques formulées à l'encontre d'Emma. On reprochera à l'ex-ambassadrice d'avoir figuré *sciemment* une abbesse accueillant des novices au couvent !

Le 26 décembre, les Hamilton font leurs adieux au milliardaire et reprennent le chemin de Londres. Ils emménagent aussitôt dans un petit hôtel particulier, situé au 23 de Picadilly, face à Green Park.

Nelson, contraint par la force des choses, regagne le domicile conjugal de Dover Street. Un pli l'y attend : l'Amirauté vient de le nommer vice-amiral de la *Bleue*[1]. La nouvelle l'enchante, mais n'efface pas pour autant la rancœur qu'il éprouve à l'égard de ses supérieurs. Depuis qu'il est rentré en Angleterre, il n'a cessé de marchander les sommes qui auraient dû lui revenir après l'évaluation des prises d'Aboukir. Face à la ladrerie légendaire de l'Amirauté, il avait fini par confier l'affaire à deux avocats.

C'est d'ailleurs grâce à l'un d'entre eux, William Hasslewood, que nous avons un témoignage de la scène de rupture qui se déroula, la semaine suivant son retour, entre l'amiral et son épouse. Invité par Nelson à partager un petit déjeuner à Dover Street, l'avocat assiste malgré lui à une discussion fort animée entre le mari et sa femme. Le ton

1. La marine anglaise était alors divisée en trois flottes, la Blanche, la Rouge et la Bleue.

monte. On s'enfièvre. Nelson pousse la provocation jusqu'à faire les éloges de « sa chère lady Hamilton ». Outrée, Fanny quitte la table en déclarant qu'elle ne jouerait pas plus longtemps ce rôle humiliant d'épouse trompée :

— Je suis résolue, s'écrie-t-elle, à vous voir choisir entre elle et moi !

— Prenez garde à ce que vous dites, Fanny, je vous aime sincèrement, mais je ne puis oublier les obligations que j'ai envers lady Hamilton ni parler d'elle autrement qu'avec affection et admiration !

Toujours selon Hasslewood, lady Nelson quitta la pièce en marmottant quelques paroles qui laissaient entrevoir qu'elle avait pris son parti.

Effectivement, quelques jours après, elle abandonna la maison et ils ne vécurent plus jamais ensemble.

En vérité, Nelson avait tenté jusque-là de « ménager la chèvre et le chou ». Au tréfonds de lui, il ne souhaitait en aucune façon modifier sa vie quotidienne, mais, dans le même temps, il n'imaginait pas un seul instant abandonner Emma qui, sur le point d'être mère, lui semblait avoir plus que jamais besoin de sa sollicitude. Finalement, c'est Fanny qui aura eu le courage de trancher à sa place.

Il n'y a pas que Nelson qui soit en proie à l'avarice du gouvernement de Sa Majesté. Lord Hamilton connaît lui aussi des difficultés. Il a réclamé en échange de ses trente années de loyaux services et des pertes subies à Naples une indemnité qu'il se croit certain d'obtenir et qui, ajoutée aux revenus de ses terres galloises, doit lui permettre de continuer à faire bonne figure dans la société. Contrairement à ses prévisions, les jours passent, sans réponse. Pour sir William ce silence tourne au drame. Jamais, durant sa longue carrière, il n'a songé à amasser des économies, et les biens qu'il possède ne lui permettent pas d'assurer le brillant train de vie qu'il souhaite maintenir. De surcroît, il faut se souvenir que la majeure partie de ses trésors a fini au fond de la Méditerranée lors du naufrage du *Colossus*.

Passe encore pour les 150 livres de loyer annuel, mais l'hôtel particulier de Picadilly est pratiquement vide de meubles. Où trouver l'argent nécessaire à son aménagement ? Spontanément, Emma met en vente la plupart des bijoux que sir William lui a offerts. Et, à son corps défendant, le chevalier décide de se dépouiller d'une partie de ses objets d'art antique et de quelques tableaux, parmi lesquels le fameux portrait peint à Naples par Vigée-Lebrun. La vente a lieu le 18 mars 1801.

Le lendemain, Nelson écrit à Emma : « Ma bien chère amie, j'ai acheté votre portrait car je ne pouvais supporter l'idée qu'il serait vendu et, s'il m'avait coûté trois cents gouttes de sang [1], je les eusse données avec joie. [...] Je le destine à ma chambre à coucher [sa cabine] où il sera toujours accroché et, si je meurs, il est à vous. »

Il tiendra parole.

Le 13 janvier, le nouveau vice-amiral quitte Londres pour rejoindre son escadre dans la Manche.

Une fois à Plymouth, il écrit ce mot laconique à son épouse : « Chère Fanny, nous voici arrivés et nous sommes épuisés. Transmettez à mon père et à toute la famille mes sentiments les meilleurs. Croyez-moi votre attentionné. »

Peu de temps après, il apprend par la presse que Fanny a quitté Londres pour Brighton et qu'elle a missionné Davison, l'homme d'affaires, pour qu'il trouve une maison à louer pour « elle-même et lord Nelson ». Il écrit aussitôt à Emma : « Laissez-la se rendre à Brighton ou bien où bon lui semble, je m'en moque. Elle est folle et c'est tant mieux ! Dieu soit loué, vous ne lui ressemblez pas, loin s'en faut. » Et il ajoute à l'intention de son homme d'affaires : « Je ne peux pas croire que lady Nelson souhaite réellement louer une maison ; de toute façon, Dieu merci, rien ne me forcera à y vivre. »

Lorsque le vice-amiral rédige ses mots, sa santé est à nou-

1. Il lui avait coûté 300 livres.

veau chancelante, son œil mort le fait horriblement souffrir. Il sait aussi qu'Emma doit accoucher d'un jour à l'autre, ce qui ajoute à son extrême tension.

Juste avant de lever l'ancre, à bord du *San Josef*, il fait parvenir à Fanny ce billet qui ressemble fort à un adieu : « Vivant, j'ai toujours fait tout ce qu'il était en mon devoir de faire pour vous ; si je meurs, vous en aurez la preuve. Mon seul vœu désormais est qu'on me laisse à moi-même et, en vous souhaitant le meilleur bonheur possible, croyez que je reste votre affectionné. » Signé : *Nelson and Bronte*.

Fanny ne sait pas encore que son époux a donné des ordres à ses agents pour qu'il lui soit versée une rente de 1 800 livres par an.

On met à la voile.

À Londres, au 23 de Picadilly, alors que la nuit recouvre la ville, une femme est en proie aux douleurs de l'accouchement...

18

DEPUIS bientôt trois jours, Emma conserve la chambre prétextant un coup de froid. Elle refuse l'entrée de ses appartements à lord Hamilton et ne tolère que Mrs. Cadogan à ses côtés.

C'est fou, c'est surréaliste, mais c'est ainsi. Dans la nuit de ce 29 janvier – c'est toujours la nuit – les contractions se sont accélérées. Mrs. Cadogan a préparé une bassine d'eau bouillante, des serviettes. Emma a beau serrer les dents et les poings, elle ne peut empêcher son corps de crier. Dix-neuf ans la séparent de son premier accouchement. Les chairs sont mises à dure épreuve.

Où est donc lord Hamilton ? Ne devine-t-il rien ? L'hôtel particulier de Picadilly n'est pas le palais Sessa et le chevalier, bien que très usé par l'âge, n'est pas encore devenu sourd. Il a toute sa tête. Sa vue est encore bonne. Certes, ils ne font plus l'amour depuis bien longtemps et il n'a plus été en présence du corps dénudé d'Emma depuis des lustres. Mais ne nous leurrons pas. Lord Hamilton n'a pas pu ne pas prendre conscience de la transformation physique de son épouse. Non. Fidèle à lui-même, il continue de feindre. Couché dans son lit, ou fumant un cigare devant la cheminée du grand salon, il se veut uniquement à l'écoute de son cœur qui s'est mis soudainement à battre un peu plus vite. Il sait parfaitement que l'enfant qui s'apprête à venir au monde est l'enfant du grand Nelson et de sa femme bien-aimée. Il ne dira rien, ne fera aucun commentaire. Et lorsque, huit jours plus tard, Mrs. Cadogan franchira le seuil de l'appartement en emportant le nouveau-né, il continuera de ne rien entendre, résistera à la tentation de demander si c'est une fille ou un garçon.

C'est une fille. Pour l'heure, elle n'a pas de prénom. C'est le père qui en décidera.

La petite blottie contre sa poitrine, Mrs. Cadogan traverse Londres en fiacre dans l'aube humide. Parvenue devant le 9 Little Tichfield Street, Marylebone, elle descend et frappe quelques coups discrets à la porte. Une femme apparaît. C'est Mrs. Gibson, une nourrice réputée pour sa discrétion. Elle est veuve. Mère d'une fille partiellement handicapée de vingt-sept ans appelée Mary. Cette affaire est une véritable bénédiction. Les fins de mois sont si dures. Curieusement, Mrs. Cadogan lui déclare que la fillette est âgée de trois mois. Elle serait née le 29 octobre. Trois mois ? La nourrice n'en croit pas un mot. Elle a suffisamment l'expérience des enfants pour ne pas être dupe. Pourquoi ce mensonge ? La réponse est à mettre au crédit de la longue liste des subterfuges imaginés par Nelson et Emma.

Trois mois plus tôt, Emma était à Dresde. Par conséquent, croit-elle, on ne peut lui attribuer la maternité de l'enfant.

Par ailleurs, autre artifice, il a été convenu entre Nelson et sa maîtresse qu'ils se désigneraient tous deux par des noms d'emprunt. Emma revêtirait la personnalité fictive d'une certaine Mrs. Thomson ; Nelson jouerait le rôle de *l'ami* de son amant. Mrs. Thomson est censée se trouver à Londres et l'amant à bord du navire de l'amiral. Ce stratagème leur permet de parler de l'enfant dans leur correspondance sans éveiller de soupçon. Mais leur manière de s'exprimer dérape assez régulièrement, d'où nombre d'incohérences.

C'est ainsi que l'on peut lire dans une lettre écrite le 1er février, jour où Nelson a appris la naissance de sa fille :

Ma chère milady,

Je crois que le pauvre cher ami *de Mrs. Thomson va devenir fou de joie. Il pleure, prie, fait mille folies et cependant n'ose montrer aucun des sentiments divers qui l'agitent. Il n'y a que moi qu'il puisse consulter. Il jure qu'il boira aujourd'hui même à votre santé dans un hanap, et Dieu me damne si je ne m'associe à lui, au mépris de tous les médecins de l'Europe, car personne ne* vous *porte une affection plus vraie que la mienne. Vous êtes une chère, bonne créature et votre bonté et vos attentions* pour la pauvre Mrs. Thomson *vous élèvent encore dans mon estime. Je ne puis écrire ; je suis dans une telle surexcitation nerveuse, causée par la présence d'un certain personnage que je sens là tout contre mon coude ! Je m'imagine qu'il est fou ; il ne cesse d'extravaguer à propos de vous et d'elle. J'avoue que je partage sa joie. Je ne puis plus écrire.*

Et le lendemain :

Toutes vos lettres sont tellement aimables, affectueuses et si semblables à vous-même que je n'aurais vraiment pas su laquelle préférer si la dernière n'avait pas été si excellente et n'avait pas dépassé de beaucoup toutes les autres. J'en ai découpé deux lignes que je ne quitterai jamais. Cet ami de notre chère Mrs. Thomson *est une bonne âme, pleine de tendresse. Il désire ardemment la revoir ainsi que son enfant. Si cela est possible, je lui donnerai deux ou trois jours de congé quand j'irai à Portsmouth et vous verrez quelle reconnaissance il a envers vous.*

Le 3 février, c'est Mr. Thomson qui, cette fois, est supposé s'adresser directement à sa dulcinée :

Ma chère Mrs. Thomson,

Votre bon et cher ami [Nelson] ne juge pas convenable à présent d'écrire de sa main, mais il me charge de vous dire combien vous lui êtes chère. Il faut qu'à toute occasion vous embrassiez et bénissiez de sa part cette chère petite fille qu'il souhaite que vous appeliez Emma[1], *en reconnaissance de notre chère lady Hamilton. Il laisse d'ailleurs la chose à votre jugement et choix. Ce matin, j'ai donné 100 livres sterling à lord Nelson au sujet desquelles il donnera des instructions à ses agents concernant lady Hamilton.*

Aux deux êtres qui sont désormais toute sa vie, sa maîtresse et sa fille, il envoie quelques souvenirs et cette nouvelle lettre du 5 février :

Ma chère Mrs. Thomson,

Votre cher et excellent ami souhaite que je vous informe qu'il n'est pas d'usage de baptiser les enfants avant qu'ils aient un mois ou six semaines ; d'ici là, nous serons de retour en ville. Votre ami propose donc, si toutefois vous êtes de cet avis, que l'enfant soit baptisée à ce moment. Moi-même et lady Hamilton, nous pourrions être parrain et marraine.

Il conclut :

Son prénom sera Horatia, fille de Johem et Morata Etnorb.

Nous entrons de plain-pied dans le jeu des anagrammes ! Si nous faisons abstraction de la lettre J et interchangeons les lettres, nous trouvons : « Emma et Horatio Bronte. »

Appeler sa fille Horatia, c'est vraiment tenter le diable. Plus que jamais, c'est l'inconscience qui gouverne le couple.

---

1. Si Nelson suggère ce prénom, c'est qu'il ignore tout de l'existence de *Little Emma*, maintenant âgée de dix-neuf ans.

Il eût fallu que leur entourage fût vraiment candide pour ne pas faire le rapprochement avec Nelson et Emma ; lord Hamilton le premier. On se demande d'ailleurs pour quelle raison l'amiral opte soudainement pour le prénom d'Horatia, alors que deux jours plus tôt il songeait à l'appeler Emma...

À ce stade de l'histoire, il nous faut réintroduire un personnage si peu évoqué jusque-là que le lecteur ne doit plus s'en souvenir. Il s'agit du prince de Galles. L'homme qui avait affirmé à Mme Vigée-Lebrun avoir connu lady Hamilton « chaussée de sabots à la porte d'une fruitière ». Ce qui était faux, puisqu'il n'a réellement fait la connaissance d'Emma qu'en août 1791, à la veille de son mariage. Subjugué, comme tant d'autres avant lui, il s'était hâté de commander un portrait d'elle à Romney et, depuis, il ne manquait pas une occasion de citer son nom avec des tremblements dans la voix. En ce mois de février, il a exprimé le désir d'être reçu à la table des Hamilton et d'entendre chanter Emma en duo avec la *signora* Banti. Lorsque Nelson l'apprend, son sang d'amoureux transi ne fait qu'un tour. La jalousie le dévore, le consume. Il est comme fou. Au désespoir, il se jette sur sa plume et met sa maîtresse en garde : « Vous êtes trop belle pour ne pas avoir d'ennemis ; vous serez compromise à la première occasion. Et cependant, ma chère amie, je vous connais trop bien pour n'être pas certain que vous ne pouvez vous laisser convaincre par *aucun prince d'Europe*. Vous êtes, à mes yeux, le modèle de la perfection. » Il continue : « Sir William devrait faire entendre au prince que, dans votre situation, il serait tout à fait inconvenant de recevoir chez vous son Altesse royale. Que le prince le souhaite, je ne suis nullement surpris. Sir William devrait s'en expliquer avec lui et, si le prince est homme d'honneur, il cessera ses assiduités. Cette pensée me met dans un tel état que je ne puis plus écrire. »

Si nous avions quelques doutes sur la jalousie exacerbée de l'amiral, ils sont balayés.

Le 11 février, en réponse à un courrier d'Emma qui le gronde – par jeu – et lui conseille de mettre sa jalousie sous un boisseau, il rétorque, passionné : « Il est facile de trouver un bâton pour battre son chien, et de trouver un prétexte pour blâmer un être qui ne vous oubliera jamais, et qui jusqu'à son dernier souffle priera pour votre bonheur. »

Le 17, il est à genoux, brisé : « Je suis si tourmenté que je n'ai plus la force d'aligner le moindre mot. Je savais que cela arriverait un jour, et je n'y peux rien. *Ne demeurez pas trop longtemps à cette table.* Doux Jésus ! Il sera assis à vos côtés, vous chuchotera des mots doux. Si c'est le cas, ordonnez-lui de quitter la table et votre maison. Oh ! mon Dieu ! J'en mourrai ! Non, ma douce Emma, je ne mourrai pas. Et ça sera votre faute, puisque je crois à votre fidélité. Je suis en train de perdre la raison, mais que faire ? »

Il trouve malgré tout la force d'enchaîner : « Si j'étais en ville, aucun motif ne pourrait m'empêcher de dîner avec vous ce damné soir. Mais, ma chère Emma, je ne vous blâme pas ; seulement, souvenez-vous de votre pauvre malheureux ami. Pensez qu'il va falloir que vous paraissiez gaie et que vous chantiez ! J'ai appris que vous aviez résolu de n'aller jamais là où se trouverait ce fripon, et voilà qu'il faut que vous l'ayez chez vous ! Et cependant, vous ne pouvez, j'imagine, faire autrement ni le mettre à la porte de votre propre maison. Si vous n'arrivez pas à vous en débarrasser cette fois, j'espère au moins que vous direz à sir William de ne jamais plus le recevoir à l'avenir. C'est que personne, pas même Emma, ne pourrait résister aux flatteries de cette langue de vipère ! Je me sens plus mort que vif. Allons, allons, mon pauvre cœur, ne te brise pas dans ma poitrine. Calme-toi ; Emma est fidèle. Pardonnez-moi, je connais mon Emma, et n'oubliez pas que vous avez eu un jour un Nelson, un ami, un bien cher ami. Hélas ! Il a perdu sa meilleure, sa seule amie, son seul amour. Souvenez-vous de lui, le pauvre diable. [...] Je suis plus calme. Les larmes versées m'ont fait du bien. »

Le lendemain, Nelson reprend espoir. Emma lui a écrit qu'elle comptait éluder la visite du prince. Bien évidemment, il l'encourage dans cette résolution et l'engage à dîner ce soir-là chez une amie : « Si le prince insiste pour venir malgré tout, Emma *doit* être absente ! »

Sa maîtresse manœuvre si habilement que le dîner n'a pas lieu et Nelson peut respirer à nouveau. Il se répand en compliments : « Votre bon sens, votre jugement, votre fermeté déployée si à propos doivent vous rendre plus chère à tous vos amis, mais à aucun cependant autant qu'à votre vieil ami Nelson. Vous avez prouvé que vous saviez résister à tous les assauts. Je me fais gloire de votre conduite et de votre inestimable amitié. Je souhaiterais que vous fussiez une sœur pour pouvoir vous donner la moitié de ma fortune. »

En lisant cette dernière phrase, Emma ne peut s'empêcher de sourire quelque peu tristement. Et pour cause... Les affaires de lord Hamilton vont toujours aussi mal. Aucun signe de vie de la pension réclamée à l'Amirauté. Sa persistance à vouloir mener grand train, à *faire bonne figure*, a très vite fait de lui un homme endetté. Il doit près de 2 000 livres à Nelson, et se croit obligé d'ouvrir ses salons à un grand nombre d'amis, de qui il espère un appui pour obtenir son indemnité de retraite. Espérance vaine. Emma intervient à nouveau, vend ce qui lui reste de bijoux et sa parure de diamants, tandis que sir William décide de ne plus payer le loyer du palais Sessa, et de se défaire de nouvelles pièces de ses collections. Parmi les toiles mises à l'encan, se trouve un portrait d'Emma en sainte Cécile. Nelson s'en rendra cette fois encore acquéreur.

Dans la dernière semaine de février, il arrache trois jours de congé à lord Keith et fonce vers Londres en pleine nuit. Il court, il vole. Vers Emma et surtout vers Horatia. Il arrive dans la capitale vers 7 heures du matin et se rue chez

Mrs. Gibson pour serrer sa fille dans ses bras. S'il reconnaît qu'Horatia a hérité des grands yeux bleus de sa mère, pour le reste, elle lui ressemble, c'est sûr. Elle est son portrait. Telle est du moins sa conviction. Lui qui n'a jamais eu d'enfants avec Fanny sent bouger en lui des émotions nouvelles. Il est père. Père jusqu'au bout de l'âme.

Mary, la fille handicapée de Mrs. Gibson, témoignera plus tard de ces visites : « Lady Hamilton venait très régulièrement voir la petite. Lord Nelson l'accompagnait parfois. Lorsqu'il venait seul, il passait des heures à jouer avec l'enfant, et l'appelait "ma fille". » Mary se serait confiée au... mari d'Horatia, le révérend Philippe Ward, à l'époque où celui-ci tentait de découvrir qui était le vrai père de son épouse.

Nelson prend une chambre à l'hôtel Lothian, à Albemarle Street, et partage son temps entre Emma et sa fille. Mais trois jours, c'est court. Le voilà déjà reparti pour Torbay d'où il devra appareiller pour se placer sous les ordres de l'amiral Hyde Parker, à Yarmouth. Ensuite, direction la mer Baltique. Pourquoi cette destination ? Parce que, depuis le début de l'année, la guerre entre la France et l'Angleterre s'est transformée en guerre économique. Bonaparte a décidé de ruiner son ennemi en lui interdisant l'accès à tous les ports d'Europe. En réplique, devant chaque port condamné, la marine anglaise répond par un blocus maritime. De plus, les navires de Sa Majesté ont ordre d'arraisonner tout navire, quel qu'il soit, même ceux qui appartiennent aux nations neutres. Cette réaction a provoqué une levée de boucliers. Une ligue s'est formée pour s'opposer aux manœuvres de l'Angleterre. Elle compte parmi ses membres la Prusse, la Suède et le Danemark. Trois pays baignés par les eaux de la mer Baltique...

De retour sur le *Saint George*, il écrit à sa bien-aimée : « Samedi 1er mars, midi. Mon Dieu ! Si seulement j'avais pu dîner en tête à tête avec vous, quel dessert nous aurions eu ! Mais le temps viendra. Croyez que je vous appartiens pour toujours, à jamais. »

Dans une seconde lettre rédigée peu après, il prend le risque d'aller plus loin. Il avance à visage découvert parce qu'il sait que ce courrier sera remis en mains propres à Emma :

> *Maintenant, ma propre chère épouse – car telle vous êtes à mes yeux et devant Dieu –, je puis donner libre cours à mes sentiments, car je compte qu'Olivier*[1] *vous remettra cette lettre fidèlement. Vous savez, ma très chère Emma, qu'il n'y a rien au monde que je ne fasse pour que nous vivions ensemble et pour avoir notre chère petite enfant avec nous. Je suis convaincu que cette campagne-ci nous apportera la paix, et alors nous partirons pour Bronte. Rien, sinon un événement majeur, ne pourra nous en empêcher. À moins que tout ne s'arrange, cela ferait marcher des centaines de langues et provoquerait toutes sortes de médisances si je me séparais d'elle [Fanny], ce que je ferai avec joie dès que nous pourrons être unis. Je ne veux plus jamais la revoir. C'est pourquoi nous devons nous organiser jusqu'au moment où nous quitterons le pays* ou que votre oncle mourra *[lord Hamilton]. J'aime et je n'ai jamais aimé personne avant vous ; je n'avais jamais reçu de gage d'amour avant que vous ne m'ayez donné le vôtre et vous,* Dieu merci ! vous n'en avez jamais donné à personne[2]. *Pensez à la joie que ressentira mon Emma en voyant revenir sain et sauf, peut-être encore avec une renommée plus grande, son propre cher Nelson amoureux. Vous, mon adorée Emma, et mon pays sont les deux objets les plus chers à mon cœur aimant, un cœur sensible et vrai. Vous ne pouvez imaginer combien votre conversation, votre personne me manquent, ni les sentiments que j'éprouve à l'idée de faire l'amour avec vous : je brûle littéralement par la pensée,*

1. James Olivier était le secrétaire particulier de lord Hamilton et deviendra ensuite celui d'Emma.

2. Ce qui confirme bien que Nelson était dans l'ignorance de l'existence de *Little Emma.*

alors que serait-ce dans la réalité ! Je suis sûr que mes désirs, mon amour vous appartiennent entièrement, et si une femme nue s'approchait de moi en ce moment précis, dans l'état où je me trouve après avoir pensé à vous, je souhaite que cela *tombe en putréfaction, si je touchais seulement cette femme de la main...*

Comme nous pouvons le constater, la passion qui guide l'amiral depuis bientôt trois ans est plus vive que jamais. Précisons que cette lettre est d'une importance extrême. Elle fait partie de ce que l'on a appelé les *Thomson letters*. Jusqu'au jour où elles furent divulguées au public, rien ne prouvait formellement que l'enfant était bien de Nelson et de lui seul. Longtemps, les fanatiques de l'amiral récusèrent cette possibilité. À leurs yeux, leur héros n'avait pu se compromettre à tel point avec une *aventurière*. Pourtant, la vérité est là. Nelson était sans doute un héros, mais il était avant tout un homme, un mortel comme tous les autres.

Pendant longtemps, Horatia elle-même ne saura jamais avec certitude quels liens de parenté l'unissaient à l'amiral. Désireuse de protéger la mémoire de lord Hamilton et celle de Nelson, Emma ne dira rien. Elle se contentera de laisser planer le doute. Mais, pire encore, elle réussira à semer une autre incertitude dans la tête d'Horatia en lui affirmant qu'elle-même n'est pas sa propre mère. Rien de plus terrifiant en somme pour un enfant en quête de ses racines.

Lorsque l'on se penche sur cet épisode, une question ne cesse de revenir à l'esprit : pourquoi diable n'a-t-elle pas voulu faire croire qu'Horatia était l'enfant de lord Hamilton ? La pudeur certainement de se confier ouvertement au chevalier, un désir de sauver les apparences. Il valait mieux rester dans le non-dit. Peut-être aussi était-elle convaincue que lord Hamilton ne se doutait vraiment de rien.

Le 6 mars, soucieux d'assumer la sécurité de la mère et de son enfant, l'amiral fait ajouter un codicille à son testament. S'il nous éclaire sur l'intérêt qu'il leur porte, il nous permet aussi d'avoir un aperçu des difficultés financières rencontrées par lord Hamilton lors de la fuite à Palerme. Et l'on a bien la preuve que l'ambassadeur non plus qu'Emma ne cherchèrent jamais à thésauriser.

Attendu que l'honorable sir William Hamilton m'est redevable d'une somme de neuf cent vingt-sept livres, empruntée à Palerme, en janvier 1799, ainsi que de la somme de deux cent cinquante livres empruntée entre les mois de juillet et novembre 1800 ; ainsi que de la somme de mille quatre-vingt-dix livres, qui correspond à la moitié des dépenses consacrées à notre voyage de Livourne à Londres ; ce qui représente un total de deux mille deux cent soixante-sept livres, je confie le recouvrement de cette dette à Thomas Ryder, Esq.[1] *de Lincoln's Inn ainsi qu'à Alexander Davison, Esq. de St. James Square, afin que lady Hamilton en soit le bénéficiaire, et qu'elle en fasse usage comme bon lui semblera. Par ailleurs, je demande à mes amis Thomas Ryder, Esq. et Alexander Davison, Esq. d'être mes exécuteurs testamentaires, et qu'ils paient à lady Hamilton une rente annuelle de 1 000 livres et que cette somme soit répartie après sa mort selon les volontés qu'elle aura exprimées.*

Fait en mer, à bord du vaisseau de Sa Majesté, le Saint George, *en ce 6 mars 1801. Signé Nelson et Bronte. Je déclare que ce qui précède est un codicille à mon dernier testament. Témoins : T.M. Hardy, capitaine du* H.M.S Saint George *et Frederick Thesiger, capitaine R.N. [Signé Nelson and Bronte].*

1. Titre de courtoisie qui se place à la suite du prénom et du nom. Équivalent de « monsieur ».

19

« QUE signifie le comportement de sir William ? Comment se laisse-t-il aller à des dépenses extravagantes – un train de vie de 10 000 livres par an ! Lui qui affirmait que l'achat d'un chandelier supplémentaire était ruineux ? »

Ce sont les questions que Nelson partage avec Emma alors qu'il se trouve au milieu de la mer Baltique.

Il a raison de s'inquiéter. Le ménage Hamilton mène une existence dispendieuse, nullement en rapport avec ses ressources. La maison de Picadilly est encombrée de domestiques ; Emma et son mari ont chacun leurs chevaux, leurs voitures. Réceptions, dîners, bals, concerts se succèdent comme au temps des splendeurs de Naples. Emma, bien entendu, ne fait rien pour tempérer sir William. Comment aurait-elle pu ? Elle qui n'a jamais su faire la différence entre un shilling et mille livres. À son insu, c'est sa future perte qu'elle prépare. Sa descente aux enfers.

Le 18 mars, la flotte anglaise, composée de douze vaisseaux, est au large de Skagen[1]. La pointe nord du Jylland est couverte de neige à perte de vue. Des glaces dérivent lentement sur la surface étale de la mer. Le 20 mars, l'escadre est à dix-huit milles de Kronborg, la célèbre forteresse

1. Port danois, sur la côte ouest du Jylland, ou *Jutland*, en allemand.

d'Elseneur[1] qui défend l'entrée du détroit de Sund. Le 26 mars, elle prend la direction du Grand Belt. La tension est vive. Elle atteint son paroxysme le 2 avril, devant Copenhague. Une dizaine de jours auparavant, les négociations entre émissaires danois et anglais se sont soldées sur un échec. Les Danois craignent trop la Russie pour se décider à quitter la Ligue des Neutres. Ils sont prêts à se battre.

Nelson, qui a transporté son pavillon à bord de l'*Elephant*, n'attend que cela.

La bataille éclate à 11 h 18, « par mer calme, jolie brise et ciel couvert ». Trois heures plus tard, tous les navires et batteries flottantes de l'ennemi sont réduits au silence. La coalition de la Russie, de la Suède et du Danemark a vécu. Le génie de Nelson a fait merveille. Il a réitéré son exploit d'Aboukir. Cette fois encore, il a agi selon son instinct, faisant fi des ordres de ses supérieurs. L'incident qui s'est déroulé au cours de la bataille est révélateur de sa manière d'agir. La situation de quelques vaisseaux anglais devenant critique, l'amiral Parker fit ordonner à Nelson de cesser le feu et de battre en retraite. Cet ordre – on l'imagine – ne pouvait convenir à un marin de sa trempe.

— Abandonner le combat maintenant ! rugit-il à l'intention de son second, le capitaine Foley. Que je sois damné si j'obéis !

— Mais... le signal de l'amiral Parker, bafouille l'officier.

— Quel signal ? Vous savez, Foley, je ne vois que d'un œil. Et l'autre est parfois aveugle.

Prenant une longue-vue, il l'appliqua sur *son œil borgne* :

— Je vous assure. *Je ne vois pas de signal.*

Et il poursuit l'affrontement jusqu'à la déroute complète de l'ennemi. Cette attitude rebelle ne pouvait que lui susci-

1. Ville danoise, Elseneur est située à l'extrémité nord-est de l'île de Sjaelland sur les bords du détroit du Sund dont elle défend, avec la ville suédoise de Hälsingborg, le passage le plus étroit. C'est l'*Hamlet* de Shakespeare qui la rendit célèbre dans le monde entier.

ter des ennemis. En haut lieu, on parle déjà d'une sanction nécessaire, voire même d'une quasi-disgrâce. Nelson s'en moque. Il confiera à sir William : « Je connais les hommes suffisamment pour être convaincu que nombreux sont en Angleterre ceux qui me vouent à tous les diables. S'ils souhaitent me voir quitter mon pays, leurs vœux seront bientôt exaucés, car je suis décidé à me retirer à Bronte. » Et il ajoutera : « Mon corps et mon esprit, tout comme mes vaisseaux, ont besoin d'être radoubés. »

Bien entendu, Nelson se garde bien de préciser que c'est avec l'épouse de son ami qu'il envisage de s'exiler...

Dans la deuxième semaine d'avril, à des milliers de miles du Danemark, une femme arrive à Chester. Elle est en route pour Manchester où on l'a chargée de remplir une mission. Quelques jours plus tôt, elle a pris le temps de s'arrêter à Hawarden pour embrasser les siens. La femme n'est autre que Mrs. Cadogan.

Le 16, elle écrit à sa fille : « Je t'informe que je suis arrivée hier après-midi à Chester et je suis heureuse de te dire que tous les amis de Hawarden se portent bien. J'ai l'intention de rester ici quarante-huit heures, avant de me rendre à Liverpool où je demeurerai deux ou trois jours. Ensuite je poursuivrai jusqu'à Manchester. Je te supplie d'envoyer tes directives à Mrs. Blackburn et de me dire comment je dois agir avec la fille. [...] Ma sœur et toute la famille t'envoient leur meilleur souvenir. Transmets mon affection à sir William et accepte de même celle de ton aimante mère. »

Nous l'avons compris, c'est de *Little Emma* qu'il est question. Mais elle n'est plus *Little Emma.* C'est maintenant une jeune fille de dix-neuf ans. Si le visage de Mrs. Cadogan lui est vaguement familier, ne l'a-t-elle pas vue dix ans plus tôt ? celui de lady Hamilton lui est étranger. De quoi Mrs. Cadogan a-t-elle été chargée ? De régler sans doute certaines factures en souffrance, s'assurer peut-être que Emma *Carew* – c'est, rappelons-nous, le patronyme dont on l'a affublée – n'est pas totalement livrée à elle-même.

Dans la mer Baltique, la flotte victorieuse est revenue mouiller à Kloge Bay, sur le rivage danois, en attente des instructions de Londres. Le 26 avril, anniversaire d'Emma, l'amoureux organise un dîner auquel participent une vingtaine d'officiers de Sa Majesté. Tous ces gentlemen qui, plus tard, diront pis que pendre de lady Hamilton lèvent leur verre en l'honneur de *Santa Emma*.

Aux premiers jours de mai, le courrier apporte les nouvelles de Londres : l'amiral baron Nelson vient d'être nommé vicomte Nelson du Nil et de Burnham Thorpe. Il y a aussi une lettre de lord Hamilton : « Nelson a été, est, et sera toujours le premier. »

L'ex-ambassadeur et son épouse ont fêté comme il se doit la nouvelle victoire de leur champion entourés d'invités de marque, parmi lesquels le duc de Queensberry, dit « Old Q. », lord William Gordon[1], le duc napolitain de Noia, et en présence d'un revenant... Charles Greville. Emma à peine remise de son accouchement a joué de la harpe, et chanté un chant patriotique à la gloire de Nelson. Les paroles ayant été composées après la victoire d'Aboukir, elle les adapte pour l'occasion :

Lui qui a sauvé notre île par deux fois
La première dans les eaux du Nil
Ensuite près du Pôle.
Lui, oh ! Toujours lui
Qui fit de ses ennemis des amis

1. Un parent de lord Hamilton.

Il est toujours sur pied de guerre
De pôle en pôle.

Ce n'est pas du Shakespeare, mais...

D'une énergie sans faille, elle se lève ensuite pour danser la tarentelle, accompagnée par Julia, la servante italienne. Malgré le fardeau de ses soixante-dix ans, lord Hamilton se joint à eux, esquisse quelques pas avant de céder la place au duc de Noia. Et lorsque le Napolitain, à bout de souffle, rend les armes à son tour, Emma enchaîne avec Kashiba, une domestique égyptienne (sans doute d'origine éthiopienne) ramenée de Palerme.

Au début du mois de juillet 1801, le 1er très exactement, le marin est de retour en Angleterre. L'accueil qu'on lui réserve est tout aussi glorieux que lors de son premier passage. Il visite l'hôpital naval, salue les blessés et offre une guinée à chacune des infirmières présentes.

Le lendemain, installé dans une chaise de poste menée par six postillons habillés en marin, il part pour Londres.

Le soir même de son arrivée, il se précipite chez... Horatia, puis se rend chez les Hamilton. Les retrouvailles sont chaleureuses, le bonheur d'être trois semble toujours aussi vif.

Devant la mine fatiguée de son amant, Emma suggère une escapade à la campagne.

— Excellente idée, approuve Nelson. Mais où aller ?

Emma propose Burford Bridge, près de Dorking, sur la pente de Box Hill.

— Parfait !

C'est donc là qu'ils se rendent d'abord, mais ne restent guère longtemps. Deux jours plus tard, ils déménagent pour Staines, près de Shepperton, et descendent au Bush Inn : « Un endroit ravissant, bien situé, avec un charmant jardin sur la Tamise. » Il est vrai qu'en cette saison le Surrey est de toute beauté. Et cette jolie vallée de Mickleham inspire la douceur de vivre. Sir William est aux anges. Il peut passer ses journées au bord de l'eau et se livrer à son sport favori : la pêche à la ligne. Peu de temps après, le trio est rejoint par le révérend William, le frère de Nelson, l'épouse de celui-ci et leurs enfants. Notons que le pasteur ne rate pas une occasion de se rapprocher de l'amiral.

Un autre familier les retrouve. Il s'agit du jeune capitaine Edward Parker, un protégé de l'amiral.

Comme il se doit, la presse ne manque pas de saisir cette occasion pour publier des dessins signés Gillray, où figurent en bonne place Nelson et sa maîtresse. Une « Didon au désespoir[1] » fait s'esclaffer le Tout-Londres. On peut voir aussi une caricature représentant le marin, lunette à la main, debout dans une petite barque dont Emma tient le gouvernail, tandis que l'ex-ambassadeur s'épuise à ramer.

L'amiral n'en a que faire. Il est à mille lieues de tout cela. Il doit affronter des motifs de contrariété autrement plus agaçants. Tout d'abord, il y a eu cette lettre de Fanny qui lui est parvenue aux alentours du 16 juillet. Le ton est doux, émouvant, humble, mais il a eu le don de l'irriter :

> *Mon cher mari,*
> *Je ne peux garder le silence dans la joie de tout le royaume. Mon bonheur est qu'il ait plu à Dieu de vous conserver en vie. On dit que votre victoire surpasse celle d'Aboukir, et tous vous en félicitent et vous expriment leur gratitude. Ce que sont mes sentiments, seul votre bon cœur peut vous le dire. Aucune femme n'a autant d'affection pour son mari que moi. Autant que je sache, j'ai toujours fait pour vous tout ce que vous pouviez désirer. Si j'ai omis la moindre chose, je vous en demande pardon. Je ferai tout ce qui est en mon*

1. Selon une tradition, Carthage aurait été fondée vers 814 avant J.-C. par Didon, sœur du roi de Tyr. Le chant IV de l'*Énéide* de Virgile relate les amours d'Énée et de Didon qui s'achèvent tragiquement : passionnément éprise, Didon s'efforce en vain de retenir Énée auprès d'elle, mais celui-ci doit accomplir sa mission. Désespérée, elle finit par s'immoler sur un bûcher.

pouvoir pour alléger les nombreuses infirmités qui frappent le pasteur, notre père. Que puis-je faire pour vous prouver que je suis toujours votre épouse affectionnée ?

Quatre jours plus tard, c'est une convocation de l'Amirauté qui vient troubler sa tranquillité. Il faut plier bagage, dire adieu aux délices de Bush Inn et tout cela par la faute du petit *Corse mal rasé*. Décidément, ce despote a de la suite dans les idées. Assuré sur le continent par la paix de Lunéville, Bonaparte a lancé d'importants préparatifs à Boulogne en vue d'envahir l'Angleterre. Le pli officiel que Nelson tient dans ses mains l'informe qu'il a été nommé commandant en chef d'une flotte d'unités légères. Il a pour mission de défendre le littoral et de barrer la route aux Français...

20

SELON les rapports des agents anglais, Bonaparte a réuni environ deux cents canonnières à fond plat, une trentaine de sloops armés et des chalands. La plupart de ces embarcations sont rassemblées à Boulogne, liées entre elles et enchaînées au rivage. Ce n'est pas une flotte, mais plutôt une flottille. L'amiral qui la commande nous est familier. Il s'agit de Latouche-Tréville, celui-là même qui avait fait irruption neuf ans plus tôt dans le port de Naples du temps de Marie-Caroline.

Après avoir inspecté les défenses terrestres, entre Faversham et Deal, Nelson remonte à bord de sa frégate *Unite*. Le 2 août 1801, il passe sur la *Medusa*, bien décidé à prendre l'initiative. N'a-t-il pas déclaré aux habitants apeurés de Faversham : « Je n'ai pas l'intention de laisser venir l'ennemi jusqu'à nous. J'irai moi-même l'anéantir à Boulogne. Si Bonaparte se mettait sur notre route, il regrettera de n'être pas resté en Corse. »

Le 5, il attaque. Disons-le d'emblée, c'est un fiasco. Jamais l'expression « coup d'épée dans l'eau » ne fut plus appropriée. Après avoir lancé quelques centaines de boulets chargés de mitraille, qui passent par-dessus les bateaux français, coulé trois chaloupes et un brick, sans faire le moindre mort ni le moindre blessé, l'amiral se retire au large.

Latouche-Tréville écrira dans ses *Mémoires* ce commentaire qui en dit long : « Je ne pense pas que l'amiral Nelson puisse compter la journée du 16 thermidor au nombre de celles qui ont illustré son nom. »

Pourtant, le 15 et le 16 août, l'Anglais récidive. Nous ne rentrerons pas dans le détail de ces opérations navales ; le compte rendu expédié par Nelson à lord Saint-Vincent est suffisamment éloquent : « J'ai le regret de vous faire savoir que je n'ai pas réussi à capturer ni à détruire la flottille ennemie amarrée à l'entrée du port de Boulogne. Nombre de nos officiers et de nos marins ont déployé la plus grande bravoure. Moi seul peux être blâmé de les avoir lancés dans une opération qui, en raison des précautions prises par l'ennemi, ne pouvait être victorieuse. Nos pertes sont de 44 morts et 128 blessés. » Et le lendemain, 17 août, toujours à l'adresse de Saint-Vincent : « Il n'y a rien d'important à faire ici. Le service sur cette côte ne nécessite pas l'emploi d'un vice-amiral. »

Aucun grand homme n'est infaillible.

Et puis, l'amoureux aspire (déjà) à retrouver les bras de son Emma. Il rêve aussi à la maison de campagne qu'il envisage d'acheter. C'est plus qu'un projet. C'est presque une réalité.

Le séjour passé dans le Surrey lui a fait découvrir les joies simples de l'existence, la tranquillité, le bien-être loin des tumultes de la capitale. Pourquoi ne pas acquérir une propriété où il pourrait se retirer l'heure venue ? Il n'est d'ailleurs pas le seul à réfléchir de la sorte : Emma et sir William partagent sa vision. En quittant Bush Inn, il a chargé sa maîtresse de se mettre en quête du havre idéal.

Peu de temps avant de déclencher sa première offensive sur Boulogne, il lui écrit : « Du fond du cœur, je souhaiterais que vous puissiez me trouver une bonne et confortable maison. Je souhaiterais aussi pouvoir l'acheter. En ce moment, je puis seulement disposer de 3 000 livres. Quant à demander à sir William de participer, je ne voudrais pas le faire, j'aimerais mieux mendier. »

Emma consacre tout son temps à la recherche de cette demeure. Elle est d'abord séduite par une propriété dans les environs de Turnham Green, mais s'aperçoit très vite qu'elle ne fera pas l'affaire. Elle poursuit ses recherches durant tout le mois d'août et, finalement, dans les premiers jours de septembre, elle se décide pour une ferme, Merton Place, dans le Surrey. Un coin de paradis à huit miles de Londres. Érigée vers la fin du XVIIe siècle par un certain William Hubbald, la bâtisse, toute de briques rouges, s'élève sur deux étages. Une vieille grille recouverte de lierre ouvre sur un parc assez vaste. Une petite rivière serpente à travers le domaine. L'intérieur de la ferme est correctement meublé, confortable. Un seul souci, le prix dépasse de très loin ce que Nelson avait envisagé : 9 000 livres ; sans compter les inévitables frais de décoration.

Aucune importance ! L'amiral répond à Emma le 15 septembre : « Achetez Merton. Je vais faire le nécessaire pour que soit versé à messieurs Booth et Hasslewood [ses avocats] un premier acompte de 3 000 livres. »

Il réglera le solde en deux fois, échelonné sur deux ans. Sir William, ainsi que l'amiral l'avait exigé, et d'un accord tacite, ne participe en aucune façon à cet achat.

En contrepartie, Nelson précise tout de même à sa maîtresse : « Je pense qu'il serait souhaitable que vous n'emmeniez pas à Merton les livres de sir William ou tout autre objet qui ne serait pas à moi. » Et il ajoute : « Vous seule y avez pleine autorité [à Merton]. Je souhaite que, bien entendu, tout m'appartienne dans cet endroit, mais, quant à la manière d'y vivre, nous n'aurons pas de peine à l'organiser. »

Il donne carte blanche à Emma pour qu'elle s'occupe de la décoration, lui fait confiance pour les moindres détails. Elle se dévoue jour et nuit, s'efforce d'exaucer les moindres désirs de l'amiral, sans négliger de répondre à ses nombreuses interrogations : « Votre portrait ? Avez-vous l'intention de le porter à Merton ? Je le souhaite. Et mon tableau qui représente la Victoire du Nil ? Avez-vous acheté des vaches ? Qu'avez-vous décidé pour le champ de navet ? Et les canards ? »

Dans le même temps, elle bataille contre l'ex-propriétaire, Mrs. Greaves, qui tarde à libérer les lieux. Lorsque enfin la dame se résigne à déménager, elle prend soin de vider – Dieu sait comment ! – la rivière de ses poissons. Emma est folle de rage.

Pendant que son épouse se démène, sir William en profite pour aller inspecter ses propriétés galloises. Greville l'accompagne. Sur place, le diplomate a la bonne fortune de vendre certains vases de valeur à un amateur d'antiquités, un dénommé Thomas Hope. La somme qu'il en tire l'enchante : près de 4 000 livres. Voilà qui lui permettra de redorer son blason.

À son retour à la ferme, il trouve les choses bien avancées. Sous la direction de l'inusable Mrs. Cadogan, on a garni les écuries, les étables, le poulailler, mais non sans en avoir référé à Nelson : « Oui, a-t-il répondu, le 16 octobre, j'approuve entièrement l'idée des cochons et de la basse-cour. J'ai l'intention d'avoir un livre de ferme. Je suis heureux d'apprendre que vous avez pu vous procurer des poissons ; pas bien merveilleux, j'en ai bien peur ! Dans six jours, Dieu merci, je serai avec vous et on me montrera toutes les beautés de Merton. »

Sir William répond sur-le-champ : « Du fait de votre acquisition, toutes les propriétés des environs ont déjà pris de la valeur. Si vous revendiez Merton maintenant, vous pourriez réaliser un bénéfice de 1 000 livres. Je n'ai jamais vu autant de commodités réunies en un espace aussi restreint. Vous trouverez un grand kilomètre d'agréable promenade en terrain sec autour de la ferme. Vous ririez bien de voir Emma et sa mère remplissant les étables de cochons et de volailles ; déjà les canards ont pris possession de la rivière et le coq se pavane dans les allées du parc. »

Emma a vite fait de se lier avec les voisins d'alentour. Il y a là, non loin de la vieille abbaye de Gatehouse, un contre-amiral à la retraite, sir Isaac Smith, cousin par alliance du fameux capitaine Cook, avec lequel il partagea l'insigne honneur de voyager dans les mers du Sud. On trouve aussi un banquier immensément riche, mécène à ses heures, du nom d'Abraham Goldsmith. La famille est composée de trois frères, George, Benjamin et Asher, et quatre sœurs, Goley, Esther, Polly et Sarah. Les hommes travaillent tous à la City. Tous ont admirablement réussi. Benjamin est propriétaire d'une ravissante demeure à Rochampton dans laquelle il a fait construire sa synagogue personnelle. Abraham, lui, vit à Morden Hall. C'est un être généreux, foncièrement humain. Gardons son nom en mémoire. L'homme comptera beaucoup quand il s'agira de soutenir lady Hamilton. Et – le monde étant décidément bien petit – Emma découvre une vieille connaissance en la personne de James Perry. La reconnaît-il ? Lorsqu'ils se sont rencontrés pour la première fois, c'était au camp de Cocksheath, la promenade en vogue londonienne, au cours de l'une des fugues qu'elle avait coutume de faire avec son amie, l'actrice Jane Powell. Elle n'avait alors que quatorze ans. Aujourd'hui James Perry est le rédacteur du fameux *Morning Chronicle*, le quotidien préféré de Nelson.

Mrs. Cadogan, elle aussi, devient très vite populaire dans le coin. Sa gentillesse, son humilité, ses origines modestes qui transparaissent malgré toutes ces années passées à côtoyer les princes font l'unanimité au village.

C'est vers la mi-octobre qu'une jeune femme vient frapper à la porte de Merton. À la servante qui lui demande son identité, elle répond :

— Emma, Emma Carew... Je souhaiterais parler à lady Hamilton.

Emma Carew... *Little Emma*.

Comment est-elle arrivée là ? Comment a-t-elle obtenu l'adresse de sa mère ? Nous ne voyons aucune explication. Nous ne savons pas non plus ce qu'ont pu se dire la mère et la fille. Cette réapparition furtive est chargée d'interrogations. On peut seulement supposer que *Little Emma* devait se trouver à Londres et n'a pas pu résister au désir de revoir la femme qui lui avait donné le jour. Rien de bien déterminant n'a dû découler de ces retrouvailles, puisque la jeune fille repart le jour même et disparaît.

Le 23 octobre, Nelson franchit enfin la porte de son éden. Gateano et Francatello, les serviteurs napolitains de sir William, lui souhaitent la bienvenue. Il y a aussi les servantes italiennes : Julia, Mariana. Et l'égyptienne, Kashiba.

L'amiral se déclare enchanté et ne trouve rien à redire aux dispositions prises par Emma. Songerait-il à émettre quelques réserves ici et là qu'il aurait à peine la force d'argumenter tant il est épuisé. Il n'aspire qu'à une seule chose, se reposer.

Comme à l'époque de Naples, sous l'œil absent de sir William, Emma entreprend de le soigner, de le dorloter, de le reconstruire.

Elle peut écrire bientôt à une cousine de l'amiral : « En vérité, nous faisons de notre mieux pour lui rendre la vie douce. Sa santé s'améliore, mais il n'est pas encore remis. Il a de fréquents malaises, il se sent parfois abattu et il se jette alors sur le sofa, éreinté, en soupirant : je suis à bout de forces. »

Au fil des semaines, le miraculeux triomphe de la vie à trois se prolonge. Dans le nid douillet de *Paradise Merton*, ainsi surnommé par ses occupants, le mari, l'amant et la maîtresse continuent d'évoluer en bonne intelligence.

Le feu de cheminée ronronne. Le coq chante. Les chevaux hennissent. On boit du cherry. On se promène le long de la rivière que l'on s'est hâté de baptiser le « Nil », on refait le monde le soir à la veillée, on rend visite aux voisins, on vit d'amour, d'air pur. On vit tout simplement. Et pendant ce temps, à huit miles de Merton, Londres résonne de tous les ragots de l'enfer. Les commérages vont bon train. Mais Nelson est borgne, et son bonheur est sourd.

Les premiers invités à franchir le seuil du paradis sont les membres de la famille de l'amiral. Son père, le révérend Edmund, arrive dans la troisième semaine de novembre. Le sage vieillard (il a près de soixante-seize ans) s'est interdit de formuler la moindre critique quant à la vie peu chrétienne menée par son fils ; ce qui ne l'empêche pas de continuer d'entretenir d'affectueuses relations avec son ex-belle-fille. Il est suivi par un autre révérend, le pasteur William, et Sarah son épouse. La personnalité de ce personnage, veule et mesquin, est totalement à l'opposé de celle de son illustre frère. Ses ambitions se limitent à utiliser la gloire de Nelson pour gravir les marches du pastorat. Nous ne tarderons pas à découvrir son vrai visage. Ses deux enfants, Horace et Charlotte, l'accompagnent. Charlotte – future baronne de Bridport – est la nièce préférée du héros[1]. C'est une fillette de quatorze ans, tendre, affectueuse et surtout elle éprouve une vive sympathie pour Emma qui sera pour elle comme une seconde mère. Vers le 23 novembre, c'est au tour de la deuxième sœur de l'amiral, Susannah, et de son époux, Thomas Bolton, de franchir la grille de Merton.

Nelson est aux anges. L'homme de mer savoure pleinement cette réunion de famille. Il engrange des souvenirs pour les heures de solitude qui ne manqueront pas de revenir. Et de voir Emma si spontanément appréciée par les siens participe à son bonheur. Hélas, dans la plupart des familles sommeille un Judas. Le révérend William se révélera être celui-là.

À l'approche de Noël, l'infortunée Fanny Nelson refait surface.

---

1. Elle épousera le 3 juillet 1810 son premier amoureux, Samuel Hood, baron de Bridport.

16 Somerset Street.

Mon cher mari,

Voilà longtemps que je ne vous ai écrit. Le silence que vous m'imposez est plus que mon affection ne peut supporter et, en la circonstance, j'espère que vous me pardonnerez de vous désobéir. J'ai oublié de vous dire dans ma lettre de juillet que je puis maintenant vous offrir une maison confortable et bien chauffée. Je vous en prie, mon cher mari, vivons ensemble. Je ne pourrais jamais être heureuse autrement. Je vous assure que je n'ai qu'un désir au monde, vous être agréable. Que tout le reste soit enterré dans l'oubli, cela passera comme un rêve [ou un cauchemar]. Croyez-moi votre épouse affectionnée.

Votre femme, Frances H. Nelson.

Que fait Nelson ? Il s'empresse de réexpédier la lettre en inscrivant sur l'enveloppe : « Ouverte par erreur par lord Nelson, mais non lue. *Signé*, Alexander Davison. »

Cruel sans doute, mais la cruauté est souvent sœur de la passion. Et puis l'amiral a d'autres priorités. Sa fille, essentiellement.

Le 14 décembre, Emma rédige un mot à l'intention de la nourrice d'Horatia : « Ma chère Mrs. Gibson, si vous preniez la chaise de poste mardi à 10 h 30, et que vous ameniez ma fille et la vôtre, je serais heureuse de vous accueillir. Dites au postillon de vous conduire jusqu'à Merton. Le mieux serait de passer par Clapham Common. Louer la chaise pour la journée. Vous pourrez rentrer à Londres vers 3 heures. Ne faillissez pas. Sincèrement à vous. E. Hamilton. »

Finalement, Emma elle aussi ne s'est jamais sentie si heureuse. N'est-ce pas la première fois qu'on lui permet d'être à part entière maîtresse de maison ? Du temps d'Edgware Row, Greville supervisait ses moindres gestes. À Naples, elle vivait dans l'extravagance, cernée par une escouade de servants, gouvernée par l'étiquette. Tandis qu'ici, à *Paradise*

Merton, plus d'entraves, plus de contraintes protocolaires. La liberté. La liberté aussi de dépenser sans compter. Avec l'inconscience qui la caractérise, elle puise dans les escarcelles de l'un et de l'autre, sans se poser la moindre question. Et ni l'amant ni le mari ne tentent de la raisonner. On n'ose rien lui refuser. On assouvit tous ses caprices. Tout compte fait, lady Hamilton aura été une enfant à qui les adultes n'ont jamais su dire non.

Sous ses directives, la ferme est entièrement rénovée. Comble du raffinement, les premiers water-closets sont installés. Inventés six ans auparavant par un chercheur du nom de Joseph Bramah, leur apparition à Merton est une véritable curiosité. Bien sûr, le système de drainage est imparfait, et la plomberie mal aérée dégage par moments une odeur peu plaisante, mais l'ensemble fonctionne finalement assez bien. La cuisine elle aussi fait l'objet d'importantes modifications. Les vieux poêles sont remplacés par le fameux Rumford Stove : une vraie cuisinière avec un four intégré. Une impressionnante cheminée est installée. Un local est conçu pour brasser la bière. Autant de transformations qui nécessitent d'importants investissements à une période où la situation financière du trio n'est guère reluisante. Nelson a bien tenté à plusieurs reprises d'arracher à l'Amirauté l'argent qu'on lui doit, sans résultat. La demande de pension de sir William est restée lettre morte. Le chevalier est d'ailleurs le premier à prendre conscience de la pente sur laquelle le trio se laisse glisser. En outre, il a plus d'un motif de contrariété. L'indépendance farouche qu'il a brandie toute sa vie tel un étendard est mise à mal depuis quelque temps. Son territoire s'est sensiblement réduit. Il lui est devenu de plus en plus difficile de se tenir aux règles de conduite qu'il s'était fixées dans les premiers jours.

« Il eût été raisonnable de penser, confie-t-il à Greville, que, après m'être éreinté toute ma vie, j'aurais pu passer mes derniers jours dans l'aisance et la quiétude. Or, rien ne me perturbe autant actuellement que mes dettes et le train de vie absurde qu'elle [Emma] m'impose et auquel je suis obligé de me soumettre sous peine d'affronter une explosion. Un conflit entre nous ne pourrait avoir que de fâcheux effets, et ruinerait la tranquillité d'un être [Nelson] que je considère comme étant le meilleur homme et le meilleur ami que j'ai au monde. Néanmoins, je suis déterminé à conserver ma sérénité d'esprit. Que les êtres insensés continuent à agir comme bon leur semble ! Je vous ai ouvert pleinement mon cœur. »

L'ex-ambassadeur est amer, mais il n'agit pas. Il laisse faire. Il sait pourtant qu'il a affaire à une femme inconséquente pour tout ce qui touche aux choses de l'argent, et nous savons qu'Emma a un caractère volcanique. Mais n'eût-il pas été plus logique de confier ses inquiétudes à Nelson plutôt qu'à Greville ?

Les livres de comptes, conservés parmi les *manuscrits Morrison*, révèlent le plus effrayant gaspillage. Un exemple pris au hasard indique quel train de vie on menait à Merton. Du 4 au 11 octobre 1802, les factures pour la table seule s'élèvent à 117 livres sterling. Dans ce compte, la pâtisserie entre pour 10 livres et 10 shillings[1]. Nous sommes loin du pauvre budget d'Edgware Row où la mention d'un penny donné « à un mendiant » n'était point négligée sur le carnet d'Emma. De plus, le couple a jugé indispensable de conserver la maison de Picadilly et tient absolument à passer dans la capitale les mois de mai à juin qui correspondent à la *Season*. C'est la période où le Tout-Londres s'expose au regard du Tout-Londres, où les femmes sortent leurs plus belles toilettes. L'heure des concerts et des théâtres. Sir William et son épouse entretiennent à Picadilly Street les mêmes folies qu'à Merton. Dîners et soupers ne réunissent pas moins d'une quinzaine de convives chaque

1. Lors de la vente de la ferme, en 1805, l'inventaire de la cave sera évalué à 2 000 livres.

fois. Le chevalier doit donc assumer les frais de son appartement londonien et la moitié des dépenses de Merton. Le fardeau est lourd à porter.

À mille lieues des angoisses pécuniaires de son entourage, l'hôtesse de *Paradise Merton* se lance dans une série d'invitations.

Le 20 mars 1802, on voit débarquer non pas Hugh Elliot, le gentleman qui, à Dresde, s'était montré si empressé de se débarrasser du trio, mais son frère lord Minto, l'ex-vice-roi de Corse, persifleur notoire. Il arrive accompagné d'une douzaine de personnes et passe le week-end à Merton. Dès son retour à Londres, il fait à son épouse (en déplacement en Écosse) un compte rendu de sa visite. Il est pour le moins acerbe :

> *Quant à l'ensemble de l'établissement et au genre de vie, en voilà assez pour me mettre en colère en même temps que me rendre mélancolique ; mais je ne puis me défendre de cette impression. Je ne me crois point autorisé et ne suis nullement tenu à lui [Nelson] chercher querelle pour sa faiblesse, mais rien ne me fera jamais donner à lady Hamilton la moindre approbation. Elle mise sur un mariage, comme si sir William ne devait pas être très longtemps un obstacle, et elle caresse probablement l'espoir qu'elle survivra à Nelson. En attendant, elle, sir William et tout leur monde vivent aux crochets de l'amiral. Sa passion [celle de Nelson] semble être à son comble et plus grande encore que jamais. Elle se met parfois à le gorger d'assiettées de compliments, ce qui, d'ailleurs, n'empêche pas l'intéressé de continuer la conversation, guère plus dérangé qu'un enfant en train de prendre le sein ! L'amour qu'elle s'est mise en devoir de lui témoigner n'est pas seulement ridicule, mais répugnant. Les murs, non seulement des chambres, mais de la maison tout entière, escaliers et le reste, sont couverts de portraits d'elle et de lui, il y en a de toutes les variétés et de tous les formats. On y voit des représentations de ses actions navales, des cottes de mailles, des assiettes gravées en son honneur, et même le pavillon de*

*l'*Orient. *Un excès de vanité qui va à l'encontre de son but. Si encore la maison appartenait à lady Hamilton, il pourrait y avoir un bon prétexte à cette manière de faire. Mais que l'amiral transforme sa propre demeure en une sorte de miroir, pour y voir sa propre image constamment reflétée, voilà qui est du plus mauvais goût. Braham*[1]*, le célèbre chanteur juif, s'est fait entendre avec lady Hamilton. Elle est odieuse, cependant elle m'a intéressé en dépit d'elle-même.*

Ni Elliot, ni les autres membres de la société ne pardonneront à Emma ses inconséquences et surtout ses origines.

Le 25 mars 1802 la paix d'Amiens est signée. Nelson est momentanément au chômage, ce qui lui laisse le temps de poser successivement pour les peintres : Beechey et Hoppner. Deux toiles que l'on peut apercevoir aujourd'hui à la Royal Collection.

Le 24 avril, le facteur apporte des nouvelles préoccupantes de la santé du révérend Edmund Nelson. Le vieillard, en villégiature à Bath, est au plus mal. Nelson, cloué au lit par un coup de froid, ne se sent pas la force de faire le voyage.

Le 26, c'est l'anniversaire d'Emma. On profite de l'occasion pour baptiser la jeune servante égyptienne et on l'affuble d'une suite impressionnante de prénoms. Le nom « Kashiba » est remplacé par celui de « Fatima », jugé plus « romantique », et l'on y greffe *Charlotte Nelson Hamilton*. En parcourant le registre de la paroisse, on apprend qu'il s'agissait d'« une négresse âgée d'environ vingt ans, née en Égypte, ôtée d'un bateau d'esclaves et présentement sous la protection de la Très Honorable lady Hamilton ».

1. John Braham, 1774-1856. Ténor à succès, et compositeur, il chanta tour à tour à Covent Garden, à Bath, et sur la scène du théâtre de Drury Lane. Il se produisait parfois en duo avec sa compagne, Nancy Storace. Le couple fut très lié à Emma. On lui doit un thème qui porte le prénom de lord Hamilton et un chant funèbre composé à la mémoire de l'amiral et intitulé « La mort de Nelson ».

Nelson, toujours alité, n'assiste pas à la cérémonie.

Le lendemain, il prend la plume pour écrire à son beau-frère, à Bath, ce mot alambiqué : « Si mon père avait exprimé le souhait de me voir, je me serais précipité à Bath. Même mal en point comme je suis, j'aurais accouru toutes affaires cessantes. Cependant j'imagine qu'il est déjà trop tard. Dans le cas contraire, s'il tient à m'avoir à son chevet, aucune considération ne me retiendra. »

Deux heures plus tard, le vieillard rendait l'âme. Les funérailles se déroulent à Burnham Thorpe, ville natale du défunt. Nelson n'y assiste pas.

Et bien entendu, c'est Emma qui est considérée comme responsable de la dérobade de son amant. Elle est accusée d'avoir fait pression sur lui pour qu'il ne se rende pas à l'enterrement du révérend, étant donné les liens amicaux que celui-ci continuait d'entretenir avec Fanny. C'est faux. Depuis que Nelson avait pris ses distances avec sa femme, les relations entre son père et son épouse s'étaient grandement distendues. Les deux êtres n'étaient plus aussi proches que par le passé. Non par la faute du vieux pasteur, mais par celle de Fanny : elle ne pardonnait pas au révérend ses visites répétées à Merton.

On a dit aussi que la maladie invoquée par l'amiral était « diplomatique ». En échappant au déplacement de Burnham Thorpe, il évitait de croiser Fanny. C'est plus plausible. Cependant, nous savons par une lettre de sir William, rédigée trois jours après le décès du révérend, que Nelson était réellement souffrant. De Londres, où il était alors de passage, le diplomate écrit à Emma : « Je suis chagriné d'apprendre que lord Nelson est toujours malade. J'ai transmis ses excuses à Mr. West. » Il s'agit en l'occurrence de Benjamin West, le célèbre peintre, président de l'Académie royale.

Alors, lassitude ? Réelle fatigue ? L'ennui d'avoir à parcourir les deux cent quatre-vingts kilomètres qui séparent Merton de Burnham Thorpe ? Une certaine accoutumance aux choses de la mort ? C'est vraisemblablement un mélange de tous ces éléments qui a conduit Nelson à négliger l'enterrement de son père.

Au cours du mois de juin, Emma apprend un autre décès. Celui de sir John Willet-Payne... son premier amant. Après avoir été membre du Parlement pendant un certain temps, il a achevé sa carrière en tant que trésorier de l'hôpital militaire de Greenwich. Mais tout cela est si loin...

Avec l'arrivée de l'été, le chevalier décide d'aller faire un tour sur ses terres galloises ; le chevalier, mais aussi – comment en serait-il autrement – Nelson et Emma. Le pasteur William, qui séjourne alors à Merton, et ne rate pas une occasion de se montrer en compagnie de son illustre frère, fait lui aussi partie du voyage.

Après avoir traversé Hounslow, Maindenhead et Benson, ils arrivent à Oxford le 21 juillet dans l'après-midi. Ils y retrouvent George et Kitty (Catherine) Matcham et leur fils. Tout ce petit monde occupe l'auberge à l'enseigne *The Angel*, « L'Ange ».

Le lendemain – c'est désormais un rituel –, le maire remet les clés de la ville à l'amiral et, dans la foulée, l'université lui confère, ainsi qu'à sir William, le titre de docteur *honoris causa*.

C'est ensuite Woodstock, où ils passent la nuit. Dans la matinée, ils décident d'aller présenter leurs hommages au duc de Marlborough, dans son palais de Blenheim. Fâcheuse idée. Emma frétille d'impatience à l'idée d'être reçue par une personnalité aussi prestigieuse. On sent toujours, très présent en elle, ce constant besoin de reconnaissance. C'est une maladie dont elle ne se guérira jamais. Hélas, non seulement le duc refuse de les recevoir, mais – suprême manque de courtoisie – il leur fait servir une collation dans le parc. L'affront est très mal vécu par l'amiral, et plus encore par sa maîtresse. Nelson refuse la collation. Emma peste à haute voix, jure comme elle seule sait le faire, tandis que sir William transpire à grosses gouttes et s'efforce avec toute sa science de diplomate d'apaiser les humeurs. En fait, si le duc a sciemment refusé d'accueillir le trio infernal, c'est qu'il n'est pas en reste de tracas avec la bonne société. La saison précédente, certains journaux s'étaient délectés à publier des lettres d'amour entre son jeune fils, marié et père de famille, et l'épouse d'un membre du Parlement. Sans doute a-t-il pensé que, en recevant une personnalité aussi sulfureuse que lady Hamilton, il prenait le risque de déclencher un scandale de plus.

On repart. Direction Gloucester, *via* Troymill. Il faut se figurer les Matcham et leur fils, sir William, Emma, Nelson et son frère, tous ces voyageurs entassés dans une diligence bringuebalante, sur des routes cahoteuses... De Merton à Gloucester, ils ont parcouru près de deux cents kilomètres. Et de Gloucester à Milford Haven, plus de deux cent soixante. Lorsqu'ils atteignent leur destination, ils sont rompus, éreintés.

Après une visite à la cathédrale, les Matcham prennent congé de leurs amis et repartent pour Bath. L'amiral peut ainsi jouir tout son saoul des acclamations qui retentissent dans le ciel de Gloucester. Des honneurs encore jusqu'à Abergavenny. À Monmouth, comme à Yarmouth, deux ans plus tôt, la fanfare les salue au rythme de *See the conquering hero comes.* Le soir, dîner à l'élégant Beaufort Arms où le tenancier se fait une joie d'offrir à ses illustres hôtes une caisse de son meilleur bordeaux. Le lendemain, direction Brecon, puis Carmathen, où la réception est plutôt fraîche ; le révérend William Higgs-Barker, chargé d'organiser les festivités, ayant jugé peu séant d'accueillir *Emma la pécheresse.*

Tant pis. Le groupe fait contre mauvaise fortune bon cœur et se rend au théâtre pour assister à une pièce en un seul acte jouée par l'illustre comédien Charles Mathews. Connu pour son esprit et le génie de ses imitations, l'artiste est au sommet de sa gloire. Il n'a alors que vingt-cinq ans. Entre 1832 et 1834, l'Amérique lui réservera un accueil triomphal.

Enfin, voici Milford Haven, terminus de ce long voyage. Milford Haven où les attend un quatrième larron, le régisseur des terres de sir William : Charles Greville en personne. Nous aurions voulu être présent à cet instant précis, fondu dans la nature galloise, anonyme, invisible.

Ce tableau, Romney, malgré tout son talent, aurait eu bien du mal à le concevoir.

Regardez...

Elle est là, encore très belle, bien que forte de quelques kilos supplémentaires et malgré la quarantaine qui approche à grands pas. Elle marche encore gracieusement le long des fougères flamboyantes de juillet. À sa droite, appuyé à son bras, son mari, le vieux diplomate. À sa gauche, son amant, lord Nelson. Et légèrement en retrait, son premier amour, l'honorable Charles Greville. Les arbres ont dû frémir, la crête du mont Snowdon rougir un peu, les rivières retenir leur souffle.

21

De retour à *Paradise Merton*, le trio reprend le cours normal de son existence. C'est-à-dire aux limites de la déraison. L'argent continue de couler dans un puits sans fond. Cette escapade au pays de Galles a coûté aux deux hommes la bagatelle de 481 livres sterling. Sir William serre les dents. Il tente d'ignorer la tension qui, peu à peu, s'est insinuée entre son épouse et lui. Mais Emma ne perçoit rien. Elle vit sa vie, une vie de plus en plus étrangère à celle du chevalier. De surcroît, la crise d'eczéma qu'elle affronte depuis qu'elle est rentrée à la ferme la rend nerveuse et de fort méchante humeur. Des bains de mer, voilà ce qui lui ferait du bien. Elle part dans la deuxième semaine de septembre pour Margate. Sir William l'accompagne, mais à son corps défendant. Il aurait nettement préféré se livrer à ses parties de pêche ou bavarder avec ses amis du Club du Jeudi.

Dans le même temps, il a été prévu que Mrs. Gibson et la petite Horatia se rendent en villégiature à Ramsgate. Emma décide de les y rejoindre pour passer une journée avec sa fille. Hélas, une fois dans la station balnéaire, elle s'aperçoit qu'elle a égaré l'adresse de la nourrice. Fureur et colère ! Elle se giflerait. En désespoir de cause, elle poursuit jusqu'à Margate et là, Dieu sait comment, elle retrouve les coordonnées de Mrs. Gibson. Elle poste aussitôt ce mot à son intention au 115 High Street : « Chère Mrs. Gibson, j'étais hier à Ramsgate, mais j'avais perdu votre adresse. J'ai envoyé mon serviteur vous chercher à travers toute la ville, sans résultat. Écrivez-moi et faites-moi savoir quels sont vos projets. Transmettez mon amour à Horatia. Sincèrement vôtre. »

La vie du bord de mer ne sied guère au vieux diplomate. Il tourne en rond, il compte les nuages, il s'ennuie ferme et le fait sentir. Irritée, Emma se laisse aller à lui écrire : « Comme je peux le constater, continuer à rester ici vous est devenu insupportable. Aussi, je vous prie de décider du jour de notre départ. Que je meure à Picadilly Street ou ailleurs m'importe peu, mais souvenez-vous tout de même du temps où vous souhaitiez mon bien-être. Vous n'appréciez qu'à vous agiter et à passer votre temps à faire des visites. Néanmoins, je ferai tout ce qui vous plaira étant votre affectionnée et obéissante. »

Le chevalier, imperturbable, répond sur la même feuille : « Je n'éprouve aucun plaisir à me démener, ni à me distraire en société. En revanche, j'aime la diversité. Je n'en ai plus pour longtemps à vivre et chaque instant m'est précieux. [...] La vraie question est : que pouvons-nous faire pour que tout le monde y trouve son bonheur ? Les bains de mer sont utiles à votre santé. Je sais qu'ils le sont et vous conseille de prolonger votre cure. Je dois confesser, néanmoins, que je déplore, en cette belle saison qui se prolonge, de ne pouvoir me livrer à ma distraction favorite qui est la pêche. Sinon, je me fous du tiers comme du quart, et ne suis attaché qu'à un seul être au monde : vous. »

Imperturbable, mais plus pour longtemps.

Emma réplique : « J'irai où bon vous semblera dès que vous m'avertirez que la diligence est prête. »

De retour à Merton, les choses ne s'arrangent pas. Le diplomate est maintenant âgé de soixante-douze ans. Il se sent usé, et sans doute commence-t-il à en avoir assez de subir le rythme de vie que lui impose son entourage : au début du mois de novembre 1802, il décide de mettre les choses à plat :

J'ai passé les quarante dernières années de ma vie dans une fièvre et une précipitation qui sont la conséquence du caractère de ma charge. Me voici arrivé à un âge où un repos est nécessaire. Je m'étais promis une maison calme, tranquille, bien que me rendant compte – je l'ai dit lors de mon mariage – que je serais un vieillard au moment où ma femme se trouverait encore dans tout l'éclat de sa jeunesse et à l'apogée de sa beauté. Ce temps est venu, et il nous faut envisager les choses au mieux pour le grand avantage des deux époux. Malheureusement, nos goûts, quant à la façon de comprendre l'existence, sont très différents. Je ne prétends, sous aucun rapport, vivre dans la retraite, mais, la plupart du temps, il n'y a pas moins de douze à quatorze personnes à ma table. Ce va-et-vient continuel nous reporte à ce qui me déplaisait tant en Italie, pendant la dernière période de mon séjour dans ce pays. Je ne me plains pas, mais je sens que l'attention de ma femme se porte sur lord Nelson et tout son intérêt vers Merton. Je connais bien la pureté de l'amitié de lord Nelson pour Emma et pour moi, et je sais combien il serait pénible à l'amiral, notre meilleur ami, si une séparation avait lieu. Je suis donc déterminé à faire tout ce qui est en mon pouvoir pour éviter cette extrémité, laquelle serait au plus grand détriment de tous, mais plus particulièrement sensible à notre cher ami. Pourvu que nos dépenses de maison et autres ne s'élèvent pas au-delà de nos moyens (et c'est là que je vois un danger), je souhaite continuer notre genre de vie. [...] Je voudrais qu'il me fût permis quelquefois d'être mon maître afin de passer mon temps selon mes goûts, soit en prenant part à des parties de pêche sur la Tamise, soit en allant à Londres pour fréquenter les musées, la Société royale, le Club du Jeudi et les ventes de tableaux. J'entends louer une chaise de poste au mois qui me permettrait de faire l'aller-retour entre Merton et Londres quand bon me semblera. Tel est donc mon projet. Nous pourrions encore nous arranger très bien. Mais je suis absolument décidé à ne plus avoir de ces ridicules altercations qui se sont élevées trop souvent entre nous, et qui apportent une amertume si insupportable aux moments présents. Si réellement nous ne pouvons pas vivre ensemble en harmonie, une séparation serait préférable. Mais j'estime, étant donné le peu de jours qu'il me reste où je pourrais encore ennuyer mon entourage, que la meilleure solution serait de nous accepter, d'accepter nos maux, plutôt que de voler à la rencontre de maux inconnus. J'ai clairement exposé mes intentions. Je ne souhaite plus perdre de temps en balivernes et en hésitations. Je connais et admire vos qualités, mais je ne m'aveugle pas au point de ne plus remarquer vos défauts, et suis le premier à confesser les miens. Par conséquent, portons et supportons-nous pour l'amour de Dieu.

Diplomate avant tout. Fin politicien aussi. Cette lettre, qu'il ne remet pas à Emma, mais qu'il laisse bien en vue sur son bureau, est un petit chef-d'œuvre en soi. Il passe entre les lignes de la compréhension à la menace ; de l'abnégation à l'ultimatum : « Je sais combien il serait pénible à l'amiral, notre meilleur ami, si une séparation avait lieu. » Puis : « Si réellement nous ne pouvons pas vivre ensemble en harmonie, une séparation serait préférable. »

Chaque mot est pesé. Et il en imagine parfaitement la portée sur Emma et Nelson. En clair : ma générosité de cœur a des limites ; ces limites, vous êtes en train de les franchir.

Quelles furent les retombées après cette mise au point ? Nelson et Emma ont-ils cédé aux doléances de l'ex-ambassadeur ? On peut le croire, si l'on en juge par un entrefilet paru dans le *Morning Herald* qui fait mention de l'« élégante chaise de poste de sir William ». De toute façon, l'amant et la maîtresse avaient tout intérêt à rétablir un juste équilibre. En s'opposant, ils risquaient de tout perdre. Bien qu'âgé et malade, sir William aurait bien été capable de mettre sa menace à exécution. Ils ont dû graver sur le fronton de la ferme le conseil du sage : « La meilleure solution serait de nous accepter, d'accepter nos maux, plutôt que de voler à la rencontre de maux inconnus. »

Si Emma revient à de meilleurs sentiments à l'égard de son époux, sa folie dépensière ne se calme pas pour autant. Vers la mi-novembre, elle est obligée d'avouer à sir William que le compte dont elle est titulaire à la banque Coutts est débiteur de 700 livres. L'ambassadeur paie sans sourciller.

En vérité, à qui s'en prendre, sinon à lui-même ? Il a fait de Nelson le dépositaire de sa vie amoureuse. Il lui a, d'une certaine manière, transmis le flambeau. On peut critiquer, mépriser son attitude, nous préférons y voir un certain panache. Par contre, pour tout ce qui a trait aux finances, il a fait preuve d'une extraordinaire mollesse à l'égard de son épouse, et Nelson lui a emboîté le pas. Le mari et l'amant tiennent un brûlot entre leurs mains. Ils ont l'un et l'autre contribué à en allumer la mèche. Mais le jour où l'incendie éclatera, c'est Emma, et Emma seule, qui en paiera le prix.

Le 16 novembre 1802 au matin, une bien triste nouvelle s'abat sur le ménage à trois : Romney est mort la veille. Condamné au repos absolu par sa maladie, il vivait depuis deux ans dans sa retraite de Hampstead, aux environs de Londres. De rares instants de lucidité lui avaient permis de prendre la plume et de s'adresser à sa *divine lady*. Le 13 décembre 1800, il écrivait encore : « Le plaisir que j'éprouverais à entrevoir seulement l'aimable lady Hamilton serait pour moi aussi salutaire que grand. Cependant, je crains bien, à moins d'une amélioration physique et morale, ne jamais plus pouvoir retourner à Londres. »

Peu de temps après la disparition de Romney, Emma reçoit de Hayley, l'auteur des *Triomphes sur le caractère*, l'ami le plus proche de l'artiste, la lettre suivante : « Ma chère lady Hamilton, en relisant les lettres de notre cher défunt Romney, cela n'a pas été une mince joie pour moi que de découvrir qu'il était désireux que j'écrive sa vie et qu'il exprimait le vœu très flatteur que je parle de vous comme de son modèle. Je m'efforce maintenant d'accomplir le cher désir de mon ami. Vous m'obligerez infiniment en m'envoyant une liste des différents portraits (avec leurs dates) qu'il a finis ou commencés d'après votre ravissante personne. Vous n'étiez pas seulement "son modèle" mais son inspiratrice et il avait continué de dire avec reconnaissance qu'il devait une grande part de son bonheur de peintre à votre angélique bonté et à l'amitié que vous avez su déployer pour réconforter son esprit chagrin et ses facultés chancelantes. En célébrant notre Romney bien-aimé, il me sera particulièrement précieux d'avoir de vous des renseignements circonstanciés. C'était à juste titre que vous étiez l'objet de son idolâtrie, par votre beauté, vos talents et votre affectueuse bienveillance. »

Nous ignorons quelles suites Emma donna à cette demande.

L'hiver a couvert de neige la campagne anglaise. Le « Nil » est gelé. Des hôtes de toutes sortes continuent de défiler à Merton. La Banti, bien sûr. Leopold, le fils de Marie-Caroline – cette dernière, toujours en exil à Vienne. Jane Powell, la compagne des temps difficiles. Le seul personnage qu'on ne verra jamais est le capitaine Troubridge. Ce directeur de conscience n'a pas changé d'opinion depuis Palerme et considère comme hautement méprisable l'existence que mène son amiral.

Bien évidemment, la liste des dépenses va de pair avec les invitations. Qu'on en juge :

Semaine du 4 octobre 1802	*66,70 £*
Semaine du 11 octobre	*117,80 £*
Semaine du 18 octobre	*34,10 £*
Semaine du 1er novembre	*37,16 £*
Semaine du 8 novembre	*73,20 £*
Total	*328,96 £*

Pour mieux prendre conscience de l'énormité de cette somme, il suffit de se souvenir que, lorsque Greville fit la connaissance d'Emma, il disposait d'une rente *annuelle* d'environ 500 livres sterling.

Jusqu'au début du mois de mars 1803, rien de particulier n'est à retenir, sinon que sir William passe le plus clair de ses journées dans la capitale, déjeune avec de vieux compagnons, et se rend assez régulièrement à Windsor. On se demande d'ailleurs pour quelle raison le roi, dont il était si proche, n'a jamais usé de son pouvoir pour permettre à sir William d'obtenir la pension à laquelle il avait droit...

Le 8 au matin, Nelson apprend qu'un renouveau d'activité est signalé dans les ports français. Fin mars, l'Amirauté lui fait savoir que, dans le cas d'une reprise des hostilités, il commandera la flotte de Méditerranée. Un nouveau vaisseau lui a été attribué, le *Victory*.

L'amiral se laisse tomber dans un fauteuil, songeur. Il connaît le *Victory*. C'est un bâtiment vieux de trente-huit ans. Coïncidence... Le navire a quitté les chantiers de Chatham le 7 mai 1765. Soit deux semaines avant la naissance d'une certaine Emily Lyon. Après avoir servi de transport de prisonniers au lendemain de la bataille du cap Saint-Vincent, le navire a été rapatrié pour être remis à neuf. Aujourd'hui, il est fin prêt. Soixante mètres de long, trois mille mètres carrés de voilure, cent dix canons, neuf cents hommes à bord[1]. Gouverné par un marin de la trempe de Nelson, ce n'est plus un simple vaisseau, c'est le tonnerre en puissance.

— Horatio !

La voix, ou plutôt le cri d'Emma, l'arrache à ses pensées.

Sa maîtresse vient d'apparaître sur le seuil de la porte. Le visage est blême :

— Vite ! Il faut appeler le docteur Moseley ! Sir William a perdu connaissance.

1. On peut encore l'admirer à Portsmouth.

Nelson bondit hors de son fauteuil.

Non. Son ami n'est pas mort. Un fil le retient encore à la vie. On transporte l'agonisant à Londres, et on l'installe dans son hôtel particulier de Picadilly Street. Peut-être en a-t-il formulé le désir ? Même s'il a ses quartiers à Merton, c'est à Picadilly qu'il se sent vraiment chez lui. Le docteur Moseley ne quitte pas son chevet. Il ne se prononce pas, mais il sait que toute sa science ne pourra rien contre les coups de boutoir de la mort.

Sir William est-il lucide ? Son esprit se promène-t-il au pied du Vésuve ? Est-il bercé par quelque chant napolitain venu des profondeurs du Palais Sessa ? On dit que les mourants voient défiler leur vie à l'heure de plier bagage. Quel est le dernier visage qui traverse sa mémoire ? Celui de Catherine, sa première femme ? Celui de Charles Greville ? Non, rien de tout cela. C'est une silhouette qu'il entrevoit derrière un rideau de brume. La silhouette souriante d'une jeune fille de vingt ans à peine, descendant d'une calèche dans la cour d'honneur du Palais Sessa.

Le 6 avril, alors que Nelson lui tient la main et qu'Emma l'entoure de ses bras, l'ex-ambassadeur rend l'âme. Sans un mot. Le visage serein.

Il est 10 h 10 du matin.

Il a vécu comme il lui a plu de vivre...

Le 12 avril 1803, lord Hamilton est enterré aux côtés de sa première femme, dans le caveau familial de Slebech, district de Pembrokeshire.

Entre-temps, Nelson a jugé plus séant de quitter le 23 Picadilly pour une chambre située au 19.

Le jour même du décès de sir William, il écrit à Alexander Davison, son homme d'affaires : « Notre cher sir William est mort à 10 h 10 ce matin, dans les bras de lady Hamilton et dans *les* miens *[sic]*, sans un soupir, sans une défaillance. La pauvre lady Hamilton est, comme vous le pensez, désemparée. J'espère que son époux aura pensé à elle de façon convenable, mais j'en doute. »

L'amiral a bien raison de se montrer dubitatif.

Un mois plus tard, aux alentours du 10 mai, le testament est ouvert au 23 Picadilly Street, en présence des intéressés. Il est sans surprise. Charles Greville hérite de tout. Les terres galloises, celles d'Écosse, l'appartement de Picadilly (hormis le mobilier), les collections, les minéraux. Tout. Lord Hamilton n'est pas revenu sur l'engagement pris vingt et un an plus tôt. Et Emma, qui savait depuis toujours, n'a jamais rien tenté pour l'influencer en sa faveur.

Les clauses annexes sont claires : lady Hamilton reçoit un don immédiat de 300 livres, et une pension annuelle de 800 livres, dont 100 au bénéfice de Mrs. Cadogan. Un codicille, ajouté sans doute dans les dernières semaines de sa vie, prescrit que Greville devra épurer les dettes d'Emma, estimées à 700 livres, mais desquelles serait déduit un montant de 250 livres déjà réglé.

Nelson n'est pas oublié. Il hérite de deux fusils de chasse et d'une miniature sur émail de l'artiste Bone représentant Emma en bacchante, d'après le portrait de Vigée-Lebrun : « À mon plus cher ami, lord Nelson, duc de Bronte, ce modeste témoignage de la plus grande estime que j'ai pour Sa Seigneurie, l'être le plus vertueux, le plus loyal, le plus courageux que j'aie jamais rencontré. Que Dieu le bénisse et la honte soit sur ceux qui ne diront pas amen. »

Jusqu'au bout, jusqu'à son dernier souffle, l'ex-ambassadeur aura assumé sa devise : *Tria juncta in uno*.

On peut tout de même s'interroger sur la plus que modeste part réservée à Emma. 800 livres de rente au bout de dix-sept années de vie commune, voilà qui est bien peu de chose.

Est-il possible que sir William ait pensé que sa veuve obtiendrait tôt ou tard du gouvernement cette pension que, vainement, il réclamait depuis trois ans ? Peu de temps avant sa mort, il avait confié à l'un de ses amis au sujet d'Emma : « L'État ne manquera pas de faire droit à ses revendications et lui procurera le nécessaire. » En vérité, il serait plus plausible d'imaginer qu'il a craint de léguer sa fortune à un être dont il savait le manque de mesure. Entre les mains d'Emma, l'héritage aurait duré le temps d'une *Season*.

Quelles que fussent ses motivations, elles vont avoir des conséquences dramatiques sur l'avenir d'Emma. Touchée de plein fouet, elle est désemparée. Ce n'est pas tant son veuvage qui est cause de sa désespérance que les dettes qu'elle a contractées et dont elle n'a révélé qu'une infime partie à son défunt mari. Elle s'interroge aussi sur les intentions de Greville. Fera-t-il diligence ? Que décidera-t-il à propos de Picadilly ? Combien de temps l'autorisera-t-il à y demeurer ? Elle lui écrit un mot dans ce sens et guette la réponse. Celle-ci ne tarde pas. Elle est lapidaire : « Lady Hamilton devra quitter Picadilly Street dans les plus brefs délais, se chercher un nouvel appartement, et réduire ses dépenses. »

L'élégance n'a jamais été le fort de Charles Greville...

Nelson en est outré. Et il l'est encore plus lorsqu'il apprend que Greville a décidé de verser à Emma la rente annuelle de 800 livres, *après déduction des taxes*. « Ce Greville est un minable. Il n'a jamais été dans les intentions de sir William de vous laisser 700 livres nettes de taxe. C'est peut-être la loi, mais c'est inique d'appliquer le règlement à la lettre. Qu'importe ! Vous n'avez pas besoin de ses largesses. »

Donnez-moi le superflu, je me passerai du nécessaire. On a l'impression que cet aphorisme d'Oscar Wilde ne fut imaginé que pour Emma. Elle connaît l'état de ses finances mieux que personne. Elle sait qu'elle n'aura plus que cette rente, bien dérisoire au regard de son train de vie. Au lieu de réduire ses frais, comme le lui conseille fort justement Greville, elle se lance dans la location d'un nouvel appartement situé au 11 Clarges Street.

Elle a oublié que, lorsque la roue de la fortune décide soudainement d'inverser sa course, ce n'est pas un malheur qui s'abat sur vous, mais toute une série...

Le 10 mai, l'Amirauté fait savoir à Nelson qu'il doit gagner Portsmouth de toute urgence et prendre ses quartiers à bord du *Victory*.

Partir déjà ? Maintenant ? Alors qu'Emma est si mal...

Le couple a juste le temps de se précipiter le 13 mai au matin dans l'église de St. Marylebone pour baptiser la petite Horatia. Sur le registre de la sacristie on peut lire la mention suivante : « Horatia Nelson Thomson, née le 29 octobre 1800. » La date de naissance (erronée) est celle qu'Emma avait imaginée pour tenter d'écarter les soupçons.

Pleinement conscient des embarras financiers de sa maîtresse, Nelson s'engage à lui verser une rente de 100 livres par mois et, acte d'une belle générosité, lui fait don de Merton.

On rentre à Clarges Street vivre les dernières heures avant la séparation.

Jamais nuit ne dut leur paraître si courte.

Lorsque, dans le petit matin grisâtre, la diligence emporte le marin vers sa destinée, elle a l'impression d'être veuve pour la seconde fois.

D'un geste machinal, elle pose la main sur son ventre. Un frémissement lui parcourt le corps. Enceinte d'un mois, elle attend un troisième enfant...

22

« Lorsque j'allai à Londres, en 1802, lady Hamilton venait de perdre son mari. Je me fis inscrire chez elle, et elle vint aussitôt me voir dans le plus grand deuil. Un immense voile noir l'entourait, et elle avait fait couper ses beaux cheveux pour se coiffer à la Titus, ce qui était alors à la mode. Je trouvai cette Andromaque énorme, car elle avait horriblement engraissé. Elle me dit en pleurant qu'elle était bien à plaindre, qu'elle avait perdu dans le chevalier un ami, un père et qu'elle ne s'en consolerait jamais. J'avoue que sa douleur me fit peu d'impression ; car je crus m'apercevoir qu'elle jouait la comédie. Je me trompais d'autant moins que peu de minutes après, ayant aperçu de la musique sur mon piano, elle se mit à chanter un des airs qui s'y trouvaient. On sait que lord Nelson à Naples avait été très amoureux d'elle ; elle était restée avec lui en correspondance fort tendre ; et quand j'allai lui rendre sa visite un matin, je la trouvai rayonnante de joie ; de plus, elle avait placé une rose dans ses cheveux comme Nina. Je ne pus m'empêcher de lui demander ce que signifiait cette rose : *C'est que je viens de recevoir une lettre de lord Nelson*, me répondit-elle. Le duc de Berry et le duc de Bourbon, ayant entendu parler de ses *Attitudes*, avaient un désir extrême de voir ce spectacle qu'elle n'avait jamais voulu donner à Londres. Je lui demandai de m'accorder une soirée pour les deux princes, et elle y consentit. J'invitai alors quelques autres Français que je savais être fort curieux d'assister à cette scène ; et le jour venu je plaçai dans le milieu de mon salon un très grand cadre enfermé à droite et à gauche dans deux paravents. J'avais allumé une énorme bougie qui répandait un grand foyer de lumière ; je la posai de façon qu'on ne pût la voir, mais qu'elle éclairât lady Hamilton comme on éclaire un tableau. Toutes les personnes invitées étant arrivées, lady Hamilton prit dans ce cadre diverses attitudes avec une expression vraiment admirable. Elle avait amené avec elle une jeune fille qui pouvait avoir sept ou huit ans, et qui lui ressemblait beaucoup. On m'a dit même que cette enfant était la fille de Mme Nelson. Elle la groupait avec elle, et me rappelait ces femmes poursuivies dans *L'Enlèvement des Sabines* du Poussin. Elle passait de la douleur à la joie, de la joie à l'effroi, si bien et avec une telle rapidité que nous en fûmes tous ravis. Comme je l'avais retenue à souper, le duc de Bourbon, qui était à table à côté de moi, me fit remarquer combien elle buvait de *porter* [bière brune]. Il fallait qu'elle y fût bien accoutumée, car elle n'était pas ivre après deux ou trois bouteilles. »

Ce récit est extrait des *Mémoires* de Mme Vigée-Lebrun. Rien ne s'oppose à ce qu'il soit authentique. On peut seulement relever que la portraitiste se trompe de date lorsqu'elle situe l'action en 1802, soit un an avant la mort de sir William. Quant à la « jeune fille qui pouvait avoir sept ou huit ans », on ne voit pas très bien de qui il pourrait s'agir. Certainement pas d'Horatia qui n'avait pas trois ans, ni de *Little Emma*, qui en a vingt et un.

En revanche, le détail de la rose placée dans les cheveux d'Emma nous permet de situer avec plus de précision la période où la rencontre eut lieu : entre le mois d'août et le mois de septembre 1803. Nous verrons pourquoi.

Qu'Emma « joue à la veuve » n'est pas pour nous surprendre. N'oublions pas qu'elle est comédienne dans l'âme et que sa vie de couple n'était plus que façade. Néanmoins, il est difficile de croire qu'elle fut complètement indifférente à la mort de sir William. Même si l'amour n'est plus au rendez-vous, on ne partage pas impunément dix-sept ans de la vie d'un être de la qualité de lord Hamilton sans ressentir son départ comme une perte.

Songe-t-elle à un possible mariage avec Nelson ? Elle est naïve mais pas inepte. Nous sommes en Angleterre, au début du XIXe siècle. Nelson est toujours marié.

En tout cas, pour l'heure, elle est confrontée à des problèmes autrement plus pressants. Elle a des dettes. Beaucoup de dettes. Il faut trouver de l'argent. Sitôt Nelson parti, elle reprend avec acharnement, mais cette fois pour son compte, les démarches entamées par lord Hamilton en vue d'obtenir une pension du gouvernement. Dans un long mémoire au Premier ministre, Addington, elle fait valoir ses revendications, énumère les services rendus par l'ex-ambassadeur à son pays, sa participation personnelle. Elle n'obtient que des réponses évasives. Lettre au vice-président du ministère du Commerce : « Ceux qui sont au pouvoir ne veulent pas me rendre justice, et pourtant les poches des ministres sont pleines de fonds secrets. » Le ton est maladroit. Pas de réponse. Greville qui occupe alors une fonction de secrétaire au Foreign Office ne lève pas le petit doigt pour appuyer ses démarches.

Elle tourne en rond. Les deux hommes de sa vie sont absents. L'un est en mer, l'autre ne reviendra plus. De surcroît, elle vit très mal sa nouvelle grossesse. La nausée est permanente. Pas un jour qui ne se passe sans qu'elle soit victime de malaises. Que faire ?

Elle sort, elle dîne souvent à Londres avec « Old Q. », le duc de Queensberry. Il est à moitié sourd, mais riche à millions. Emma est veuve, il est veuf. Il ne demande qu'à l'épouser. Il est prêt à lui céder toute sa fortune et plus encore. Mais Emma a le cœur et l'esprit ailleurs.

L'été s'annonce agréable. Pourquoi ne pas aller à Ramsgate prendre quelques bains de mer ? Elle irait ensuite passer quelque temps à Cranwich, comté de Norfolk, chez les Bolton. Elle pourrait proposer à Charlotte, la petite nièce de Nelson, de l'accompagner ; Charlotte qui ne la quitte pratiquement plus. Depuis quelque temps elle est pensionnaire dans un collège de Chelsea (Whiteland House) et passe le plus clair de ses vacances à Merton.

Au début du mois de juillet on peut apercevoir leurs deux silhouettes dans les rues de la station balnéaire, partageant leurs journées entre la plage et l'hôtel. Emma écrit bien sûr tous les jours à son amant. Hélas, le courrier ne suit pas comme il devrait. L'amiral recevra le 6 octobre des lettres datées du... 24 août.

Après Ramsgate, elle se rend comme prévu chez les Bolton, puis à Canterbury, où elle passe quelques jours chez le pasteur-parasite William et son épouse Sarah. Elle chante en duo dans la cathédrale avec une certaine Mrs. Bridges au bénéfice d'une œuvre caritative, profite de son séjour dans la région pour faire des excursions (toujours chaperonnée par la jeune Charlotte) dans la vallée de Kentish Stour. Elle regagne Merton à la fin du mois d'août. Une lettre de Nelson l'y attend. Enfin ! Elle laisse éclater sa joie et, sous le regard amusé de Charlotte, glisse une rose dans ses cheveux. C'est probablement ce jour-là qu'elle voit Mme Vigée-Lebrun.

Nelson, lui, traîne son ennui sur la mer. Il est au large de Toulon d'où il surveille la flotte française. Tous les jours, il prie. Il supplie son Dieu tout-puissant pour que cette flotte quitte son abri et vienne se placer à portée des canons du *Victory*. Il essaie même certains jours de s'éloigner suffisamment de la rade pour lui fournir une occasion de sortir du port. Mais Dieu est sans doute occupé ailleurs. L'ennemi ne bronche pas.

Rien à signaler.

Nelson met à la voile, direction Gibraltar, la Sicile. Le 21 octobre, il écrit à sa fille. Elle n'a que trois ans, mais quelle importance... Le plaisir qu'il tire de ce geste le comble : « Ma chère enfant, recevez la première lettre de votre très affectionné père. Si je vis, ce sera mon orgueil de vous élever vertueusement ; mais s'il plaît à Dieu de m'appeler à lui, en ce cas, je vous ai confié à la garde de lady Hamilton. Je vous engage mon enfant à être obéissante et attentive à tous ses bons conseils et instructions. Je vous ai laissé, dans un codicille daté du 6 septembre, la somme de 4 000 livres sterling dont l'intérêt sera payé à votre gardienne pour votre entretien et votre éducation. »

Ce codicille le voilà :

> *Je lègue à miss Horatia Nelson Thomson, baptisée le 13 mai dernier dans la paroisse de St. Marylebone, par Benjamin Lawrence, curé, et John Willock, clerc assistant, et que je reconnais comme ma fille adoptive, la somme de quatre mille livres sterling, à payer six mois après mon décès, ou plus tôt s'il est possible ; et je laisse ma chère amie Emma Lyon, veuve Hamilton, seule gardienne de la susdite Horatia Nelson Thomson.*
>
> *Jusqu'à ce que celle-ci ait atteint l'âge de dix-huit ans, les intérêts des quatre mille livres sterling seront payés à lady Hamilton pour l'éducation et l'entretien de ma fille adoptive.*

Emma, elle, se disperse entre Merton et Clarges Street. Une lettre de condoléances de Marie-Caroline la sort de sa torpeur : « J'ai appris avec bien de l'intérêt et de la peine la disparition de l'honnête et bon chevalier. Ce qui surtout m'a chagrinée, c'est la situation peu avantageuse qu'il vous a laissée. Cela me peine réellement, prenant toujours le plus vif intérêt à tout ce qui vous concerne. Nous nous souvenons avec reconnaissance de toutes les attentions que vous nous avez témoignées... »

Une idée surgit aussitôt. Et si elle réclamait l'aide de la reine ? Son amitié ne lui est-elle pas acquise ? De surcroît, elle semble parfaitement au courant de la situation, ce qui facilite la démarche. Emma se jette sur l'écritoire. Quelques semaines plus tard, la réponse arrive par voie diplomatique : « La reine formule des vœux pour que sa chère Emma connaisse un avenir meilleur. » Rien d'autre. Pas le moindre geste. Elle n'a aucune intention de secourir son ancien esclave. *Eterna gratitudine.* Éternelle gratitude... Le regard d'Emma se brouille légèrement en se posant sur la miniature représentant la souveraine dans un cadre serti de brillants...

Précisons au passage que Marie-Caroline est de retour à Naples. Poussée par son ambition, elle vient d'entrer dans une nouvelle coalition contre Napoléon. Cette folie causera définitivement la perte de son royaume.

Noël est là. Charlotte est présente, mais aussi les Bolton, un artiste du nom de Thomas Baxter, et bien sûr Horatia. On chante, on danse, on boit surtout alors qu'Emma est à la veille d'accoucher.

À l'orée de la nouvelle année, Horatia est au plus mal. Elle est brûlante de fièvre. C'est la conséquence du vaccin qu'on lui a inoculé contre la variole. Depuis trois ans, un médecin de cinquante-quatre ans, le docteur Edward Jenner, harcelé par ses détracteurs et vivant dans la misère, vaccine gratuitement jusqu'à trois cents personnes par jour. Horatia fait partie de ceux-là.

Le 13 janvier, un courrier de l'amiral arrive : « *Victory*, Majorque. Ma bien-aimée Emma, j'ai reçu le 9 vos lettres datées du 29 septembre, et des 2, 7, 10, 12, 17 octobre. Ainsi que celles du 5 au 24 novembre. Je suis infiniment touché de vos attentions à mon égard. Vous savez que c'est réciproque. [...] Je suis heureux de savoir que vous avez l'intention de rentrer à Merton. Vous y vivrez bien mieux et cela vous coûtera moins qu'à Londres. Si vous avez envie de faire des travaux au cours du printemps, vous le pouvez, mais je crains que vous ne vous lassiez très vite de la poussière, et vous souffrirez de toutes sortes de désagréments durant tout l'été. Néanmoins, si vous y tenez absolument, tout ce que je vous demande, c'est de confier le travail à l'architecte de Mr. Davison. Prenez garde de ne pas dépasser le devis. [...] »

Des travaux... Encore des dépenses en perspective.

Il ajoute : « Embrassez la petite Horatia pour moi et l'autre. Si c'est un garçon, appelez-le comme vous le souhaiterez ; si c'est une fille, Emma. »

Ce sera une fille. Elle naît dans l'appartement de Clarges Street vers la fin du mois de janvier 1804. Hélas, cette seconde little Emma ne vit guère longtemps. Combien de temps ? Nous n'en savons rien. Pas plus que nous ne disposons d'informations avérées sur les causes du décès. Elle serait morte victime de convulsions[1]. Il n'existe aucune trace dans les registres de Merton d'une cérémonie de baptême ou des funérailles d'une enfant appelée Emma Thomson, Nelson, Hart, Lyon, ni même Cadogan. Ce qui n'a rien de surprenant. Toute l'affaire a dû se dérouler dans le plus grand secret.

Informé de la tragédie, Nelson écrit tristement : « J'ai ouvert le courrier avec l'impatience que vous imaginez. Rien. Rien et enfin un mot non daté. Dieu merci ! Vous êtes en bonne santé, mais la chère petite Emma n'est plus. [...] Le premier moment de chagrin passé, j'ai remercié Dieu de vous avoir épargnée, ainsi qu'Horatia. Perdre l'une de vous m'aurait rendu fou de douleur. Heureusement, lorsque j'ai appris la nouvelle, il faisait nuit et j'ai pu me retrouver avec moi-même. »

Le 20 janvier, Nelson fait parvenir à sa fille un cadeau de Noël avec ce mot : « Ma chère Horatia, je vous envoie

---

1. C'est du moins le diagnostic proposé dans les pseudo-*Mémoires* de lady Hamilton parus en 1816, sous le titre : *Lady Hamilton, ambassadrice d'Angleterre à la Cour de Naples, ou choix d'anecdotes curieuses sur cette femme célèbre*. Nous ignorons qui en est le véritable auteur.

une montre et vous donne la permission de la porter le dimanche et les jours de fête quand vous serez dans tous vos atours et que vous aurez été extrêmement sage et obéissante. »

Les semaines passent. Nelson est toujours en mer. Et Emma vit de plus en plus mal cette séparation. Quinze mois qu'il est parti. Quinze siècles !

À cette déchirure physique se greffe aussi une frustration morale. Les courriers de Nelson sont rédigés dans un style qui est à la limite de la froideur. Ce n'est pas faute d'amour, mais parce qu'il craint que ses lettres ne tombent sous des regards indiscrets ou, pire encore, qu'elles soient interceptées par des espions français : « Bien que dans les lettres que j'expédie de divers endroits je me contente de dire : je suis ici, ou je suis là, nul doute qu'elles sont lues. Il m'est impossible de dire plus que "me voilà, je vais bien". »

Comment supporter une si longue absence ? Comment survivre ? Bien sûr Emma s'affaire à Merton, supervise les travaux, dîne en ville, rend visite à Horatia. Cela ne suffit pas à combler le vide. Au cours du mois d'août 1804, ses forces l'abandonnent. Elle supplie Nelson de revenir. Il ne peut lui répondre comme il le souhaiterait et il a conscience que des mots creux, des mots masqués n'apaiseront pas sa douleur. Alors il utilise le stratagème Thomson :

Mon très cher amour, vous dire que je pense à vous le jour, la nuit, et tous les jours et toutes les nuits ne suffirait pas à vous exprimer l'immense affection que je vous porte. Notre bonne lady Hamilton sait parfaitement de quoi il retourne, et elle m'a promis de veiller sur vous en ces moments difficiles. Croyez que je suis dans l'incapacité de vous tromper en pensée ou en action. Tout l'or du Pérou ne pourrait acheter un seul de mes instants ; ils vous appartiennent tous et chacun d'entre eux vous est entièrement réservé et ce, depuis le premier jour de notre rencontre bénie. Abandonner mon devoir envers ma patrie serait une attitude que vous-même, en y réfléchissant froidement, vous déjugeriez, et je n'éprouverais que de la honte sachant que je me suis déprécié à vos yeux. Ce n'est ni le désir de richesse, ni l'ambition qui me tiennent éloigné de vous. Non, c'est uniquement la volonté de protéger mon pays, ma femme et mes enfants. Ouvrez votre cœur à la douce lady Hamilton, et elle vous rassurera. Signé *Thomson.*

Emma réagit, désespérée : « Si vous ne revenez pas, alors par pitié, laissez-moi venir avec Charlotte et Horatia ! »

Folie, proteste Nelson : « Imaginez quelle croisière que celle que vous feriez dans les eaux toulonnaises ! Malgré la présence de l'été, nous essuyons tous les jours de très forts coups de vent et de redoutables creux. Cette poursuite effrénée en Méditerranée vous tuerait et moi aussi en vous voyant souffrir. Ce serait encore moins raisonnable d'avoir Charlotte et Horatia à bord. Moi qui ai donné des ordres interdisant toute présence féminine, je me vois mal être le premier à les enfreindre ! »

« Alors, autorisez-moi à voyager, à partir en Sicile », suggère Emma. « Projet absurde, réplique l'amiral, là-bas plus personne ne s'intéresse à nous, de plus ce voyage coûterait une fortune. »

À court d'arguments, Emma se fait une raison... Elle se replonge dans les travaux de Merton et l'éducation de sa fille. Il semblerait qu'elle ait attaché beaucoup d'importance à sa formation religieuse, obéissant ainsi aux désirs de Nelson. N'a-t-il pas précisé dans son codicille *qu'il confiait sa fille adoptive à Emma, convaincu qu'elle saurait l'élever dans la voie de la vertu et de la foi chrétienne* ? Parmi les reliques retrouvées, on possède un recueil qui porte le titre *Maximes choisies dans le livre de Sagesse de Jésus fils de Sirach, ou L'Ecclésiastique*[1], et qui est dédicacé : « À

1. *L'Ecclésiastique*, livre qui fait partie de la Thora ou « Ancien Testament ».

Horatia Nelson. Qu'elle se montre toujours droite et vertueuse, qu'elle acquière la sagesse et le savoir, qu'elle honore Dieu et progresse à ses côtés et que dans ses prières elle pense à son affectionnée Emma Hamilton, amen. »

Le 18 avril, Emma assiste au mariage de Kate Bolton, nièce de l'amiral et fille de Susannah. Elle épouse son cousin germain sir William Bolton.

L'été revient et avec lui les habituels raouts indissociables de la *Season*. Emma, chaperonnée par Charlotte, se disperse d'une soirée à l'autre. On l'aperçoit chez les Goldsmith, chez lady Stafford, chez lady Dashwood. Elle se rend à l'opéra, grâce à des billets offerts par une amie, Mrs. Billington. Une soirée mélancolique qui a dû lui rappeler l'heureux temps où elle avait sa loge personnelle à Naples, au San Carlo.

En juillet, elle est à Canterbury chez William-Judas et Sarah Nelson. Le champagne coule à flots. On se lance des défis. Qui, d'entre eux tous, sera capable d'en boire le plus sans vaciller ? C'est Emma, bien sûr, qui remporte la palme.

Nelson, lui, continue de sillonner inlassablement la mer : « C'est une bien drôle de guerre ! Pas le moindre combat ! »

L'automne s'installe sur la Méditerranée. L'amiral confie à lord Saint Vincent : « Ne riez pas. J'ai le mal de mer. »

La partie de colin-maillard que se livrent les flottes française et anglaise se prolonge jusqu'à l'ennui. Un ennui que le navigateur trompe en s'occupant à distance des travaux de Merton : « Il faudrait faire bifurquer le petit sentier. J'avais montré à Haslewood la manière de procéder. Je voudrais aussi, puisque mon Horatia doit venir habiter à Merton, qu'un treillage solide, d'environ trois pieds de haut, soit placé autour du "Nil" pour éviter que le petit être n'y tombe. Ensuite, vous pourrez y remettre des canards. Je ne me souviens plus de l'endroit où nous avons vu des treillages... Je resterai très soucieux jusqu'au jour où j'apprendrai que les travaux sont terminés. »

Ils ne sont pas près de l'être ; ils ne le seront jamais.

Le 25 décembre 1804, un courrier de l'Amirauté lui annonce qu'une permission de six mois lui est accordée (il en avait fait la demande) et que son successeur intérimaire sera, ainsi qu'il l'a lui-même proposé, le capitaine Bickerton. Mais aucune date n'est précisée quant à la passation des pouvoirs. La décision appartient à Nelson. Bickerton n'est pas loin, il commande une escadre de la flotte. Rien ne serait plus facile que de le faire venir. Curieusement, Nelson garde le silence sur cette permission. Son envie d'en découdre est sans doute plus forte que tout. Rentrer en Angleterre sans ramener une victoire, sans livrer bataille ! Inconcevable. Il fait route pour Toulon où des espions lui ont signalé que des bâtiments français y embarquent des troupes.

Il y arrive et fait le guet. Le calme plat. L'horizon est désespérément vide.

Le 30 octobre, Emma, qui ne cesse de compter les jours et les nuits d'absence, se confie à Davison :

Je suis anxieuse, et si impatiente de le retrouver. Je ne me sentirai bien que le jour où il sera à mes côtés. Je l'aime, je l'adore, mon esprit et mon âme ne vivent que pour ce moment extatique où je le reverrai, où je pourrai l'enlacer. L'amour que j'éprouve pour lui n'est pas un amour commun. C'est peut-être un péché de l'aimer, mais je crois que le vrai péché a été d'appartenir un jour à un autre que lui. Je suis libre désormais. Libre de pécher jusqu'à plus soif et d'aimer. Lui, plus que quiconque, vaut la peine que j'aille en enfer.

Une chose est sûre, Emma tient admirablement son rôle de Pénélope. Nelson absent, pas un seul homme n'aura franchi le seuil de Merton. Un courrier rédigé par le capitaine Richard Bulkeley[1] nous le confirme : « Si je venais à

1. Le capitaine Bulkeley était aux côtés de Nelson lorsque celui-ci perdit le bras, en 1797, lors de la bataille de Santa Cruz de Tenerife.

Londres, j'ose espérer que vous passerez outre la règle que vous vous êtes prescrite en faveur d'un très vieil ami de Nelson. J'espère que vous voudrez bien m'ouvrir si je frappais à votre porte, et que vous m'autoriserez à m'asseoir aussi longtemps que je le pourrai. Nelson ne désapprouverait aucunement et ne penserait pas un seul instant que vous faites preuve d'imprudence. »

Le 31 mars 1805, alors que le *Victory* longe les côtes de Sardaigne, on apprend que la flotte française, commandée depuis peu par l'amiral Villeneuve, a quitté Toulon. Parfait ! Mais pour quelle destination ? On n'en sait rien. Nelson décide de faire cap au sud. Pour lui, Villeneuve cingle vers l'Égypte. Il faut lui barrer la route. Et voici que recommence la même course-poursuite que celle qui s'était déroulée six ans auparavant, avant de trouver sa conclusion dans les eaux d'Aboukir. C'est une curieuse sensation de déjà-vu. L'instinct de l'Anglais l'a trompé. Villeneuve n'a jamais eu l'intention d'aller en Égypte. Il fait route pour Gibraltar. Nord, sud, est, ouest. Palerme, Gibraltar le 6 mai. Pas de Villeneuve. La Jamaïque, la Barbade, Antigua...

Le mois de mai défile et avec lui son cortège de réceptions et de soupers. Dans sa résidence de Clarges Street, Emma reçoit beaucoup. Beaucoup trop au gré de Mrs. Cadogan qui s'affole – à juste titre – de la disproportion entre les lourdes dépenses occasionnées par ce séjour dans la capitale et le maigre budget de sa fille.

> *Ma chère Emma, lui écrit-elle de la ferme, Cribb [le jardinier] est tout à fait pressé d'avoir son argent et serait très heureux si tu pouvais apporter les 13 livres qu'il a avancées pour payer les taxes et les faucheurs. J'ai aussi les factures du boucher et du boulanger à payer. Elles atteignent 100 livres et 17 shillings. Que Dieu te bénisse, ma chère Emma, et nous apporte de bonnes nouvelles de notre cher lord.*

Le boucher, le boulanger, le jardinier... Lady Hamilton, ex-ambassadrice de Naples, décorée de la croix de Malte, maîtresse de l'amiral Nelson, confidente et conseillère d'une reine, endettée comme une pauvresse ! Tant pis, « Demain est un autre jour ». Il sera toujours temps, demain...

En attendant, elle n'hésite pas à prêter 200 livres à Susannah Bolton, la sœur de Nelson, qui est dans le besoin. Deux cents livres ! Empressons-nous de rassurer le lecteur : à peine l'amiral aura-t-il connaissance de son geste qu'il donnera des instructions à son homme d'affaires pour qu'Emma soit remboursée.

Mais ce mois de mai est aussi synonyme d'espoir. Après trois ans de mise à l'écart, William Pitt est revenu à la tête du gouvernement. C'est un proche de lord Melville. Melville est une vieille connaissance de George Rose, qui est lui-même l'ami de Nelson. Emma aurait peut-être une chance d'obtenir cette fameuse pension tant de fois réclamée. À la mi-mai, Melville déclare à George Rose :

— J'ai parlé à Pitt et lui ai suggéré que l'on verse à lady Hamilton une rente annuelle de 500 livres en reconnaissance des services rendus par son époux. Le Premier ministre m'a paru favorable.

— Puis-je transmettre à Emma l'information, interroge Rose ?

— Vous pouvez, certainement.

En apprenant la nouvelle, Emma bondit de joie. C'est une chance inespérée. Voilà un certain temps qu'elle ne croit plus aux miracles. Ces 500 livres ne résoudront rien, mais seront les bienvenues. Hélas, rien n'aboutira. Nous ne saurons jamais si Melville a réellement parlé à Pitt ou si le Premier ministre a jugé inopportun de donner à la démarche une suite favorable. Quelle que soit la raison de l'échec, l'étau se resserre d'un cran de plus.

En juillet, Emma retourne dans la station balnéaire de Ramsgate et loge à Albion Place, dans un magnifique appartement qui surplombe la ville et le vieux port.

À son retour, sur les conseils de Nelson, elle engage à tour de rôle les filles Connor pour s'occuper d'Horatia. Ce ne sont pas des étrangères. Mary, Cecilia et Ann ne sont autres que ses nièces, les enfants de Sarah Connor, l'une des trois sœurs de Mrs. Cadogan. Nelson, qui a eu l'occasion de les rencontrer, leur trouve d'excellentes manières. Il estime qu'elles feront parfaitement l'affaire. C'est de cette période que remonte la décision du couple de faire venir leur fille à Merton de façon définitive. Sir William décédé, plus rien ne s'oppose à ce que l'enfant vive sous le même toit que ses parents.

Dans la première semaine d'août, Nelson à bout de nerfs et la rage au cœur décide d'abandonner sa partie de colin-maillard et de jouir de sa permission. Il aura passé plus de deux ans à naviguer.

Le 17 août, il débarque à Spithead. Le 20 il est à Merton.

23

20 août 1805.

« MERTON n'est pas une vaste demeure, mais son architecture est élégante. Il faisait ce jour-là un temps admirable. Appuyées à la véranda, où se promenant le long des allées, j'aperçus plusieurs femmes et j'en déduisis qu'il s'agissait de parents de Nelson. Je pénétrai dans le vestibule orné d'innombrables peintures et mon regard se posa sur le buste d'un personnage illustre [Nelson]. Un homme apparut. C'était le révérend William Nelson. Je ne lui trouvai aucune ressemblance avec son frère. Il m'introduisit dans un magnifique salon. Lady Hamilton était assise près de la porte-fenêtre. Je fus aveuglé par cette vision au point que je faillis ne pas apercevoir l'autre silhouette, maigre, petite de taille, en grand uniforme et la poitrine bardée de décorations. Je veux parler de lord Nelson. L'aspect de l'amiral inspirait le plus grand respect, particulièrement quand il vous regardait de haut en bas. Il associait à cette grande dignité que doit avoir un homme de qualité l'expression la plus séduisante. Un domestique avança des chaises. Assis entre lady Hamilton et l'amiral, je fus invité à exposer mon compte rendu de la bataille de Copenhague et une longue conversation s'ensuivit. »

L'auteur de cette description est un écrivain danois du

nom de Andersen. Il a eu la chance d'être reçu le jour même de l'arrivée de l'amiral. Deux ans plus tard, il publiera un ouvrage intitulé *Excursions en Angleterre*, dans lequel il fera la relation détaillée de son passage à Merton.

Emma, Horatia, Nelson enfin réunis. Le paradis perdu et retrouvé. Le visage d'Emma irradie de bonheur. Son homme est là. Il se tient à ses côtés. Combien de temps encore ?

Dès le lendemain, le couple se rend à Londres. A 9 h 45, la calèche s'arrête devant les bureaux de l'Amirauté. Nelson descend. Ses supérieurs l'attendent, impatients de recueillir de sa bouche les dernières nouvelles de cette drôle de guerre. Ce Napoléon et son Villeneuve les empêchent de dormir. Emma poursuit son chemin jusqu'au 11 Clarges Street où elle doit accueillir les Bolton, pour les conduire à la ferme où ils passeront quelques jours.

Vers 4 heures de l'après-midi, Nelson sort de l'Amirauté. Il prend le temps de commander une timbale, un couteau, une fourchette et une cuillère en argent. Sur les couverts, il fait graver le prénom de sa fille, et sur la timbale : *À mon grand amour Horatia*.

En fin de journée, il est de retour à Merton.

Le 30 août, il apprend par un courrier que le 13 Villeneuve a quitté le port espagnol de Ferrol à la tête d'une trentaine de vaisseaux. Où vont-ils ? Reviendront-ils vers la Manche ? Resteront-ils en Méditerranée ? On se perd en conjectures, mais Nelson a son idée. Quelque chose lui souffle que Villeneuve compte se rendre à Cadix, en passant par Carthagène après avoir opéré sa jonction avec l'armada espagnole. Fort d'une puissance de feu réunissant près de soixante navires, il prendrait ensuite la direction de Toulon. Et la Manche. Dès lors, l'Angleterre serait en péril.

Le 1er septembre, il rencontre Pitt, confère avec les ministres, les met en garde, leur fait partager ses appréhensions. La plupart des responsables pensent alors que Villeneuve voguera vers les Antilles.

— Que suggérez-vous ? interroge Pitt.

— Les intercepter avant qu'ils ne pénètrent en Méditerranée.

— Et qui commandera la flotte ?

— Collingwood. Vous ne trouverez personne de plus compétent.

— Non, rétorque le Premier ministre. Pas Collingwood.

— Qui alors ?

— Vous, Nelson.

L'amiral réprime un sursaut. Voilà à peine dix jours qu'il est rentré en Angleterre. Dix jours après deux ans de navigation. Il n'essaie même pas de protester. D'ailleurs en éprouve-t-il le désir ? Secrètement, cette bataille, il en rêve. Les longs mois passés en mer sans obtenir le moindre résultat lui ont laissé un arrière-goût de défaite. C'est pourquoi, lorsque le Premier ministre lui demande :

— Serez-vous prêt à appareiller dans trois jours ?

Il répond sans hésitation :

— Je suis déjà prêt.

Nelson retourne à Merton et – épreuve douloureuse – fait part à Emma de son prochain départ. Encore ? L'absence, la séparation, une fois de plus. Le néant. Si elle est au bord de défaillir, elle se garde bien de le montrer.

Le lendemain, 2 septembre, à 5 heures du matin, un émissaire franchit le seuil de la ferme. C'est le capitaine Henry Blackwood, commandant de l'*Euryalus*. Ce n'est pas un inconnu. Il s'est distingué aux côtés de Nelson lors du blocus de Malte et il a participé à la capture du *Guillaume Tell*.

Tiré du lit, l'amiral comprend tout de suite le sens de cette visite matinale.

— Vous m'apportez des nouvelles des flottes française et espagnole...

— Oui, sir. Vous aviez vu juste. Nos ennemis ont opéré leur jonction. Ils se sont rassemblés à Cadix.

— Parfait. Je vais pouvoir donner une volée à ce M. de Villeneuve ! Prévenez Londres que j'arrive.

Une lueur vive traverse son regard ; de celle qui illumine l'œil des oiseaux de proie à l'instant de fondre sur leur victime.

Emma a tout entendu. On a beaucoup glosé sur sa réaction. Certains biographes ont affabulé allégrement, dressant le portrait d'un Nelson hésitant, éperdu et qui n'aurait pris la décision d'accepter sa mission qu'encouragé par sa maîtresse :

— Combien même nous regretterons votre absence, surtout après un séjour aussi bref, il est de votre devoir de vous rendre à Cadix, aurait-elle déclaré. Vous connaîtrez une brillante victoire et vous pourrez ensuite nous revenir chargé de dignité.

— Oh ! brave Emma ! aurait répondu Nelson en sanglotant. S'il existait d'autres Emma, il y aurait plus de Nelson. Vous avez raison. J'accepte.

Il y a bien peu de chance pour que ce récit à l'eau de rose soit digne de foi. Emma n'est pas Jeanne d'Arc. Elle est femme jusqu'au bout des ongles ; femme et amoureuse. Une amoureuse qui, pendant quinze longs mois, a été séparée de l'homme qu'elle aime à la folie. La vérité est que ce nouveau départ a dû forcément la briser.

Le lendemain matin, le couple se rend dans la petite église de Merton. Au pied de l'autel, ils échangent des anneaux. Ils sont mari et femme devant Dieu. L'office terminé, Emma rentre à la ferme, tandis que Nelson prend la route de Londres pour se rendre à l'Amirauté et choisir ses officiers. Privilège exceptionnel, ses chefs lui laissent carte blanche.

Le soir, un dîner prévu de longue date réunit à Merton pas moins de trente convives.

Le 10, encore des mondanités.

Le 11, les Bolton retournent à Norfolk.

Le 12, la veille du départ de Nelson, plusieurs personnes

sont à nouveau réunies pour déjeuner à la ferme. Parmi les invités, on note la présence de James Perry et du fort peu sympathique lord Minto. Un certain malaise règne. Les deux hommes se regardent en chiens de faïence. Et pour cause, quelques années auparavant le cher lord avait fait condamner le rédacteur à six mois de prison pour outrage au Parlement ; le malaise est d'autant plus grand qu'Emma et Nelson sont en retard. L'amiral – pour des raisons protocolaires – est en train de faire ses adieux à son ancienne bête noire, le prince de Galles. Lorsque le couple rejoint enfin leurs hôtes, la tension ne retombe pas. Emma a les nerfs à fleur de peau. Son chagrin l'étouffe. L'honorable Minto fait la grimace. Il écrira à sa femme : « Je me suis rendu à Merton samedi et j'ai trouvé Nelson à table entouré par toute sa famille. Lady Hamilton était assise en tête de table, et sa mère, Mrs. Cadogan, lui faisait face. On me fit un accueil chaleureux. Lady Hamilton a beaucoup amélioré la maison et a effectué d'excellentes transformations sans que Nelson fût au courant *[sic]*. Tout compte fait, elle est très intelligente ; la passion est toujours aussi vive. Elle était en larmes et ne pouvait ni manger ni boire, et prête à s'évanouir. Sous de nombreux aspects, Nelson est un grand homme, mais en bien d'autres, c'est un bébé. L'amitié qu'il me porte n'est pas comparable à celle qui l'attache à l'autre [Emma], mais elle est sincère. »

Cette description porte un nom : l'envie.

Maintenant, le crépuscule enveloppe la campagne. La chaise de poste attend devant la porte. Nelson est en prière, au pied du lit de sa fille endormie. La séparation est une lente agonie. Il descend, enlace longuement Emma, franchit le seuil, revient sur ses pas, repart, revient encore et encore. La quatrième fois, il s'agenouille devant elle, lui baise les mains et murmure : *God bless you* (Que Dieu vous bénisse).

La scène semble une image d'Épinal, et cependant elle est authentique. Nous en aurons la preuve.

Dehors, un homme attend. C'est Scott, le chapelain du *Victory*, ami dévoué de Nelson. La chaise de poste s'ébranle. Elle traverse le petit pont qui enjambe le « Nil », emprunte l'allée qui mène vers la grille. Un instant plus tard elle a disparu, avalée par les brumes du soir.

Nous sommes un vendredi 13.

Il est 10 h 10.

C'est précisément à cette heure, mais dans la matinée, que sir William rendit l'âme deux ans plus tôt.

La vie a de curieuses coïncidences.

Sur la route qui le mène à Portsmouth, Nelson doit repenser à cette Gitane qui, des années auparavant, lui avait lu les lignes de la main [1].

— Au-delà de 1805, je ne vois plus rien...

En évoquant ce souvenir, un jour, à Londres, l'amiral avait dit à sa sœur : « Ah, Kitty, Kitty, cette Gitane ! »

À trente-cinq kilomètres de la ferme, on décide de marquer une pause. Nelson confie au chapelain Scott – qui le rapportera – tout le déchirement qu'il a ressenti dans la chambre d'Horatia. « Elle dormait comme dorment les enfants. Je n'ai pas osé la réveiller. Je me suis agenouillé et j'ai prié. »

Il ouvre le petit carnet dans lequel il consigne ses pensées : « À 10 h 10 j'ai quitté Merton abandonnant tous les êtres que j'aime le plus au monde. Que ce Dieu tout-puissant que j'adore me permette d'accomplir mon devoir envers ma patrie. Si c'est son bon plaisir que je revienne, mes remerciements ne cesseront de s'élever vers le trône de Sa miséricorde. Si c'est Sa bonne providence de mettre fin à mes jours sur cette terre, je m'incline avec la plus grande

1. Une Indienne sans doute. Il l'aurait rencontrée en 1774, à l'époque où, jeune aspirant, il avait fait escale dans différents ports des Indes orientales.

soumission, comptant qu'Il protégera ceux qui me sont si chers et que je laisserai après moi. Que Sa volonté soit faite. Amen. Amen. Amen. »

Une dizaine de jours se sont écoulés. Les Matcham et les Bolton s'en sont allés. Il ne reste plus dans la demeure désertée qu'Emma, sa fille et Mrs. Cadogan. C'est trop dur. Il vaut mieux qu'elle s'en aille. N'importe où. Ne plus voir l'ombre de Nelson hanter les allées de la ferme. Elle choisit de partir pour Canterbury chez William, le frère de Nelson, et Sarah, son épouse. Là-bas elle se sentira moins isolée.

Après avoir confié Horatia à sa grand-mère, elle prend la route, et s'arrête un instant à la paroisse du village pour voir le révérend Lancaster. Le pasteur est rentré la veille de Portsmouth où il était allé accompagner son fils, marin, qui embarquait lui aussi à bord du *Victory*. Emma l'avait chargé de remettre une lettre à l'amiral. Il est porteur d'un mot en retour : « Je vous en conjure, ma chère Emma, souriez, et ne pensez qu'à l'avenir, à toutes ces années qui nous attendent où nous vivrons heureux, entourés par les enfants de nos enfants. Dieu – Il en a le pouvoir – aplanira tous les obstacles. Dieu vous bénisse, mon Emma. »

Le 4 octobre, elle écrit de Canterbury : « Mon Nelson adoré, je vous envoie ci-inclus un mot de miss Connor, car elle y parle beaucoup de notre fille chérie. Vous l'apprécierez. J'ai reçu aussi une lettre de ma mère qui me vante les qualités d'Horatia. Elle me dit que nous avons vraiment de la chance d'avoir une enfant aussi merveilleuse. Elle ne peut plus se passer d'elle. Vous serez encore plus satisfait d'Horatia à votre retour. Ô Nelson ! combien je l'aime, mais aussi quel culte j'ai pour vous, l'époux chéri de mon cœur, vous qui êtes tout au monde. Que le ciel vous bénisse. Votre Emma. »

Le 8 octobre, elle prend la plume à nouveau : « Je viens de recevoir des nouvelles d'Horatia. Savez-vous qu'elle commence à lire parfaitement [elle n'a pas encore cinq ans] et qu'elle étudie très sérieusement son italien et son français ? »

Ces lettres, Emma ne le sait pas encore, lui reviendront non décachetées. Nelson n'aura pas eu le temps de les recevoir.

Parallèlement elle confie à Susannah Bolton, la sœur de Nelson : « Ma chère amie, me revoilà le cœur brisé. Notre bien-aimé Nelson a dû reprendre la mer. Durant deux semaines, j'ai eu l'impression de vivre un rêve, et maintenant me revoilà ramenée à la cruelle réalité. Mais que faire ? La puissance de son bras est si nécessaire à sa patrie. »

Mrs. Cadogan continue de la tenir au courant de la vie quotidienne d'Horatia. La fillette ajoute même un post-scriptum à l'une des lettres expédiées par sa grand-mère : « Ma chère lady [c'est ainsi que la petite était tenue d'appeler sa mère], je vous remercie pour les livres. Je bois dans la timbale de mon lord tous les matins. Transmettez-lui mon amour et un baiser quand vous lui écrirez. Miss Connor m'a fait un câlin parce que j'avais bien lu mon livre. Mon affection à miss Nelson. Ma chère lady, je vous aime beaucoup. »

Emma regagne Merton dans la seconde semaine d'octobre afin de continuer à superviser les travaux qui, décidément, ne semblent pas avoir de fin, alors que dans le même temps elle a entrepris de refaire la décoration de Clarges Street.

Le 19 octobre, Nelson est au large de Cadix. À l'ouest, invisible, il y a un cap. Son nom entrera bientôt dans l'Histoire : Trafalgar...

Installé dans sa cabine, l'amiral laisse courir sa plume : « Mon Emma bien-aimée chérie, mon amie de cœur. On vient de me faire savoir que l'ennemi sortait du port. Peu de vent, de sorte que nous ne les verrons pas avant demain. Veuille le Dieu des armées couronner mes efforts de succès.

À tout événement, je veux faire en sorte que mon nom vous devienne encore plus cher à vous et à Horatia qui êtes ce que j'aime plus que ma vie. Et comme ce dernier écrit avant la bataille est pour vous, j'ai espoir en Dieu que je vivrai assez pour le finir. Que le ciel vous bénisse ! c'est la prière de votre Nelson et Bronte[1] ».

21 octobre 1805.

Nelson est sur le pont du *Victory*. Il a l'air détendu. Nullement nerveux. Il porte toujours la même tenue bleue, endossée le jour où il a embarqué à Portsmouth. Sur le côté gauche de l'habit sont brodées quatre décorations qui représentent les quatre ordres de chevalerie dont il est membre.

Il est 6 h 40 du matin. La ligne d'horizon est teintée de rose pâle.

Les deux flottes sont encore hors de vue l'une de l'autre.

Nelson part vers sa cabine et fait signe au capitaine de pavillon, Thomas Hardy, et au capitaine Blackwood de le suivre.

— J'ai rédigé un codicille à mon testament. Je voudrais que vous y apposiez tous deux votre signature, en tant que témoins.

Il leur tend son carnet-journal :

> *Le vingt et un octobre mil huit cent cinq, en présence des flottes espagnole et française, distantes au moment présent d'environ dix milles. Considérant que les éminents services rendus au roi et à la nation par lady Hamilton, veuve de sir William, n'ont jamais été récompensés, ni du roi ni de la nation, je rappelle notamment ceci :*
>
> 1° *Que lady Hamilton a obtenu, en 1799, la communication d'une lettre du roi d'Espagne à son frère, le roi de*

1. En tête de cette lettre, Emma traça les mots suivants : « Cette lettre a été trouvée ouverte sur son pupitre et apportée à lady Hamilton par le capitaine Hardy. Ô malheureuse et misérable Emma ! Ô glorieux et bienheureux Nelson ! ».

Naples, dans laquelle il l'avertissait de son intention de déclarer la guerre à l'Angleterre, et que, prévenu par cette lettre, sir John Jervis put donner l'ordre de détruire soit les arsenaux espagnols, soit les navires, et si cela n'a pas été accompli, la faute n'en incombe pas à lady Hamilton.

2° Que la flotte britannique, sous mon commandement, n'aurait pu se rendre une seconde fois en Égypte si, par l'influence de lady Hamilton sur la reine de Naples, l'ordre n'avait été donné aux différents gouverneurs de permettre à la flotte de se pourvoir de tout ce qui lui était nécessaire dans les ports du royaume.

Si j'avais pu moi-même récompenser ces services, je ne ferais pas aujourd'hui appel à mon pays. Mais comme je ne le puis pas, je lègue lady Hamilton à mon roi et à mon pays, afin qu'ils lui donnent une pension lui permettant de tenir son rang. Je laisse aussi à la générosité de ma patrie ma fille adoptive Horatia Thomson Nelson. Ce sont les seules faveurs que je demande à mon roi et à ma patrie à cet instant où je vais livrer bataille pour eux. Puisse Dieu bénir mon roi et ma patrie et tous ceux qui me sont chers. Il est inutile que je fasse ici mention de ma famille, qui est assurée d'avoir tout ce qui lui sera nécessaire. Nelson et Bronte.

Les deux hommes signent le document.

Nelson remonte sur le pont inspecter les batteries.

Vers 11 heures, il redescend dans sa cabine et note dans son Journal : « Puisse le grand Dieu que j'adore accorder à mon pays, et pour le bien de l'Europe en général, une grande et glorieuse victoire. Puisse-t-Il permettre que nulle mauvaise action ne la ternisse, et puisse l'humanité, après la victoire, être le premier souci de la flotte britannique. Quant à moi, je remets ma vie à Celui qui l'a créée. Que Sa bénédiction brille sur mes efforts pour servir loyalement ma patrie. Je remets en Ses mains ma personne et la juste cause qu'Il m'a chargé de défendre. Amen. Amen. Amen. »

L'armada ennemie, composée de 58 vaisseaux dont 14 espagnols et 18 français, n'est plus qu'à trois milles de distance.

Pour l'affronter, Nelson dispose de 21 vaisseaux de moins.

Le ciel est d'un bleu étincelant. La mer est étale.

Vers 11 h 30, le *Rule Britannia* est joué par les orchestres de tous les navires. L'hymne national lui succède.

Nelson se tourne vers le lieutenant Paso qui se tient près de lui :

— Faites envoyer ce signal à toute la flotte : *England expects that every man will do his duty.*

L'Angleterre attend de chaque homme qu'il fasse (ou fera) son devoir...

La phrase a basculé dans l'immortalité.

Dix minutes plus tard, suivant à la lettre le plan de l'amiral, la flotte anglaise, formée en deux colonnes, l'une conduite par Nelson lui-même, l'autre par Collingwood, se jette sur le centre de l'armada franco-espagnole.

Un boulet français brise le mât de misaine du *Victory.* Les matelots s'empressent de dégager les voiles.

À 12 h 04, le *Victory* lâche sa bordée sur l'avant-garde de l'ennemi.

C'est l'enfer. L'écho des canons assourdit le ciel.

De part et d'autre on se bat avec un courage exemplaire.

Le *Victory* n'a plus de mât d'artimon ni son grand mât de perroquet. Le pont est noyé de débris.

Thomas Hardy, qui depuis quelques minutes va et vient aux côtés de l'amiral, s'aperçoit tout à coup qu'il est tout seul.

Il pivote.

Nelson est à genoux. L'extrémité des doigts de sa main gauche, la seule, affleure le pont. Hardy se précipite :

— Hardy, ils ont fini par m'avoir...

— J'espère que non, sir.

— Si. Ma colonne vertébrale est brisée.

Avec mille précautions, quatre hommes descendent le blessé jusqu'à l'infirmerie.

La suite fait partie des témoignages de l'Histoire.

Comme tout ce qui précède, elle a été relatée par le médecin et le chirurgien du bord, le docteur Scott et le docteur Beatty, et par le chapelain du *Victory* prénommé Scott lui aussi.

L'amiral est allongé sur une couchette.

Un infirmier a placé sous sa nuque sa veste ensanglantée en guise d'oreiller.

Le docteur Beatty examine la blessure. Le trou est peu important. C'est celui d'une balle de fusil. Le projectile a pénétré profondément dans la poitrine, et s'est logé dans la colonne vertébrale. La respiration est rapide et courte.

— Je sens que mon dos est brisé. Vous ne pouvez rien pour moi.

Il ajoute à l'intention de Mr. Burke, le commissaire :

— Il est absurde de penser que je puisse vivre. Je souffre beaucoup, mais plus pour longtemps.

À plusieurs reprises il réclame Hardy. Mais, débordé, celui-ci n'arrive qu'à trois heures de l'après-midi.

— Alors, comment va la bataille ?

Hardy le rassure. Les choses sont en bonne voie. Douze vaisseaux ennemis ont été capturés. Le combat se poursuit.

— Je suis un homme mort, Hardy. Approchez-vous.

Burke qui soutient alors le buste de l'amiral entend :

— Que l'on donne à ma chère lady Hamilton une mèche de mes cheveux, et d'autres choses m'appartenant.

Hardy veut le rassurer. Mais les mots restent noyés au fond de sa gorge. Il quitte l'infirmerie.

Les minutes s'écoulent ponctuées par le fracas des canons.

— Souffrez-vous encore ? questionne le docteur Beatty.

— Oui, mais j'ai encore une demi-heure à vivre.

D'une voix à peine audible il enchaîne :

— On voudrait vivre encore... Que deviendrait la pauvre lady Hamilton si elle me voyait dans cet état ?

À ce moment précis, le *Victory* lâche une formidable bordée qui secoue la structure de la coque au pont.

— Oh, *Victory* ! *Victory !* gémit Nelson. Comme tu fais mal à mon corps !

Et très vite :

— Comme nous tenons tous à la vie !

Dans l'infirmerie, les blessés s'entassent. L'odeur du sang et de la poudre rend l'atmosphère irrespirable : « L'arrière-salle d'une boucherie », dira le révérend Scott.

Hardy est revenu. Il se joint aux cinq ou six personnes qui entourent l'agonisant, prend la main de Nelson et le félicite. La victoire est totale, brillante, absolue.

— Combien de prises ?

— Quatorze ou quinze, sir.

— C'est bien, mais j'avais compté sur vingt...

Un bref moment, puis dans un débit agité et coupé de silence :

— D'ici à quelques moments... Je ne serai plus. Vous ne me jetterez pas à la mer... Hardy.

— Oh non, sir ! Certainement non.

— Ainsi vous savez ce que vous devez faire. Et prenez soin de ma chère lady Hamilton. Prenez soin de la pauvre lady Hamilton. Embrassez-moi, Hardy.

Le capitaine de pavillon met un genou à terre, embrasse la joue de l'amiral et se relève.

— Maintenant je suis satisfait. Dieu merci, j'ai fait mon devoir.

Hardy reste encore une ou deux minutes immobile, regardant l'agonisant. Il s'agenouille de nouveau et l'embrasse sur le front.

— Qui est-ce ?

— C'est Hardy.

— Dieu vous bénisse, Hardy.

Graduellement, l'agitation cesse.

— Mouillez, Hardy ! Jetez l'ancre ! Car si je vivais, je jetterais l'ancre !

Le capitaine acquiesce et quitte la pièce. C'est lui-même et non Collingwood qui donnera l'ordre.

Nelson dit à Scott à voix basse, mais pas suffisamment bas pour que les autres n'entendent pas :

— Je n'ai pas été un grand pécheur, docteur... J'ai bien fait. Je vous l'ai toujours dit.

Un court silence.

— *Remember !* Rappelez-vous que je laisse lady Hamilton et ma fille comme un legs à mon pays. N'oubliez jamais Horatia.

À 4 h 30 de l'après-midi, la voix s'élève encore :

— Dieu merci, j'ai fait mon devoir.

Ce sont ses derniers mots.

24

6 novembre 1805.

L'AUBE s'est levée sur Merton.

— C'est curieux, dit Emma à Susannah Bolton. Je crois entendre les canons de la Tour.

— Les canons de la Tour ? il faudrait un motif de bien grande importance !

— Puisque je vous le dis. Et hier soir dans la nuit, je suis certaine de les avoir entendus.

— Étrange en effet. Je...

— Attendez ! Quelqu'un frappe à la porte.

Emma se précipite pour ouvrir. Un homme se tient sur le seuil. Il se présente :

— Capitaine Whitby. Je viens de la part de l'Amirauté.

— Entrez, entrez...

L'officier s'exécute en silence.

— Parlez donc... Je vous en conjure, parlez !

— Milady... Nous avons remporté une formidable victoire.

— Peu m'importe ! Le courrier, donnez-moi le courrier !

Le messager se contente de fixer lady Hamilton, les yeux noyés de larmes. Son visage est d'une effrayante pâleur.

— J'ai compris..., balbutie Emma.

Un cri strident. Un cri d'animal blessé. Elle s'écroule sur le sofa, le visage enfoui dans les coussins.

Là-bas, dans le lointain, la rumeur des canons... Elle ne s'était pas trompée. Ce sont bien ceux de la Tour qui tonnent. Ils saluent la victoire.

Nelson est mort ! crie l'Angleterre d'une seule voix. Mais l'Angleterre est sauvée. On pleure la disparition du géant, mais on se congratule en même temps. De ville en ville, de village en village, la nouvelle s'est répandue à travers tout le pays. Du fond des plus sombres masures, sous les voûtes d'or des palais, ces mots sont sur toutes les lèvres : *Nelson, Nelson, Trafalgar. Trafalgar...* Le récit du combat se transmet d'une rue à l'autre, d'un passant à l'autre. Pas un seul navire de Sa Majesté ne manque à l'appel. Trois mille morts français, autant d'Espagnols pour quatre cent cinquante marins anglais. Sur les 58 vaisseaux ennemis, 17 se sont rendus. L'amiral Villeneuve est prisonnier, ainsi que l'amiral espagnol, Hidalgo Cisneros. Triomphe et gloire !

La dépêche de Collingwood annonçant la victoire est arrivée dans les bureaux de l'Amirauté la veille, à minuit.

Pour une femme qui a perdu le seul homme au monde qu'elle aimait, qu'importent le triomphe et la gloire d'une nation. Tout paraît si dérisoire. Qu'importe à la femme qui hurle sa douleur qu'un héros se soit endormi le front couronné d'une impérissable gloire ? Avec la mort de Nelson, c'est l'agonie d'Emma qui commence.

Dix heures, dix longues heures elle reste immobile, recroquevillée, incapable d'articuler le moindre mot. Toute la semaine, elle demeure prostrée. Et s'il lui arrive de s'arracher à sa torpeur, c'est pour lire et relire les dernières lettres de l'amiral qu'elle garde sous son oreiller ou parcourir les mots de sympathie qui lui ont été adressés. Il y a entre autres ce pli signé Blackwood : « Le capitaine Thomas Hardy me prie de la manière la plus sincère de vous transmettre l'expression de ses sentiments les meilleurs. » Lui-même écrira deux jours plus tard : « Désormais, mon devoir sera de faire tout ce qui est en mon pouvoir pour exaucer vos désirs. Telle fut la dernière volonté de notre cher lord, une volonté que je n'oublierai jamais. Je viendrai vous voir dès que cela me sera possible. »

Et il tient promesse. Le 5 décembre, à peine le *Victory* à quai à Spithead, Hardy se précipite à Merton. Pendant toute une matinée, il fait à Emma le récit des dernières heures de Nelson, puis il lui tend un anneau figurant deux mains entrelacées.

Elle reconnaît l'alliance passée au doigt de son amant, au pied de l'autel dans l'église de Merton.

Le capitaine de pavillon lui remet ensuite l'uniforme maculé de sang, la mèche de cheveux prélevée sur Nelson, ainsi que le portrait de Vigée-Lebrun figurant Emma. La toile le suivait partout, sur chacun de ses navires.

— Hardy, puis-je voir son corps ?

— Je pense que ce serait une erreur, milady. Je vous en supplie, n'y songez pas.

Pour préserver la dépouille mortelle de Nelson, on l'avait plongée dans une grande futaille emplie de brandy. Lors d'une escale à Gibraltar on y avait ajouté de l'eau-de-vie. Mais, entre-temps, le docteur Beatty avait jugé indispensable de faire une autopsie. Après avoir pratiqué une large ouverture, le chirurgien avait pu, non sans mal, extraire la balle qui s'était logée dans les muscles du dos. Dans son rapport il avait indiqué : « Après avoir pénétré par l'épaule gauche et brisé deux côtes, le projectile a traversé le lobe gauche des poumons, sectionnant l'artère pulmonaire ; de sorte que, bien que la balle ait ensuite fracturé l'épine dorsale, la cause première de la mort fut une hémorragie dans les poumons. »

— Non, répète Hardy, je pense que ce serait une erreur. Je vous en supplie n'y songez pas.

Emma secoue la tête avec force.

— Le voir, embrasser ses lèvres... une dernière fois.

Le 22 décembre, le corps de Nelson est déposé à l'hôpital militaire de Greenwich, sur la rive sud de la Tamise, à dix kilomètres en aval de la Tour de Londres. Un petit groupe d'intimes forme un cercle autour du cercueil ouvert. Tous sont frappés par l'étonnante conservation du corps. Une artiste, Mrs. Catherine Andras – pour laquelle Nelson avait posé – a fini de prendre l'empreinte du visage de Nelson pour l'élaboration du masque mortuaire.

Emma et Horatia sont-elles présentes ? Emma a-t-elle déclaré aux officiers : « Je vous promets de ne pas prononcer un mot, de ne pas verser une seule larme, mais laissez-moi poser mes lèvres sur les siennes » ? A-t-elle exprimé le désir de rectifier une mèche de ses cheveux ? Certains biographes en sont persuadés, d'autres affirment le contraire. Il est difficile de se prononcer.

Une certitude : le cercueil dans lequel repose Nelson est celui qui avait été fabriqué par ce jeune matelot du *Vanguard*, avec le bois du grand mât du vaisseau l'*Orient*.

8 janvier. Une foule immense est rassemblée le long des quais de la Tamise.

Le cercueil, qui a été placé dans un sarcophage de plomb, remonte le fleuve à bord d'un ponton remorqué. Une centaine d'embarcations portant des amiraux et des officiers de tous grades lui font escorte. Le prince de Galles l'accueille au débarcadère de Whitehall. Sur les deux rives, les cloches sonnent le glas.

Le lendemain matin, jeudi, le cortège funèbre prend la direction de la cathédrale Saint-Paul. Il est escorté par un détachement de dragons légers, quatre régiments d'infanterie, six escadrons de cavaliers, onze pièces d'artillerie, et par quarante-huit marins du *Victory*, « bas noirs et cravate noire, un crêpe à la main », portant le pavillon de leur navire. De temps à autre, ils le déploient pour montrer à la foule les trous formés par l'impact des balles. Les fifres et les tambours jouent la marche funèbre. Formant une haie, de part et d'autre de la rue, il y a le peuple recueilli des anonymes. Le cercueil de Nelson entre dans la cathédrale à 2 heures de l'après-midi porté par douze marins.

Six amiraux soutenant un dais marchent à sa rencontre, tandis que le chœur entame *Je suis la résurrection et la vie.*

À la fin de la cérémonie, qui aura duré quatre heures, une machinerie spéciale descend lentement le sarcophage dans la crypte.

Tout est consommé.

Dehors, la foule se disperse.

Où est donc Emma ? Où est lady Hamilton ? Chez elle, cloîtrée dans l'appartement de Clarges Street. On n'a pas jugé utile de l'inviter. Fanny non plus d'ailleurs. Ni l'épouse ni la maîtresse n'ont eu le droit de rendre un dernier hommage à l'homme qu'elles ont aimé, qu'elles aiment encore.

Pour Fanny, point d'inquiétudes. Les 1 800 livres de rente prévues par Nelson lui assurent son avenir et, comme nous le verrons, elle n'aura pas que cela. Pour Emma, c'est l'heure du bilan. Où en est sa vie en ce soir d'hiver 1806 ? Où qu'elle se tourne, elle n'aperçoit que ténèbres et solitude. En l'espace de deux ans, la faux a décapité les deux êtres qui portaient sa destinée à bout de bras. La voilà seule avec une enfant de cinq ans et, pour seules ressources, environ 1 700 livres de rente annuelle : 700 léguées par sir William (nettes de taxes) et 1 000 par Nelson. En principe, à ces montants auraient dû s'ajouter les dividendes en provenance du duché de Bronte : 500 livres par an. Mais le révérend William, exécuteur testamentaire de son frère, refuse de les verser à Emma, prétextant qu'il n'en a pas les moyens ! À Horatia, l'amiral a laissé 4 000 livres, mais lady Hamilton ne peut en percevoir que les intérêts qui doivent servir exclusivement à l'éducation de leur fille. Elle sait qu'elle respectera cet engagement, dût-elle en mourir. Dieu merci, elle possède Merton. Néanmoins, si la ferme est un havre, elle est aussi un gouffre financier et les travaux d'embellissement ne sont ni achevés ni payés. Comment va-t-elle faire ? Réduire son train de vie ? Elle ignore le sens de cette expression, elle n'a jamais su. Depuis l'âge de seize ans, les trois hommes qui comptèrent pour elle se sont occupés de la protéger. Nelson et sir William l'ont surprotégée. Allons, courage Emma. Le gouvernement de Sa Majesté ne t'oubliera pas. Il te viendra en aide.

À ce propos, qu'est-il advenu du carnet-journal dans lequel Nelson a rédigé son codicille ? Après la bataille, il a été récupéré par le docteur Scott qui l'a remis à George Rose, l'ami intime de Nelson, lequel s'est empressé de le faire parvenir au Premier ministre, William Pitt. La décision lui appartient.

Solitude, vide, cauchemars. Le visage de Nelson hante le sommeil d'Emma. Tous les matins elle se dit qu'il va revenir. Que toute cette tragédie est une illusion. Il ne peut pas être mort. C'est impossible. Un homme qui vous aime n'a pas le droit de disparaître. Un héros encore moins. Pourtant...

Le 23 janvier 1806, une nouvelle vient assombrir un peu plus sa vie déjà bien grise. Pitt est décédé brusquement. Avec la mort du Premier ministre, disparaît le seul personnage important qui aurait pu influencer le Parlement en faveur de lady Hamilton. Il ne reste plus qu'à prier pour que son successeur, lord Grenville, jette un œil bienveillant sur le carnet contenant les dernières volontés de l'amiral.

En attendant, Emma a un projet. Il n'a rien de bien original. La très grande majorité des hommes et des femmes qui ont eu la chance de partager une partie de leur existence avec un personnage illustre souhaitent – une fois ce personnage disparu – prolonger un peu de son histoire en la publiant. Emma imagine aussi grâce à cet ouvrage montrer à ses contempteurs combien Nelson tenait à elle, et quel rôle elle joua à ses côtés. En fait, elle cherche à se rendre justice. Elle fait savoir à George Rose qu'elle a plus de 1 500 lettres en sa possession et le prie de lui conseiller quelqu'un de suffisamment intègre et talentueux pour rédiger la biographie de Nelson. Un nom lui est suggéré : James

Harrison, libraire de son métier. Elle le rencontre et le projet se met en marche.

Vers la mi-février, elle est invitée à passer quelques jours chez les Bolton, à Norfolk. Elle accepte. Tout plutôt que de se consumer de chagrin entre Merton et Clarges Street. Trois semaines après son arrivée, elle reçoit une lettre préoccupée de sa mère : « Emma a-t-elle conservé une copie du codicille de Nelson ? » Non, elle ne possède rien. Le document est entre les mains de lord Grenville. Elle est confiante.

Elle quitte les Bolton dans la deuxième semaine d'avril. Elle se sent un peu plus forte, capable de supporter *Merton Paradise*, qui se rapproche de plus en plus de *Merton l'enfer*.

À la mi-mai, elle découvre à la une du *Morning Chronicle* que le Parlement a voté une dotation pour la famille Nelson. Rien que la famille. Chacune des sœurs de l'amiral recevra la somme de 15 000 livres sterling. Fanny une pension à vie de 5 000 livres. Mais c'est William, le frère parasite, qui est le plus gâté. À part une rente annuelle de 5 000 livres, le gouvernement lui fait don de l'incroyable somme de... 100 000 livres « pour lui permettre d'acquérir une résidence convenable à son rang ». Quel rang ? Jusque-là il n'était que simple pasteur. En même temps que le don, le Parlement lui a conféré le titre de comte, un honneur qui pourtant avait été refusé à Nelson. Les voies du pouvoir sont impénétrables...

Remember ! Rappelez-vous que je laisse lady Hamilton et ma fille comme un legs à mon pays. N'oubliez jamais Horatia.

Apparemment, cette imploration ne fait pas partie des préoccupations du gouvernement de Sa Très Gracieuse Majesté. Et Emma doit parer au plus pressé. Trouver un prêt. Vite. S'adresser à la reine de Naples ? Après le refus qu'elle a essuyé, elle ne se sent pas capable de réitérer sa demande. Sa fierté – intacte – le lui interdit. D'ailleurs Nelson ne lui avait-il pas dit : « Là-bas, au royaume des Deux-Siciles, plus personne ne s'intéresse à nous. » De plus, la reine est en pleine déchéance. Elle est à nouveau en exil à Palerme. Le nouveau roi de Naples s'appelle désormais Joseph Bonaparte.

En ce premier jour du mois de juillet, un nom lui vient à l'esprit, celui de sir Harry. Le lecteur ne se souvient peut-être plus de ce personnage. Sir Harry Fetherstonhaugh, ce jeune lord que le *Gentleman's Magazine* décrivait comme n'étant rien de plus qu'un « vulgaire dandy de premier ordre ». Le père de *Little Emma*. C'est maintenant un vieux monsieur de cinquante ans et toujours célibataire. Durant toutes ces années, il a entretenu une correspondance sporadique avec celle qui fut sa maîtresse. Et aujourd'hui, dans sa désespérance, c'est à lui qu'elle pense :

> *Mon cher sir Harry,*
>
> *Si vous ne pouviez donner suite à ma demande, brûlez cette lettre, et soyez assuré que je ne le prendrai pas mal. J'attends 2 000 livres du comte William [le frère de Nelson], mais, au train où vont les choses à la chancellerie, je ne pense pas les recevoir avant Noël. Si vous pouviez me prêter 500 livres, la somme me serait du plus grand secours, le temps de mettre mes affaires en règle. Je vous garantis que je vous rembourserai dès que j'aurai reçu l'argent du comte ou quand j'aurai vendu Merton. Si vous acceptez, je ferai le nécessaire auprès de Coutts pour que l'on vous paie à Noël. [...] Lord Saint-Vincent doit s'entretenir de mon cas avec Mr. Fox [le secrétaire au Foreign Office] et il témoignera des services que j'ai rendus. Je préfère faire appel à vous plutôt que de payer des intérêts extravagants à un usurier. Autorisez-moi à venir vous rendre visite à Up Park. Nous parlerons du bon vieux temps. Peut-être que d'ici là je vous aurai remboursé. Je ne peux pas vous décrire les sentiments que je ressens d'être ainsi contrainte à vous demander cette faveur. Votre obligée Emma Hamilton.*

L'âge bonifie parfois les êtres. Sir Harry réagit favorablement. Il saisit peut-être là une occasion idéale pour se faire pardonner sa conduite passée. Elle lui répond aussitôt : « Votre lettre, mon cher Harry, m'a rendue très heureuse. Je vous écris de mon lit, étant fiévreuse. [...] Je me trouverai en ville demain vers 1 heure. Faites-moi savoir où je pourrai vous rencontrer pour vous remercier de vive voix. Le jour où *ils* voudront faire quelque chose pour moi, je serai suffisamment riche. » Et elle joint à son courrier un billet à ordre : « Veuillez payer à sir Harry Fetherstonhaugh la somme de 500 livres, cinq mois à partir de cette date : juillet 1806. »

Riche de cette somme, elle se prépare à retourner à Norfolk, mais avant d'entreprendre le voyage elle rédige un courrier à l'intention d'Alexander Davison : « Je suis très mal. C'est le cœur brisé que j'ai décidé de me rendre à Norfolk auprès de lady Bolton. Devant moi s'ouvre un vaste monde, et point d'amis alors que, lorsque j'avais un pouvoir, mon panier en était plein. Maintenant, tout est oublié, envolé, comme les services rendus à mon pays. Si mon gouvernement ne me vient pas en aide, je crois que je serai forcée d'abandonner Clarges Street et sans doute Merton. »

Elle se confie aussi à Hayley, l'ami de Romney : « J'ai le moral au plus bas. [...] J'étais heureuse à Naples, mais tout cela fait partie d'un rêve. Je suis tourmentée par une meute d'avocats. [...] Je lis régulièrement vos *Triomphes sur le caractère*. Addio mio caro amico. »

Elle se sent d'autant plus seule que le révérend William a décidé que Charlotte, sa chaperonne, sa confidente, ne la fréquenterait plus.

À Norfolk, elle reçoit, comme à chacun de ses voyages, un accueil des plus chaleureux auprès des Bolton. Manifestement, la disparition de l'amiral n'a rien changé. Aux yeux du couple, Emma est toujours la femme que Nelson a aimée. Elle séjourne auprès d'eux jusqu'à la fin du mois d'août et en profite bien sûr pour se livrer à des dépenses inconséquentes. Les colonnes du *Norwich Mercury* mentionnent un dîner organisé par ses soins dans l'auberge la plus huppée du coin, Crown Inn, où elle réunit à sa table les noms les plus importants de la région.

Du gouvernement, aucune nouvelle... Plus grave encore, nul ne semble savoir où est passé le carnet-journal de Nelson. Il semble s'être volatilisé.

De Norfolk, elle écrit à Scott, le chapelain de l'amiral : « Je serai à Merton à la fin de la semaine [début septembre]. Je souhaiterais beaucoup vous rencontrer et vous demander conseil. Comme il est dur le traitement que l'on inflige à Horatia et à moi-même. Les ultimes vœux de mon ange sont ignorés, sans mentionner la fraude à laquelle on se livre à propos du codicille. Mais assez. Je vous dirai tout de vive voix. [...] Dans ses derniers moments n'a-t-il pas adjuré le roi et la nation de me rendre justice ? J'ai conservé ses lettres, et celles de la reine de Naples qui démontrent bien ce que j'ai accompli pour servir mon pays. Et comment suis-je récompensée ? Pshaa ! Je suis au-dessus de tout cela. Je les méprise, et préfère conserver ma dignité. J'ai vécu avec gloire et honneur toute ma vie, et gloire et honneur ne me seront pas enlevés. Je les méprise. »

La biographie de Nelson, entreprise par James Harrison à l'instigation d'Emma, paraît en deux volumes sous le titre *Life*, « Vie », chez l'éditeur C. Chapple de Pall Mall. Folie pure ! Non seulement elle a pris à sa charge les frais de publication, mais elle n'a pu s'empêcher de prêter de l'argent à l'auteur. Hélas, Harrison, envoûté par la vie de son héros, a totalement négligé d'insister sur l'affaire du codicille. C'est à peine si, dans les dernières pages, il survole le problème. De toute façon, lord Grenville ne se montre pas plus troublé par le contenu que par certaines pétitions qui lui sont parvenues en faveur d'Emma. De surcroît, le livre est considéré comme mal écrit, au point que lord Saint-

Vincent affirme avoir été incapable de dépasser la lecture du premier volume. C'est donc un échec.

Septembre la retrouve à Merton. Elle repart de plus belle dans un tourbillon mondain. Le 29 octobre 1806, date officielle de l'anniversaire d'Horatia, elle organise un de ces dîners dont elle a le secret. Sont réunis, entre autres, le révérend Lancaster, les Matcham, James Harrison, son épouse, les Bolton et leurs enfants. À cette occasion, elle chante en duo avec sa fille une chanson à la gloire de Nelson sur des paroles de Harrison et une musique d'une cantatrice italienne, la signora Bianchi. Tout ce beau monde quitte la propriété couvert de présents. Notons que Greville, invité lui aussi, s'est dérobé prétextant une mauvaise grippe.

Le 26 avril 1807, c'est son anniversaire. Le manque d'argent ne doit pas être un obstacle. Toujours inspirée par cette irréflexion que l'on pourrait qualifier de suicidaire, elle convie diverses personnes à fêter avec elle ses quarante-deux ans. Ce jour-là, Mrs. Cadogan lui envoie Mariana pour aider aux cuisines et en profite pour confier à la servante un mot pour sa fille. Il en dit long sur l'état des finances de l'ex-ambassadrice : « Si seulement j'avais en ma possession 10 000 livres à t'offrir en cadeau, je l'eusse fait volontiers. Je t'envoie Mariana, car je pense qu'elle te sera utile. Je suis noyée sous la poussière et la peinture. Mariana te dira combien je me suis sentie misérable cette semaine. Ma chère Emma, je lui dois quatre mois de gages, soit 2 guinées. Ne les ayant pas, j'ai été incapable de les lui payer. Elle a besoin de chaussures et de bas. Il faut aussi donner 30 shillings à miss Connor pour qu'elle puisse payer la blanchisseuse à qui nous devons trois mois de retard. Que Dieu te bénisse, ma chère Emma. »

Elle a quarante-deux ans. La ménopause s'est déjà installée, entraînant une prise de poids excessive, accentuée par un trop grand abus de bière brune. La parfaite silhouette de ses vingt ans n'est plus qu'un souvenir.

Les mois succèdent aux semaines. Un an. Et le silence des autorités de Sa Majesté est plus assourdissant que jamais. Emma jongle, emprunte ici pour payer là. La spirale infernale dans laquelle elle est entraînée ne semble pas avoir de fin... Jusqu'à quand ?

25

3 juillet 1808.

ALORS qu'elle est en balade à Worthing, dans le Sussex, Emma apprend par le fidèle George Rose que George Canning, le nouveau secrétaire au Foreign Office, a décidé de ne pas donner suite au codicille de Nelson. La nouvelle tombe comme un couperet : « Je viens d'avoir un entretien à tête reposée avec Mr. Canning au sujet du papier écrit par Nelson peu d'instants avant qu'il n'engageât son dernier combat. Je répète ce que je crois vous avoir déjà dit, à savoir que Mr. Canning a toute la meilleure volonté de donner plein effet à ce papier. Mais les difficultés sont, je le crains, insurmontables. Je puis vous assurer très sincèrement que j'ai aussi désespérément et aussi consciencieusement accompli la tâche que lord Nelson aurait pu attendre de moi s'il avait été encore de ce monde, et je suis le plus sincèrement peiné de n'avoir point réussi. La question n'est pas définitivement réglée, mais je serais inexcusable si je vous laissais un espoir. »

Emma lui répond aussitôt : « J'ai cru que Mr. Canning me rendrait justice. Je ne réclamais pas une faveur. J'ai cru que les seules revendications jamais formulées par le sauveur de cette patrie seraient prises en considération. À supposer que l'on se refuse à m'accorder la moindre protection, *ne pourrait-on au moins songer à sa fille* ? Mais il suffit ! J'ai du mal à écrire en conservant mon calme. Je dois rentrer à Merton. Je lui ai fait le serment de m'occuper de l'éducation d'Horatia là-bas. Je poursuivrai ma tâche. Je dois aussi achever les travaux commencés avec l'approbation de Nelson. Les factures s'élèvent actuellement à plus de 7 000 livres. Il avait l'intention de les régler à son retour. Tout ce que je demande, c'est que l'on épure ne fût-ce que cette dette. Dois-je vous rappeler qu'elle représente bien peu de chose par rapport aux pertes que j'ai subies à Naples en servant ma patrie et la famille royale ? »

Elle regagne Merton et n'en bouge pratiquement plus.

Le 29 octobre, elle célèbre les six ans d'Horatia. On retrouve, c'est désormais un rituel, le révérend Lancaster, les Bolton, les Matcham, des nièces, des neveux, mais aussi James Perry, le rédacteur du *Morning Chronicle*.

L'hiver qui s'installe est un hiver triste. Infiniment triste. Jamais la neige ne lui a autant fait penser à un linceul. Jamais le paysage ne lui a paru si fantomatique. Jamais – elle en est persuadée – il n'a fait si froid. Les cheminées sont nombreuses et le bois coûte cher. Lorsque le printemps 1809 reprend ses droits, l'hiver aura eu raison des dernières réticences d'Emma : il faut vendre Merton. Elle n'a plus le choix. Les créanciers, convaincus jusque-là qu'elle finirait par obtenir gain de cause auprès du gouvernement, se font de plus en plus pressants. Oui. Il faut vendre. D'ailleurs la ferme n'est plus ce paradis qu'elle a connu, c'est un lieu peuplé de fantômes. Certains soirs, elle croit apercevoir deux silhouettes qui déambulent dans le parc ; celles d'un vieil ambassadeur tenant par le bras un amiral en grand uniforme.

Le 4 avril, Mr. J. Willock de l'agence Golden Square estime la propriété à 12 930 livres sterling. Reste à trouver un acheteur.

Dans le même temps, la rage au cœur, elle écrit à lord Saint-Vincent, et le supplie d'intervenir en sa faveur, « au nom *du souvenir attendri* que certainement il conserve de son glorieux camarade de combat ». Elle lui fait remarquer que d'autres veuves ont bénéficié du soutien de l'État. Elle cite Mrs. Fox à qui on a accordé 1 200 livres de rente, alors que les services rendus par son époux ont fait l'objet de controverse. La veuve de Mr. Lock, qui a bénéficié de 800 livres, bien que son mari ne fût que simple consul à Palerme, et uniquement pendant deux ans.

Pauvre Emma ! Les princes sont au-dessus de certains mots... *Souvenir ? Attendri ?* La lettre restera sans réponse. D'ailleurs l'ex-ambassadrice a la mémoire courte. A-t-elle oublié que ce même lord Saint-Vincent ne la porte guère dans son cœur ? N'est ce pas lui qui traitait ouvertement le couple de *ridicule paire de fous sentimentaux* ? Comment a-t-elle pu supposer que ce genre d'homme pourrait lui venir en aide ? Il est vrai qu'un noyé s'agripperait même au diable...

Et le carnet de Nelson ? Si au moins elle pouvait le récupérer, le faire enregistrer officiellement ! Il est introuvable. Égaré croit-on entre les mille et une paperasseries de l'Amirauté et du Foreign Office.

Les mois s'écoulent. Point d'acheteurs à l'horizon. Et de plus, Greville – qui est, rappelons-le, l'exécuteur testamentaire de sir William – fait preuve d'une irrégularité impardonnable dans ses versements ; la rente d'Emma n'est pratiquement jamais payée en temps et en heure. Comble de malchance, l'homme qui aurait pu faire pression sur lui – Alexander Davison – est en train de purger une peine de prison, condamné pour une sombre affaire de prévarication.

Au début du mois de mai, Emma est contrainte de se séparer de Clarges Street.

En juillet, George Rose l'informe qu'un commerçant originaire des Indes est intéressé par la ferme. Il n'y aura pas de suite.

Qui donc pourrait acheter Merton ? Quel homme assez riche ?

Un nom revient à la mémoire d'Emma. Celui d'un vieil admirateur ; vieux aussi dans le sens propre du terme : il vient d'avoir quatre-vingt-quatre ans. Il s'agit de lord Queensberry. « Old Q. ». Après la mort de sir William, ne s'était-il pas proposé de l'épouser, de lui céder toute sa fortune ? Certes, les années ont passé. Emma n'est plus la magnifique créature qu'il a connue. Quelle importance ! Ce n'est pas un mariage qu'elle souhaite conclure avec lui, mais une opération immobilière.

Elle lui écrit :

Mon cher lord et ami,

Puis-je espérer que vous lirez ceci, car vous êtes le seul espoir que j'aie au monde pour me venir en aide dans ce monde de misère et de détresse. Aussi je fais appel à vous. Je ne souhaite pas avoir plus que je n'ai. Je pourrais aisément vivre à Richmond [une maison inoccupée dont le duc est propriétaire] à condition de vivre exempte de peur et que toutes mes dettes soient payées. Je crois et j'espère que 15 000 livres sterling pourraient suffire pour tout. Pour l'amour de moi, de Nelson, pour le bien que j'ai fait à mon pays, achetez Merton. Je serai la plus misérable des femmes si vous ne m'aidez pas. Si je pouvais me dégager de Merton, mes dettes payées, je me contenterais de subsister avec 100 livres dans ma poche et vous me verrez heureuse, ma mère et moi vous bénissant. Si vous ne tenez pas à conserver Merton, vous pourriez le revendre au printemps. Vous en obtiendrez un meilleur prix. Laissez-moi seulement passer l'hiver débarrassée de l'idée d'être jetée en prison. Il est vrai que ce sont mes imprudences qui m'ont amenée là où j'en suis aujourd'hui, mais j'ai été encouragée par l'ingratitude et la vilenie de certains. La honte soit sur eux. Ne laissez pas mes ennemis m'abattre. Au nom du ciel, cher duc, mon ami, pensez que c'est Nelson qui vous supplie...

Le vieux duc est peut-être à moitié sourd, mais il sait entendre avec le cœur. Il ne veut pas acheter Merton. Il possède déjà tant de maisons qui ne servent à rien. Une de plus serait une source de tracas supplémentaires, alors qu'à l'âge qui est le sien on aspire plutôt à faire le vide. En revanche, il fait un geste. Un geste plus qu'honorable. Il fait don à Emma de 2 500 livres, mais à une condition : la somme sera déposée chez Coutts, et c'est Abraham Goldsmith – souvenez-vous, le banquier mécène dont Emma a fait la connaissance dans les premières semaines de son arrivée à Merton – qui se chargera de payer les dettes. De surcroît, « Old Q. » met à sa disposition sa maison de Richmond. Située dans un quartier très en vogue, c'est une demeure très agréable, guère plus petite que Merton, avec un jardinet situé à l'arrière qui descend vers la Tamise. L'ensemble est composé de huit chambres, de quatre salles de réception, d'une salle de billard, et de nombreuses autres commodités. Deux hérons de pierre dominent le porche, d'où son nom de *Heron Court* (originellement *Herring Cort*).

Emma accepte avec enthousiasme et déménage. Une partie de ses dettes est payée, mais une partie seulement. Autour d'elle, l'étau se resserre. Ses créanciers, définitivement convaincus qu'elle n'obtiendra rien du gouvernement, ont sonné l'hallali. À cette extrême tension vient s'additionner un problème de santé. Un matin de septembre, elle découvre avec horreur une méchante petite excroissance au niveau du sein. Son chirurgien, le docteur Heaviside, a beau la rassurer, lui affirmer que la tumeur est bénigne (c'est bien le cas), elle décide tout de même de faire son testament. La démarche peut prêter à sourire. Un testament ? Alors qu'elle n'a rien à léguer ?

Richmond, 16 octobre 1808

Je déclare ceci comme étant mes dernières volontés et mon testament.

Si je peux être enterrée à Saint-Paul, cela me comblerait, car je serais près de Nelson, l'homme que j'ai aimé et admiré tout autant que sir William. Nelson et moi étions convenus que nous serions réunis dans la mort, ensevelis l'un près de l'autre. Si le roi ne lui avait pas accordé de funérailles nationales, nous nous serions retrouvés, Nelson, sir William et moi au sein du même caveau, car nous étions tous trois liés par les vertus de l'amitié. Mais ce qui est fait est fait. Et je sais que dans le ciel nous serons réunis. [...] Je supplie que l'on vende Merton et que l'argent serve à payer mes dettes. S'il en reste quelque chose, que cela revienne à ma mère et, après elle, à ma chère Horatia Nelson. Je leur lègue tout ce que je posséderai à l'heure de ma mort : vases, peintures, meubles, argent, vins, plats en argent, vaisselles, tout. J'espère que Mr. George Rose sera mon exécuteur testamentaire et qu'il prendra soin de ma mère et d'Horatia. Et s'il ne devait pas survivre, que la tâche en incombe à son fils aîné. J'espère aussi que l'on finira par rendre justice à Horatia et adjure Sa Seigneurie le prince de Galles, qui aima si fort Nelson, d'assurer la protection de son enfant. J'ai rendu des services à mon roi et à mon pays, mais ils n'ont pas été reconnus, pas plus que n'ont été reconnues les dernières volontés de Nelson. Donc je ne me fais guère d'illusions sur ce qui se passera quand je ne serai plus...

C'est mince. C'est pathétique.

Le 25 novembre, à l'instigation d'Abraham Goldsmith, une réunion se tient au domicile d'un ami, sir John Perring. Sont présents : Mr. Davison (libéré de prison), Mr. Moore, Mr. Gooch, Mr. McClure, sir Robert Barclay, Mr. Nichol, Mr. Wilson, Mr. Gemain Lavie. Mr. Dawson agissant en tant qu'avocat de lady Hamilton.

Tous ces personnages sont liés de près ou de loin à Emma et Nelson. Ils ont décidé de venir au secours de la femme qui se noie.

Au terme de la réunion est convenu que l'ensemble des biens de lady Hamilton estimé à 17 500 livres sera confié à titre de garantie à Mr. Abraham Goldsmith, sir John Perring, Alexander Davison, Richard Wilson et Germain

Lavie. En échange de quoi, et en attendant la vente de Merton, les personnes présentes avancent à Emma un prêt de 4 500 livres afin qu'elle puisse faire face aux créanciers les plus déterminés.

Les miracles n'existeraient sûrement pas si certains humains ne possédaient pas le pouvoir et la volonté de les fabriquer. Grâce à la démarche du banquier et de ses amis, Emma va pouvoir respirer un peu. Mais tout n'est pas réglé.

Si ses biens ont été appréciés à 17 500 livres, ses créances se montent à environ 8 000 livres... plus *10 000 livres d'intérêts accumulés*. Emma préfère ne pas y penser. Pour l'heure, elle est sauvée.

Au printemps 1809, elle éprouve un nouveau soulagement en apprenant qu'Asher Goldsmith, le fils d'Abraham, a décidé d'acquérir *Merton Paradise*. Et comme souvent après une période de tension extrême, le corps vous lâche. Emma tombe malade. Le médecin appelé à son chevet diagnostique une jaunisse. Ce n'est pas pour nous étonner. Nous savons le plaisir qu'elle éprouvait à ingurgiter des magnums de champagne, puis de bière brune ; on imagine que son foie devait commencer à rechigner. Elle reste alitée jusqu'aux alentours du 20 avril. Le 23, elle décide d'écrire à Charles Greville pour le tenir au courant des derniers bouleversements de sa vie. Après tout, il est le dernier maillon vivant de son histoire et, hormis Mrs. Cadogan, le dernier témoin de son passé. Elle n'ira pas au bout de sa lettre.

Ce même jour, l'honorable Charles Greville meurt dans sa maison de Paddington Green à l'âge de cinquante ans. Il ne s'est jamais marié, n'a pas eu d'enfants. Dans son testament pas un mot sur lady Hamilton...

L'année 1810 ne s'annonce guère sous de meilleurs auspices.

Les soucis continuent de s'accumuler. Le répit qui a découlé de la vente de Merton et du soutien de ses amis fait déjà partie du passé. Emma n'est plus en mesure d'entretenir la maison de *Heron Court*, et elle est forcée de déménager pour un modeste appartement de Picadilly Street.

Dans le courant du mois de mars, Horatia connaît à nouveau des problèmes de santé ; rien de bien méchant. Par contre, lorsque début janvier Mrs. Cadogan tombe malade à son tour, c'est beaucoup plus grave. Il faut dire que toutes ces années durant *la signora madre dell'ambasciatrice* s'est usée à soutenir sa fille. Elle lui a insufflé le courage et la force de résister, elle a été d'un formidable soutien moral et, attitude aussi rare qu'exceptionnelle, à aucun moment elle n'a formulé la moindre critique ni le moindre jugement. Pourtant ce ne sont pas les occasions qui ont manqué.

Le 14 janvier, elle s'éteint, aussi discrètement qu'elle a vécu.

Pour Emma, c'est le coup de grâce. Perdre une mère est déjà un drame en soi, mais la perdre dans un moment de grande fragilité est encore plus dur à supporter. Les funérailles se déroulent dès le lendemain dans le petit cimetière de Paddington Green, non loin de la maison qu'Emma occupait avec Greville du temps d'Edgware Row.

C'est par voie de presse que sir Harry prend connaissance du décès de Mrs. Cadogan. Il envoie aussitôt un mot de condoléances : « Seul le temps est capable de panser pareille blessure. Je suis convaincu qu'avec les éminentes qualités qui sont les vôtres, vous parviendrez à surmonter la douleur. »

Éminentes qualités... Lorsqu'une trentaine d'années plus tôt il laissait partir une adolescente enceinte de lui, il n'imaginait sûrement pas qu'elle possédait « d'éminentes qualités »...

C'est sans doute aussi par voie de presse que *Little Emma* est informée de la mort de sa grand-mère. Dans la semaine qui suit, elle écrit à lady Hamilton une lettre empreinte de mélancolie et de mystère dont nous ne possédons que quelques lignes :

Cela m'eût rendu heureuse si j'avais pu oublier le passé et recommencer une nouvelle vie avec une nouvelle vision des choses. Malheureusement, j'ai trop peu de souvenirs pour cela. Vous aviez sans doute vos raisons [d'agir], mais si seulement vous aviez pris la liberté de me les faire partager, j'aurais peut-être pu me réconcilier avec mon passé. Dans ma situation, je n'avais pour me soutenir que l'affection que je vous portais. Et dans le même temps, j'étais tourmentée par la peur et le doute. J'ai finalement été amenée à ne plus compter que sur moi-même, afin de ne plus traîner un misérable sentiment de dépendance, privée d'identité et dans l'ignorance de mes parents. Il m'a fallu agir ainsi parce que je vous le devais ainsi qu'à moi-même.

Étrange... Il y a dans la relation entre la mère et la fille des zones d'ombre qui resteront sans doute à jamais inexpliquées. C'est en tout cas la dernière intervention de *Little Emma*. Il semblerait que quelques années plus tard elle soit entrée dans un couvent quelque part à l'est de Londres, où elle a vécu jusqu'à sa mort.

Picadilly Street devient très vite une forteresse où Emma est régulièrement assiégée par ses débiteurs. La voilà à nouveau obligée de fuir. Après Albemarle Street, elle fuit encore. On la repère à Dover Street et, finalement, dans un appartement situé au 136 Bond Street. Dans sa déroute, elle entraîne la petite Horatia âgée maintenant de neuf ans. Quels sont leurs rapports ? Comment une mère dont les nerfs sont à fleur de peau, une femme cassée, se comporte-t-elle vis-à-vis de son enfant ? Vraisemblablement la patience a dû plus d'une fois lui faire défaut. Et l'on est en droit de penser qu'Horatia ne devait pas apprécier d'être ballottée d'une résidence à l'autre. En tout cas, la raison ne semble pas avoir gagné du terrain ; malgré ses difficultés, Emma ne lésine pas à prendre une domestique à son service. De temps à autre, elle reçoit la visite de Catherine Bolton et de quelques très rares amis qui lui sont restés fidèles. Il lui arrive même d'aller chanter des mélodies irlandaises à Parson's Green, dans un lieu appelé Peterborough House.

Les grains continuent de s'écouler au cœur du sablier. Emma survit, elle ne vit plus.

Le 19 octobre, elle est une fois de plus touchée en plein cœur. Abraham Goldsmith est retrouvé mort dans sa propriété de Morden Hall. Il s'est logé une balle dans la tête. Depuis un certain temps déjà il était en conflit avec la Compagnie des Indes qui lui réclamait la somme astronomique de 350 000 livres sterling, à quoi était venue se greffer une chute brutale de la Bourse. Cela avait suffi pour déstabiliser un homme dont le frère s'était lui aussi suicidé quelques années auparavant.

Aux alentours de Noël, c'est le vieux duc qui disparaît. Mais sa mort apporte tout de même un réconfort à Emma. Dans son testament, lord Queensberry lui lègue 500 livres. Une goutte d'eau dans un océan.

En janvier 1811, le frère de Greville, sir Robert Fulke, lui adresse une lettre en forme de mise en garde : « J'espère que cette fois il n'y aura pas de délai dans le versement du quart de votre rente [depuis la mort de Charles, c'est lui qui en est responsable] et que la somme sera créditée rapidement à votre compte, chez Coutts. Permettez-moi de préciser qu'il ne faudra plus compter sur des avances. Ne considérez pas cela comme un dû. D'ailleurs ce ne serait pas vous rendre service. Je suis désolé d'avoir à vous le dire, mais vous devriez faire preuve de plus de rigueur dans vos dépenses tant que votre situation ne se sera pas redressée et surtout ne pas vous laissez aller à accroître votre déficit en vous faisant de nouvelles dettes. Vos créanciers ne vous pardonneront pas de n'être pas payés en premier. »

L'avertissement de sir Robert Fulke est implacable, mais il n'est pas déplacé. Emma emprunte à tour de bras. Amis, vagues connaissances, personnes croisées au hasard d'un dîner. Elle sombre, elle se fane ; moralement bien sûr et, s'il faut en croire le témoignage du major Pryse Lockhart Gordon, physiquement aussi. Cet officier avait connu Emma du temps de sa splendeur alors qu'elle était à bord du *Vanguard*, en compagnie de Nelson dans les eaux de Malte : « Alors que je me promenais dans Greenwich Park, je croisai deux femmes accompagnées d'une demi-douzaine d'enfants. La plus âgée était enveloppée dans un châle, le crâne couvert d'un chapeau râpé. J'eus le plus grand mal à reconnaître en elle lady Hamilton. »

La scène se déroule le 26 avril. L'autre femme est Cecilia Connor, la nièce d'Emma qui est aussi la gouvernante d'Horatia. Toutes deux vont ce jour-là célébrer l'anniversaire d'Emma dans une auberge (Ship Inn), accompagnées par les camarades de classe de la fillette.

Et, puisque nous évoquons miss Connor, il faut se souvenir qu'elle et ses sœurs bénéficièrent longtemps des largesses de leur tante, ce qui ne l'empêche pas trois mois plus tard d'écrire à Emma : « Je prends la liberté de m'adresser encore une fois à milady concernant la somme de 30 guinées que milady reste à me devoir, et qui représente le prix des leçons que j'ai données à miss Horatia Nelson. Je possède une reconnaissance de dette signée de votre propre main. L'état de mes finances m'oblige à vous réclamer de surcroît un acompte de 10 livres, que je vous saurais gré de me régler entre aujourd'hui et lundi prochain, délai non renouvelable. »

Cela s'appelle la reconnaissance...

Comment l'ex-ambassadrice a-t-elle vécu durant l'année 1812 ? Probablement de tout et de rien. Rasant les murs, anonyme et pourtant montrée du doigt, avec ce talent que possèdent certains indigents et qui consiste à faire croire à leur entourage qu'ils sont encore vivants.

En janvier 1813, à la suite d'une plainte déposée par l'un

de ses créanciers, elle est arrêtée et emmenée à la prison de King's Bench.

King's Bench, le « Tribunal du roi ». Située à l'est de High Street, au cœur du vieux Londres, c'est un lopin de terre entouré de murailles grisâtres. Dans un coin enténébré s'élève une bâtisse qui vous donne envie de mourir rien qu'à la regarder. À l'intérieur, entassé dans des cellules qui sentent l'urine et les défécations, le rebut de l'Angleterre attend la fosse commune. Ce n'est pas ici qu'on eût enfermé Mr. Oscar Wilde, ni des penseurs ni des politiciens, encore moins de vrais criminels. Non. King's Bench n'accueille que les moins que rien, les oubliés de la fortune. Ivrognes, joueurs décavés, déshérités : les petits, ceux qui ont tout raté et qui rateront même leur mort.

Heureusement, Emma et Horatia n'y sont pas encore. Pas vraiment. L'ex-ambassadrice entre dans la catégorie des débiteurs qui restent en mesure de payer une taxe à l'État. Elle est donc autorisée, moyennant un loyer journalier – environ 4 shillings –, à vivre hors de la prison proprement dite, à trois rues de là, dans une sorte de ghetto surveillé par la police. L'endroit se trouve à l'est de Great Surrey Street (l'actuel Blackfriars Road), au 12 Temple Place, à quelques pas du quartier des bordels. À part le loyer qui lui est imposé, elle doit aussi verser au *marshal* de la prison un impôt proportionnel à son endettement : 7 guinées et demie pour 50 livres ; 10 guinées pour 100 livres. Cette véritable extorsion de fonds a tout de même un avantage : tant qu'Emma est en détention, elle ne peut plus être poursuivie par ses autres débiteurs.

Dans son roman intitulé *La Vie et les Aventures de Nicholas Nickleby*, Charles Dickens nous donne un aperçu de ce que représentait ce type de logement : « Une rangée de maisonnettes sales, dans un quartier poussiéreux, peuplé de poissonniers, de marchands de bière, de vendeurs des quatre-saisons, d'usuriers. On pouvait y voir quelques jardinets à l'abandon au pied des façades, où l'on entreposait les détritus jusqu'à ce que les vents les dispersent à travers la ruelle... C'était vraiment une maison misérable, aux fenêtres encrassées ornées de rideaux à l'aspect repoussant. »

Ironie du sort, l'avenue qui mène à Temple Place s'appelle aujourd'hui *Nelson Square*...

Emma ne vit pas seule dans ce taudis. Hormis sa fille Horatia, elle est accompagnée – comble du luxe – par une bonne qui remplace l'ingrate miss Connor.

Le premier dimanche qui suit son entrée en enfer, elle se lance dans une série de correspondances pour implorer de l'aide. Elle écrit mémoire sur mémoire à l'attention du prince de Galles, elle écrit même au roi et invoque comme à chaque fois le fameux carnet contenant les dernières volontés de Nelson. Il faut préciser que, depuis quelque temps, il est redevenu la propriété d'Emma. Comment l'a-t-elle récupéré ? Voici sa version : « On peut attendre de moi, écrit-elle dans un de ces mémoires, que j'explique pourquoi le codicille du testament de lord Nelson, concernant les services que j'ai rendus et que la justice du pays devrait reconnaître, n'a pas été produit en même temps que le testament lui-même. Quand le capitaine Blackwood l'apporta, il le donna au comte Nelson actuel [le révérend William] qui se trouvait alors chez moi avec sa femme et sa famille et qui avait vécu de longs mois chez moi. J'avais été pour son fils [Horace] comme une mère et sa fille lady Charlotte m'avait été confiée exclusivement pendant six années. Mais le comte, craignant que la part qui devait m'être attribuée ne soit comprise dans la somme que le Parlement était censé devoir accorder à la famille du héros, garda le codicille en poche jusqu'au jour où les 100 000 livres sterling furent votées. Ce jour-là, il soupait avec moi à Clarges Street ; apprenant à table ce qui venait d'être fait, il tira le codicille de sa poche et me le jeta à la figure en me disant d'un ton bourru “que je pourrais maintenant en faire l'usage qu'il me plairait”. Le lendemain, je le fis enregistrer aux *Doctors Commons* (les bureaux d'enregistrement), où il est toujours resté. »

Il y a certainement une part de vérité dans ces propos. En revanche, Emma oublie de souligner – à moins qu'elle ne l'ait jamais su – que le carnet a suivi une trajectoire autrement plus complexe avant d'atterrir chez le révérend William Nelson. De plus, il n'a pas été d'abord récupéré par Blackwood, mais par le docteur Scott, lequel l'a remis à George Rose, l'ami intime de Nelson, qui l'a fait parvenir ensuite au Premier ministre, William Pitt. Elle se trompe donc, et cela ne joue pas en sa faveur. Ses supplications n'auront pas plus d'écho que par le passé.

L'un des premiers à venir à son secours est James Perry, le rédacteur du *Morning Chronicle*. Il fait ce qu'il peut, sonne le rappel. C'est sans doute lui qui présente à Emma un riche personnage de la City du nom d'Alderman Joshua Smith. En échange de 400 livres, ce dernier se rend acquéreur du mobilier qu'elle avait abandonné à Richmond et – ce n'est pas la contrepartie la plus mince – de l'uniforme maculé de sang porté par Nelson le jour de sa mort. Un peu plus tard, elle se sépare de la timbale en argent, cadeau de l'amiral à sa fille.

Fin février, elle accuse réception d'une lettre de Kitty (Catherine Nelson) qui – avec infiniment de tact – lui propose de recueillir Horatia. Elle ne le dit pas ouvertement, mais il est évident qu'à ses yeux King's Bench n'est pas un endroit pour un enfant. Étrangement, Emma rejette la proposition. Manque de lucidité ? Crainte de déroger au serment qu'elle a fait à Nelson de ne jamais abandonner sa fille ? Il se peut aussi que la proposition de Kitty corresponde à sa mise en liberté car, grâce à la somme « prêtée » par Perry, la plainte déposée par son créancier est – momentanément – levée. Le 6 mars, on l'autorise à regagner son foyer de Bond Street...

26

Un être humain ne peut subir pareil déluge de malheurs et d'humiliations sans qu'un jour ou l'autre l'esprit n'entre en rébellion ouverte. Emma a été presque reine, adulée de tous, ambassadrice enchanteresse, muse des plus grands artistes, familière des princes. Aujourd'hui, elle n'est plus rien. En parcourant les notes qu'elle se met tout à coup à rédiger à l'intention d'Horatia, on se dit que sa santé mentale doit commencer à vaciller.

18 avril 1813. Jour de Pâques.

Écoute une bienveillante et tendre mère qui a toujours été affectueuse et bonne vraiment envers toi et qui n'a épargné ni soucis, ni dépenses pour te rendre la plus aimable et la plus accomplie des femmes. Ah ! Horatia, si tu étais devenue ce que j'espérais, quelle joie, quelle consolation tu aurais pu être pour moi. Fais ton examen de conscience, corrige-toi de tes erreurs, de tes caprices et de tes folies insensées ! J'ai essuyé nombre de tempêtes pour te protéger, mais nos disputes m'ont tuée. Écoute les paroles d'une mère qui s'adresse à toi du royaume des morts. Modifie ton comportement, sinon tu seras haïe de tout le monde et, lorsque j'aurai disparu, tu n'auras plus personne pour te soutenir. Tu couleras à pic. Apprends à bien te conduire, sinon je te mettrai en pension, car une bonne gouvernante doit agir en mère. [...] Je prie pour que tu ne sois pas perdue à jamais. J'irai rejoindre ton père et ma mère bénie, et j'espère que sur ton lit de mort tu éprouveras quelques remords comme il m'est arrivé d'en éprouver. Moi, j'étais une brave enfant. Horatia Nelson pourrait-elle en dire autant ? Non, elle ne le peut pas. Dès demain, je me mettrai en quête d'une école, pour ta survie, pour qu'un jour tu bénisses ta mère si profondément meurtrie.

P.-S. Considère que je ne suis plus de ce monde.

Peu après, elle poursuit son travail de sape :

Ta conduite est si coupable, si pleine d'abominable perversité, tu me traites avec tant de cruauté, que je ne puis vivre dans des alternatives aussi douloureuses. Mon cœur se brise ! Si ma pauvre mère était encore de ce monde pour me remplacer, abattue comme je le suis par le malheur et la mauvaise santé, je serais heureuse de rendre mon dernier soupir entre ses bras. Je te sais gré pour ce que tu as fait aujourd'hui, car tu as contribué à me rapprocher de Dieu et qu'Il te pardonne. Dans deux jours, je vais prendre les dispositions nécessaires pour te trouver un établissement. D'ici là, je te somme de ne plus m'adresser la parole...

Que s'est-il passé ? Pourquoi cette soudaine discorde ? Si irréel que cela puisse paraître et pour des raisons totalement incompréhensibles, Emma a entrepris de persuader Horatia qu'elle n'était pas *sa vraie mère*... En vendant la timbale en argent, elle a même remis à l'acquéreur une attestation écrite témoignant qu'elle a appartenu à Horatia, « fille de Nelson et *d'un personnage tellement haut placé qu'il est impossible de révéler son nom* ». À quel jeu joue-t-elle ? Espère-t-elle faire croire qu'Horatia est le fruit des amours de Nelson et de Marie-Caroline ? Comportement insane, qui dénote clairement que la malheureuse n'est plus en possession de toutes ses facultés. Pour l'enfant – elle a bientôt douze ans –, le choc est terrible. Emma ne serait pas sa mère ? Mais alors qui ? La fille *d'un personnage haut placé* ? Quel personnage ? Par pitié, un nom, donnez-moi un nom... Comment dès lors ne pas imaginer que la relation entre les deux êtres ne soit profondément dégradée ?

Dans le courant du mois de mai, l'ex-ambassadrice met en vente une ménagère en argent gravée aux armoiries de Nelson et ne conserve que quelques coupes recouvertes de dorure.

En juillet 1813, soit cinq mois environ après sa libération de King's Bench, une nouvelle plainte est déposée contre elle. Elle est arrêtée et renvoyée à Temple Place.

Le 8 juillet à midi, en vertu d'une exécution ordonnée par le shérif du Middlesex, les derniers biens qui lui restent et qui se trouvent encore au 150 Bond Street sont saisis et vendus. L'inventaire court sur huit pages. On dénombre, pêle-mêle, une poupée d'Horatia, un bidet, deux coffrets qui avaient fait le voyage de Palerme, un grand lit de belle facture, un cadre en acajou, un pupitre, un piano, un service à thé, des vases chinois, une montre en diamants, ultime vestige de sa splendeur, une boîte en or contenant les clés de la ville d'Oxford, remises à Nelson lors de son passage, et quelques livres ayant appartenu à sir William. Le jour de la vente aux enchères, c'est encore Alderman Joshua Smith qui rachète le tout. Pris de compassion, il entrepose les objets auxquels Emma tient le plus dans un garde-meubles de Southwark et lui avance une somme d'argent pour lui permettre de faire face aux dépenses quotidiennes.

Le 31 juillet, Emma trouve encore assez de courage pour fêter la bataille d'Aboukir. Sans complexe, de son taudis, elle lance des invitations avec autant d'aplomb que si elle résidait au Palais Sessa. Sir Thomas Lewis, membre du Parlement, vice-président de la chambre de commerce fait partie de ses hôtes. C'est à cette époque qu'elle prend connaissance d'un autre décès, celui de Susannah Bolton, la deuxième sœur de Nelson : « Bientôt ce sera mon tour », déclare-t-elle.

Le 23 novembre, elle reçoit un mot de George Matcham : « Dites-nous le nom du cocher de l'omnibus qui passe devant chez vous. Nous vous enverrons des pommes de terre, vous n'en manquerez pas de tout l'hiver, et un dindon à la prochaine occasion. Si vous n'avez pas la possibilité de venir nous rendre visite, ma femme et moi nous viendrons avant la fin de l'hiver passer une journée avec vous. Nous avons toujours souffert de l'ingratitude qui vous a été témoignée. Et ce n'est pas mieux de vous voir complètement privée de toute attention de la part de cet homme qui est insensible à tout ce qui n'est pas son intérêt. Écrivez-nous vite, et faites-nous savoir tout ce que nous pourrions vous apporter de la ferme. »

L'homme insensible dont parle Matcham est le révérend William Nelson. Comblé par les 100 000 livres de donation que le Parlement lui a accordées, le pasteur-comte fait le mort. Pas une lettre, pas un mot pour la femme que son frère a adulée, ni pour sa nièce.

En tout cas, le dindon tombe à point nommé pour les fêtes de Noël. Il est servi au cours d'un réveillon auquel sont conviés le duc de Sussex, un couple d'amis, Mr. et Mrs. Billington, et le vice-amiral lord William Dillon, ancien compagnon d'armes de Nelson. Marquons une pause et, rien qu'un instant, essayons de nous figurer la situation.

Nous ne sommes ni au Palazzo Sessa, ni dans un salon de la Villa royale à Naples, ni à Merton. Ce dîner se déroule dans un galetas qui fait partie de « la rangée de maisonnettes sales » décrite par Dickens, « dans ce quartier poussiéreux, peuplé de poissonniers, de marchands de bière, de vendeurs des quatre-saisons, d'usuriers ». La cinquantaine a posé ses rides sur les traits de la *divine lady*, l'alcool a accompli son insidieux travail de sape. La magnifique poitrine s'est affaissée ; le corps, épaissi, a perdu tous ses mystères, la bouche, autrefois si sensuelle, n'est plus qu'un fruit fané. L'eau du ciel a quitté le regard, et le feu qui, jadis, embrasait les lèvres s'est éteint. Emma essaie quand même de faire bonne figure. Sur ses épaules, elle a jeté un châle en cachemire, vestige d'une garde-robe réduite à l'essentiel. *Donnez-moi le superflu, je me passerai du nécessaire.* Aujourd'hui l'ambassadrice s'accroche désespérément aux lambeaux du passé.

« J'ai trouvé une lettre de lady Hamilton m'invitant à dîner, écrit lord William Dillon. Nous ne nous étions pas vus depuis trois ans. Quand l'heure approcha, comme il pleuvait à torrents, je louai une chaise de poste que je retins pour la soirée, et en route pour l'adresse indiquée. Sa Seigneurie me reçut avec chaleur. "Comment, lui demandai-je, avez-vous su que j'étais à Londres ?" Elle me dit l'avoir appris par un ami qui m'avait vu à l'Amirauté et qu'elle était réellement heureuse de me serrer la main à nouveau. Je remarquai un splendide déploiement d'assiettes sur la table, et le couvert mis pour quatre, mais je ne demandai pas quels étaient les autres invités. Tandis que nous conversions ainsi, je vis avec surprise entrer Son Altesse royale le duc de Sussex. Le dîner servi, la conversation s'établit. J'avais à faire les honneurs : découper, etc. Le premier service se déroula à la perfection et je ne pus m'empêcher de penser que trop de luxe était dépensé. Son Altesse royale en était certainement surprise. Toutefois, une regrettable déficience se manifesta lors du second service, aussi bien dans le service qu'en matière de couteaux et fourchettes. Je devais découper une volaille de bonne taille, mais l'on ne m'avait pas fourni les instruments nécessaires. Du temps passait et aucun serviteur n'apparaissait. À la fin, lady Hamilton demanda : "Mais pourquoi ne découpez-vous pas cette volaille ?" – Je n'ai, dis-je, ni couteau ni fourchette. – Oh, je vous en prie, soyez ici sans cérémonie. – Très bien, my lady, je ne voulais pas me déconsidérer en présence de Son Altesse royale, mais puisque vous le désirez. D'ailleurs, vous n'ignorez pas que, lorsque j'étais *midship* (aspirant marin), j'ai appris à me servir de mes doigts. Ma réponse avait fait rire tout le monde, et le repas se termina joyeusement. »

Décembre, janvier 1814, février... L'hiver n'en finit plus de couvrir de givre les poumons d'Emma.

Elle ne quitte pratiquement plus le lit, clouée par une nouvelle « attaque de jaunisse », expression pudique pour parler de cirrhose.

Avec le retour des beaux jours, elle se lève enfin. Elle semble recouvrer un peu de son énergie d'antan. L'optimisme renaît. Guère longtemps. Dans le courant du mois de mai, elle est alertée par une publicité imprimée dans le *Morning Herald* qui annonce la publication d'un livre intitulé : *The Letters of lord Nelson to lady Hamilton*, « Lettres de lord Nelson à lady Hamilton ». Affolée, elle écrit à son ami le rédacteur James Perry pour qu'il publie un texte dans lequel elle nie toute implication dans cette affaire : « Je n'ai pas lu le livre, mais je vous jure sur l'honneur que je n'ai rien à voir avec son contenu. Voici près de neuf mois que je suis à Temple Place et j'ai passé la plupart du temps alitée avec des problèmes de vésicule biliaire, problèmes déclenchés certainement par l'anxiété et les tourments. Je n'ai vu personne excepté le docteur Watson et Mr. Tegart. [...] J'avais confié ces lettres à une personne que je croyais digne de confiance. Ou cette personne m'a trahie, ou les écrits publiés sont des faux. Je vous saurais gré de le faire savoir. »

La personne de confiance dont parle Emma est le libraire James Harrison, l'homme qui avait publié la première biographie de Nelson sous le titre *Life*. L'homme à qui elle avait apporté son soutien financier alors qu'il était au plus mal.

Faites du bien, on vous le fera payer...

Scandale, effroi, cris d'horreur ! L'émotion est si grande que de nombreux lecteurs refusent de croire à l'authenticité de cette correspondance. À leurs yeux, Nelson, ce héros, ce sauveur de la patrie, n'aurait pas pu se compromettre de la sorte.

Le plus terrible, pour Emma, est que, parmi les lettres publiées, se trouvent celles rédigées par Nelson du temps où celui-ci se consumait de jalousie à l'endroit du prince de Galles, aujourd'hui prince-régent. Souvenons-nous : « Si vous n'arrivez pas à vous en débarrasser cette fois, j'espère au moins que vous direz à sir William de ne jamais plus le recevoir à l'avenir. C'est que personne, pas même Emma, ne pourrait résister aux flatteries de *cette langue de vipère* ! » Et encore « J'ai appris que vous aviez résolu de n'aller jamais là où se trouverait *ce fripon* ! »

Il n'est pas besoin d'être devin pour comprendre que cette sordide affaire sonne le coup de grâce, et réduit définitivement à néant les ultimes espoirs qu'Emma aurait pu encore entretenir au sujet de sa pension.

« Quelle chienne diabolique ! » sera le commentaire du prince de Galles. Joli revirement de la part d'un homme qui, quelques années auparavant, commandait à Romney un portrait de la jeune femme et ne manquait pas une occasion de citer son nom avec des tremblements dans la voix...

Vers la fin du mois de juin, après maintes et maintes adjurations, Emma parvient – grâce au soutien de James Perry et d'Alderman Joshua Smith – à arracher au révérend William Nelson la somme de 225 livres, en avance sur sa rente annuelle. Si ce n'est pas la fortune, c'est tout de même suffisant pour lui permettre de s'acquitter partiellement auprès du débiteur responsable de son emprisonnement et d'obtenir ainsi sa remise en liberté. Liberté toute provisoire. À peine a-t-elle quitté King's Bench que ses autres créanciers, toujours aux aguets, se lancent à ses trousses.

Fuir ? Bien sûr. Mais où aller ? Mourir, elle ne le peut pas. Il y a Horatia à élever, sa promesse à Nelson... Disparaître au fin fond de l'Angleterre ? Rentrer à Hawarden ? On la retrouvera, et ce sera à nouveau le cauchemar de King's Bench.

— Vous n'avez pas le choix, milady... Il ne vous reste que l'exil.

Qui a mentionné pour la première fois cette solution ? Perry ? Les Matcham ? Alderman ? Nous ne le saurons jamais.

— L'exil... Pour quelle terre ?

— La France.

— La France ?

— Oui.

Emma doit savoir qu'un nouveau héros est né. Il s'appelle Wellington. Le 31 mars dernier, il est entré dans Paris et a restitué leur trône aux Bourbons. Depuis le 4 mai, le *petit Corse mal rasé* vit en résidence forcée sur une petite île de deux cent vingt kilomètres carrés de la mer Tyrrhénienne. La voie est libre. On peut traverser la Manche en toute quiétude.

Cinquante livres... C'est toute la fortune que possède l'ex-ambassadrice.

Au 1er juillet au matin, tenant Horatia par la main, elle attend au pied du débarcadère de la Tour de Londres l'esquif qui doit l'emmener à Calais. Ce sera le *Little Tom*.

Trois jours plus tard, elle débarque sur la terre de France.

Elle frissonne malgré le soleil d'été. Son cœur ne bat que par nécessité. L'instinct de survie.

La petite Horatia promène autour d'elle un regard brouillé. Elle est triste. Elle est pleine de vague à l'âme, mais elle se dit que tout vaut mieux que Temple Place. Tout plutôt que de retourner à King's Bench.

27

Hôtel Dessein, Calais, le 4 juillet 1814.

Mon cher ami [George] Rose,

Nous sommes arrivées saines et sauves à Calais après trois jours de mal de mer. J'ai réussi à fuir avant que ne soit lancé contre moi un nouveau mandat d'amener. Je me sens beaucoup mieux grâce au changement de climat, de nourriture et d'air. Nous avons des chambres spacieuses et la liberté, *de sorte qu'il y a une chance pour que je puisse vivre et élever Horatia. Je m'occupe de chercher un logement. J'ai une excellente Française qui s'emploie à merveille à tous les travaux. Dans notre voisinage se trouve une dame anglaise qui vit ici depuis vingt-cinq ans. Elle tient une institution mais qui ne donne ni à manger ni à coucher. À 8 heures du matin, j'y conduis Horatia. Je vais la chercher à 1 heure ; à 3 heures nous dînons et l'après-midi nous nous promenons. Horatia apprend tout, piano, harpe, grammaire, langues. Elle sait bien le français et l'italien, mais elle fera encore des progrès. Ne fréquentent son école que des jeunes filles des meilleures familles...*

Et l'hôtel Dessein est le meilleur de la ville...

Décidément, l'infortunée Emma est restée pareille à elle-même, fidèle à la vision qu'elle a du monde. Malgré ses yeux cernés, ses traits bouffis, elle est toujours lady Hamilton, ambassadrice d'Angleterre au royaume des Deux-Siciles...

Cinquante livres, c'est bien mince pour tenir à l'hôtel Dessein. Lorsqu'au début du mois d'août on lui présente la note, elle prend conscience – c'est peut-être la première fois – qu'elle ne pourra pas tenir longtemps à ce rythme. Elle déménage pour l'hôtel Quillac, plus modeste, mais n'y réside pas longtemps. Au début du mois de septembre, elle loue une chambre dans une ferme tenue par deux femmes – farouchement royalistes – à trois kilomètres de Calais, sur la commune de Saint-Pierre.

Une ferme. Une ferme en 1814... Ses appartements du Palais Sessa doivent hanter ses nuits. Là-bas, c'est la Manche, pas la baie de Naples. Et cette colline verdoyante n'est pas le Vésuve.

Le comte William Nelson continue de lui verser sa pension. Mais pas un shilling de plus. Et jamais un sou d'avance. À toutes ses supplications, il répond par un refus aussi sec que catégorique.

Quant aux 800 livres de rente léguées par lord Hamilton, elle n'en voit pas la couleur : Robert Fulke Greville, chargé depuis la mort de son frère d'effectuer les versements, refuse de lui faire parvenir ne fût-ce qu'une seule livre, estimant que seuls les créanciers d'Emma y ont droit.

Mi-septembre, elle apprend, en même temps que toute l'Europe, la mort d'une reine... Marie-Caroline, décédée le 20 septembre à l'âge de soixante-deux ans. Après avoir tout essayé pour recouvrer son trône, connu un nouvel exil, erré six semaines dans la mer Ionienne, fait escale à Constantinople puis à Odessa, elle est revenue mourir à Vienne, le 8 septembre.

Encore une page de tournée. Celle qui avait juré à Emma son « éternelle gratitude », qui l'avait assurée de son amitié indéfectible s'en est allée, sans jamais avoir, à aucun moment, manifesté la moindre attention à l'égard de sa chère et adorée lady Hamilton.

Le 21 septembre, Emma répond à un courrier de William Scott, le chapelain du *Victory*, l'ami dévoué de Nelson :

> *Soyez remercié pour votre gentille lettre. Si seulement je pouvais offrir plus de confort à ma petite Horatia, et aller au bout de son éducation, je serais une femme heureuse. Elle suit des cours d'italien, de français, et je lui apprends l'allemand et l'espagnol. Nous lisons ensemble des livres d'histoire, mais c'est pour moi une grande fatigue, étant malade depuis bientôt huit mois. La ferme où je me trouve possède un joli jardin et les chambres sont spacieuses. [...] La jaunisse m'a quittée, mais pas le chagrin de mon cœur. Il demeure toujours aussi présent. J'ai connu suffisamment de grandeur et de belles choses pour ne pas éprouver de regrets, mais je pense à Horatia. Elle mériterait une autre vie. Une vie de* gentlewoman, *c'est ce que je lui souhaite. Nous avons de l'excellent mouton, et du veau à 5 pence la livre. Deux poulets pour un shilling. Cinq pence la paire de perdreaux et un turbot pour une demi-couronne. Le pain est très bon marché, et le lait aussi. Nous consacrons toutes nos matinées aux études. Nous faisons un peu de marche et déjeunons à 2 heures. Ensuite Horatia fait une balade à dos d'âne, tout le monde autour de nous est très gentil. Les gens adorent Horatia qui parle le français comme une Française. Elle est très pieuse. Nous assistons tous les dimanches à la messe dans la petite église de Saint-Pierre et nous prions en français... Ce sont les mêmes prières que les nôtres.*

« L'Art véritable se résume en quelques mots : vivre intensément chaque instant de notre existence et ne pas se laisser distraire par les petits ennuis du quotidien. Il consiste aussi à admirer le Créateur et Ses œuvres et faire le bien autour de soi. Je ne connais pas d'autre manière d'entretenir en nous une parcelle d'éternité. »

Ce sont les mots qu'écrivait lord Hamilton à Emma, en 1792. A-t-elle jamais imaginé en les lisant qu'elle serait un jour amenée à les mettre en pratique ? Loin du tumulte des mondanités, de ces embrasements aussi absurdes que stériles, loin des compliments de circonstance et des fausses révérences, elle applique à son insu la philosophie du vieux diplomate. C'est le début de la sagesse.

Début octobre, Emma n'est plus en mesure d'acquitter le loyer de la ferme.

Le 7, dans un suprême effort, elle tente une démarche – la dernière – auprès de lord Addington :

Milord,

C'est avec la plus extrême appréhension et mes plus vifs regrets que je vous écris. Si William Scott a eu l'amabilité de vous faire connaître les services que j'ai rendus à mon pays, s'exprimant de ma part et de celle d'Horatia, la fille du glorieux et victorieux Nelson. S'il subsiste un reste d'humanité dans les âmes britanniques, il ne permettra pas que nous mourions de faim en terre étrangère. Donnez les moyens à Horatia, qui aura quatorze ans le 29 octobre, d'achever ses études. Il ne nous reste plus qu'un shilling dans notre poche. Le comte Nelson se moque totalement du devenir de la fille de son frère. Je n'ajouterai rien de plus, milord. Pensez seulement à Horatia.

Horatia prend la plume deux semaines plus tard pour supplier son oncle de lui faire l'aumône de dix livres. Le cher comte daigne enfin répondre favorablement.

Alderman ou James Perry, nous n'en sommes pas sûr, fait aussi un geste et envoie 20 livres à Emma. Grâce à cet argent inespéré, la mère et la fille peuvent retourner vivre à Calais. Le loyer de la ferme était devenu trop onéreux. Au milieu du mois d'octobre, elles s'installent au 27, rue Française, dans une chambre humide et sombre ignorée du soleil. Avant d'emménager, elles ont fait un détour par le mont-de-piété pour y déposer les débris de leur vie : une robe, un collier, une épingle dorée.

Le soleil ? Où est le soleil ? Pour Emma alitée, atteinte d'une fluxion de poitrine, celui de Naples eût été le bienvenu.

Un matin de novembre, on frappe à la porte. L'ex-ambassadrice sursaute. Serait-ce un créancier qui a retrouvé sa trace, ou la mort qui s'impatiente ?

Ni l'un ni l'autre. Un homme se présente. Il s'appelle... Mr. Cadogan. Cadogan ? répète Emma qui croit avoir mal entendu. Oui, c'est bien son nom. Henry Cadogan. Il réside à Calais. Il serait un agent de la Lloyd, fils d'un médecin de Cowbridge, district de Glamorganshire, dont le père aurait eu pendant quelque temps la mère d'Emma à son service. Il a eu vent de l'extrême détresse dans laquelle vivaient lady Hamilton et sa fille. Il est là pour aider. Il tend timidement une enveloppe à la petite Horatia. Elle contient 77 livres. Une autre version sous-entend que ce Mr. Cadogan était en réalité consul d'Angleterre. Ou encore un vague parent de la mère d'Emma. Difficile de trancher.

Ce cadeau venu du ciel va leur permettre de manger à leur faim pendant quelque temps. Mais la maladie s'incruste. L'état d'Emma se dégrade vite, trop vite. Le 15 janvier elle est au plus mal.

Il est 1 heure de l'après-midi.

Horatia a fait venir un prêtre. Celui de Notre-Dame, l'église la plus proche. Agenouillé au chevet de la mourante, il récite la prière des agonisants.

Lady Hamilton entend-elle sa voix ? Lui répond-elle ? En anglais ? En français ?

Horatia dira plus tard ne plus se souvenir de ce détail, pas plus que des derniers mots prononcés par sa mère. Elle dira seulement : « Malgré les erreurs qu'elle a commises, et elles furent nombreuses, elle avait de grandes qualités qui, si elles avaient été mieux gérées, auraient fait d'elle un être très supérieur. Je lui dois cette justice de dire que, malgré les grandes difficultés qu'elle a connues, elle a toujours dépensé pour mon éducation et mon entretien, et sans en distraire un shilling, tous les intérêts de la somme que lord Nelson m'avait laissée, somme qui était entièrement mise à la disposition de ma tutrice. »

Tutrice... Mot terrifiant qui prouve qu'Emma était parvenue à convaincre Horatia qu'elle n'était pas sa mère.

Hormis le prêtre et l'adolescente, nul autre témoin sinon les deux portraits accrochés au-dessus du lit : celui de Nelson et de Mrs. Cadogan.

Emma est vêtue de sa plus belle robe. La seule qui lui reste du temps de sa splendeur.

On peut lire dans les registres de Calais : « A.D.1815, dame Emma Lyon, âgée de cinquante et un ans, née à Lancashire en Angleterre, domiciliée à Calais, fille de Henry Lyon, et de Marie Kidd, veuve de William Hamilton, est décédée le 15 janvier, à une 1 heure de l'après-midi au domicile du sieur Damy, rue Française. »

À l'aube du 21 janvier, un cortège funèbre traverse la ville endormie. Quatre hommes portent le cercueil. Derrière eux, on note la présence de quelques capitaines de vaisseaux qui se trouvaient par hasard dans le port et une trentaine de citoyens britanniques qui résidaient à ce moment à Calais.

Une croix de bois est plantée sur la tombe. On pense, mais sans en être sûr, que l'on pouvait y lire : « Emma Hamilton, une amie de l'Angleterre. » La petite croix fut remplacée par la suite par une pierre tombale que décrivait en 1883 le *Guide de Calais*. À cette époque, la stèle à demi écroulée ne présentait plus qu'une inscription en latin, tronquée et presque indéchiffrable.

C'est Mr. Cadogan – encore lui – qui a pris tous les frais à sa charge : « Dépense pour l'enterrement de feue lady Hamilton, payé par moi Henry Cadogan, à Calais, en France, en janvier 1815 : un cercueil en chêne, dépenses à l'église, prêtres, bougies. En tout 28 livres sterling et 10 shillings. » La facture lui sera remboursée par Alderman Smith. C'est le même Mr. Cadogan qui prend Horatia sous sa protection jusqu'au jour où un homme débarque à Calais en provenance d'Angleterre. Qui est-il ? Nous ne pouvons le dire avec certitude. Certains supposent qu'il s'agissait du cher oncle pasteur, le comte William Nelson. Mais on peut en douter étant donné son attitude passée. Quel qu'il soit, le mystérieux personnage récupère Horatia et la dépose à Douvres où elle est prise en charge par George Matcham, le beau-frère de Nelson. C'est auprès de lui qu'elle vivra jusqu'en 1822, date de son mariage avec le révérend Philipp Ward. Elle connaîtra une existence sans nuage, aura de nombreux enfants et mourra âgée de quatre-vingts ans sans avoir jamais voulu admettre – paradoxe fou – qu'elle pût être la fille... d'Emma.

En 1816, le cimetière de Notre-Dame de Calais est converti en chantier, et le cercueil d'Emma est transféré plaine Brochot, sur le territoire de Saint-Pierre.

En 1849, nouvel exil. On la transfère « cimetière Sud », route de Dunkerque. Là, plus question de sépulture : c'est la fosse commune.

Après la Première Guerre mondiale, on peut lire dans le *Times* :

> *« Sir, certains de vos lecteurs seront intéressés de savoir qu'une plaque a été apposée au 27, rue Française, à Calais, et qu'elle porte cette inscription :*
>
> Emma lady Hamilton, amie de l'amiral lord Nelson, est morte dans cette maison le 15 janvier 1815.
>
> *Cette tablette a été placée par des officiers britanniques qui ont servi à Calais durant la guerre en mémoire des dernières volontés de lord Nelson. 1918. »*

Hélas, il était écrit que toute trace de la petite vendeuse de charbon de Hawarden devait être effacée à jamais. La Seconde Guerre éclate. Calais croule sous les bombes allemandes. Les maisons de la rue Française disparaissent sous les décombres. Le 27 n'est pas épargné[1]... Ainsi mourait pour la seconde fois cette femme qui avait été ambassadrice d'Angleterre, maîtresse adorée d'un héros, adulée, fêtée, et qui – c'est peut-être l'essentiel – avait inspiré les plus grands artistes de son époque.

En 1830, un certain docteur William Beatty, originaire d'Édimbourg, passe par Calais. Il éprouve le besoin de se recueillir sur la tombe d'Emma, plaine Brochot. Avant de repartir pour l'Écosse, il tient à rendre hommage à la défunte en lui consacrant une longue épitaphe. Nous en avons retenu ces quelques versets :

Tous connaissent ta honte, peu savent tes souffrances
Tous connaissent tes défauts – tout ce que tu fus, tout ce que tu es
Mais tes erreurs vinrent des circonstances, non du cœur.
Et quoi que voient les autres, si les cieux pleins de bonté
T'avaient prêté moins de beauté ou donné une vertu mieux forgée
Matrone économe de quelque humble foyer
Tu n'aurais pas connu les malheurs glorieux de la terre.
Répandant le bonheur et heureuse, là
Tu n'aurais pas connu la malédiction de la beauté...

1. Le 2 septembre 1958, une nouvelle plaque fut fixée par le vice-consul britannique sur le mur d'une maison nouvellement construite, à l'angle des rues Philippine-de-Hainaut et Jean-de-Vienne, non loin de l'endroit où se trouvait la vieille maison de la rue Française. Prions pour qu'elle y reste...

« *Remember !* Rappelez-vous que je laisse lady Hamilton et ma fille comme un legs à mon pays. N'oubliez jamais Horatia. »

Bibliographie

Acton Harold, *The Bourbons of Naples*, 1959.

Blond Georges, *La Beauté et la Gloire*, Robert Laffont, 1976.

Bonnefons André, *Marie-Caroline reine des Deux-Siciles*, Perrin, 1905.

Fauchier-Magnan A., *Lady Hamilton*, Perrin, 1910.

Fiechter Jean-Jacques, *Un Américain sous la Terreur*, Fayard, 1983.

Fraser Flora, *Beloved Emma*, George Weidenfeld, 1986.

Gamlin Hilda, *Emma, Lady Hamilton*, Liverpool, 1828.

Goethe, J.W., *Voyage en Italie*.

Hardwick Mollie, *Emma, Lady Hamilton a Study*, Cassel, 1969.

Harrison James, *The Life of the Right Honourable Horatio Lord Viscount Nelson*, 2 vol., 1806.

Hayley William, *Life of George Romney*, Chichester, 1809.

Knight Cornelia, *Autobiography of Miss Cornelia Knight*, Sir J. W. Kaye, 2 vol., 1861.

Minto Countess of, *Life and Letters of Sir Gilbert Elliot, First Earl of Minto, from 1751 to 1806*, 3 vol., Londres, 1874.

Morrison Alfred, *Autograph Letters and Historical Documents : The Hamilton and Nelson Papers*, 2 vol., 1893-1894.

Morriss Roger, *Nelson, the Life and Letters of a Hero*, Collin & Brown, 1996.

Pocock Tom, *Horatio Nelson*, Pimlico, 1987.

Romney John, *Memoirs of the Life and Works of George Romney*, Londres, 1830.

Sichel Walter, *Emma, Lady Hamilton*, Archibald Constable & Co., 1905.
Tours Hugh, *The Life and Letters of Emma Hamilton*, Victor Gallancz, 1963.
Vigée-Lebrun Élisabeth, *Souvenirs*, 2 vol., 1867.

Photocomposition Nord Compo
Villeneuve-d'Ascq (Nord)

Impression réalisée sur CAMERON par

BRODARD & TAUPIN
GROUPE CPI

La Flèche

pour le compte des Éditions Calmann-Lévy
3, rue Auber, Paris 9e
en février 2002

Imprimé en France
Dépôt légal : février 2002
N° d'éditeur : 13287/01 – N° d'impression : 11423